嗜血的凤冠

历史的另一半

李怀安 著

浙江人民出版社

图书在版编目（CIP）数据

历史的另一半：嗜血的凤冠 / 李怀安著. — 杭州：浙江人民出版社，2017.6

ISBN 978-7-213-07846-0

Ⅰ. ①历… Ⅱ. ①李… Ⅲ. ①杂文集-中国-当代 Ⅳ. ①I267.1

中国版本图书馆CIP数据核字（2016）第325104号

历史的另一半：嗜血的凤冠

李怀安 著

出版发行	浙江人民出版社（杭州市体育场路347号 邮编 310006）
责任编辑	徐 婷 陈巧丽
责任校对	俞建英 朱志萍
封面设计	仙境书品
电脑制版	刘龄蔓
印 刷	三河市冀华印务有限公司
开 本	700毫米×1000毫米 1/16
印 张	20
字 数	300千字
版 次	2017年7月第1版
印 次	2017年7月第1次印刷
书 号	ISBN 978-7-213-07846-0
定 价	36.00元

如发现印装质量问题，可联系调换。质量投诉电话：010-82069336

目录

引子

我首先要把杀人画面呈现在大家眼前。

杀的是女人，且一连杀了四个女人，历史就此拉开了序幕。

你也许认为这太残忍、太血腥了。

可是历史本来就如此残忍、血腥。我如果回避，也就不是历史的真面目了。

你也许要问，既然历史上杀人无数，为什么偏偏开篇要写杀美人，而且是一次杀了四个美人?

爱美之心，人皆有之，美人被杀，这不能不让人怜惜。但是，据比较令人信服的证据证实，我国历史上最先被杀的人确实就是美人，而且就是本书开篇讲述的这四个美人。这四个美人犹如后来的杨贵妃一般，是受到昏君的连累而被杀的。

至于这四个美人该不该杀，后来人也是仁者见仁，智者见智。

我们当代人要弄清楚这四个美人该不该杀，首先要弄清她们在历史上起了什么作用。

一说到美人在历史上起到什么作用，有人就会不以为然：美人历来都是祸水，要说在历史上有什么作用，只有一条——美人扯历史的后腿!

美人真的扯历史后腿吗?

谁都知道女人是弱势群体。但一提到美人，有人就硬生生地把她们从弱势群体的女人堆里拉了出来。为了把美人魔化为妖精，还大肆神化美人，甚至美人的神力比孙悟空还大。什么“燕赵有秀色，一笑倾城欢”；什么“北方有佳人……一笑倾人城，再笑倾人国”；什么“一双笑靥才回面，十万精兵尽倒戈”。真可谓“温柔一刀不见血，不动干戈亦激烈。回眸一笑江山易，美人横行数千载”。

想来也真是可笑，如果美人笑一笑就能让成千上万的敌军投降，不出一兵一卒就能轻松地攻城略地，照此说法，要战胜敌人，只要派个美人上阵笑一笑、回一回头，胜利就手掐把拿、唾手可得了。既然如此，何必还要动用举国之力，养活那么多将士到战场上流血拼杀？更不需要花费那么多天下穷苦大众的血汗钱，用来研造大量武器。既然如此，各个朝代的帝王何不广搜帅哥靓女，把他们豢养起来，啥活不干，专门让他们整天在床上折腾来折腾去，拼命造美人？连这么简单的事，历代帝王都想不到，做不到，一个个也真是彻底脑残了。计算一下，养活那些美人的费用，与养活几十万、上百万军队，并且还要制造各种武器相比，其成本和代价几乎可以忽略不计。既然美人有如此神奇的魔力，为什么历朝历代还把美人作为误国、误军的罪人，一代又一代地口诛笔伐呢？

究其原因，一些人就是要把美人当成邪恶的化身。他们把美人的一颦一笑，统统视为罪过和阴谋。这样看来，美人就是白骨精一样的妖魔，来到这个世界上，就是专门搞破坏、扯倒车、逆历史潮流而动的。

实际上，美人也是人，只是上帝给了她一副好皮囊。她们既然是女人，就和所有女人一样，也是弱者，而且是最容易被骚男人侵扰的弱者。她们实际上是男人最喜欢把玩的尤物，即使在那些男人昏了头的时候，死亡之神也时刻与她们近在咫尺。美人手无缚鸡之力，怎么可能一回头就使十万敌军投降，笑一笑就拔下一城、拿下一国呢？如果美人一回头或者笑一笑真的能有这样的效果，那只能是男人们太把捏不住自己、想满足自己对美人的占有欲罢了。如果因为美人的笑或者回头而产生什么意料不到的后果的话，那也怪不了她们。难道美人就没有笑和回头的权利？她们向谁笑、什么时候笑和什么时候回头，本就是她们的自由。说美人的一颦一笑一回头，就让男人丢了命，甚至改朝换代，天下大变，那是为男人辩护，往美人头上泼脏水。

历史上那些涉及美人的男人，见了美人就垂涎三尺，恨不得马上拥进怀中，采尽花蕊。男人自己挖坑往里跳，还骂美人是祸水，岂非此地无银三百两？当然，不可否认，作为弱者，有的美女为了求生存、提高生活质量，用心计迷惑男人，这也没有什么可大惊小怪的。在男权社会，处在底层的美人们这么做，也是被逼出来的无奈的选择和温柔的抗争。

美人也是人，人与兽类的区别就在于具有感情，她们背井离乡，远离亲人，“娇艳之花”整天强忍着兽性男人的摧残，哪还有幸福可言？美人也同样追求爱情，希望与心中的白马王子同床共枕、白头到老。当她们像玩物一样，被那些有权势、可以当她们的父亲或祖父，而且素未谋面的老男人、丑男人疯狂占有和肆意蹂躏时，其心灵要受到何种的熬煎？一个人一生都这么度过，真是生不如死，也枉为一次人。

纵观五千年中国史，之所以男人一次次陷入“温柔的陷阱”，也是有其具体原因的：一是因为那些男人的道德低下，对美人不是静心欣赏，而是怀有强烈的占有欲；二是男尊女卑的社会制度，把女人当成男人玩乐的工具；三是国家顶层设计的制度对男人缺乏有效的约束。或者有约束的制度，但执行不力，成了摆设。

任何事物都有它的两面性。从我国历史发展进程来看，美人也有着不可小觑的促进作用：

其一，那些男人在取悦、占有和蹂躏美人的过程中，必然在经济和政治领域产生严重恶果。这些恶果又必然要转嫁到天下黎民百姓头上，使他们生活在水深火热之中。当人无活路之时，只有走反抗一条路。历史上有多少次改朝换代不是因为统治者迷恋和玩弄美色的呢？在那些涉“美”的典型例子中，黄帝时期的帝挚被推翻，千古贤君尧这才走上历史的前台。商人举兵反叛，夏朝被倾覆，明君商汤开始领导天下。昏庸的商纣王泛舟酒池，超级淫乱，周武王起兵，顿时变换大王旗，历史进入西周时期。周幽王烽火戏诸侯，西周变为东周，周王室从此名存实亡，历史也进入到战国时期。汉成帝纵情声色，奢靡无度，西汉从此衰落，最终导致王莽篡政。唐玄宗专宠贵妃，荒淫酒色，昏聩荒政，成为“安史之乱”的导火线，大唐从此衰败。宋徽宗纳妃嫖妓，重用宠奸，无心过问朝政，让金国钻了空子，一举南下，大宋只得蜗居东南一隅。辽道宗贪占朝臣的美妻，为辽朝的灭亡种下了祸根。如此等等，不胜枚举。从以上涉“美”的历史事件中，可以看出，每一次事件的发生，都动摇和破坏了国家基础和国家机器，加速了旧王朝的灭亡。一个个旧王朝的灭亡和新王朝的建立，推动了我国历史发展阶段和历史时期前进一步，也就更接近现代文明一步。由此观之，历史上的美人并非历史发展的阻力，她们与历史同行，推动着中国历史发展的进程。

其二，美人也使那些迷恋美色的男人，特别是位居人极的帝王荒淫、残忍、暴虐和挥霍无度的本性淋漓尽致地暴露在世人面前，使这些骚男人尽早地被扫进历史的“垃圾堆”。帝挚死在利刀之下，夏桀成了阶下囚而客死他乡，商纣王被逼自焚，唐玄宗远途逃难、被逼让位，宋徽宗像狗一样被押解到北国苟且偷生，隋炀帝大兴民役被一条白绫结束了性命……当然，历史上还有很多涉“美”的统治者，虽然他们中有的肉体没有被当场消灭，但是随即也一个个地被推下了历史政治舞台。

其三，历史上发生的一次次涉“美”事件，逐步使人们认识到，根源是封建社会人治制度的严重缺陷，这就促使我国的社会制度逐步从人治走上法治的轨道。历史进入到当今，随着在不同历史阶段一些人身上发生的涉“美”腐化案件，党和政府不断完善制度，制度的樊篱和笼子扎得越来越紧，不仅使一般工作人员的权色交易行为得到约束，还特别对各级当权者的权色和钱色交易制定了更加严格的约束和惩处措施，使党风、政风、社会不断净化，也不断推动了现代文明。

其四，为了从根源上消除玩弄女性，特别是蹂躏美人的事情发生，新中国成立以来，从宪法的层面提高了女性的地位，从法律和认知的角度制止男性低看妇女（当然包括美女），减少了一些人玩弄女性和以权、以钱换取美色的事情发生。而一旦出现有关涉“美”的案件，就以法律作为尺度严肃惩处，这样必然能震慑一些人，使那些“花心”男人不敢和不想玩弄女性，这也就减少了涉“美”现象的发生。

其五，历史上的涉“美”事件让人们得到启示，多角度、全方位地挖掘古为今用的内容，大力开发美人文化产业。为迎合人类的爱美之心，用美人做广告已成为一个趋势，并且都收到了意想不到的经济效益。汽车展销、时装发布和表演，以及企业公关等，美人大有用武之地。为了追求美，美容、整容成了新的产业，异军突起，为经济发展和现代文明注入了新的活力。

其六，在向世界宣传“美丽中国”时，不可忽视宣传我国的“人美”。山美水美固然能树立我国的形象，可人美更是赢得世界眼球和赞誉的重要因素。这里所说的“人美”，既包含内在的心灵美，也包含赏心悦目的外表美。同时，宣传我国的美人，也是与世界上种族主义者斗争的需要。英国足球教练、种族主义者罗恩·阿特金森就曾经叫嚷：“我难以理解，为什么中国会有人口问题？他们本来有最好的避孕方法，因为中国的女人是世界上最丑的。”如此嚣张地侮辱我国的妇女，从反面证明，以前我们对自己国家的美人宣传不够，今后要加大力度向世界宣传我国古往今来的美人。

正因为历史上发生的这些涉“美”事件与历史进程相伴而行，美人向左，历史则无法向右，就很有必要了解我国历史上所发生的涉“美”事件，以及这些事件在历史进程中的影响和作用，从而使我们后人从中得到某种感悟，并使这一感悟化为建设现代物质文明和精神文明的正能量。

这里要特别说明的是，为了不板着面孔面对读者，本书借用了文学作品的描写手法和喜闻乐见的现代语言，甚至网络语言，使读者变阅读为“悦读”，阅读并快乐着观赏我国历史风景的另一面。所以，读者把本书作为历史小说来读，也未尝不可。如果有人说本书是“四不像”，作者也认可。只要大家喜欢，冒出来一个“四不像”体裁也不是坏事。这就像鲁迅说的，“地上本没有路，走的人多了，也便成了路”。何况作者孤陋寡闻，也许之前就有高手已经开始踩出这条路。

好了，不说了。“丑媳妇”总要见“公婆”，下面到了掀开“盖头”的时辰了。

一　上古的美人身影

笔者先诌一首打油诗，开始书归正传：

决决我中华，
灿烂古文明。
盘古开天地，
神龙黄帝生。
先皇重民生，
华夏建奇功。
“三凶”乱朝纲，
“四美”谬事生。
姬挚混账事，
都在笑谈中。

本书第一个与美人有一腿的人是五帝时期的姬挚。

提起姬挚，恐怕知道的人不多。为了让大家知道姬挚是哪路“神仙”，我就对帝挚来次“人肉”搜索。

姓名：姬挚。

性别：男。

籍贯：高辛部落（今商丘高辛镇）。

民族：华夏族。这里要说清楚为什么是华夏族。据说华夏族是取华胥氏的“华”以及其嫡裔夏人的“夏”拼合而来的。上古时期的部落是母系部落。华胥氏部落女首领长相娇美，一次与族内的一位叫风偖的叔父外出，来到雷泽湖畔（今山东鄄城），看到一个相当于今天五十码特大号的脚印。恐怕比巨人姚明的脚还要大一圈。谁见了这样的脚印也难免好奇。华胥氏新奇地用自己的脚踩了上去，试图要比较一下自己的脚小多少。可这一比试不当紧，竟然使她这个处女因此受感应怀了孕。这一孕就是漫长的十二年，结果生下了一个儿子伏羲。现在想想，踩脚印就能怀孕，真是天方夜谭，兴许是乱性捣的鬼。当时雷泽湖畔没有第三人，十有八九是多情的华胥氏心血来潮，没能把持住自己，经不起叔父的挑逗，懵懵懂懂地乱了伦。这一乱伦，从此加快了中华民族的发展进程。后来，华胥氏又生了个女儿，名叫女娲。女娲比母亲华胥氏神奇、高明多了，简直就是高速造人机器。她不再像她妈妈那样，踩特大号的脚印。再说那么大的脚印也不是她能遇到的。华胥氏踩的那个大脚印，经过多年风吹雨打，也早已消失了，女娲不可能再踩而怀孕生子。就是还能像华胥氏那样怀孕生子，一个孕期就是十二年，只生下一个孩子，那样华夏民族的发展肯定很慢。女娲的能耐大得很，她采用黄土和泥巴为原料，按照自己的模样捏成人。这样还是供不应求，又急中生智，把一根长长的绳子甩进泥浆里，绳子沾满了泥浆后，又把绳子从泥浆里提起来，如同甩响鞭一样，向着半空用力一甩，无数泥浆星星点点地散落在地上，立刻就变成了人。女娲这么做，实际上有偷工减料之嫌。结果，用黄土和泥巴亲手捏的，就成为后来的富人；而偷工减料用绳子甩的，就是后来的贫贱之人。这样造人虽然速度特快，但也乏味。为了使造人快并快乐着，女娲又发明了通过男人和女人交配的舒坦办法，使华夏民族得以不断繁衍，也避免了女娲用泥浆造人时偷工减料之嫌。

职业：帝。

学历：懂得符号文字，六术狗屁不通。

出身：帝王家。

出生日期：公元前2000年左右，某月某日某个时辰呱呱坠地，天知道。

在位时间：公元前2367—前2358年，被武力推下台。

死亡时间：公元前2358年，推下台随即吃了一刀。

简历：先是顽童，再为黄帝传说时代荒淫的第五帝，此第五帝非著名的“三皇五帝”的五帝，而是从黄帝算起，为第五任帝，是中国历史上的第一位暴君。

爱好：爱美人不爱江山。

社会关系：

爸爸：姬夋，尊号高辛氏。黄帝传说时代的喾帝，“五帝”之三。姬夋从小就很神灵，刚出生就能说出自己的名字。姬夋“聪而知远，明以察微，顺天之义，知民之急，仁而威，惠而信，修身而天下服”。做了七十年的华夏一把手，天下大治，黎民百姓安居乐业。

妈咪：娵訾氏，姬夋四个老婆中的一个。就是她生下的姬挚。因为她最先生下儿子，大者为长，身为老大的姬挚就成了帝位的法定接班人。

大妈咪：姜嫄，除了史书上说她除了为姬夋生下个儿子姬弃之外，其他均是一张白纸。她生的姬弃可不是凡人，他是以后周王朝的鼻祖。

二妈咪：简狄，有娀氏部落（今山西永济以西）酋长的女儿。这美人是历史上的传奇人物。说她吞下燕子下的五彩蛋，竟然怀了孕。一朝分娩时，竟然从额头上（也有说从脚趾）生下契。这个契就是后来殷商国的始祖。

三妈咪：庆都。她的历史资料也少得可怜。但历史不可忘记的是，就是她生下了千古贤君尧。

祖父：姬颛顼。因曾经是高阳（今河南杞县）部落酋长，被尊号为高阳氏。为黄帝传说时代的玄帝，“玄”为黑色，玄帝就是黑颜色的君主。他坐在龙椅上共计七十九年，政绩平平。只因为做了一个与母系社会完全冲突的决定：女人路上碰到男人，必须恭敬站在路边，让男人先走，得到男人的推祟。在男尊女卑的封建社会，有话语权的只有男人，所以他才被列为“五帝”之二。

祖母：只知道名叫胜坟氏，其他信息“人肉”搜索不到。

曾祖父：姬己挚。曾为金田（今山东曲阜）部落酋长，被尊号为金田氏。在帝座上一坐就是八十四年。在位平庸无奇，史学家把他踢出“五帝”之外。

曾祖母：老公碌碌无为，他的女人更被史太公们忽视，史书上连她的名字都没有。

高祖父：姬轩辕。也就是黄帝传说时代位于第一帝的黄帝，足足活了一百五十二岁，在位一百零一年，大名鼎鼎，无人不晓。也许因为皮肤是黄色的，而称为黄帝。因其曾为有熊（今河南新郑）部落首领，而尊号为有熊氏。正是他打下了黄帝王朝。他上台以后，取消了武力争夺帝位的办法，改为众位推荐，帝提名。在他统治时期，发明了蚕丝、文字、算术、历法等，至今还造福人类。

高祖母：嫘祖，西陵部落首领的女儿。黄帝的四个妃子都是其他部落酋长的千金。他正是巧妙地利用联姻，为有熊部落争取到了生存和发展的有利条件，这才使有熊部落在众部落中步步崛起，使他在此基础上建立起来的黄帝王朝在错综复杂的内外部环境下，生存了四百九十一年的漫长时光。嫘祖是黄帝的正妃。此女非凡人，通过观察丑陋的虫子——蚕，发现蚕吐出丝，并用丝纺织成丝绸。从此，中国的丝织品独霸天下四千余年。如今我国倡导的丝绸之路经济带，渊源上还是嫘祖的功劳。

名言：这四个美人寡人都留下。

我国历史上第一次杀美人，而且一次杀四个，都与这句名言有关。

姬挚的先祖，大都很勤勉，因而得到臣民的热爱和拥戴。哪知到了姬挚这一代却变了质。他反其先祖而行之，成为我国历史上第一个荒淫昏虐的暴君。

其实，姬挚这个人并非胎里坏，他原本是个忠厚又没有大能耐的人。如果有忠良之臣来辅佐他，他也可能会成为历史上的一个贤君，最坏也能做一个无毁无誉、平庸无奇的君主。但事实恰恰相反，由于他从小结交了三个心存不良的奸佞小人，使他中了他们设下的“美人计”的圈套，最后竟然成了刀下之鬼。

姬挚从小结交的三个狐朋狗友，当时人们把他们叫作“三凶”，也就是说，他们都是凶恶的野兽。

这“三凶”中，一个叫骥兜，他是黄帝的子孙。此人秉性凶恶，喜欢做一些残忍的盗贼之事，又喜欢和凶恶的人结交。人们给他取了个绰号，叫“混沌”。“混沌”有两层意思，一层意思是毫无知识，身上没有七窍，不开通。另一层意思，“混沌”是一种恶兽的名字。这恶兽没有耳朵，没有心，没有五脏。遇到有德行的人，就跟他作对。遇到凶恶的人，往往就投靠他。而这样的人，帝挚却跟他最要好。

姬挚结交的第二个小人名叫孔壬，他是少昊帝的子孙。此人表面上巧言令色，十分恭顺听话，骨子里却十分恶毒。人们给他取了个绰号叫“穷奇”。“穷奇”也是一种恶兽，它长得像虎，却有翅膀，能飞翔，能听懂人的语言，最喜欢吃人。看到人与人在争斗，它就跑过去，吃掉正直的人。看到守信用的人，它就奔过去咬掉那人的鼻子。看见凶恶的人，或者正在做坏事的人，它就把别的野兽咬死，叼过去献给他们，以表示敬意和奖励。

姬挚结交的第三个小人叫鲧，他是玄帝的儿子。他和帝挚是堂叔侄关系。他刚愎自用，自以为是，脾气暴躁，态度恶劣，人们非常惧怕他。正因如此，当时的人给他起了个绰号叫“梼杌”。“梼杌”也是一种恶兽的名字，长得非常凶恶，外形像猛虎，人面、虎足、猪牙，最喜欢搅乱一切，所以它的别号又叫“难驯”。

俗话说，跟着好人学好人，跟着巫婆吓假神。姬挚自幼和这三个人交往，要能学好，那才是开水锅里百花艳——难上加难。帝挚如果一直是一般的公子哥儿，到死翻不了大浪，倒还罢了，他在老父、“五帝”中的第三帝喾帝死了以后，继承了圣天子的大位，掌管着天下的大权，结果造成的危害就可想而知了。

帝挚成为天子以后，骥兜、孔工和鲧在他的暖翼下，更加得势和猖狂。

而帝挚在这伙人的谋划下，整天饮酒作乐，不理朝政。那时候朝中设有金正、土正、木正、火正、水正“五官”。金正掌管着全国的财政，土正掌管着全国的土地，木正掌管着森林，火正掌管着祭祀火神，水正则掌管着全国的水利。

不久，担任金正职务、名叫该的大臣病逝了，金正一职就出现了空缺。

让谁来填补这一肥缺呢？在人选上帝挚首先想到的，是从他的狐朋狗友“三凶”中间挑选。谁知帝挚在朝堂上刚一提出，立即遭到数位老臣的极力反对。

火正大臣吴回就大步走了出来，理直气壮地上奏道：

“他们三人虽说都是陛下的挚友，但是个个居心不良、行为不端。长期以来众臣心中有怒，都为陛下担忧。金正这一职务是陛下的左右臂膀，掌握着国家的财政命脉，重要程度自不必说。如果陛下一定要他们来继任，势必使天下臣民大失所望。所以臣以为万万不可！”

帝挚感到很奇怪,带着责备的口吻说：“他们三人历来和寡人（帝王的自称）相处得很好，他们的德行寡人也很了解。吴爱卿说他们德行不良，寡人实在不解！”

吴回手指着众臣：

“他们三个人在朝廷上下是出了名的不良小人，人人皆知。陛下要是不信，可以问问下面的这些臣工！”

他气得脸色发青，喘了口气继续说：

“要是他们三人的德行好，天下之人一定会赞美、歌颂他们。事实正相反，天下人给他们分别起了凶猛野兽的绰号，陛下难道不知道吗？”

水正官跟着站出来上奏道：

“人君治理天下，以勤为先。可是陛下疏于朝政，这必定是有小人在蛊惑君心。此三人经常出入宫禁，料想必是他们蛊惑陛下。蛊惑君心之人难道是贤人吗？臣以为他们三人不但不能继任金正一职，还请陛下疏远他们，诛灭他们。请陛下三思！”

帝挚沉思片刻正要开口，土正官也上前奏道：

“古人说：亲贤人，远小人，社稷所以兴也；亲小人，远贤人，社稷所以倾也。亲贤远佞是人君治理国家的紧要关口，最应该引起陛下的注意。奸佞的小人，最善于掩饰自己，他们的相貌和言谈举止，往往使人感到可信可爱，这就是古人说的‘大奸似忠，大诈似信’。臣与这三人无冤无仇，臣只是为陛下着想，为天下百姓着想。陛下，他们三人千万用不得啊！”他几乎要跪下哀求了。

帝挚心中不耐烦，沉吟了一会儿说：

“你们既然不赞成他们三位，那寡人就请问，现在金正一职空缺着，总不能没人来干。你们说，谁可以担任金正一职？”

此时，火正吴奏道：

“以下臣的愚见，尧最适合继任金正一职。尧是陛下的胞弟，他功劳卓著，深得众臣的佩服、黎民的拥护！”

尧是帝挚的弟弟，其德行受到众多大臣和天下黎民百姓的赞誉。相反，帝挚的行为却一次次地受到大家的指责。这一褒一贬使帝挚感到丢了颜面，因此在内心对自己的这位亲弟弟产生了嫉恨。所以，他最不爱听的，就是夸尧如何如何好。

火正吴的话，使他像吃了苍蝇一样厌烦。再说他更担心重用尧，可能要威胁自己的地位。所以，他把头摇得像拨浪鼓一样：

“不可不可，尧年龄太小，担不了这个重任。”

火正吴争辩道：

“以下臣来看，尧的年龄不是问题。先王颛顼即位的时候，只有十几岁，还没有尧的年龄大，他不是为黄帝王朝的基业建立了丰功伟绩吗？”

帝挚仍不松口，摆出蛮不讲理的架势高声嚷道：

“把金正这么举足轻重的职位叫尧担任，寡人就是不放心！”说到这里，他摆着手，站了起来，“就这样，这事以后再议！”

群臣抓住不放，你一言我一语地跟他辩论。

帝挚看到若今日不提拔尧，就下不来台。无奈之下，只好封尧为陶侯，外派到陶邑（今山东菏泽定陶）部落。

实际上，这是把尧流放到边远地区。再说，尧不在京都，就少在帝挚眼前转来转去，眼不见心不烦，也就消除了他的一块心病。

不让尧担任金正一职，又不能让“三凶”中的任何人担任，这一职务只有继续空缺。但天下的财政是王朝运转的命脉，不能没有人管。帝挚就让正在担任水正、名叫修的人暂时兼任金正一职。

帝挚退了朝，回到寝宫，急忙召来驩兜、孔壬和鲧，把大臣们反对他们担任金正一职的情况，来个竹筒倒豆子——都兜了出来。他余怒未消，用责备的口吻说：

“你们经常和寡人在一起，招来了几位老臣对寡人的反对。寡人以后就不能常召你们进宫了。这怪不了寡人！”

“三凶”面面相觑，一时无话可说。愤愤下去后，就在一起议论，纷纷对几位老臣与自己为敌恨之入骨。想到这样下去，就再没有出头之日，决心对他们进行报复。

他们考虑到，要想报复这几位老臣，就必须使帝挚疏远他们。而要使帝挚疏远他们，就必须想方设法满足帝挚的嗜好，让他醉心享受，不理朝政。帝挚的嗜好他们最清楚，那就是好酒、好乐、好猎。

鲧蛮有把握地说：“帝挚既然好酒、好乐、好猎，必定心性不定。心性不定的人，必定多情，也必定好色！”

孔壬反问：“这不一定吧？大家都知道帝挚好酒、好乐、好猎，可也没见他身边美女成群啊！”

“先王让几位老家伙辅佐帝王，那几个老家伙管得紧。有件事你们忘了吗？帝挚继位前，曾和他的堂妹通奸，为此先王曾把他鞭打得遍体鳞伤！”驩兜好像发现了新大陆。

三人这时恍然大悟，遂下定决心从美色上打开控制帝挚的口子。

要使帝挚好色，就要有使他难以割舍的美人。“三凶”把宫里宫外的女人过了个遍，也没发现有令人心动的。皇宫里没有，皇宫外总不能还没有吧？他们并不发愁。总不能让宫墙挡住他们的阴谋。天下三条腿的人缺，就是不缺美女。“三凶”立即决定，到各地挑选美女，送给帝挚。

他们立即派出一些人，到各个封地遍选。

经过层层严格挑选，有一百多名美女从各地被选送到了京城。

“三凶”又好中选好，优中挑优，美中选绝，结果从中选出四名绝色的美女。这样的入选率，真堪比当今世界选美大赛。

二　“四美”忽悠出一个荒淫先王

把“四美”送到帝挚面前之前，“三凶”好好给她们洗了一次脑。向她们鼓吹，入宫是天下所有女子梦寐以求的美事，进了宫，就有享受不完的荣华富贵，就连家人也能沾上说不尽的光，过上世上人们切心盼望的生活。她们能够进宫侍奉圣天子，是他们三人用尽心力得来的结果。嘱咐“四美”要有一颗感恩的心，到天子身边，要找机会多给他们讲好话。

“四美”都是从山野荒郊选来的，进了京城，就像《红楼梦》里的刘姥姥进了大观园，看到处处都觉得新鲜，令她们眼花缭乱。也认为自己及家人真的从糠囤掉进米囤里，哪有不高兴的？自然对“三凶”感激得无以言表，答应要好好在天子面前报答“三凶”的恩德。

这天，帝挚听说“三凶”要把几个美女唤来给他过目，就及早地结束了早朝，回到寝宫。

帝挚前脚刚到，“三凶”就带着四位美人后脚跟进。四个美女一走进来，寝宫里顿时一亮。帝挚不看便罢，一看顿时心惊肉跳，目瞪口呆。别看他是天子，可还从没见过如此绝美的女人。一个个皮肤白皙如凝脂，面似含苞欲放的芙蓉，双眉如新月，十指娇嫩纤柔，媚态如婆娑暖风。

帝挚顿时心旌摇曳，发呆傻笑，哈喇子都流了出来。

看到帝挚对这“四美”如此痴迷，“三凶”不禁暗喜。

鲧弯腰奏道：

“不知陛下可喜欢这几位？如陛下不可心，臣等就把她们打发回去！”

这话，实际上是在吊帝挚的胃口。

帝挚色眯眯的眼睛死死地盯着“四美”，生怕把她们打发走，忙说：

“可心可心。可别，可别打发走！”

孔壬问：

“陛下想让她们哪一个留在身边？”

他也是在忽悠帝挚。实际上，他早已看出，面前的色天子恨不得把“四美”都搂进怀里。

帝挚傻乎乎地笑道：“寡人一时还真拿不定主意。她们各有千秋。寡人想，众爱卿也别多费心了，这四个美人寡人都留下！”

“三凶”高兴得直蹦高。驩兜转身对“四美”说：

“陛下看上了你们，这是你们的福分。你们几位要好好用心伺候陛下，绝不能有半点差池。还有，你们不用担心家人，我们已经派人给你们每家各送去二十只牛羊，他们的生活，与你们在家时，那可是一个地下，一个天上！”

“四美”微笑着轻启樱桃小口，对帝挚跪道：

“小女子定报圣恩！”

鲧又对帝挚说：

“陛下，她们都有爱好和特长，要不要臣介绍一下？”

“好，好，介绍，介绍！”

这里要说明的是，在那些史太公的脑海里，中国的历史从来就是男人们的历史，不是个别特殊身份的女人，是难以被写进历史的。别的不说，就说那些帝王的女人，该可以全部写进历史了吧？但是，她们中的绝大多数的名字，都被那些史太公人为地永远溺进历史的长河里，在史书上，只能以李皇后、张贵妃、王太后的称呼出现。到底她是张三、李四还是王二麻子，只有天知道了。皇帝的女人尚且如此，何况是要阴谋的山野小女子，更何况是历史遥远到神话传说时代的“四美”？

“四美”没有留下姓名，为了叙述和阅读方便，恕笔者根据“四美”的特长，为她们各自取一个称呼。譬如说，擅长唱歌的就称她歌女，擅长跳舞的就称她舞女，擅长射箭的就称她箭女，擅长按摩的就称她摩女。

再说帝挚的话音刚落，鲧献媚地用手指着“四美”，依次介绍说：

“陛下，这个叫歌女，她的歌喉如百灵鸟，唱的歌能引来凤凰。下一个叫箭女，是神箭手，能百步穿杨，跑得再快的禽兽也甭想逃出她的神箭。再下一个是舞女，最善舞，起动舞步有柳翻之姿。那最后一个叫摩女，年龄最小，也最会伺候人。她按摩，手轻而柔，如暖风拂过，能使陛下飘飘欲仙。还要跟陛下说明的是，这四位女子，在这之前没人敢动一个指头，都还是原装货啊！”

帝挚听罢介绍，嘻嘻笑着对“三凶”说：

“知寡人者，仨爱卿啊！”

驩兜说：“我们为陛下做的还不够。”又看了看“四美”，“你们要好好服侍陛下，如有不周，可别怪我们不客气！”

“四美”一个个忙着点头答应。

打那以后，帝挚就在“花丛”中享尽奢华。神仙见了，也会摇头感叹弗如。

每天清晨，帝挚起床前，歌女就早早地梳洗打扮好，在帝挚的寝宫里唱起了动听的情歌：

王鸠鸟儿不停地唱，
在那河中小舟上。
美丽善良的好姑娘，
哥儿想和她配成双。
长长短短的荇菜，
这边那边来捞它。
美丽善良的姑娘，
睡梦里都追求她。
追求她啊追不上，
睡梦里都把她想。
长长的夜，夜长长，

翻来覆去不能忘。
长长短短的荇菜，
这边那边来采它。
美丽善良的姑娘，
弹着琴瑟来接近她。
长长短短的荇菜，
这边那边来拣它。
美丽善良的姑娘，
敲着钟鼓娱乐她。

帝挚在情歌声中慢慢睁开惺忪的睡眼，就被她的歌声迷住了。他拥着龙榻上的摩女，又把床前的歌女拉在身边，赤身裸体地听她唱歌。听着听着，就唤醒了他的兴致，扯起嗓子号叫，和歌女一起唱了起来。他特别喜欢听的歌是《赤龙与凤凰》：

赤龙宏志远，
苍穹任翱翔。
龙为百鸟王，
百鸟为龙鸣。
赤龙是帝王，
凤凰为贱奴。
帝欲取吾身，
请帝把手伸。

帝挚怎能经得住如此赤裸裸的挑逗，按捺不住情欲，就淫笑着把歌女揽在怀里，三下五除二褪去她身上的麻衣，在龙榻上淫乐起来。

折腾了半天，尽兴之后，帝挚摆着手说：

“罢了罢了，寡人要起床了！”说着推开歌女。

歌女发嗲，双手搂住帝挚：

“别忙嘛，陛下喜欢听贱妾唱歌，贱妾就再唱给陛下听啊！”

他犹豫片刻，又眉开眼笑起来：

“好好，寡人求之不得呢，今天寡人就睡在床上，好好洗耳恭听！”

他的耳朵旁，歌女又眉飞色舞地唱起了《献给心上人》。

帝挚听得手舞足蹈，一个劲地叫她唱一首再唱一首。

“我要乐器伴奏。有人伴奏，歌声要好听百倍！”歌女双手缠绕着帝挚的脖子撒娇道。

“好好好，伴奏伴奏！”帝挚像个听话的孩子。

这时御厨进来，请帝挚用早膳。

帝挚好像刚清醒过来，对歌女说：

“别乱来了，快误寡人上朝了！”

“陛下还操心那些琐事？叫驩大人他们过问算了。他们可都是陛下信得过的人啊。陛下，人生在世，转眼百年，今日不快活，悔之晚矣！”歌女似乎懂得朝政，又很关心帝挚。

“你一个小女子不懂！”帝挚虽然表面上没采纳她的意见，但底气不足，使人感到歌女正在动摇他的信念。

洗净了手脸，走进御膳房，抬眼一看，歌女已经唤来了御乐队，舞女也身着鲜艳的服装站在膳桌前。

歌女见帝挚开始用膳，遂向御乐队使了个眼色，乐声骤然响起。木乐、石乐、皮乐和竹乐悦耳动听。随着乐声，舞女如飞蝶一样翩翩起舞，歌女似巧嘴的百灵一样动情歌唱。一曲《心上的人儿请别走》，惹得帝挚无心用膳，面前的菜肴几乎未动。他或睁大双眼专心地看着，或使劲鼓掌大声叫好，或张着大嘴呆呆地张望，或如东施效颦一样扭动着身子，学着她们的样子笨拙地唱啊，跳啊，完全陶醉在声乐之中。

帝挚正跳得起劲，火正吴慌慌张张地跑了过来，大声地对帝挚喊道：

“陛下，上朝的时间到了，大臣们都等着呢！”

帝挚并没有停下来的意思，连看也没看火正吴一眼：

“你没看寡人还没用膳吗？”

舞女边跳边说：

“是啊，陛下的龙体要紧，总不能让陛下饿着肚子上朝吧！”

火正吴想向舞女、歌女发火，又蓦然想到帝挚正宠爱着她们，还是忍住了。这些女人都是帝挚的心尖肉，对她们发火，也就是对帝挚发火。但是，为了朝政，他还是带着责怪的口吻对帝挚说：

“陛下，该用膳的时候怎不用？现在已经到了上朝的时间了。陛下总不能叫那么多大臣一直等下去吧？”

“火又没烧眉毛，干吗今天非要上朝？陛下明天再上朝吧。更动听的歌儿贱妃还没顾得唱呢！”歌女不等帝挚回答火正吴的话，趁机娇滴滴地摇着帝挚的胳膊。

美女的柔情虽然似水，有时却能战胜军国大政。帝挚爱怜地拍着她的脸蛋说：“好，好。”又抬起头，瞬间脸一变，用不能改变的口吻对火正吴说，“吴爱卿，今天就歇朝一天吧，回去跟大臣们讲，就说寡人身体欠安，明天再上朝！”

“可陛下今日身体无恙啊，老臣不能撒谎，更不能诅咒陛下啊！”火正吴急了。

“吴爱卿说话理太偏了，是寡人叫你这么说的，怎么是你诅咒寡人呢！”帝挚的话中有些不耐烦，而且明显地带着训斥的腔调。

火正吴无可奈何地叹了口气说：

“老臣明白，老臣告退！”

他转身刚走出御膳房的门，里面就传出来一阵阵嘲笑声。

火正吴边走边仰天长叹道：

“先王的基业难道真的要完了吗？”

帝挚半天才用完膳。接着，歌女和舞女又双双搂着他回到了寝宫。

此时，摩女也来到了寝宫。她麻利地脱去外衣，身上三张小麻布片用细绳子系着，遮住羞处。她在给帝挚按摩时，随着身体活动，麻布不停地忽闪着，被掩盖的隐私部位忽隐忽现，惹得帝挚色欲横流。他那双手顺着麻布的边沿向里面爬行。

摩女笑着把帝挚的手抓开：

“别闹啊，让贱妾用心按摩，陛下就能万寿无疆！”

歌女、舞女也在一旁劝着、拉着，让帝挚趴在龙床上。摩女的纤纤玉手在他的腰部轻轻地按摩，帝挚浑身暖融融、痒酥酥的，感到从没体验过的透心舒坦。他飘飘然，如醉如仙，似醉卧酒池，又似身眠花丛；似置身于仙境，又似躺在碧波粼粼的温水上。随着摩女的双手在他的腰部、肩部、颈部、头部、眉、目、鼻、口游走，接下来是胸部、脐部、膝部、脚部，又按摩了脚踝、脚趾和脚心，最后一双酥手在帝挚的阴部周围似按、似摸、似摩、似捉。帝挚感到自己好像被慢慢地抛向万里高空，缓缓向下飘落。此时，他不由自主地要伸手去抓一个救命的“稻草”。只见他猛然在床上坐了起来，两只胳膊如钳子一样把摩女紧紧地搂在怀里。接着如相扑一样把肥胖的身子往摩女身上压了下去……

帝挚这样折腾了一天，心中一片空白，朝中大事早忘得一干二净，直到夜深三更，才精疲力竭地进入梦乡。

第二天清晨，日出三竿。帝挚昏昏沉沉刚睁开睡眼，突然发现一位武士打扮的人立在面前。有人行刺！他猛地翻身摸出枕畔的利剑，跳将起来猛刺过去。

三　心中只有美人没有江山

帝挚睁开惺忪的睡眼，蒙眬中看到一个武士立在龙床前，心中猛然一惊。呼啦坐了起来，抓住枕边的利剑就猛刺过去。只见那武士急忙后退几步，迅速举起手中的弓箭：

“陛下，别别，我是贱妾箭女。贱妾是来请陛下外出狩猎的！”

帝挚定神一看，真的是箭女，这才把提着的心放下。他吓了一身冷汗，长长地嘘了一口气，用责备的口气大声地对她嚷道：

“你怎如此无礼，竟敢在寡人面前这身打扮，你是想谋杀寡人吗？”

箭女这些天来已摸清了帝挚的脾气，知道他喜欢自己，根本不会下毒手，所以她并不害怕。听了帝挚的责备，她做了个赔礼的姿势，发着嗲说：

“贱妾失礼了。听说陛下爱好狩猎，贱妾早早地跑来奏请陛下，倒把礼节给忘了！”

箭女一撒娇，帝挚心中的气就全消了。他知道她箭法好，只是还没有领教过。

“罢了罢了，别忘了，以后奏请寡人，要先打招呼！”

说罢，走到箭女面前，拍着她的肩膀，笑道：

“都说你能百步穿杨，不会是吹牛吧？你恐怕不知道寡人的箭法如何，敢不敢和寡人比试比试？”

“陛下箭法盖世，贱妾不是陛下的对手。但贱妾不愿使陛下扫兴，甘愿陪陛下狩猎。要是输给陛下，贱妾情愿受罚，绕地爬行三圈。不过，要是陛下输给了贱妾——”

箭女以激将的口吻拖着长音，又向帝挚抛去媚眼。

堂堂的天子，哪会向一个小女子示弱？他一拍胸脯，声如雷鸣：

“寡人还没有怕过什么人，还怕你这个小女子不成？寡人这就跟你一起去狩猎，按射到的麋鹿多少论输赢。你要是输给寡人，寡人也不叫你爬三圈，命你陪寡人天天狩猎。寡人要是输给你，就在你面前爬三圈！”

箭女哈哈笑道：“陛下要是输了，真要在贱妾面前爬三圈？不反悔？”

“寡人一代天子，一言九鼎，你一个小女子还信不过寡人？”帝挚大言不惭。

这时，箭女笑嘻嘻地伸出手，勾起小拇指，嗲声说：

“贱妾和陛下拉钩！”

“拉钩就拉钩！”帝挚伸出小拇指，和箭女拉起钩来。两人边拉钩边大声唱道：“拉钩发誓，一辈子不反悔！”

正在这时，火正吴等一群老臣大步赶了进来，跪在地上，齐声规劝帝挚快去临朝听政。

帝挚根本没有听进去他们的话，在火正吴跟他说话时，他嘴里还不服气地对箭女说：

“寡人就不信能输在一个小女子手下。叫御厨把烤乳羊拿来，寡人带在路上吃！”

“陛下昨天说好的今日临朝，今日不能再不临朝了啊，那么多大臣都等着，有好多关乎社稷的大事急着向陛下上奏啊！”火正吴苦苦哀求。

箭女不满地瞥了火正吴他们一眼，转身拉住帝挚的手说：

“哎呀，陛下长期临政劳累，也该保养保养龙体了。再说陛下还要和贱妾比试狩猎呢！”

帝挚本来对临朝听政就不耐烦，箭女这一催，顿时心烦，皱着眉头对一群老臣摆摆手：

“今天就让大家回去休息吧，养精蓄锐嘛！”

帝挚根本听不进劝阻，一身戎装，拉起箭女跑向宫外，跃马扬鞭，一群战马腾起阵阵烟尘消失了。

火正吴等几位老臣愣愣地跪在那儿，半天缓不过神来。

一位清洁官走了过来，望了几位老臣一眼，无奈地摇了摇头，叹了口气：

“回去吧，没看见吗？天子的心被那四个小女子迷住了，唉，你们不是那四个小女子的对手啊！”

火正吴长叹一声：“这样下去，天下不就成了无王的蜂了吗？先王们地下有知，一定痛骂我们几个老家伙辅佐不力啊！”

“四美”在帝挚身边，不忘“三凶”对她们的嘱托，竭尽所能地讨取帝挚的欢心。她们知道，只有这样，她们才会在宫中站稳脚跟，享尽荣华富贵，家人也才会得到帝挚的恩赐。

日复一日，“四美”极尽伺候，百般挑逗。帝挚守着百媚千娇的“四美”，失魂落魄，如入迷宫，哪还能想到朝政？

“三凶”为了防止忠良老臣们进宫规劝帝挚，就唆使帝挚下令，派兵严守宫门，不让任何人入宫觐见。

忠良臣子为朝廷大事心急如焚，他们日日赴朝，可天天朝门紧闭，不得不一次又一次地叹息而回。

这段时间，黄河中游及汾水下游一带，瓢泼大雨下了七天七夜，不见停歇的迹象。洪水肆虐，庄稼被淹，房屋冲倒。多天后雨过天晴。洪水退入河床之后，但见尸体遍野，到处是饥馑的百姓，举步维艰地四处乞讨。一些人实在饿得忍受不了，就把死尸烘烤后充饥。阳关（今甘肃敦煌西南）、兴庆（今宁夏银川）、金城（今甘肃兰州西北）、平阳（今山西临汾西南）、安邑（今山西夏县西北）及蒲阪（今山西永济蒲州）等地的诸侯，纷纷派人来朝廷告急，恳请帝挚开仓赈灾。

水正官掌管着全国的水利，又兼管着全国的粮食，诸侯们的告急使他心急如焚，慌慌张张几次跑去要上奏帝挚，都被守将以帝挚身体不适为由挡在宫门之外。

他悲痛地仰天大哭：

“天哪，难道就这样让黎民百姓活活地饿死吗？”

回来后，他找到火正吴等老臣，说出心中的忧虑。他们个个忧国忧民，可又有什么办法？他们在一起怅怅而谈，越谈越气愤。

火正吴叹了一口长气说：

“咱们从长计议，还是不要对天子失去信心。先王让咱几个老家伙辅佐朝政，咱肩上的担子重啊！古语说，知其不可为而不为的，叫智士；知其不可为而为之的，叫仁人。我以为与其我们做智士，不如做仁人。咱们还是再找机会劝说帝挚吧！”

一位老臣气得两眼冒火：

“见都见不上天子，哪还谈得上再劝说！”

“我看，我们写成表章，让守将传给天子！”另一位提议。

大家感到也是长虫钻进竹筒里——只好走这条路了。当即，他们把各地诸侯的告急信写成奏表，第二天就早早地来到帝宫大门前，请求守将转交给帝挚。

人类有势利眼，不是现在才有的。它也和人类一样，有着悠久的历史。守将们多次看到帝挚傲慢地对待这批老臣，就知道他们已经失宠。主子都不把他们当回事，守将哪还把他们往眼里放？再说帮这些老家伙传递奏表，不是又得罪天子了吗？与其得罪天子，倒不如得罪对自己没有威胁的这些老家伙。

守将有这种心态，老臣们为了把奏折递给帝挚，说得起满嘴白沫，也是枉然。

老臣们一次碰一鼻子灰，并不死心。这天，他们又跑到宫门口，苦口婆心地要守将传递奏表。可是，等待他们的依然是遭到拒绝。

正在这时，突然从宫门内传来“嘚嘚”的马蹄声。守将们知道帝挚又要出去狩猎了，就急忙跑去把宫门打开。几位老臣反应过来，急忙奔到帝挚面前，双膝跪地，把手中的奏表高举到头顶，希望帝挚能够接收。

哪知帝挚根本不理会，带着“四美”和狩猎的马队，快马加鞭地冲了过来。捧着奏表跪在地上的老臣急忙躲闪。然而，土正官还是躲闪不及，被重重地撞倒在乱马蹄下。

老臣们急忙爬起来，把撞倒的土正官扶起，抬到太医坊抢救。

太医诊断后，摇了摇头：

“不行了，不行了，失血过多，踩踏太重，现在气若游丝，马上就要升天了，鄙医无力回天啊！”

老臣们哭着哀求，要太医不要放弃抢救。哪知土正官猛地吐出最后一口血，戛然离世。

土正官向来廉洁磊落，宽以待人，严以律己，在朝中享有很高的威望。他的意外死亡，使朝廷上下十分震惊。土正官的住宅内外，一片哭声。大家都为他的死而痛惜，同时又为帝挚荒淫残暴、宠信奸佞小人和被“四美”迷惑，心怀不满和怨恨。

当众大臣紧张地为土正官准备葬礼时，宫中帝挚正在欣赏着“四美”的乐舞。兴致高时，他就拖着肥嘟嘟的身体，唱着、扭着、跳着，直到大汗淋漓方才打住。

这时，箭女从侍女手里接过香茶，递给帝挚，嗲声嗲气地说：

“陛下喝下这杯茶，歇歇气，贱妾再跟陛下算账！”

帝挚哈哈大笑，咕咚咕咚喝下去，嚷道：

“噢哈，小女子，寡人欠你什么账，竟要跟寡人算？”

“陛下想的是天下大事，当然把贱妾的事忘了！”箭女假装生起气来。

帝挚见箭女生气了，忙把她揽在怀里哄道：

“别气别气，都怪寡人头脑愚笨，竟把贵姬的大事忘得一干二净。贵姬快快说出来，重重地罚寡人！”

箭女“扑哧”笑了：“这可是陛下自己说的啊。陛下忘了吗，前天陛下和贱妾狩猎时比赛射箭，陛下输了，说回来要在地上爬三圈。贱妾让陛下现在就兑现，还要再加罚三圈！”

“就这事啊，哎呀，这有何难？只要贵姬高兴，加倍罚寡人！”说着“扑通”趴在地上，围着几位美姬爬了一圈又一圈，嘴里还不停地学着狗叫。

帝挚的表演，引起“四美”哄堂大笑。有的还笑倒在坐具上，怎么也止不住。

正在这时，硬闯进来的火正吴跑来对帝挚道：

“陛下，土正这么重要大臣的葬礼，陛下应该参加，况且还是——”

帝挚气愤地拦住他的话：

“况且什么？难道说，是寡人害死了土正？荒唐至极！他竟敢挡寡人的道，犯了谋反之罪，理应对他满门剿斩。寡人看在先王的分儿上，饶了他的亲族。你说，对于这样的罪臣，你们还人模狗样地为他举行葬礼，寡人不追究你们的罪责就罢了，竟然还来责怪寡人，真是岂有此理！”

火正吴被训斥得又气又恼，不觉头脑发昏。知道这不是讲理的地方，遂转身离开，一个踉跄，几乎跌倒。

土正官被草草下葬后，老臣们对帝挚彻底失望了。一个个忍无可忍，上奏请辞。见不到帝挚，就让“三凶”之一的鲧帮他转交。

几天过后，也没见帝挚要挽留的消息，又有几位老臣心灰意冷，上表退休。

“三凶”巴不得这些老家伙都罢官归农，空下的官职由他们取而代之。他们自然不会劝帝挚挽留，反而说老臣们私心太重，成心罢工，要挟陛下。

帝挚早对几位老臣看不顺眼，也听够了他们在耳边啰唆。老臣的离去，反而使他得意起来：

“走，都走吧！走了张屠夫，不吃连毛猪。寡人不信少了几个老家伙，天就会塌下来！”

火正吴本来见老臣们纷纷辞职，还怪他们违背先王的遗训，不愿继续辅佐帝挚。可是，帝挚一直不回头，也令他心灰意冷。眼下，举国上下，哀鸿遍野，怨声载道，盗贼四起，诸侯蠢蠢欲动。眼见形势岌岌可危，他感到自己的心在烈火上煎熬，难以忍受。他整日食不思、寝不安。国家的栋梁之材死的死、走的走，自己浑身是铁又能打几根钉？他吃力地爬到一座山坡上，举目远望，满眼山河破碎，荒芜凄凉。又转眼向帝宫望去，见到恢宏的宫殿映入眼帘，靡靡之音随风飘来。他感到自己就像那瘠薄荒地上孤独无援的野兔，被野兽吞噬的厄运随时都会降临。想到这里，绝望和悲痛顿时泅遍了全身，泪水如泉涌般流了出来。只见他长叹一声，仰望长天撕心裂肺地吟唱：

一木焉能支大厦，
老身赤心终无法。
“四美”妖惑迷帝挚，
“三凶”驭帝闹中华。
遍野哀鸿贼盗生，
诸侯阴谋起兵戈。
恨无倒海回天力，
卸职归田混日月。
吾辈无能辅朝政，
他日为鬼目难合。
但愿天公发神威，
斩尽妖魔与邪恶！

当天，火正吴就把辞职表章递给“三凶”，背起腰鼓大小的背包，步出宫城，渐渐消失在驿道的尽头。

四　人到无路只有反

老臣们一个个地离去，帝挚多少也有所思考。可没等他多想，“三凶”就看透了他的心，像毒蛇一样缠绕在他身边，你一言、我一语地劝解他。污蔑几位老臣想夺取权力，架空陛下，朋比为奸，欺朝乱政。长此以往，别说陛下的地位万分危险，就是先王的基业也要动摇。

“四美”也围在帝挚的身旁说：

“陛下的事这些老东西都要管，那还不无法无天了？陛下不用愁，天下的能人贤臣多得是。有驩兜、孔壬和鲧他们几位大人忠心辅佐，帝王就开心地玩吧！”

只有一个人这么说，帝挚也许还不太相信。可“三凶”“四美”七张嘴都这么说，就不能不让他相信了。

但是，朝廷不能一日无金正、木正、水正、火正、土正几位重臣。帝挚感到最贴心、最放心的当然是“三凶”了。他当即决定，由驩兜他们三人继任已离去的几位老臣的职务。

“三凶”的目的终于达到了，也意味着一个新时代的开始。新官上任三把火。自己一批人上台，就要有新气象。要有新气象，就必须与离去的那几位老家伙彻底划清界限。

怎么划清？他们首先想到的是官职名称的变更。

他们不想自己担任的官职还叫金正、木正、水正、火正、土正什么的，就向帝挚建议更换官职名称。

帝挚对他们言听计从，他们想把自己的官职叫什么，就叫什么。

于是，朝廷里设了一个官职叫司徒，总理一切民政，由驩兜担任。

另设一个官职叫共工，是置办一切工作器具的，由孔壬担任。

还设一个官职叫司空，是专门治理水利、耕地和道路的，由鲧担任。

这一届朝廷的架子就这么搭建起来了。

至此，朝中大权全部落到“三凶”手里。

“三凶”当政，帝挚更不问朝政，与“四美”一起，过着歌舞升平、灯红酒绿的糜烂生活。

再说，这时中原大部分地区大雨连绵，洪水泛滥，庄稼颗粒无收，民不聊生。数路诸侯一次次派人来到帝都，请求帝挚对十年一遇的洪涝灾害做出对策。

帝挚一味迷恋浮华和酒色，再加上“三凶”阻拦，各地派来的人根本见不到他。

帝挚不过问百年不遇的洪灾，这令各地诸侯十分气愤。他们又从派去的使者口中，得知帝挚草菅人命、荒淫无度、近奸远忠，使前朝老臣一个个被迫辞职出走。眼下“三凶”当朝弄权，朝纲混乱，他们深感社稷危亡近在旦夕。一个个痛心疾首，百感交集，恨自己没有回天之力，拯救先王开创的千秋大业。

花开两朵，各表一枝。再说火正吴辞职离开京城，回到泾河上游的故里吴家村。在这里虽然能和家人、孩子朝夕相处，尽享天伦之乐，但是他的心却时时刻刻牵挂着天下大事，帝挚就像他的影子一样挥之不去。他的心时时受到煎熬，整天食无味、睡不香，瘦得如稻草人一样弱不禁风。

这天，火正吴烦闷，就有心无心地到泾河岸边垂钓。此时，他哪想着鱼儿上钩啊，他在想着朝廷大事啊。他希望鱼钩钓上来的是朝中大事。

他正在苦苦思考，蓦然一队身着戎装的勇士，骑着战马一溜烟奔来。他抬起昏花的老眼扭头望去，只见一位将军模样的人，在他身旁勒住飞奔的战马，随即纵身跳下，奔到他面前，高声叫道：

“火正大人，你怎么有闲心等鱼儿上钩啊！”

火正吴一看，原来是黄帝的后代、安邑侯隅伯。他慌忙起身想拜见，可非但没有站起来，反而歪倒在河边。

安邑侯隅伯急忙上前把他扶起，连声说：

“吴大人不必有礼，不必有礼！”

火正吴连连摇头：

“老朽了，不中用了，不中用了！哎，侯爵大人怎么来到老臣的寒舍卑地？”

“吴大人别忘了，这里可是我的管辖之地啊！”隅伯哈哈笑道。

火正吴明白了过来，不由得长叹道：

“忘了，忘了。岁月不饶人，死神在招手啊！”

隅伯问候了他的近况后，摇头惋惜道：

“不久才听说大人愤然辞职归田，早想来看望，却没能抽开身。今日前来，一来是看望大人的贵体可安康；二来是对大人吐几句牢骚话；三来是向大人领教的！”

“侯爵大人这么说，叫老朽无地自容了！”火正吴叹了口气说。

接着，两人就坐在泾河岸边，面对滚滚东逝水，掏心掏肺地交谈起来。

“我现在遇到了疙瘩，还请大人指点迷津，帮助解开！”隅伯一脸的诚恳。

原来，火正吴离开京城不久，北部和西部等地传来北夷（泛指北方的外族）人犯边的消息。几路王侯和朝中主持正义的大臣力主出战抗击。但是，“三凶”上奏帝挚说，北夷地广人稀，怎么也不会人心不足蛇吞象。他们怎么会广征兵力，长途跋涉掠我土地？再说，千里迢迢，荒无人烟，谁能发现北夷人犯边？是否有人为了自己不可告人的目的，想调动军队，在谎报军情？

“四美”也围在帝挚的身旁，帮着“三凶”说话。什么这些诸侯野心不死，要和朝中一些大臣串通一气，想篡夺陛下的权力。要是听信他们散布的谣言，准许调动军队，那他们还不趁机反了天！

帝挚开始并没有把王侯们想得这么坏。也许有几个北夷人越境，偷几只牛羊。北夷人得手后，也就退了回去。所以，他只是认为王侯们把事情看得太严重了，或者说是小题大做。他根本没想到王侯们还有别的目的。

听了“三凶”及“四美”的这番议论，他突然觉得自己考虑得太简单，想得太幼稚了。这几个王侯或他们的父辈，为打下姬姓天下立下了汗马功劳。他们是否居功要挟，向朝廷施压呢？要是给他们军队，谁敢保证他们不用来反抗朝廷，把自己从龙椅上推下去？

心中把王侯们当成了敌人，帝挚就断然拒绝了他们要朝廷派兵的要求，也不准王侯们动用自己的军队。

隅伯也不例外。北夷人进犯了安邑，隅伯派人到朝廷要求派兵，帝挚不准，还不准他出动自己领地的守卫部队打击来犯之敌，这令隅伯十分恼怒。

面对来犯之敌，他义愤填膺，早把帝挚的命令放到了脑后，亲率自己的数百名卫队，赶到风雪交加的边陲大漠，用武力把北夷人撵出境外。谁知北夷人善骑善射，个个勇猛。一场厮杀，隅伯竟然被打败，不仅卫队死伤过半，他自己也险些落入敌手。隅伯落荒回来后，随即写了表章，派特使快马飞报去京，再次请求帝王迅速派三万军队到安邑击退北夷人的侵略行径。

帝挚看了隅伯的奏章，大骂他心存狼子野心，竟然夸大军情，骗取军队，妄图犯上。帝挚命隅伯的特使带着圣旨，速回安邑，命隅伯即刻进京。

隅伯接着圣旨，心中忐忑不安。如果进京，必定凶多吉少；如不进京，帝挚必然认为他要造反，自己必死无疑。

正在不知如何是好时，他想到了辞职归家的火正吴。两人相交多年，情同手足，无话不说。请火正吴帮自己拿个主意，也许他不会推辞。

火正吴听了隅伯的讲述，感到他情势危急：

“眼前这个坎儿大人难过啊，弄不好要大祸临头！”

隅伯从火正吴口中证实了自己的处境，心中更急：

“大人，你看我该怎么办？”

火正吴望着滚滚逝去的泾河水，满脸愁容地叹了口气：

“侯爵大人眼前的祸福，老朽不敢说啊！”

“但讲无妨，难道大人还信不过我吗？我如能躲过这场灾难，一定重谢大人！”

“朋友不言谢！”火正吴摆了摆手，犹豫片刻。为了朋友的安危，他管不住自己的嘴，还是说出了口，“现在朝廷的大权都在‘三凶’手里，‘四美’又与‘三凶’勾结在一起，把天子牢牢地控制在手里。且不说天子曾经和侯爵大人有过过节，‘三凶’以前也曾因议论迁都的事，和侯爵大人闹翻，多次在天子面前说侯爵大人的坏话。这次他们更不会放过侯爵大人。侯爵大人要是进京，老朽准备给侯爵大人送葬了。”

火正吴激动得眼里闪着泪花。

隅伯蓦地跪在火正吴面前：

“我的先人为姬姓的天下立下了汗马功劳，不能在自己的手里断送先人的功业。请大人指点迷津，使我免受灭族之灾！”

火正吴连忙把隅伯扶起：

“老朽和侯爵大人从来不分彼此，只是老朽心有余而力不足啊。以老朽看，侯爵大人进京是死，不进京在安邑坐等也是死！”

隅伯心惊肉跳地问道：

“照大人这么说，我是只有死路一条了？”

火正吴轻轻摇了摇头：

“不然。老朽认为侯爵大人还有条活路，也是唯一一条活路。要是走这条活路，老朽认为，侯爵大人可能也要冒杀头和满门抄斩的危险！”

“大人说，只要还有一线希望，我都要去冒险杀出一条活路！”隅伯十分急切。

火正吴指着不远处隅伯的一队人马，把嘴送到他的耳朵上，小声说：

“起事！”

隅伯顿时吓了一跳，脸色都白了：

“这……”

火正吴见隅伯害怕，就假装不再过问，叹口气站了起来：

“侯爵大人，我可什么也没说啊。何去何从，由侯爵大人自己决断吧！”拿起鱼竿又要去钓鱼了。

隅伯从来对帝挚都是忠心耿耿。一说起事造反，着实吓了一跳。世代精忠的美名，难道就毁在自己的手里吗？可是，如果还像先人们那样精忠下去，帝挚就要把自己一家斩尽杀绝。怎么办，怎么办啊！

隅伯仰起头来，问苍穹，苍穹默默无言；低下头来，问大地，大地久久不语。

自己身首分离，还不足惜。父母双亲、家人、孩子，还有那有亲有疏的其他亲属，如果都因为自己惨遭灭顶之灾，自己为鬼也不可饶恕啊。

进京满门抄斩，不进京亦满门抄斩，反正都是死 。不如就听火正吴一次，奋起抗争，杀出一条生路。

只见隅伯向火正吴施了个一拜到底的大礼：

“大人息怒。我左思右想，也觉得只有造反这一条路了。可我只有两千兵马，即使起兵，也是自取灭亡啊！”

火正吴见他转了念头，也就进一步说：

“只靠侯爵大人一个人的力量，确实不是帝挚和‘三凶’的对手。可侯爵大人毕竟还是先王的后裔，在各路王侯中有很大的威望。侯爵大人完全可以利用自己的威望，联合其他王侯共同起事。侯爵大人不是也知道平阳（今山西临汾西南）、金城（今甘肃兰州市西北）、兴庆（今宁夏银川）和襄国（今河北邢台西南）的王侯，都对朝廷不满吗？以老朽想，只要侯爵大人联络各地，扶正祛邪，带头揭竿而起，各地王侯就会一呼百应，帝挚就不愁被推翻，‘三凶’就不愁被铲除！”

这番话让隅伯顿时有了信心，拉住火正吴的双手，向他求援道：

“就照大人说的办。可我势单力薄，又无经验，干这样的大事我心里没底。我诚恳请求大人出山，为了先王的基业，携手大干一场！”

火正吴摆了摆手：

“老朽年近花甲，来日无多，侯爵大人还是另请高明吧！”

“大人常说，帮人要帮到底。大人也常说，先王对我们不薄，为了先王的基业，一定要鞠躬尽瘁，死而后已。大人现在怎么如此惜命？是怕战场上阵亡，还是怕失败了，被杀头、抄灭九族？”隅伯以恳求的眼光对他说。

这是在拿话激他，那逼迫的眼神一动不动地看着火正吴。

隅伯这一激，倒使火正吴绝了推辞之路。只见他沉思片刻，然后长叹一口气：

“老朽本想远离朝政，落叶归根，最终埋在家乡的黄土之下。既然大人如此看得起老朽，那老朽就把这身老骨头舍出去了！”

当即，火正吴辞别家人，和隅伯一起，跨上战马，带着滚滚黄土上了征程。

隅伯和火正吴即刻到各王侯的封地，和几路诸侯密商。这些王侯都在为先王创下的基业忧愁，又不见仁人志士带头拯救，心中正闷闷不乐。隅伯和火正吴的到来，使他们好像长夜里点亮了一盏明灯，感到黑暗就要过去，丽日即将来临。他们纷纷表示，响应号召，武力抗争，拉下帝挚，剪除“三凶”，驱逐“四美”，辉煌帝业。

火正吴认为，起事要想成功，必须在朝廷内寻找同谋者，里应外合，共举善事。最好能把掌管中央兵权的大臣且龙争取过来，使他作为内应，配合几路王侯，在京城内发动宫廷政变，为城外的几路王侯攻打京城做好策应，那样获胜的希望才会更大。

再说且龙也是刚直之人，“三凶”在朝廷横行霸道，他也是气愤不已。火正吴认为，只要说透情况，且龙不会袖手旁观。

火正吴又提出，自己与安邑侯隅伯，以及辞职归农的几位老臣出面，去做且龙的思想工作。

火正吴一一上门找到归里的几位老臣。他们都是因为帝挚荒淫辞职，正为无计拯救帝业整天愁眉苦脸。他们跟火正吴有几十年的深情厚谊，加上火正吴声情并茂的劝说，着实打动了他们，一致表示不计个人得失，共襄先王创下的大业。

不两日，火正吴、安邑侯隅伯与几个老臣赶往帝都，趁着夜幕来到城门外。守卫城门的卫兵对他们都很熟悉。他们对卫兵说，家乡的富人欺侮他们，实在没法过活，这次进京向天子告状。卫兵对这几位忠心耿耿、老了又受欺负的老臣十分怜悯，就客客气气地把他们放进了城。

五　自毁“堡垒”

俗话说，色是刮骨的钢刀。帝挚整日和“四美”在一起，沉溺女色，终日神情恍惚，无精打采。即使如此，由于“三凶”的引诱、“四美”的挑逗，他依然色欲不退，玩心不改。宫廷内的乐坊本来很小，帝挚为了使歌女甜美的歌喉、舞女优美的舞姿，享誉朝廷上下，就新建了一座能容纳三千人的庞大乐坊。每天夜幕降临以后，就下令朝中所有的人去新建的乐坊欣赏歌舞。

开始谁也不敢违抗帝挚的命令。但“四美”娇昵的神态，使不少人浑身实在不自在，节目没演完，就一个接一个地偷偷溜走了。

“四美”见观众越来越少，心中不快。

帝挚见美女不悦，转身命令御林军上门强行驱赶。敢于拒绝前来观看的，以抗旨罪当场处斩。

且龙无心欣赏歌舞，晚饭后待在家里，正为荒淫的朝政唉声叹气。这时，御林军赶来，狐假虎威地喝问他为何不去乐坊观看歌舞，并责令他立即跑步前去。

他正在为国事苦恼，怎能忍受如此屈辱。只见他愤怒地指着御林军骂道：

“大胆！区区小卒，竟敢跟统领天下大军的老臣这样耍威风！”

可能且龙领导的是戍边的野战军，并非保卫皇宫的御林军，所以这个御林军卫士才敢于如此蛮横地对待他。

只见一御林军卫士用武器抵住且龙的胸口：

“我不管你多大的官，你今天不去乐坊，我们奉旨前来驱赶，你还讲什么大话！你就不怕死吗？”

正说着，又上来两个卫士，把且龙强行拖走。且龙怒声大骂，却被御林军卫士拳打脚踢，又挨了两个耳光，硬是被拖着来到乐坊。

这时，几个御林军卫士提着几颗血淋淋的头颅来到帝挚面前。

帝挚指着头颅，对前来观看的官员们吼道：

“哪个再敢抗旨，这就是下场！”

“四美”唱得再甜，舞得再好，也难免不使人厌烦。为了能吸引住人，特别是吸引住帝挚，“三凶”又命令“四美”表演歌舞时，由箭女箭射活人，以吸引观众的眼球。

“四美”猛一听心里发颤，又见“三凶”一双双阴险毒辣的眼睛，就咬了咬牙，横下心来。

片刻间歇之后，乐声又起。歌女、舞女几乎全裸着身子，轻歌曼舞飘到台前。一阵放歌和舞蹈，箭女一身武士打扮，提着弓箭，威武雄壮地跨到台上。帝挚看了连声叫好。

台上，就在歌女、舞女又唱又跳的同时，箭女上台，一次次做着搭弓射箭的亮相动作，赢得帝挚、“三凶”和台下一些哗众取宠者的喝彩。

正当歌女、舞女又唱又跳达到高潮时，箭女快步在舞台上跑了一圈，突然停步，一个原地旋转，随即抬手拉弓射箭。只听“嗖”的一声，紧接着舞台下几丈远“啊”的一声惨叫，一个宫人蓦然中箭倒下。

顿时，全场一片唏嘘和骚乱声。

这突如其来的事件也使帝挚惊吓得瞠目结舌，他腾地站了起来。

正在这时，只见坐在帝挚一旁的“三凶”猛然振臂高呼：

“好箭法，好精彩！”

然后，转身奏请帝挚：

“陛下请饶恕，这是为了使陛下开心，也为了吸引众人，臣下才令美姬箭射活人！”

“三凶”这么一说，帝挚才醒过神来，连连赞道：

“对对，不错，不错，真是好主意，真令寡人大开眼界！”

说着又奔到箭女面前，伸出拇指夸道：

“还是寡人的美姬身手高强，原地转了这么多圈还能一箭中的。要是寡人呀，早转晕了，箭没射出，身子就趴下了。美姬啊，你没给寡人丢脸，寡人赏你黄金千两！”

眼前血淋淋的一幕，帝挚出人意料的话语，使台下所有的人又惊又吓又呆。他们个个担心，不知哪一刻，自己也要成为天子取乐的活靶子。

箭射活人使箭女得到帝挚的加倍宠爱，箭女也就得寸进尺，提出新的要求。

郊外狩猎场离城数十里，每次狩猎风吹日晒，再加上路途劳累，射猎回来后身乏心烦，情趣失去大半。为此，箭女很不满意。

这天，她在帝挚身边发嗲，硬要求在京城内开辟一个猎场。帝挚认为城内人口稠密，到处是建筑物。要建一个猎场至少也要上百顷地，不知要迁走多少住户，拆除多少房屋。

帝挚正在犹豫，箭女竟哭了起来。这时，“三凶”忙在一旁对帝挚说：

“她说得也有道理。猎场在城外，难以守卫，经常有乡野小民偷猎。猎物少了，陛下往往打不到，兴趣大减。再说路途太远，守卫人员不够，往往使陛下的安全受到威胁。如果在城内建一个狩猎场，周围筑上围墙，猎场内栽上树，种上草，放进去百兽，再建一些房屋用来遮风挡雨。陛下想去打猎，出了宫门，就能到猎场，既方便又轻松。再说，也省去陛下路途上的时间，腾出精力处理天下大事，这真是一举两得的大好事啊！”

“三凶”凭借巧舌，使帝挚动了心。

自从得了箭女，帝挚经常想和她一起狩猎。但碍于猎场离帝都有好长一段距离，来回费时又疲乏，只好几天狩猎一次，这样就感到不尽兴。箭女和“三凶”的提议的确能弥补这些缺憾。他随即下了圣旨，在帝都内建一个占地二百顷的猎场，内挖河湖，堆筑假山，从各地广征名木、名花、名草和兽禽，栽植和放养进猎场内。他还给未来的猎场取名为“百兽苑”。

“三凶”接到圣旨，迅速派特使通告各地王侯，召集民工十万人，赶到帝都，争分夺秒抢建“百兽苑”。命令全军司令且龙派三万军士，赶走“百兽苑”规划区内的九万多市民。

看着为了帝挚的享乐腐化如此劳民伤财，且龙的心在滴血。但君命难违，他只得把三万军士进驻到“百兽苑”规划区内，一家一户去做搬迁户的思想工作。

天下悠悠万事，最难的是拆迁工作。就是在今天，也要磨破嘴皮子，踏破鞋底子，也还是有难缠户、钉子户。这次拆迁涉及九万多人，且不说他们故土难舍，他们被赶走，不像如今有合理的补偿，那时可是拆了白拆，被拆迁户总得有个藏身的住处吧？且龙深知黎民百姓疾苦，虽然拆迁工作每天都有进展，但进度很慢。这样，时间就不知不觉拖下来了。

再说帝挚整天与“四美” 欢淫，他就是钢打的、铁铸的身子，也该被“四美”泡软了。他的身体眼见衰弱，消瘦，还经常咳嗽咯血。御医精心医治也不见效。

诡计多端的孔壬跑来对帝挚说：

“陛下的病，并不要紧。臣听说昆仑山上，有不死之药。老将羿曾去求过这种药，他一百多岁还身强力壮。臣想冒死去昆仑山为陛下求不死之药！”

帝挚非常赞赏他的忠心，更想自己永远壮得像牛一样，好长期与这些美女共度鱼水之欢。听孔壬这么一说，根本没多想，就毫不迟疑地批准他带领几十人前往昆仑山。

可想而知，孔壬根本求不到不死之药。相反，他又编造了一个美丽的谎言，既为自己求不到不死之药辩护，又为自己追求到更大利益制造借口。他游山玩水几个月，回来后对帝挚说：

“臣一路受尽千辛万苦，还有无数险山恶水阻隔，更有许多妖魔鬼怪作对，终究没能求到不死之药！”

帝挚听了，十分灰心。

“但臣以为也不虚此行！”

“此话怎讲？”帝挚以为他寻到了其他长生不老的灵丹。

“臣在昆仑山附近碰到一个人，名叫相柳。相柳力大无比，在西方很有势力。他想接受陛下的册封，在那里建立一个国家，服从天子的领导！”

不费一兵一卒，就扩大了地盘，此等好事做梦也想不到。帝挚甚是欢喜，当即答应封相柳为一国之君。

孔壬忙摆了摆手说：

“陛下要封相柳为国君，自然也可以。只是臣考虑，此人并没有什么大的功绩，无缘无故受册封，恐天下不服。再说，相柳在与臣交谈时，一再表明愿意为臣效力。不封吧，又怕他与陛下反目为仇。如果他被别的什么人册封了，又可能会给陛下制造麻烦，成为陛下的心腹之患。所以，臣一路上思考着这个问题，不知道怎么办为好！”

帝挚真的被孔壬忽悠住了：

“这有什么难办的。相柳愿意效忠于爱卿，归根结底还是效忠于寡人。寡人就封爱卿为那里的国君吧！”

孔壬要的就是这一结果，达到了目的，别提他多高兴了。但他还是尽力掩饰自己内心喜悦，假意推辞说：

“这怎么行啊。臣本来是出于为陛下寻求人才，才向陛下推荐相柳的，现在反而先封了臣，别人还以为是臣借故向陛下要求册封呢。况且臣也没有什么功劳，怎敢受此厚封呢！”

“能给寡人举荐贤能之人，就是功劳，就该得到重赏。何况以前爱卿选‘四美’，以及辅佐寡人立下了汗马功劳，怎能说没立功呢？爱卿不必推辞，寡人不会改变主意！”当即下令诏封孔壬为西方国君。

那些善于依附权势的朝臣们听说后，都跑来向孔壬祝贺。

举行了册封典礼，孔壬向帝挚告辞，说要去布置布置封国的工作。

帝挚依依不舍地挽留道：

“去布置布置也是应该的。只是爱卿是寡人的股肱之臣，寡人可是离不开爱卿。爱卿在封地不可久留，布置妥当后，要立即回到寡人身边。封地的事嘛，就让相柳代理爱卿办理吧！”

孔壬谢过，挑选了精兵强将，一起西行，去了封地。

再说驩兜当了大司徒以后，位列群臣之首。他得意扬扬，心满意足。从此，更加怂恿帝挚迷恋酒色，远离朝政。也更加为所欲为，搅乱朝纲。天下臣民，都愤愤不平。

这天，手下告诉他一个消息，让他吃惊不小：他有位朋友，从东方来到帝都，说东方的一些诸侯，对天子议论纷纷，对“三凶”心怀义愤。相反，陶侯尧的声望十分高涨，那些诸侯都争相与他交往。

驩兜恍然大悟：怪不得各地的诸侯这么长时间很少来朝贡。别说远方的不来，就是邻近的也少见前来，原来他们都有二心了啊。他故作镇定地对这个手下说：

“我看没有什么大不了的。天子的大位是先王传给的，又不是篡夺得来的，那些王侯敢冒天下之大不韪，起事反对天子吗？”

“大人说得固然不错，可我有点顾虑，陶侯尧是天子的亲弟弟，也是先王的嫡子。万一他和其他王侯联合起来，找一个什么由头，推他为新天子，又不承认现在的天子，这也算是名正言顺。大人想想，到那时，可就是豆腐掉进灰堆里——拍打不得了啊！”

驩兜沉吟半天，摇了摇头：

“我看未必吧？陶侯尧违背先王之命，不能称作孝；篡夺长兄之位，不能称作悌。陶侯尧历来被人看作仁义之人，向来与天子和睦。像这样的人，能够起事反对天子吗？”

“大人说得也对，”手下又一转话锋，“可大人忽视了一个问题，现在的天子由于几位美人日夜缠绕，体弱多病。御医说，天子痨病很严重，经常吐血。痨病根本治不好，随时随地都可能有危险。一旦驾崩，最近一位妃子刚生的儿子，又不是嫡子，按照祖法，不能为君。谁能为君呢？没有第二个人，只有陶侯尧一个。大人说，危险不危险！”

驩兜这才感到头上像悬着一口利剑一样心里发寒。想必滚刀肉孔壬已经早早地预料到这一问题的严重性，才找借口去西方寻不老药，结果要了个封赏，到西方当一国之君去了。孔壬心眼儿多，狡兔三窟，就是陶侯尧成为天子，可他已经有了封地，也不能怎么了他。而自己呢？难道就在帝都等死吗？

手下看出他的心思，就为他出了一个主意。驩兜思忖再三，感到也不失为一条生路，就跑去找帝挚。

他怂恿帝挚说：

“陛下，封赏是人君鼓舞天下、收买人心的重要手段。可陛下即位数年以来，还没有封赏任何一个人，这不免使大家感到失望。眼下陛下生了个公子，如果趁此搞一次封赏大典，不是很好吗？”

帝挚点头赞成：

“最近封赏孔壬时，寡人当时也想到爱卿和鲧。你们三人立了同样大的功劳，寡人不能厚此薄彼，爱卿和鲧也都应该封赏。只因为寡人这段时间时常发热，竟把这事忘掉了。今日爱卿既然提醒寡人，寡人很快就册封，爱卿觉得怎样？”

驩兜忙说：

“陛下误会了。臣并不是为自己着想。要是陛下专门封赏臣等，天下必定认为陛下偏爱臣！”

这可把帝挚搞糊涂了：

“爱卿说，寡人该先封赏谁呢？”

驩兜回答：

“陶侯尧自从到封国以后，政绩卓著，百姓爱戴，天下钦佩。何况他又是陛下的胞弟，如果封给他一个大国，天下的诸侯一定会齐声称赞陛下的圣明。那么，陛下再封赏其他人，也就顺理成章了！”

以前，驩兜与陶侯尧的关系并不近乎。他之所以这么替陶侯尧讲情，一是认为帝挚小命快完了，陶侯尧又是帝挚的亲兄弟，下一任天子手拿把掐会是陶侯尧。由他出头要求帝挚给陶侯尧封赏一个大国，也是为了卖一个人情，给自己找一个退路。二是眼下天下有不少人不满帝挚，如果出来一个挑头的，很难说不会一呼百应。一旦推翻了帝挚，自己作为他的亲信，也难逃灭顶之灾。提出给陶侯尧封赏，也是看准了如果有人起事反对帝挚，陶侯尧很可能就是振臂一呼者。给他新的封赏，也是为了稳住可能带头一呼的陶侯尧。三是驩兜也为了争取自己能得到封赏。他自感与陶侯尧相比，自己的功劳还很少很小。即使自己得到封赏，如果众人群起反对，帝挚被逼无奈，自己也很可能得而复失。如果帝挚先封赏自己，肯定人心不服。先封陶侯尧，然后再封赏自己，也就顺理成章，不显山露水了。最重要的是为自己找一条生路。他已经看出来，帝挚照此下去，大位难以坐稳。为了不让自己受到连累，也像孔壬那样，先找一个地盘作为今后的安身之处。一旦有事，也能很好地在自己的封地活下去。

正因为这些因素，他才替陶侯尧求封。

帝挚早就知道，自己不如陶侯尧得人心。而陶侯尧对他的帝位也是最大的威胁。所以，他一直防着自己的这个弟弟。今日驩兜提出给陶侯尧封一个大国，他心中一万个不乐意。

但驩兜给帝挚分析了利害关系：陶侯尧的功德天下皆知，把他封到一个大国，既可以表明天子奖罚分明，又能把他与东方的那些王侯分开，以免他们长期在一起，没事也能闹出事来。

再说，看起来为陶侯尧封赏对帝挚不利，但实际上这完全是做给天下人看的，说透了，就是作秀，让天下人都知道天子赏贤用能。这样，实际上加分最多的，还是他天子自己。

想到这一层，帝挚的脑瓜也就亮堂了，随即根据驩兜的意见，把陶侯尧封到相对于陶地要大得多的唐地（今河北唐县）。

从此，陶侯尧就成了唐尧。

封赏了陶侯尧，帝挚对驩兜道：

“爱卿不能没有封地。爱卿愿意封在哪里，你自己任意选择，不必谦让！”

驩兜故意做出局促不安的样子，诚惶诚恐地说：

“臣承陛下如此厚爱，虽肝脑涂地，也无以回报。陛下既然要封臣，臣也不敢要求封条件好的地方。臣听说荆州（今湖南一带）最难治理，当初帝尧曾经在那里受困。臣的儿子苗民，也在那里游历多年，颇有研究。如果帝挚一定要封臣的话，臣愿意在那里得到一块土地，也能有利于天下的稳定。不知臣的要求过分吗？”

帝挚大喜：

“爱卿不选择条件好的地方，偏偏选择蛮荒之地，爱卿的忠诚实在可嘉。那好，寡人就依了爱卿！”

他随即下旨，让驩兜选择在荆州或扬州（指长江以南）任何一个地方作为封地，令驩兜的儿子苗民先去治理，让驩兜仍旧留在帝都供职。

实际上，驩兜得到封赏，已经能够把他的封地作为他的私有财产一样，好生呵护。

在这之后，驩兜在他的封地，花去了不少时间和精力，和他的儿子苗民及手下共同研究和实施治理措施，为他日后的退路营造一个舒适的安乐窝。几年下来，这里就成了强盛的大国。

六　帝都变换大王旗

再说鲧虽然与孔壬、驩兜一起并称为“三凶”，但他要比其他二人好得多。他主要是性格暴躁，自以为是，并不像其他“二凶”那样奸诈。本质上的不同，使他与孔壬、驩兜的关系并不怎么好。在进献了“四美”后，孔壬和驩兜从此不可一世，反复无常地跟鲧争权夺利，使鲧看清了他们的真面目。

这期间，鲧又从不同的渠道得到各地王侯对帝挚不满和对“三凶”愤恨的信息，他预感到自己坐在火药堆上，再这样下去，后果将不堪设想。帝挚在帝都城内开辟“百兽苑”，遭到广大市民的强烈反对，使鲧倍感大事不好，自己再这样跟他们混下去，将面临死无葬身之地的下场。于是，他断然找了个冀州（今黄河下游地区）洪水泛滥，要去那里治水的借口，辞了职，率领他的部落，离开帝都，去了冀州。

话说火正吴和安邑侯隅伯他们进了京城，就在夜幕的掩护下，摸进了且龙的私宅。老朋友相见，禁不住泪湿衣襟。他们谈到了分离之情；谈到了帝挚中了“三凶”设下的“美人计”，以致沉溺声色，不理朝政，使佞贼篡权乱政；谈到了洪荒过后，饥民遍野，白骨遍地，朝廷却不开仓赈粮；谈到了北夷犯边，帝挚听信谗言，横加猜疑，朝廷不派兵，还不让诸侯出兵，结果边民被掠夺，疆土被侵占；谈到了黄帝以来历任先王与民同甘苦共患难开创的基业，眼看就要毁在帝挚的手中。这时，个个唉声叹气、义愤填膺。

“凡是天下的豪杰，就要有一腔正气，除尽妖魔，斩净佞贼。眼下已到了一呼百应的时候。”火正吴鼓舞着且龙。

“京城以外，王侯们正欲纷纷而起，难道大人还想给昏庸的帝挚、乱朝的奸臣、迷人的女妖当牺牲品吗？”安邑侯隅伯紧逼且龙。

且龙也对帝挚心怀不满，对“三凶”篡夺朝中大权而愤愤不平。“三凶”也想夺取且龙手里的兵权，一次次在帝王面前挑拨是非。且龙几次向天子上奏军情，都遭到“四美”的戏弄。又想起自己被御林军卫士毒打和强拖的羞辱的一幕，不由得怒上心头。自己的荣辱是小事，社稷的安危可是大事啊！想到帝尧对他不薄，眼看帝尧的基业被毁掉，自己怎能坐视不管？现在有那么多忠义之士欲舍身锄奸，自己如果视而不见，装聋作哑，按兵不动，世人还不认为自己贪生怕死吗？大丈夫顶天立地，无私无畏，视死如归。眼下正是为国为民建功立业的关键时刻，自己应该把生死置之度外，积极响应，共同起事拯救天下。

且龙终于拿定主意，当即表示与诸侯内外呼应，共同起事。

任何事情做得再巧妙，都会留下痕迹。火正吴他们进了帝都，与且龙取得联系后，也会或多或少、或明或暗地留下些许异常。且龙要起事，也必然去做手下的思想工作，这就难免要透露出风声。

这风声传到“三凶”中的孔壬、驩兜的耳朵里，不由得引起他们的警惕。但是透露出来的风声又无根无据，也不知准备起事的人是在基层还是在中央。他们也曾把这事上奏过，但帝挚毫不放在心上。帝挚这时的心情，如果借用当代一位领袖的话，也就是：“小小寰球，有几只苍蝇碰壁。嗡嗡叫，几声凄厉，几声抽泣。蚂蚁缘槐夸大国，蚍蜉撼树谈何易。正西风扫落叶，下长安，飞鸣镝。”

正因为他毫不在乎，也就没采取任何行动，依然与“四美”整日欢愉和淫乱。

孔壬和驩兜看到这些，难以沉住气。帝挚的所作所为，以及他们自己的胡作非为，用心中的尺子量一量，确实感到内心很不踏实，甚至有一种不祥的预感。他俩这才感到高处不胜寒。出于自我保护，他们立即想到了逃避现实，远离台风的旋涡。两人不约而同地找借口，兔子般地逃到自己的封地。至于开辟

“百兽苑”的工作，他们一股脑儿地交给了下级。

哪知他们的下级不明就里，还认为给了他们一个立功封赏的难得机遇。在“百兽苑”工地，他们像拿着尚方宝剑一样发横。看见且龙手下的军士不愿使用武力驱赶搬迁户，就呵斥那些军士消极抗旨，还举刀当场刺死一名军士。

看到这些仗势发横的家伙无故残杀他的军士，且龙上前怒声责问。这些家伙没人拿他当回事，其中一个“嘿嘿”冷笑了一声，手指着且龙吼道：

“你还问我们？我们正要问你，为什么让你的军士怠工？你这是抗旨！”

“这些市民在这里生活了几十年，谁不眷恋旧土？他们一时不愿搬迁，也可以理解。你总不能不做一点动员工作，就把他们都杀了吧！”且龙也不示弱。

那人一听，用刀指着且龙骂道：

“好你个老不死的，你不去督促军士，还替市民说话，又指责起我们来了。我看你是成心要抗圣旨！”说着举刀向他头上砍来。

且龙侧身抽出利剑，把刀架住：

“休想在我面前逞能，滚！”

随着且龙的呵斥，呼啦奔过来许多军士。

孔壬和驩兜那几个仗势发横的下属，见要吃亏，才骂骂咧咧灰溜溜地逃走了。他们立即跑到帝挚面前，告了且龙的御状。

帝挚怀疑且龙有意对抗自己。但且龙毕竟手握重兵，若轻易对他下手，恐对自己不利。于是，他决定择日亲自到“百兽苑”工地看个究竟。

话说这天是传统鬼节。按习俗当日要走出家门逃避鬼神。帝挚就想到了去“百兽苑”工地看一看。用过早膳，在“四美”的簇拥下，乘着龙辇出了后花园，穿过宫廷后门——地阳门，走过珍珠桥，就到了正在兴建的“百兽苑”的前门。

“百兽苑”的院墙是用粗细不等的原木搭建的临时围墙，帝挚见了心里不高兴。手下的近臣察言观色，趁机说，且龙对不愿搬迁的市民不管不问，至今还有不少人没搬走。院门、院墙也不能建，只好临时搭建。

帝挚一脸怒容，一声不吭地悻悻向园内走去。

其实，帝挚刚进“百兽苑”前门时，就有军士跑来向且龙禀告。且龙预感到这次帝挚来者不善，一边叮咛大家，各自做好准备，重礼“迎接”帝挚；一边暗地派人出城，通知在城外等候行动的火正吴等人，今日起事。

帝挚一行威风八面地走来，在离且龙不远处下了龙辇。刚下龙辇就冲到且龙面前，高声冷语讽刺道：

“爱卿这些天在这里还安逸吧？”

且龙不亢不卑，施礼相迎：

“托陛下的福！”

“你还有脸说出这话！寡人命你抓紧把这些市民赶走，你倒好，和他们拉起家常来了。你这是对寡人软抗！你心里还有寡人吗？”帝挚手指着且龙呵斥道。

且龙昂首挺胸地与帝挚理论：

“陛下，这些市民都是你的臣民，没有这些市民、没有神州各地无数臣民的支持，就没有陛下的基业啊。先王们个个爱民如子，要是臣下用武力驱赶这些市民，他们就会憎恨陛下、背弃陛下、反抗陛下，陛下的江山可就坐不稳了啊！”

帝挚哪能听进这些逆耳话，如狂犬一样发疯似的怒骂道：

“你这个老家伙倒教训起寡人来了！神州万万千千的平民都是寡人的奴隶，寡人叫谁死谁就得死，叫他怎么死他就得怎么死，叫多少人死就多少人死！你也是寡人一钱不值的贱奴，寡人现在就要叫你死！”

说着，他转脸对御卫：“还不给寡人拿下！”

御卫正要上前，只见且龙双手一举，大叫一声：

“给我伺候！”

且龙的话音未落，上百军士呼啦冲了过来，把帝挚、几个亲信及御卫们一个个都捆了起来。

帝挚怎么也没想到在家里会“崴着脚”，着实让他惊吓得倒吸了一口气，片刻才惊醒过来。他拼命嚷道：

“好你个且龙，你敢造反，快来人，把他给砍了！”

几个亲信也跟着帝挚的喊声，边大叫，边挣扎。且龙又一个示意，只见一军士手起刀落，一道血光，一个御卫的头颅骨碌碌滚到了帝挚的脚下。

帝挚这才意识到问题的严重性，顿时吓得脸煞白，两眼死盯着且龙，结结巴巴地问：

“你，你，你真要造反啊！”

他的话刚落，一把利刃瞬间劈向他的一个亲信的脑袋。只见头颅从鼻子处横刀劈掉，上半个头颅像半个西瓜一样“吧嗒”掉在了地下。

帝挚吓得面色苍白，蓦然无助地瘫倒在地上。

“四美”看到一个个被杀的杀、抓的抓，吓得抱成一团，嗷嗷直叫。

且龙向“四美”看去，个个面如土色，浑身似筛糠。再低头一看，摩女和舞女已经吓尿，脚下明晃晃地湿了一片。

且龙圆瞪着血红的双眼，持刀一步步逼近“四美”。

此时，箭女心中突然闪过一个念头：人常说，好汉不吃眼前亏。这些人也是人，也有七情六欲，能迷惑住帝挚，难道就迷惑不住且龙？

想到这里，只见她慢慢把头抬了起来，强装媚笑，嗲声对且龙说：

“将军，请不要动手嘛。我们姐妹四个也是弱者，也是贱民。我们受‘三凶’摆布，实在没有办法啊！往后，我们四姐妹不伺候天子了，我们都来伺候将军，好吗？”说着迅速把上衣褪掉，露出了雪白的肌肤和硕大的乳峰。

其他三个美女心知肚明，也跟着箭女把上衣褪掉。看上去，赤裸裸的“四美”就像一堆堆白皑皑的积雪。

且龙放眼看去，不由得心旌动摇，握刀的手也软了。他瞟眼向军士们看去，只见他们一个个两眼发直，一眨不眨地瞪着“四美”。此情此景，让他蓦然感到威胁就在眼前。他本来认为“四美”都是良家女子，本质并不坏。她们迷惑帝挚，一是生活所迫，二是受“三凶”威逼利用。所以，他并不想要她们的命。但是，他怎么也没想到，这几个女人，竟然对自己和军士们也施出美色。此时再对她们心慈手软，军士们就有可能不听指挥，乱了阵势，给帝挚和他的侍卫军提供反扑的机会，这次起事就有可能毁于一旦，前功尽弃。

面对这一突发事件，且龙顿时悟出了利害关系，哪敢有一点犹豫。只见他毫不手软，手起刀落，首先把箭女劈了，接着又连连劈了其他三人。“四美”就这样瞬间在帝挚面前由人变成了鬼。

帝挚看到眼前的一幕，天子的尊严全不顾了，吓得跪下不住地向且龙求饶。且龙看到一代天子如此可怜，怜悯之心油然而起。

一个手下看得真切，走上前去，在他耳边说：

“‘三凶’当政，帝挚昏庸，忠臣被诛杀。难道将军想让基业倾倒，江山破碎吗？”

这话让他浑身打了个寒噤。是啊，轰天大事怎么也不能毁在手软之上。只听他咯吱咬了咬牙，对帝挚吼道：

“黎民把你推上天子的宝座，就是让你为天下的黎民服务，把姬氏的社稷千秋万代传下去。可你却违背了天下黎民的意志，近奸佞，远忠臣，黎民挨冻受饿，万民饿毙相残。你是人不能容，天不能容，神也不能容啊！现在，我且龙代表万众黎民，代表苍天诸神，也代表先皇先王们，对你进行惩罚！”

帝挚吓得浑身颤抖，愣了愣神：

“怎，怎，怎么处罚？”

帝挚的话音刚落，且龙一刀刺向帝挚的心脏，鲜血喷涌而出。

“看在先王的分儿上，给你留个全尸！”且龙用力抹了抹刀上的血迹。

想到“三凶”都不在帝都，没能一同把他们除掉，且龙不免遗憾。

也许有人要问：且龙这样单独行动，是否太莽撞了？他有多大获胜的把握？

一支秃笔，难以齐头并进。故事写到这里，只好再交代一下火正吴那边的进展情况。

前面讲到火正吴、安邑侯隅伯他们黑夜混进京城，潜到且龙家中，说服了且龙里应外合，共同起事铲除“三凶”，推翻帝挚。他们还商定，一旦时机来到，由且龙通知城外的火正吴他们，城内城外的起事队伍共同协调行动。

常言说，再孬的人也有三朋四友。火正吴他们清楚地知道，诸侯中不乏帝挚的至亲和挚友。洛阳、阳关、亳邑（今河南商丘）等地的王侯，在帝挚即位前，长期不被重用，甚至受到排挤。帝挚当朝后，他们倾心巴结，讨得帝挚的欢心，遂被分封了王侯。打那以后，就与帝挚如铁板一块。京城内一旦出事，他们必然倾力救助。

为了防止这些愚忠的诸侯前来支援，且龙他们商定，一是分别在京城外围的交通要道，由安邑侯隅伯率领参与起事的军队，拦截和抗击援救帝挚的军队。京城内由且龙率领，实行戒严，城内的人不准出城，城外的人也不准进城；二是从且龙统率的军队中抽调五万精兵，发兵前往洛阳、阳关、亳邑等地各个击破；三是在京城外围驻扎大量忠实于且龙和安邑侯隅伯的军队，既可牵制帝挚的御林军，也可打击且龙麾下个别死心塌地追随帝挚的将士。万一局势对且龙不利，城外的精锐部队随即杀进京城，联手歼灭城内之敌。

京城内，且龙政变的消息像风一样很快刮遍全城。御林军很快组织起来，对且龙的军队展开反击。顿时，京城内上演了一场腥风血雨的混战。

御林军一见帝挚被杀，军心立即大乱。且龙力挽狂澜，对御林军展开英勇反击，御林军将士死的死，降的降。到了天黑，京城的局势初步得到控制。接着，他又迅即派出特使，飞马赶到城外，向火正吴通报起事和进展情况，邀请他们立刻进城接管政权。随后，又率领军队向宫中的乐坊奔去。

站在高大、雄伟的乐坊前，且龙心中如奔腾的大海，怎么也难以平静。“三凶”利用“四美”蛊惑帝挚，就是在这里荒废朝政，残害忠良，长期过着声色犬马、灯红酒绿的糜烂生活，使黄帝王朝的疆土被外敌侵犯，无数灾民尸横遍野。这乐坊是罪恶的建筑、淫秽的建筑、邪恶的建筑、糜烂的建筑。帝挚死了，谁敢说这一乐坊就不会是下一个继位天子荒废朝政、害忠养奸、嗜色乱性的地方？他心中明白，天子也是人，况且身边总不缺一些野心勃勃、居心不良的谗佞之人，时刻怂恿和诱惑天子幽居乐坊，亲奸邪、近女色、迷声乐。谁能保证，有这高大的乐坊存在，不会造就又一个像帝挚这样昏庸的暴君呢？

且龙的心在滴血，决心要亲手毁掉这一魔窟。他怒火中烧，命军士递上火种，燃着了火纸媒，奋力向乐坊投了过去。骤然间熊熊烈火吞没了高大的乐坊。望着眼前的情景，且龙不由得仰天舒心大笑。

突然，他的笑声戛然而止，痛苦的表情顿时凝固在他那刀削一样严峻的脸上。他忍着剧痛，缓缓垂下头，向胸前看去，只见一把飞刀插进了他的心脏。

正在为胜利而欢欣鼓舞的且龙，突然遭到暗算。他慢慢抬起双眼，怒视着前方，吃力地寻找着凶手。也许，他发现了，也许并未发现。只见他圆瞪着烈火般的双眼，像泰山一样轰然倒下。

眼前的一切使起事的将士们惊呆了。片刻死一样寂静以后，天地间猝然发出惊天动地的阵阵怒吼。将士们很快找到了杀害且龙的凶手，一齐上前，撕扯着把凶手拽到且龙尸体旁。大家定神看去，原来凶手竟是孔壬的儿子孔全——且龙属下的一名中等将校。

众将士发疯了，一时间杀声震天，眨眼间孔全变成了一摊肉泥。

且龙的被害，使他的众多下属、将士义愤填膺。他们把对且龙的悲痛化作所向无敌的战斗力，无私无畏，英勇杀敌。东方既白，就控制了整个帝都的局势。

起事成功了，当日，火正吴便率部开进了帝都。且龙的被害，使他们分外悲痛和惋惜。得知“三凶”都不在帝都，又感到形势变得复杂起来。他们当即部署，加强对城外主要官道的封堵，严防“三凶”及王侯中保皇派的反扑。同时，立即在全城搜捕、追杀帝挚及“三凶”的亲信和帮凶。

拿下了帝都，安邑侯隅伯的军队又分头出击，消灭了支持帝挚的几路王侯，起事取得了阶段性胜利。

国家不可一日无主。火正吴等人杀进帝都的当天，就忙着商量推举继任天子一事，有人提出从火正吴等老臣中间推举。

火正吴连连摇头：

“各位大人不要忘了，我们起事的初衷，不是篡夺帝位，而是推翻昏庸的帝挚，除掉祸国殃民的‘三凶’，使先王的姬姓基业能够顺利延续，发扬光大。我们要是称帝，天下百姓还不骂我们狼子野心，欺骗民心，夺取天下？真要是这样，普天之下将群起而攻之，我们也将死无葬身之地，华夏万众又将生灵涂炭啊！我想，还是从先王的后裔中推举天子为上策！”

大家很快统一了意见，注目的焦点都集中到先王的后裔身上。接下来，注目先王后裔的焦点，大家又不约而同地集中到不久前新封到唐地的唐侯尧。

他们都了解，唐侯尧待人善良，亲近百官，办事公平，深得大家的敬佩。况且，他又是帝挚的胞弟，让他继承帝位，也能使姬姓社稷得到传承，名正言顺，满朝文武和千万黎民，都会拥戴。

火正吴第二天就带领盛大的队伍，到唐地把唐侯尧接到京都，登上大位。

尧帝接受帝挚的教训，很重用贤能之人。而重用的人中，其中一位就是千古贤帝——舜。

七　这样的老人不孝敬也罢

舜是历史上的“五帝”之一。他的出生和少年的经历，就不同凡响。

在平阳（今山西临汾西南）之西数百里，有一个小小的平淡无奇的村落，后来这个村落叫瞽叟村。这村里有一户人家，姓虞名櫆。他的高祖名叫幕，因为有功德，被封在虞地（今山西永济），成为一个小小的诸侯。幕的妻子是玄帝的女儿，名叫鱼妇，生下一个儿子，名叫穷蝉。穷蝉的儿子叫敬康，敬康的儿子叫句望，句望的儿子叫桥牛，桥牛的儿子就是虞櫆了。在桥牛时，天子降罪，虞家族遂失国，并被贬为平头百姓，生活也拮据起来。

虞櫆虽说日子过得紧紧巴巴，可为人还算厚道，人缘也好。通过媒妁之言，他娶了个叫握登的夫人。

握登生了两个儿子。大儿子可能很平庸，太史公不屑于把他的名字写入历史。他也像许许多多的男人、女人一样，淹没在了历史的长河里。倒是握登的第二个儿子在历史上留下了痕迹。而且何止痕迹，其实达到了历史的一座高峰。

握登在怀第二个儿子时，也像我国五千年历史上的一些帝王那样，出现了神乎其神的祥瑞之兆。

这天，握登上山砍柴，看到天上出现一条彩虹，十分美丽。握登不由得多看了几眼。蓦然，那道五彩之光瞬间收敛，猛地落在地上，顿时变成一个美男子，直向握登扑过来。握登立即感到如痴如醉，无法控制自己，只好任由那男子在她身上做着交配的动作。等到她头脑清醒过来时，那男子已经无影无踪了。她发现自己躺在地上，看到四处无人，十分害怕，急忙整理好衣服，背起砍下的柴，匆匆忙忙下山回家。哪知道就是这次，她竟然怀上了孩子。后来有人猜测，那条彩虹，是天上的某一星宿的化身。没过几个月，一场多日的暴雨，使汾水泛滥，山洪暴发。瞽叟村眼看就要淹没。虞櫆、握登夫妇只好带着大儿子，举家逃荒，来到诸冯山下的姚墟（今山西曲垣东北）住了下来。又过了几个月，握登在姚墟生下她的第二个儿子。这个儿子长得很不一般，他的头又大又圆，脑门突出，脸黑又方，嘴大可以容下拳头。更特殊的是，他两眼都有双瞳仁，手心里的手纹像一个“褒”字。这几点奇异之处，使虞櫆和握登夫妇认为，这孩子不是凡人，不由得对他分外珍爱，于是就给他取名叫舜。

“舜”本是一种惹人喜爱的花卉。这种花蔓生，从头到尾都有花，早晨开放，晚上凋落。由于花很好看，十分受人喜爱。古代，“花”与“华”相通，所以舜的号又叫华。又因为他排行老二，“二”就是“仲”，所以又叫仲华。又因为他有双瞳仁，历史上又叫他重华。

舜的童年很不幸。他才四五岁，一场大病，夺去了他母亲握登的性命。由于两个孩子都还幼小，虞櫆忙完田里的，顾不了家里的。看着无人抚养孩子，在万不得已的情况下，只好娶了后妻。这后妻姓啥名谁，史书上都没留下。也许她后来虐待舜，遭到后人的谴责，耻于把她写进史书，这才让她在历史上连个姓氏也没记载下来。这样看，她还不如舜的哥哥，至少后人都知道舜的哥哥姓虞吧。

人都说，可怜天下父母心。可有的父母，心比蛇蝎还毒。

舜的这位继母性情暴烈，嫉妒成性。她来到虞家没几个月，那后娘的劣根性就完全暴露出来了。由于虞舜的相貌长得奇伟，得到村里很多人的称赞，他的父亲虞櫆也分外疼爱。继母就心里嫉恨，只是这时只给虞舜眼色看，吃穿还算过得去。

两年后，继母生了个儿子，取名叫象。象出生之日，就是虞舜开始在水深火热中受灾受难之时。不但吃不饱穿不暖，还经常挨打挨骂。

虞舜生性孝顺，母亲死时，他还很幼小。但是只要有人提起他母亲握登，他就痛哭。每到他母亲的忌日，他更痛哭不止。继母看不惯，骂道：

“你这个哭丧鬼，你的死鬼母亲被你哭死了，你还嫌不够，现在你还要哭死我吗？”

虞舜把继母当作亲生母亲一样孝顺，自从继母骂过他以后，他白天不敢哭，总是喜笑颜开，夜间则在被窝里蒙头痛哭。

这天又到了母亲的忌日，继母让虞舜带领幼小的弟弟象玩耍。他嬉笑着，设法逗弟弟玩，继母看到了，又开骂起来：

“今天是你死娘的忌日，你竟然忘了，一点悲痛的样子也没有，还这样没心没肺地嘻嘻哈哈。人家都说你是个大孝子，别吹牛皮了！”

虞舜听了这话，难过死了，只有眼泪往肚里掉，一言不发。

人都说岁月如梭，可对于虞舜来说，真是度日如年，但他还是强忍着熬了几年。这年，他的父亲两眼害病，虞舜到处给他请医生、抓药，总不见好转，反而半年后成了个瞎子。从此，人们不再叫他的名字，特别是年老了以后，就喊他“瞽叟”（瞎老头）。往下，笔者也就这么称呼他。

瞽叟瞎了，后妻也把账算在虞舜的头上。她骂道：

“都是你这个晦气鬼，你克死了你娘还不够，又克瞎了你的老爹。往后，你还不知道又要克死谁呢！”

继母开始只是有时骂，发展到后来，则是见面就骂，弄得虞舜不知怎样才好。但他对继母还是像以前一样亲热和孝敬，丝毫没有怨恨和懊丧的样子。

瞽叟虽然与前妻很恩爱，但死去的毕竟死了，他还是要往前看，也就把自己全部的恩爱都给了后妻。也许是爱屋及乌，他对后妻生的儿子象也十分疼爱。此长必然彼消，对虞舜弟兄俩的爱大不如前，时间长了，甚至连虞舜的温饱也不过问。再加上眼瞎了，心中烦躁，动不动就对虞舜大发脾气。后妻又在一旁煽风点火，虞舜和他哥哥就成了名副其实的出气筒。兄弟俩挨打挨骂，是家常便饭。弟兄俩也只能忍气吞声。

这年冬季的一天，虞舜家的邻居秦姓老人，和瞽叟一起晒太阳。秦老问了他的身体状况后，安慰说：

“你不必忧愁，两个儿子渐渐长大了，眼看可以帮你的忙了。”

瞽叟长叹一口气，连连摇头：

“不要说了，他们根本不成器。大儿子生来就愚笨，我瞎了以后，田地里的活，他凑合能干，省了我不少心。二儿子舜，人很聪明，我本来对他的希望最大，可他越来越坏，常常惹我和内人生气。我瞎了以后，他更不听话，更懒了。我又打又骂，也不见效，真拿他没办法！”

“老哥不要性急，树大自直嘛。”秦老说，“舜毕竟还是个孩童，现在又干不动什么活，要是读点书，懂得点道理和规矩，以后就会好的！”

瞽叟是个面叶子耳朵，自己不当家。回去一说，毫无悬念地过不了后妻这一关。面对这一情况，秦老心生一计，让虞舜为他家放牛，这样既可以解决虞舜的吃饭问题，又能逢年过节给虞舜家中一些经济补贴。

瞽叟夫妻俩感到很合算，后妻又想到对虞舜眼不见心不烦，就爽快地答应了下来。

秦老很有心计，让虞舜把牛放在一所学校外面，让他进学校当一名旁听生。由于虞舜勤学好问，长进很快，老师看得出，虞舜日后必有大作为。

不久，瞽叟的后妻又生了个女孩，取名叫敤首。继母就让虞舜带这个妹妹。这样，他就不能以到秦老家放牛的名义去上学了。

这天，虞舜弟兄俩逗着小妹妹玩，忽然一阵狂风刮来，把一根晒衣服的竹竿刮倒了，呼啦一声从敤首的头皮上方掠过，把敤首吓得大哭不止，接着敤首又发起烧来。

弟弟象诬陷说，他看到竹竿是大哥推倒的。继母破口大骂，说他们弟兄俩想弄死敤首。瞽叟更是拿起一根木棍，就向虞舜兄弟俩说话的地方猛力击去，兄弟俩赶紧躲开。那根大棍一声脆响，砸在地上，断成两截。瞽叟自己的手也被震裂，疼得哇哇直叫。

这一棍吓坏了虞舜的哥哥，只见他大叫一声，脸色铁青，牙关紧闭，倒在地上不省人事。

虞舜忙请来秦老救治。秦老取来一包药给他服下，又掐人中、揉胸口，足足一个多时辰，才算醒了过来。但虞舜的哥哥从此成了神经错乱、说话不清的精神病人。

哥哥成了残废，不能干田地的农活，家里家外的一切活计都要虞舜来做。小小年纪，就日夜操劳，劈柴烧饭、淘米洗菜、担水涤衣、抱妹妹敤首、给瞽叟捶背、帮父母铺床叠被、照顾哥哥吃饭穿衣，更要耕地、种粮种菜，忙个不停，真是穷人的孩子早当家啊！

这时的弟弟象已经十一岁了，虞舜的继母当然要把他送进学校里读书。由于他愚笨又贪玩，很多东西学不会。老师就通知他的家长，要他们好好管教。

虞舜得知后，主动给象补习。这一下却露了他以前偷偷到学校读书的马脚。在继母的再三追问下，他自知瞒不过去，只好说出了真相。

这天，虞舜在田里干活，回来晚些。他的继母就在瞽叟面前说他在外面交了一些狐朋狗友，在一起吃喝玩乐，哪还顾得了家。

等虞舜回到家，继母又与象一起忽悠他，拿出肉酒让他吃喝。

等瞽叟睡醒后，闻到他身上酒气扑鼻，顿时勃然大怒：

“你这个畜生，欺负我眼瞎，你在外面交一些坏孩子，吃香的，喝辣的，你眼睛里还有我这个父亲吗？还有这个家吗？你既然不要这个家了，就给我能滚多远滚多远！”又用脚踢着虞舜。

虞舜知道自己上了当，又不好说出口，只是跪下，一再请求父亲不要生气，以后一定听话。

瞽叟哪里听得进去，起身说：

“你这个畜生不走，我走！”说着就往外走。

继母把虞舜扯起来，逼迫说：

“你还不快走，把你瞎爹气死了，你能承担这个名声吗？”

他看这个家实在容不了自己，就哭着对瞽叟说：

“父亲不要生气，我走就是了。只是今天晚了，让我明天再走吧！”

瞽叟把脚一跺：

“不行，快滚快滚！”

虞舜哭着离开了家。他毫无目的地游走，经过恒山，到了涿州，瞻仰了黄帝诛灭蚩尤的遗迹，又北上来到今天的北京延庆西北的历山下，开荒种地。

经过辛勤耕种，获得好收成。他又把收获的粮食拿到山下的村庄，换了鸡鸭喂养。他思念家人心切，农闲季节，就带着收获变卖得来的点心和礼品，急匆匆赶回家。他把带来的东西交给弟弟象，忙去拜见了父母。听说哥哥死了，他大哭一场。此时，继母和弟弟仍不能容他，又诬陷他把带来的一部分礼物私藏在邻居秦老家，瞽叟又打着骂着撵他滚。他怎么解释父亲也不听，只好再次含泪出走。

虞舜这次来到平阳，寻到了能够治愈失明的药方，就四处寻找药物。翻王屋山，涉淮水，过长江，到常熟，上浙江会稽山，去余姚，往上虞，到萧山，终于寻到了能治愈失明的名叫“空青”的药物。继母和弟弟象听说虞舜带来的“空青”能治好瞽叟的眼病，非常嫉妒，生怕瞽叟眼睛治好了，又疼爱虞舜。他们又密谋，把“空青”调了包，使瞽叟大失所望，两眼复明成为泡影。

这天，虞舜和弟弟象要去田里耕种，象硬是拉他去庙里看祭祀活动。到了寺庙，象一定要看到底，结果回家晚了。瞽叟又来了肝火，大骂虞舜不孝，把弟弟教坏了，又撵他滚出门。无奈的虞舜再一次被赶出了家门。

这次虞舜来到轩辕黄帝的生长之地寿丘（今山东曲阜城东八里），在这里做起了编筐打篓的生意。到了淡季，他又想念家人，带着得来的钱财，买了点心，又急忙往家赶。

刚到家门口，弟弟象就把礼物接了过去。继母看到虞舜回来了，嘴里就嘀咕：

“该死的畜生，又要回来祸害了！”

虞舜给继母请安，她理也不理。他又向屋里的父亲请安，瞽叟用拐棍敲着地，嚷道：

“你又回来做啥？我不要你这个逆子回来，快给我滚！”

他跪在地上一个劲地磕头：

“请父母不要生气，儿以后一定改正错误！”

瞽叟用手中的拐棍驱赶他：

“啰唆啥，我不听，快滚！”

已经十岁的妹妹敤首哀求瞽叟：

“父亲，别撵二哥走了，就让二哥在家吧！”

虞舜的继母转身骂她：

“什么二哥，你哪有这个二哥？你父亲在生气，你插啥嘴。把父亲惹怒了，连你也一起赶出家门！”

虞舜来到邻居秦老家里，把自己又被赶出家的事说了一遍。秦老说：

“十里八村的人都知道虞舜是个大孝子，这些日子，有不少人来为他说媒。”

瞽叟反而不高兴，说：

‘你们说虞舜是大孝子，他被我赶了出去，那我就是不慈之父了？他待父母这样，算什么大孝子？只要我活在世上，就不让他讨老婆！’”

虞舜听到这些，难过地又上了路。这次，他来到泰山的北山麓（在今天的山东济南历城区南五里的地方），又开荒种地。当地几个彪悍的汉子，对他搭建的房屋那么宽大、打井那么快，都很嫉妒，就一次次地把他搭建的房子捣毁。虞舜也不计较，又一次次很快地搭建起新屋，打好新井。这些人看到好像有神助似的，就认为他不是凡人，从此再也不敢骚扰他。

转眼到了冬天，虞舜想家心切，又带着礼品，回家看望父母。但是继母和象还是对他置之不理。父亲瞽叟还是把他往外撵。虞舜无奈，恸哭而出。

这次虞舜出了家门，多日徒步，到了顿丘（今河南浚县西）做起了生意，又瞻仰了“五帝”之一喾帝的陵墓，还到了喾帝的旧都嵩山一带结交贤人隐士。毕竟他的本行是种地，所以，不久又干起了老本行，再一次开荒种地。他所到之处，当地人都很景仰他，纷纷搬迁到他耕种的地方，与他为邻。

一天，他看到母斑鸠在喂小斑鸠，触景生情，又想起了家中的父母。想到鸟儿都享受着天伦之乐，自己是人，难道连飞禽也不如吗？想到这里，他不由得放声大哭起来。

没过几天，有人给他捎来一封家信。信中说，他的父亲瞽叟病重，要他捎些钱来，为父亲治病。还让来人嘱咐他，为了避免瞽叟见了他生气，不让他回家。虞舜得知父亲病重，心急如焚，就准备了充足的钱物，硬是自己回去尽孝。

回到家里，妹妹敤首大喜。瞽叟指着虞舜骂道：

“你这个不孝的畜生，还回来做什么？你出去这么多年，连一点东西都不往家带，你心里还有父母吗？”

说着，就举起拐杖，要打虞舜。

几个邻居连忙从中劝说，都说这次虞舜把种地的所有收入，都买了东西带回来孝敬父母了。

瞽叟说：

“既然如此，我且饶他一次！”

继母和象看到带来这么多东西，暂时不跟他计较，就让他在家里暂且住下。

妹妹敤首私下跟虞舜说：

“二哥多次带来的和托人捎来的东西，都让三哥占为己有。父亲看不见，就以为二哥多年来什么也没孝敬他，这才生起气来。以后二哥再来，就把带来的东西亲自交给父亲！”

虞舜这才知道父亲对自己生气的缘由。

第二天，他到厨房帮继母做饭，忽然有一只红色的鸟落在庭院里，跳来跳去，鸣叫啾啾。仔细一看，原来这鸟有三条腿。

全家人都很奇怪。继母和象认为这是不祥之兆，并且又把它与虞舜的到来挂起了钩。

继母在瞽叟面前挑拨说：

“这只三条腿的红鸟，无故飞来不肯走，人家都说是不祥之兆。以前从来没见过这种鸟，舜来了，这三条腿的红鸟也来了。我看有点怪。不知道这不祥之鸟，是应在舜自己身上，还是应在我们哪一个人身上？”

瞽叟经常听后妻和小儿子象说虞舜的坏话，中毒很深，对虞舜也最有成见。为了避免妨害家人，他把虞舜叫到面前说：

“你来家也过两天了，也该回到外地干你自己的事了。你不必还待在家，今天就走吧！”

虞舜跪地求情：

“让儿再侍奉几天吧！”

瞽叟把瞎眼一瞪：

“怎么，我的话，你又不听了吗？”

虞舜看难以说服父亲，只好流着泪，又辞别父母和弟妹，再次到外地漂流。

说来也怪，虞舜走了，那只红色的三条腿的鸟也冲天飞跑了。

这次虞舜离开家，去了雷泽（今山东菏泽东北）。当年黄帝曾在这里挖掘雷神的骨头，拿来打击夔鼓（用古代传说中的名叫夔的一种奇异的动物的皮做成的鼓），是历史上有名的地方。在这里，他遇到了当时最著名的贤人“八元”“八恺”等十六人，很快与他们建立了友好关系。

为了生计，虞舜又在雷泽的南岸陶丘（今山东菏泽定陶西南）考察，发现这里的泥质适合制作陶器。于是，他就利用自己的技术，在这里制作陶制生活用品和工艺品。由于质量高，经久耐用，大受人们的欢迎，很远地方的人都来购买。

听说东部沿海地区的陶器粗制滥造，他又跑到今天的山东泗水县东南一个名叫桃墟的地方，建窑烧制陶器，改变了当地生产假冒伪劣产品欺骗消费者的歪风邪气。

不久，虞舜听说当时国家治理水患的方法不对，心里很着急，就放弃生财门路，满天下对防洪设施进行考察，不巧路过自己的家门。他挂念父母心切，就奔进家里叩见瞽叟和继母。

父母和弟弟象对他依然很冷淡，只有已经长成大姑娘的妹妹敤首十分热情，对他嘘寒问暖。家人既不让他做事，也不跟他说话，又不给他做饭吃，还不给他睡觉的地方。虞舜知道父母对自己还没转变看法，只有眼泪往肚里掉，凑合睡了一夜，把带来的礼品分给父母弟妹以后，又恋恋不舍地离家而去。

这次他去了太行山，在今天的山西晋城西北的雷泽（此雷泽非山东菏泽雷泽）里垂钓，继之又一面在今天的山西永济北三十里的陶城烧制陶器，一面考察当地的水势。

虞舜毕竟是个农民，种惯了田。烧制陶器没多久，他又往南走，在离雷泽不远的沩水畔，再次开荒种地。

有一天，他正在田里耕种，忽然来了辆车子，停在了他的田头。从车里下来一个人，问明了他就是虞舜之后，就来到他住的地方，问道：

“先生就自己住在这儿？”

虞舜尴尬地笑了笑：

“父母都在远方的老家，所以，这里就我一人。”

“先生还没娶妻？”

他红了红脸，羞涩地笑了笑，摇了摇头。

“先生贵庚？”

“今年正三十岁。”

来人点着头说：

“先生这个年龄，也是大龄青年了。不知有没有人为先生做媒？”

虞舜卑微地笑了笑，摇了摇头：

“没，没有。”

来人笑了：

“我今天到这里来，是受圣天子的委派，来为他的两位公主做媒的！”

虞舜面对突然降临的大喜事，一时不知所措。看着面前这位素不相识的人，愣了半天，不知说什么好。

八　媳妇原来是公主

虞舜看着面前这个素未谋面的人，心里直打鼓。

来人介绍说，他是圣天子派来为先生做媒的朝臣。

虞舜越听越愣神：圣天子怎么会想起来为我这个山野民夫的婚姻大事让人来做媒啊?

这事也不怪虞舜不理解，一般人都会这么想。

这实际上是他不了解圣天子帝尧的心情。

自从帝挚被杀后，帝尧坐上圣天子的大位，到现在已经几十年了。几十年来，他为天下的黎民百姓没少操心。由于他以德治理天下，天下确实十分太平，真正做到了日不闭户，夜不关门。虽然洪水灾害还没能治理好，但是黎民百姓还是丰衣足食，生活绝对没有问题。

当时经常出现祥瑞之兆，天下到处为帝尧歌功颂德，就连邻国也纷纷跑来进贡。

这年，有个邻国进贡一只异鸟。这鸟像鸡，但两只翅膀的羽毛全部掉光了。

邻国来使介绍说，这只鸟是灵鸟，它的两眼都有双瞳仁，所以叫重睛鸟。这鸟力气大，能捕捉猛兽。它叫起来妖魔鬼怪都吓得远远地躲避。

但听说这只鸟吃琼玉之膏，觉得太奢侈，帝尧就把它放进都城附近的树林里。

这鸟在都城内外飞来飞去，使周围几百里的豺狼虎豹都逃得远远的，妖魔鬼怪也不见踪影。渐渐地，这只鸟每年来到都城一次，后来，几年才来一次。

也许帝尧总想有个人能像这灵鸟一样造福天下，这就造成日有所思，夜有所梦。

这天夜里，他梦见一位贤人，像重睛鸟一样两眼也是双瞳仁。他和这位贤人在一起高谈阔论天下大事，发现此人的见识、观点、知识都表现得非凡。帝尧大喜，当即就要把圣天子的大位禅让给他。谁知那人说：

“你想要我接受你的天下，我必须先做一件事！”

没等帝尧问是什么事，那人径直进了帝尧的两位公主娥皇、女英的屋里。

醒了后的帝尧感到这梦太荒唐。

其实，帝尧并不是没想到让自己的嫡长子丹朱来接自己的班，相反，他对丹朱抱有很大希望。从丹朱小时候开始，帝尧就请来学识渊博的人为丹朱当家庭教师，传授文化、礼仪及治理天下的道理。

哪知丹朱很不成器，由于娇生惯养，不但不服管教，还对老师出言不逊、动手动脚，一茬接一茬的老师相继开溜。

丹朱不但喜欢嬉戏，而且还结交一些狐朋狗友，日夜在一起酗酒、酣歌和淫乱。帝尧多次严厉训斥，也不见成效。

一次，帝尧到各地巡视，来到离帝都不远的汾水岸边，视察这里的洪水情况，却看到有几只船披彩戴红，在水面上划动，又从船上传来歌舞笙鼓之声。帝尧万万没想到竟有如此没有心肝的人，在这么重大的洪涝灾害面前，竟然不顾百姓疾苦，在这里寻欢作乐，急忙喝令过去查看到底是什么人。查看的消息令他吃惊。原来，在河面上嬉戏的不是别人，正是他的嫡长子丹朱和他带领的一帮人。这既让帝尧丢尽了面子，又让他心中尚存的让丹朱接班的念头瞬间消失殆尽。回到帝都，一怒之下，把丹朱流放到了丹渊（今山西长子南）。

流放了丹朱，想到自己已经八九十岁的高龄，又疾病在身，说不定哪一天气绝身亡，而本来想让丹朱接班的希望一下子又成了泡影，这才感到寻找接班人的紧迫性。

第二天临朝，他对群臣说：

“寡人在位已经几十年了。这几十年来，不知发生过多少危害百姓的事。就像洪水吧，到现在一直没能治理好，洪灾还越来越严重，这都是我的德行不足造成的。寡人现在年高，又体弱多病，精力大减。寡人要是贪恋天子大位，必然要贻害苍生。所以，寡人想尽快从天子的大位上退下来。众爱卿哪位能够胜任，寡人就禅让给他。这可是以天下为公啊，寡人丝毫没有一点私心杂念。众爱卿好好考虑考虑，要是认为自己能够胜任，就说出来，不要客气！”

说罢，他向下面的群臣看了看。

群臣面面相觑，很长时间没人站出来说话。他们个个都在心里来个老鼠跑进秤盘里——自称自，感到自己确实不够坐上天子大位的分量。但天子的话，总不能不表态，实在不能再沉默下去时，他们才不得不开口：

“臣等都没有坐天子大位的德才！”

帝尧感到很失望，叹了口气，又用期待的口气问：

“既然众爱卿感到自己不能胜任，再想想你们所知道的，基层的官员、贵族，还有居住在山野的黎民百姓，谁有德才治理天下？你们可以不拘一格举荐！”

听了这话，有位大臣忙出列回答：

“从先王黄帝以来，已经数代，都是先王的儿子或者侄子继承大位。陛下的嫡长子丹朱只不过有点小的过错，并无大碍。丹朱外流以来，也没听说他有什么不轨之处。臣以为，陛下还是应该依照先王的规矩，让嫡长子丹朱继承大位！”

作为天子，帝尧不能看到高粱秆就当棒槌，他必须谦让几番。听了那位大臣的话，帝尧说，天子必须是大德至孝之人，不是任何人都能成为天子的，丹朱游乐成性，放荡不羁，根本成不了大器，天下肯定会出现大贤大能的人，只是我们还没注意到。还说不把天子的大位交给非凡贤能的人，我死都不闭目，等等。

群臣虽然明白帝尧的话中有谦让之意，但他们也明白，丹朱实在不是玩意。把天下交给这样的人，遭殃的是天下黎民百姓，受害的却是先王开创的基业，受罪的只能是朝廷上的正直臣工。正因如此，群臣也都默认了帝尧的谦让，再也不提让丹朱接班的事。

帝尧对群臣的估计不足，本以为他们会一再死谏，请求让丹朱继承大位，最后自己顺水推舟，就把天子的大位让给丹朱。可是，他没想到只一个回合，朝臣们都偃旗息鼓、销声匿迹了。这让他十分难堪，也十分无奈，只好让群臣放开眼界，把所知道的有大德大孝大能的基层官员或者民间贱民推荐上来。

正是在这一情况下，有位大臣站出来说：

“臣听说有一个种地的鳏夫，名字叫虞舜，很有大德！”

帝尧这时也想了起来：

“对对，寡人以前也听人提到过他，只是不知道这个人到底如何！”

有的大臣抢着说：

“听说这个虞舜很特别，他两只眼睛里都是双瞳仁！”

“噢，这是真的？”帝尧很吃惊。

四岳（官职名称，分管四方、四时的大臣）大臣站出来奏道：

“不错，臣也听说过。臣还听说，虞舜是一个瞎子的儿子，父亲顽固，继母狠毒，弟弟嫉妒。就是在这样的一个家庭，虞舜还是关爱和孝敬父母、和气亲善对待弟弟。他一次次地被赶出家门，还是一次次地把自己开荒种地得来的钱财带回家孝敬父母。甚至父母、弟弟有害死他的举动，他只是避开，也无怨无悔。这样的大孝至德，一般人无法做到的！”

“臣有话要说！”四岳的话音刚落，又走出来一位大臣。众人一看，是百官（官职名称，中央人事部门的负责人）大臣。他慷慨陈词，大意就是，自黄帝以来，一直奉行家天下，天子的大位只传给自己的子孙。陛下要把天子的大位传给外人，这有悖于历朝先王的遗规。一旦陛下开了先河，就会给以后造成无法挽回的影响。

他的话音刚落，又有一些大臣也站出来表示支持。他们认为，把天子的大位传给外人，即使是有德才的外人，也会给姬姓天下造成巨大影响，就像平静的水面扔进一块石头，激起难以平静的涟漪。那些野心勃勃、狂妄自大的人，就会想入非非，不择手段争夺天下。

百官得到一些人的支持，更是劲头十足。他再次发言说：

“虞舜确实德才很高，他七次被家人驱出家门，到处流浪，去了九个地方开荒耕种。凡是他去过或住过的地方，人们都愿意跟他做邻居，纷纷搬去居住。这样，凡是他住的地方，一年就变成村庄，两年变成城镇，三年变成都市。这还不算，凡是和虞舜接触的贱民，都愿意听他的，根本不再听当地国君的话。为此，那些国君纷纷来反映，说虞舜在蛊惑贱民，和他们作对。臣以为，虞舜也许不会蛊惑贱民反对当地国君，但他的举动，却不知不觉地危害了各封国国君的利益。臣想，虞舜再这样四处游荡，还不知要去多少地方，也不知又要有多少贱民团团地围绕在他的身边。他现在不会有野心，但是像这样发展下去，定会滋长出野心。一旦时机成熟，他振臂一呼，天下贱民必定都会起来响应。到那时，先王创下的姬姓天下，可就要变为他虞舜的了！”

百官的话，立即引起连锁反应。顷刻在帝尧面前跪倒一大片。他们鸡一嘴，鸭一嘴，说什么虞舜虽然对自己的父母孝顺，可那也是家庭私事啊，跟天下万民的利益没有什么关系；什么虞舜于国于民都没立过功劳，陛下轻易把天下传给他，难以使人心服；什么一旦把天下传给虞舜，各诸侯国起来反对，搞得天下大乱，先王的基业也可能乱中被野心家夺去；等等，不一而足。

帝尧听了大家的议论，心里也开始动摇起来，但他还是想表达他自己的大德。只听他说：

“天下是天下万民的天下。谁有大德大才来治理，给天下带来福音，就应该把天下让给他。至于说先王的遗规，寡人没多考虑，但寡人想，什么都是可以变的嘛。关于虞舜，寡人并没有最后拿定主意要传位给他，寡人还要再考察一下再决定！”

下朝以后，帝尧到寝宫里思考着虞舜的事，思绪万千。他一直在传位与不传位给虞舜之间徘徊。

蓦然，他想起了邻国进贡的“重睛鸟”。这种双瞳仁的灵鸟，能够捕捉和驱赶猛兽，也能够吓阻妖魔鬼怪，给天下黎民带来福音。而虞舜又是重睛，难道他就是“重睛鸟”的化身吗？果真如此，那他确实不是凡人了。有虞舜这样非凡之人治理天下，也是万民的福分。想到这里，他坚定地认为应该把天子的大位传给虞舜。

他抬起头，看到墙上张贴着的以前几位先王的画像，这一念头很快又动摇了。

从黄帝开始，天下不是传给儿子，就是传给侄子，确实没有一个外传的。如果自己把天下传给虞舜这个外人，朝堂上肯定会有一部分人反对，各国封国君以及天下万民又会怎么对待呢？什么事都分左、中、右，对待传位一事，天下的意见也同样会有左、中、右。这不光朝廷中的大臣要分两三派，就是各封国的国君、天下的万民，也要分成两三派，这样天下不就乱套了吗？乱了天下，最终受害的还是黎民百姓。

这些都且不说，把天下传给虞舜，又怎么向自己的十个儿子，特别是嫡长子丹朱交代？他们会认为，前面有车，后面有辙，先王都把天下传给自己的儿子，为什么就不能传给他们？就算长子丹朱不仁，其他九子有的也很优秀，为什么就不能传给他们？

再说帝尧也是个人，不是神。俗话说，东西地，南北拐，人人都有私心眼。帝尧也不能除外，只不过他与一般人相比，私心有多少之别罢了。在他心中，并不是没有一点想把天下传给自己子孙的念头，特别是想传给他的正室生的嫡长子丹朱。虽说丹朱是个扶不起来的小子，但帝尧还是对他抱有一线希望。他把丹朱流放，只是象征性的，只把他流放到离帝都很近的丹渊。从外表看，帝尧是让丹朱流放了，但从内心来讲，他是周瑜打黄盖，使的是苦肉计，实际上是在给丹朱身上镀金。

帝尧虽然有心想让丹朱有一天继承大位，但这一想法在群臣面前自己说不出口。他心中策划的是，在自己提出天子的接班人的问题时，大臣们能异口同声地让丹朱或者其他九个儿子中的一个继承天子大位。他要做做样子，或者说作秀，一遍遍地婉言谢绝。这种谦让，对于天子来说很重要。天子是天下万民的楷模，各方面都要做出榜样，该谦让时一定得谦让。就像虞舜后来当了天子，死了之后，已经当了老长时间摄政的禹，为了避免和舜帝的那个有些智障的长子商均争抢天子大位的嫌疑，还是隐姓埋名地跑了一大圈，多少人到处寻找。直到摆足了谱，禹才登上天子大位。身为天子几十年的帝尧，当然更要在这方面当模范，为了使天下人口服心服，他不摆足谱、端足架子，是不会让自己的儿子继承大位的。这在他来说，是道德问题、风格问题、原则问题。一般人可以不讲这些，他作为天子的万万不能不讲。

古人最讲究梦境或祥瑞征兆。这时的帝尧又想起了梦中的双瞳仁的贤人。梦里的那个双瞳仁的人是不是就是双瞳仁的虞舜呢？也许是神在托梦，向自己举荐虞舜。如果真是神托梦给自己，自己再没有任何表示，也就违反了神的旨意，早晚要受到神的惩罚的。正因如此，他才在这时提出天子继承人的问题，也才在虞舜身上费了一番脑筋。可梦中的那位贤人，为什么说还要办一件事？而且办什么事没说出来，就奔进娥皇、女英两位公主的闺房，这到底预兆着什么？帝尧为此不得其解。

此时，帝尧虽然想破解梦境，但他最大的心结，还是不知道虞舜这个人到底如何。他到底有没有德才，又到底有没有野心？

耳听为虚，有时眼见也为虚。一个人的虚伪，主要是心灵的虚伪。虽然这种虚伪最终要表现在他的外在行为上，但是由于对他的心灵的虚伪并不了解，短期内如果不留心，很难识破他内在的虚伪。

帝尧认为，眼下唯一能够摸清虞舜真实德才的办法，就是不显山露水地较长时间接近他。

如何长时间地接近虞舜，怎么接近，派谁接近？一时成了帝尧心头的痛。

正在犯难时，蓦然，帝尧心里一亮：虞舜既然是个鳏夫，我为何不像梦中预示的那样，把两位公主嫁给他？梦境中，那位贤人走进娥皇、女英的房间，是不是神提示自己，把两个女儿嫁给虞舜呢？在没弄清前，也无法弄清之前，他只能相信这是神在提示自己。既然神都提示自己，自己只有照办。他知道，把自己的两位公主嫁给虞舜，成本确实高了些。但是，舍不得孩子套不到狼啊！如果虞舜有夺取天下的野心，把两个女儿嫁给他，也许就能稳住他的心。这也就明明白白告诉虞舜：我把仅有的两个女儿都给你了，你还争夺什么天子大位？拥有天子的女儿，你还不满足吗？既然天子的女儿给你了，你就是天子的女婿。一个女婿半个儿，也就算把半个天下给了你，你够幸运的了。继承天子大位一事，你靠边站，就别乱掺和了，希望你老老实实待着，不要到处转悠，蛊惑人心，在天子继承人问题上，你不要从中插一脚，不要添乱，好好享受你的荣华富贵吧。这是帝尧的目的之一。之二，把两个女儿嫁给虞舜，既可以卧底考察他内在的德，又可以亲身体验他具有的才能，还可以坐地向乡邻打听他以前的表现，还有什么比这样的考察更有效呢？通过这一手段，看一看虞舜到底是豆腐渣，还是一朵花。

拿定了主意，帝尧就去娥皇和女英的亲生母亲散宜氏商量。

散宜氏沉吟半天才说：

“贱妾觉得这有些不妥。天子的孩子虽然也是平头老百姓，可她们毕竟是天子的孩子。让她们到山野去服侍一个农夫，她们会觉得难堪，恐怕不会情愿！”

帝尧笑了：

“你怎么也势利眼啊。人的贵贱，不在他干什么，而在品格、德行。你没听古人说吗，‘仁义忠信，乐善不倦，此天爵也；公卿大夫，此人爵也’。你想，人爵哪能比得上天爵金贵啊！娥皇、女英是天子的孩子又怎样？她俩和其他九个儿子都还没有封爵，就是说，他们都还是平民百姓。既然这样，他们与山野中的平民百姓更谈不上有什么贵贱区别了。寡人为天子几十年，经常到各地寻访，遇到的人不管他干什么，只要品德高尚、学问高深，寡人都拜他为师，寡人也没感到难堪。让娥皇、女英去侍奉农夫又有什么难堪呢？寡人想好了，不但要让她俩侍奉虞舜，而且还要让其他九个儿子也去侍奉虞舜，同时还要让一些官员也跟着去！”

散宜氏又给帝尧出了一个难题：

“我们的娥皇、女英，不是陛下最疼爱的吗？既然最疼爱她俩，就要上心为她们选择夫婿。可陛下怎么拿她俩去考察一个人呢？假如经过考察，虞舜各方面都很出色，那也罢了；如果他是个欺世盗名的骗子，那又怎么办？陛下的九个儿子倒好办，走人就没事了。可两个公主呢，她俩既然嫁给了虞舜，就万万不能再离婚吧？这样不就害了她俩一辈子了吗？贱妾还是请陛下三思而行！”

散宜氏说帝尧最疼爱她生的娥皇、女英两位公主，是自作多情了。其实，帝尧最疼爱的还是长子丹朱。那时，母系社会早已终结了。女人被视为男人的附庸和玩物，常常成为工具，用于各种无法用言语传达和武力争取的场合。更何况娥皇、女英都不是正室所生，也就是说，是庶出，用女儿来达到父亲的目的，是十分正常的事。这种婚姻实际上是政治婚姻，说白了就是“和亲”。即使给两个女儿带来的不是幸福，而是灾难，也只能算在政治的这盘大棋中，帝尧损失掉两个卒子。如果最终能使丹朱继承天子的大位，就是损失这两个女儿，他觉得也赢了这盘棋。

正因如此，帝尧听了散宜氏的话后，还是说：

“你说的我都考虑过了。你说虞舜可能是欺世盗名的骗子，你考虑多了。不论什么人和事，只能欺骗人一时，不能欺骗人长远。虞舜已经三十岁了，这么些年，人们都还说他好，就连许多大臣也一致称道，这就至少说明他不至于是个骗子，至少虞舜在品德上，没有什么大问题。至于他的才能，大家对他还不甚了解。我想来想去，只好采取把两个女儿嫁给他这个办法，对他详细考察一下。再说，虞舜的品德是好的，即使才能差了些，我把两个女儿嫁给他，也不是什么丢人的事。我在位几十年，时刻都想把天下让给贤能之人，可一直寻找不到这样的人。现在听说虞舜就是这样的人，我如果不仔细对他考察，万一那些大臣都看走了眼、看跑了光，被虞舜的外在表现欺骗了，我一旦把天下给了他，那我的罪过可就大了。我这次用两个女儿考察他，考察好了，那就是天大的福。考察不好，我为天下牺牲两个女儿，两个女儿为寡人牺牲一生，这于寡人对天下来说，不失为忠；于两个女儿对寡人来说，不失为孝。这不是很不错的事吗？”

帝尧在床榻之畔，说着这样原则的官话，就是为了顺利通过散宜氏这一关。

帝尧把话说到这份儿上，散宜氏就是浑身是嘴，也无话可说了。

到了这时，帝尧就选了个大臣做媒人，前去寻找虞舜说媒。

临行前，这位大臣问帝尧，他这次去，是先跟虞舜说明情况，还是先跟他的父母说明情况？

帝尧沉思片刻说：

“还是先跟虞舜说，听听他的意见，然后再决定是否跟他父母说。”

“古人说，娶妻如之何，必告父母。虞舜是个至孝之人。他恐怕不见父母的话，难以答应下来。臣以为，还不如先跟他的父母说。”这位大臣为难地说。

帝尧叹了口气：

“寡人那未来的亲家公、亲家母不是玩意，爱卿难道不知道吗？爱卿要是先跟虞舜的父母讲，万一他们不答应，再去跟虞舜讲，他还好答应吗？”

那位媒人大臣想了想，也是。即刻动身寻找虞舜去了。

再说虞舜听到这位素未谋面的人要为自己做媒，心中大大地吃了几惊：他一惊自己一二十年来被赶出家，到处流浪，竟然还会有人给自己做媒；二惊这位素不相识的人会给自己做媒；三惊天下还有不嫌自己贫贱的女子愿意嫁来；四惊圣天子愿意把金枝玉叶的公主嫁给自己；五惊圣天子一下把两位公主都嫁给自己。一时他几惊几喜，令他不知所措。

这位媒人接着说：

"圣天子仰慕先生的大德，又得知先生还孑然一身，就派我来做媒。圣天子的两位公主才貌俱佳，品德温良，长公主今年刚满二十，小公主只有十八岁。不知先生答应这门婚事吗？"

虞舜慌张起来，一时百感交集，丝丝寒意袭上心头。天子派人来联姻，到底是吉是凶？二女前来，到底有没有什么使命？

他明白，天子把两个女儿安插在他身边，实际上就是在他身边安装了两个电子眼，他以及他周围的一举一动、一切秘密和实力，都一览无余地被二女掌握。被二女掌握也就是被天子掌握。这么看的话，明显是天子对自己怀疑，也就是不信任。但是，二女由老爸天子做后盾，作为平民的虞舜，是无权和无法处置的。不管今后是什么结局，自己都得默默忍受和无条件地接受下来。

谦让是人的美德，更何况是具有至德的虞舜呢？再说，他也不知道自己面临的是吉是凶，通过谦让，把自己的真实思想委婉地表达出来，也是跟天子谈条件。只听他忙回答帝尧的使者：

"我身在山野，十分卑微，怎么敢迎娶圣天子的公主？再说圣天子的公主下嫁到我这里，无论是对圣天子，还是对圣天子的公主，都是一种辱没，我怎么能担当得起？还请大人为我向圣天子婉言谢绝吧！"

这位媒人大臣笑着说：

"先生这话可是世俗之见啊。天下哪有什么上下贵贱之分啊？圣天子不过是天下万民的公仆，既然是公仆，又何谈上贵？先生的道德高尚，天下皆知，又怎么能谈得上贱？如果先生在顾虑圣天子的两位公主，生长在深宫，过于娇惯，可能过不惯农家生活的话，那也是先生多虑了。圣天子坚持勤俭，宫中的生活与黎民百姓几乎没什么差别。两位公主受圣天子严格家训的熏陶，性格善良、朴素，深谙人情世故，跟乡野的女子没什么两样，请先生放心吧！”

这时，来了一些邻居。当他们听说来人是给虞舜做媒，介绍圣天子的公主的，都十分高兴，他们七嘴八舌地说：

“这是圣天子的美意，虞舜赶快答应吧，难道你这么一个大小伙子，还害羞不成！”

虞舜沉思片刻，红着脸说：

“婚姻大事，总要先跟家中父母商量再说。”

有一个邻居听了直摇头：

“你继母嫉妒成性，再说她自己生的儿子还没成亲，她会答应你？她要是答应你跟圣天子的两个公主结婚，那就更显得她的儿子没本事、讨人嫌了！”

“我想，也是。”又一位邻居对他说，“万一你跟家中父母说，他们不答应，你难道要打一辈子光棍？鳏夫无后，是不孝；不告诉父母而娶，也是不孝。如果你告诉父母，父母不答应你娶，与你先娶以后再告诉父母，你想想，是哪个更不孝？我看，还不如现在不告诉父母，先娶回来为好！”

有的邻居很为他着急：

“虞舜，你本来是办事很果断的人，怎么这事倒如此黏黏糊糊、迟疑不决？”

还有的说：

“天子的圣德，天下皆知。天子肯把两位如花似玉的公主下嫁给你，可以看出这是天子的一片美意，绝不会有半点恶意。难道你不愿接受天子的美意吗？”

听了这些，虞舜流着泪说：“既然如此，我就答应了吧。反正我不孝的罪名，已经上可通天，下可通地了！”

那位大臣得到虞舜的答复，告辞后，回到帝都向帝尧复命去了。

帝尧得知虞舜答应了这门婚事，心中大喜。又派人帮助虞舜盖了几间大屋，选择了良辰佳期，送了不少嫁妆，热闹而俭朴地把两位公主嫁给了虞舜。

虞舜的父亲瞽叟和继母会承认这门婚事吗？

九　后娘的幸福生活

再说这天瞽叟夫妻俩正在家里说着闲话，忽然有邻居跑来，哈哈笑着大声说：

“恭喜恭喜了。你家的儿子发迹了，娶了圣天子的公主，真了不起啊！”

夫妻二人一下子傻了，半天，瞽叟的后妻才缓过气来，不相信地回答：

“说的啥啊，你这是神经病吧，我儿子今天早饭后才下田干活，怎么一下子娶了天子的公主？”

这位邻居听出她误解了，忙解释道：

“我说的是你家的二儿子舜啊。他现在已经被圣天子招为女婿了。听说圣天子把他的两个金枝玉叶的公主都嫁给了舜，还给他造了大屋！”

瞽叟夫妻俩像挨了当头棒喝，半天喘不过气来。瞽叟的后妻怀疑地问：

“我家的事我们都不知道，你从哪儿听来的？”

“哎呀，到处都在说。有人看到圣天子给两个公主陪嫁的东西，有一里路长，送亲的人从头看不到尾，好多人都是大官……”那邻居说着，又跑去向另一家做义务宣传去了。

邻居走后，妻子开骂起丈夫瞽叟来：

“都是你养的孝顺好儿子，连结婚这么大的事，都不回来讲一声，就偷偷摸摸成了亲，他心里哪还有我俩老货啊。我平时说他不孝顺，你还说他心眼儿好。现在好了吧，你连自己的儿子结婚都不知道，还要邻居告诉，你不感到耻辱吗！”

瞽叟听了后妻这么臭骂一通，气得摔头找不着硬地。他又能说什么呢，只是长吁短叹。

儿子象回来了。母亲把情况跟他说了一遍。象根本不相信：

“这是在编神话。我想，就算天子的公主多得满天下都是，也不会嫁给一个身在荒山野岭、一年到头到处流浪的庄稼汉。更可笑的是，说天子一下子嫁来两个公主，这更不能让人相信。就是看中了，封他一个官，再把一个公主嫁给他，这也符合常理。哪有天子把公主从帝都嫁到山野之中的？这话，天下的人都信，我也不会相信！”说着他跑了出去。

瞽叟夫妇听了象的话，也觉得不大可能。

可是，没过一会儿，象又气冲冲地跑了回来，急匆匆地对瞽叟夫妇嚷道：

“哎呀，这些传说还真的不假。我打听清楚了，他们马上就要来见你俩了。你俩见不见，赶快拿定主意！”

瞽叟的后妻拧着脖子对瞽叟嚷道：

“要见，你这个瞎货去见，我可不见！”说着一扭屁股进了屋。

瞽叟的脑袋是长在后妻头上的，当然后妻的主意就是他的主意。只听他也吼道：

“我也不见。我根本没这个儿子。象，你给我拦住，不许他们进门！”

他的话音刚落，虞舜已经来到大门前。随行的有许多人。片刻，娥皇、女英的车子也来到了。两人下了车，与虞舜一起走进院落。

虞舜走在前面，看到弟弟象在院落里站着，就亲切地喊了他一声。

象既没答应，也没理他，而是拉成驴脸，呆立着。蓦然，他发现在虞舜的后面，猛然一亮。瞟眼细看，发现两位天仙般的妙龄女子。他一下就猜到，她们一定是自己的两个嫂子了。

二十多岁的象，正是追求异性的年龄。只是他与母亲品行和名声都不好，谁也不愿给他当媒人，谁也不愿把自己的女儿嫁给他这样缺少德行的男人。正在性饥饿的象，猛然看到两个如花似玉的帝女，一下子就把魂儿给丢了。只见他两眼直直地看着娥皇和女英，就连虞舜问父母在哪儿，他也没听到。

虞舜见他不理自己，遂带着两位夫人来到堂屋。瞽叟看不见，一时没有反应。继母看到虞舜带着妻室来到面前，并不给一点面子，破口大骂道：

“哪里来的贼人，竟敢私闯民宅。还不给我滚出去！”

这时，虞舜一边嘴里喊着父母，一边率领两位夫人一起跪下，请求饶恕。

瞽叟这才知道虞舜夫妇来到面前。只听他大骂道：

“你这个畜生，你既然心里没有父母，还跑回来干什么？滚吧，我不是你的父亲！”骂着，就用拐棍在虞舜的身上乱敲。

虞舜跪在地上，一动不动，任其毒打。他与两位夫人足足跪了半个多时辰。

瞽叟打累了，就坐在床上喘着粗气，嘴里仍然不停地低声谩骂。

虞舜的妹妹敤首看不惯了，就劝解父母：

“你俩也别再气了，就饶了二哥这次吧！”

她的母亲指着她骂道：

“这里哪用你来说话，谁是你二哥，我没有这个儿子！”

敤首接着劝道：

“就饶了二哥他们吧。他们已经跪得吃不消了！”

“谁叫他们跪了？”瞽叟无理强三分地说，“我没有叫他们跪。他们是圣天子的公主、驸马，我们是小家贱民，受不起这样的大礼。快叫他们都滚吧！”

敤首趁机对虞舜说：

“二哥，父亲既然叫你走，你就暂时听父亲的，出去吧。我知道二哥心里有话，明天再跟父母说，行吗？”

接着，她又过来搀扶两个嫂子起来。

娥皇、女英虽然平时没有得到娇惯，但毕竟她们都是天子的公主，也算是金枝玉叶，没干过什么活，更没有受过这长跪之苦。这么跪着，她们早已腰酸腿疼。敤首去搀扶她们，几次都没有站起来。

站在一旁的象看到了，就想趁机抚摩一下她俩，刚要伸手去扶，敤首急忙把他推开，斥责道：

“不可。男女有别，男女授受不亲！”

还是虞舜把她俩一一拉起。只听娥皇、女英对他们说：

“父母、弟弟、妹妹，我们走了！”

还是虞舜和敤首扶着她俩走了出去。

来到大门外，敤首低声赔礼说：

“二哥，两位嫂子，今天让你们受委屈了。明天你们务必再来，我一定设法说通父母，请二哥和两位嫂子放心！”

娥皇、女英满嘴感谢，上车时，眼里含着泪水。

且说虞舜夫妇走了以后，敤首回到屋里对父母说：

“二哥这次做错了，父母责备他，也是应该的。不过，如果不让他们上门，这不便宜了二哥他们！”

瞽叟不明白了：

“怎么就是便宜了他们？”

“二哥这个人，根据平时的情况，他也不至于如此糊涂。这次不告而娶，也许是圣天子用势力压二哥，才使二哥不先告诉父母的。要不是这样的话，如果是二哥不愿意来告诉父母，那么为什么圣天子也不派人来告诉父母呢？想起来这么长时间，有不少人来给二哥说媒，父母总一一拒绝，这种情况肯定被圣天子知道了，圣天子才不派人来告诉父母，也不让二哥告诉父母。到如今木已成舟，生米做成了熟饭，想让二哥跟两位圣天子的公主离婚，那是万万不可能了。照这样下去，今天你们不理他们，明天再不见他们，二哥他们就有理由再不来家，到他们的大屋里痛痛快快享清福了，你们做父母的只能还在这穷家破院里劳累受苦。你们说，这不是便宜二哥他们，又是什么？”

敤首的话，好像在瞽叟夫妇封闭的内心开了一扇天窗，他们有点明白过来了。他俩愣愣地呆了半天，还是向女儿问计：

“那你说该怎么办？”

“要我说，他们要来，就把他们留在家里。”敤首毫不犹豫地说，“当儿媳的，理应侍奉公婆。她们是圣天子的娇公主，要是受不了这个苦，不愿意侍奉，那当然说不过去。别说是你们，就是邻里也看不惯。那时候，再谴责她们不孝，不是比不答应他们成亲更能让人心服口服吗？到那时候，别说二哥夫妇了，就是亲戚、邻居，也都不会认为是你们做父母的在为难他们，只认为是二哥他们的不是。这不比不让他们上门好吗！”

一心想在娥皇、女英身上讨到便宜的象首先叫好。出于他自己的目的，只听他叫道：

“这样好，好。让天子的两位公主留在家里，不准舜进门！”

他以为这样，就可以轻易把娥皇、女英弄到手。

敤首看出了他的邪心，就摇着头说：

“三哥这样说，太不对了。哪有把儿媳留下，把儿子赶出家门的道理？这事即使二哥和两个嫂子不说，光是亲戚、邻居的唾沫星子也把父母淹死了！”

瞽叟夫妇也没好主意，只好听从女儿的话。

第二天天刚亮，虞舜夫妇又上门来了。瞽叟夫妇还没有起床，敤首首先跑出去迎接。她把已经说通父母一事简单说了一下，还请二位嫂子无论如何，都要好好侍奉父母。并说，遇到什么过不去的事，她会设法从中斡旋。

这时，象也起床跑来，他打了招呼后，两眼一直打量着两位嫂子，叫她俩很不自在，不由得都低下了头。

敤首看不下去了，用手碰了碰象，这才使他的眼光从娥皇和女英身上移走。

这时，瞽叟夫妇屋里有了动静，虞舜夫妻三人忙跑进去问安。做母亲的并没理睬，只是瞽叟开了腔：

“这个不孝的东西，我早就跟他断绝关系了。只是你们两个是圣天子的公主，我们做小贱民的，承受天子的皇恩，不看僧面看佛面，也要承认你俩！”

这时娥皇、女英忙磕头：

“谢父母大人！”

“不过，我可要把丑话说在前头。”瞽叟突然话锋一转，“你俩既然来到我家，就不要再提是天子的公主了。俗话说，国有法，家有礼。我们虽然是穷家破院，可也像所有家庭一样，也有自家的家法。你俩也要遵守我家的礼节，还要干所有家务。满天下只有儿媳侍奉公婆，没有公婆侍奉儿媳的道理。你俩可考虑好了，能不能吃得了这般苦。要是觉得能吃得了这般苦，就留下。要是吃不了，还请你俩赶快离开这个家，免得说我家虐待你俩！”

娥皇、女英听了，又再次磕头谢恩。她们说：

“谢公婆大人收留之恩，儿媳愿意竭力侍奉。我俩的夫君以前有种种不孝，做儿媳的得知后，对他很埋怨。现在夫君也对以前做的事很后悔。希望公婆大人再饶恕他这一次。如果夫君再有不孝之举，我俩做儿媳的，也同他一起受家法的惩罚。即使公婆大人不惩罚，儿媳的帝父知道后，也不会饶恕的！”

当婆婆的听了她俩的话，很不高兴：

“你俩口口声声儿媳、儿媳，可你们是什么儿媳呢？没有媒妁之言，没有父母之命，也没有得到父母承认，你俩只不过是私奔来的婢女或贱妾，哪能算得上是儿媳！”

娥皇、女英没有反驳，还是唯唯诺诺。但她们心里受不了，粉脸涨红了。

还是敤首打着圆场，笑着说了句公道话：

“母亲这话说得就不对了。二哥没有受父母之命，两位嫂子可是有父母之命、媒妁之言的啊，怎么能说是私奔啊！”

母亲自觉没理，就不跟敤首说话，反而对娥皇、女英喊：

“好吧，不管你俩是私奔，还是公奔，你俩马上一个给我打洗脸水，一个给我叠被！”

敤首又冲母亲一句：

“人家刚来，怎么能知道水在哪里，脸盆在哪里？”

说着转过身，对娥皇说：

“嫂子，我带你熟悉一下。”

片刻，娥皇端着洗脸水进来，毕恭毕敬地放在瞽叟夫妇面前。这时，女英也把被子叠得工工整整。

接着，烧饭、打扫庭院、喂养鸡鸭、去井里担水，都是娥皇、女英亲自动手干。敤首要帮忙，她们都推辞不让。

虞舜被父母奚落，心里很不好受，一时不知所措。敤首见了，对他做了个鬼脸，嘴一抿，笑了笑，指着仍旧放在外面的东西，问他：

“门口那一堆东西是什么啊？”

虞舜这才醒过神来，忙回答：

“是你二位嫂嫂带来孝敬两位老人的礼物。刚才父母生着气，我不敢拿给他们。”

“快拿进来！”敤首摆着手。

虞舜急忙把带来的礼物搬进来。瞽叟夫妇见这么多贵重的礼物，心里暗喜，可嘴上还说：

“我们没这福分受用这些东西！”

嘴里上这么说，可手已经不当家了。这对老家伙把虞舜拿来的礼物，翻的翻、摸的摸，开始与两个儿媳有一句没一句地说起话来。吃饭时，娥皇、女英又是端饭，又是拿筷子，又是给瞽叟夹菜，好不欢喜。

饭后，娥皇、女英又劝瞽叟夫妇及弟妹，到她们在沩水畔的大屋里去住。瞽叟倒是想去，但后妻不表态，他不敢答应。他的后妻白了虞舜一眼，带着讽刺的口吻说：

“我们可没那个福分！”

娥皇、女英知道此时还有思想隔阂，此事又不能来个霸王硬上弓，也就暂时不再坚持。

虞舜夫妇忙了一天，直到瞽叟夫妇晚上睡下，他们才回到帝尧为他们盖的大屋。第二天，仍然不计前嫌，跑来孝敬老人。

就这样，一连半个多月，娥皇、女英既没有倦意，也没有怨言。有时瞽叟夫妇无端斥责和怒骂她们，她俩也仍旧和颜悦色，毫无怨言，悉心孝敬。

偏偏当小叔子的象淫心不改。他有事没事就找娥皇、女英说些无关紧要的闲话。有时用不明不白的言语挑逗两位嫂子，有时故意碰她们一下。敤首早就看出了象的贼心，时刻保护着两位嫂子，才使象没机会下手。

娥皇、女英已经看出，这个家是婆婆掌握着。这天，就趁婆婆一时心情好，再次劝说他们都搬到沩水畔去住。虞舜也趁机帮腔，与她俩唱起“双簧”。瞽叟夫妇虽然不反对了，但仍然三缄其口，就是不表态。其实，他们并不是不想去，只是想到以前那样虐待虞舜、冷淡两位儿媳，觉得无脸去享受。

这时，倒是敤首的话，算是给两个老家伙了一个“台阶”下：

“爹娘你俩也不要再跟二哥和两位嫂子别劲了。他们叫你们搬去，有福不去享，别人还说你俩不通人情。再说三哥到现在还没有人来说媒，还不是人家嫌咱们家太穷。要是搬到沩水畔的大屋里，总比现在体面多吧。不要说你们享福了，就是三哥的婚姻也好解决！”

母亲这时有些动心。象在娥皇、女英身上打主意的事，她当娘的怎能不知道？起码的道德观和法律常识她还是有的。她知道，这一是违背人伦；二是娥皇、女英不会答应；三是怕圣天子知道，降罪于象。但她最疼爱的亲生儿子象的婚姻一天不解决，当娘的就一天寝食难安。要是搬到那边去，住宽敞明亮的大屋不说，有圣天子这棵大树罩着，象要娶个媳妇，还不是手到擒来吗？可她想到以前那样毫无人性地对待虞舜，又觉得不好说出口，只是向两个儿媳微微点了点头。

虞舜和两位夫人顿时大喜。第二天，就来了好几辆华盖车，由帝尧的九个儿子及其他官员一起下手，很快就把虞舜的老家搬入沩水畔的大屋。

来到新家，房屋宽敞了，家具齐全了，饮食也丰富了，服侍的人也多了。还有不少牛羊鸡鸭，瞽叟夫妇好不高兴。可后妻越过越觉得心里不是滋味。想当初三番五次把舜从家里赶走，本想把他冻死、饿死，没想到弄巧成拙，反而让他富贵起来。多年来，那么多人来为虞舜提亲，她都拒之千里。可怎么也没想到，这反而成全了虞舜的好事。当初要是答应一个媒人，也不会使他娶上圣天子的两个公主。跟圣天子攀上亲戚，以后还不知虞舜能当多大的官，行多大的风，下多大的雨。再想想自己的亲生儿子象，跟虞舜一比，就显得好似一个小瘪三。她是一个特别好强的人，根本不会认为，眼下这一局面，一是因为自己的肚子不争气，没生下前程无限的儿子；二是自己的心太狠毒，竟然容不了虞舜这个懂事、孝顺的孩子；三是自己的孩子象太不争气，玩世不恭，嫉恨兄长，调戏二嫂。既然她不能如此反省自己，剩下的，就只有对虞舜的嫉恨了。

而象呢？还是淫心不改。虞舜不在家时，他就跑到娥皇、女英屋里，总希望用这吊膀子的办法，把二位嫂子弄到手。

娥皇、女英毕竟是过来的人了，哪能不懂小叔子的邪念？虽说她们恨透了象色眯眯的言行纠缠，但是又怕婆婆对她们鸡蛋里挑骨头，也只好把真正的心情压在心底。对于象，既不能不理，又不能拒绝，还不能得罪。唯一的办法就是有一句没一句地应付。

哪知多情的象倒把二位嫂子的应付当成对他的有意有情，认为两相情愿，只欠东风了。这个东风就是碍事绊脚的哥哥虞舜。为此，他对虞舜怀恨在心，恨不得片刻间就把虞舜从这个世界除名。

这样，象和他母亲的心思就不谋而合，虞舜面临大灾大难，也就在所难免了。

十　谁说虎毒不食子

虞舜夫妇每天数次来服侍二老，还到田地里耕作，很是辛苦。娥皇、女英采桑养蚕，纺线织布。闲暇时，虞舜就把帝尧的九个儿子和跟随来的官员召集在一起，商讨治理天下的方略及做人的道理。同时还邀请弟弟象也参加，希望他能走上正路。但是，象根本听不进去，他的心在二位嫂子身上。再加上他在帝尧的九子及那些官员面前，感到卑微，心里就局促不安，待不片刻工夫就偷偷溜了。

过了一段时间，帝尧要娥皇、女英回去省亲，也希望虞舜一起前往。三人到了帝都，帝尧和群臣这才有机会亲眼看到他威武的相貌，一个个都深为赞叹。

帝尧与他交谈，发现他对如何使天下黎民归顺、天子的任务以及如何发展农牧生产等，都十分有见解，这使他非常满意。接着，帝尧又单独去见派去“卧底”的两个女儿娥皇和女英，详细了解她俩打探和感受到的虞舜在家中的行为和道德表现，得到的答复也是非常之好。这还不算，他又分别召见了自己的九个儿子和派去的官员，向他们盘问虞舜关心社会、接人待物和善待乡邻的情况，得到的也是对虞舜的一致夸奖。

眼看到了离别之时，帝尧向虞舜赠送雕弓一张、干戈各一件、七弦琴一把、昭华宝玉一块。帝尧仍然让他的九个儿子以及一些官员继续前去陪同虞舜夫妇。

回到沩水之滨的家中，见过父母，虞舜把帝尧分别赠送给瞽叟夫妇、象及敤首的礼物，一一交给了他们。而象却非常喜欢帝尧赠给虞舜的干戈、七弦琴及雕弓，拿在手中把玩着，表现出异常的依依不舍。

象喜欢这些玩物，更想得到面前两个如花似玉的嫂子。看到她们与虞舜亲亲热热，他不由得嫉妒发怒。

母亲看出他的心思，一再劝解和安慰他。

象并不听劝，咬牙切齿道：

“不把她俩弄到手，誓不为人！”

母亲很为难：

“你想他那几件东西，我也许能帮你弄到手。只是要把她们姐妹弄到手，实在叫我为难！”

“怎么不能把她俩弄到手？把那畜生杀掉，还怕她们两个不是我的人！”象发狠道。

母亲慌了：

“就怕杀不死他，还要你偿命。象儿，我可只有你一个宝贝儿子啊！”

“怕什么！”象满不在乎，“这就要看我的手段高明不高明了。我要让他死得不明不白，到了阴间地府还不知道死在谁的手里！”

这话让敤首在外面听到了。她为虞舜及两个嫂子担心，第二天，她就提醒虞舜千万要留心象。

几天过去了，一切都安然无事，虞舜及娥皇、女英都放松了警惕。

象并没停止他的杀人计划，他在暗地与母亲串通一气，利用瞽叟，借刀杀人。

三人同心，其利断金。两个帝女，加上一个见多识广的虞舜，又是肌肤相亲的夫妻，他们要动起脑筋来，说什么瞽叟、后妻以及象这三个人，都不是他仨的对手。

短暂的平静之后，残忍的斗争开始了。

这天下雨，瞽叟把虞舜叫来说：

“盛米的仓库漏雨，米都淋湿了，你赶快上屋修缮一下！”

虞舜到仓库里看了看，立即叫来几个人，把仓库抢修好。

没过两天，瞽叟又把他叫来，带着生气又责备的口气对他说：

“前天来的几个人不知真没本事还是太马虎，怎么修过了还是漏雨？”

虞舜跑去看了看，果真屋顶上有一个洞，又跑进仓库里检查，粮食真的湿了一大片。他暗想，那几个人太马虎，也不能马虎到连一个那么大的洞也看不到的地步。可怎么有个洞，他怎么也想不明白。

瞽叟不耐烦地说：

“明天你自己上去修理一下，免得把米都淋湿霉坏完了！”

虞舜答应下来，回到自己的屋里后，他把父亲让他上屋修理漏雨的事向两位夫人讲了一遍。

娥皇一听，忙说不好：

“敤首妹妹说，要防备着他们，这是不是他们要算计你啊？”

他愣了愣：

“不大可能吧。虎毒还不食子呢，我不是继母的亲生儿子，可毕竟是父亲的亲生儿子啊，他怎么会这样对待我！”

“公公也许被他们蒙蔽了。”女英怀疑说，“害人之心不可有，防人之心不可无。我想，就算他们不是算计夫君，防备着点总没有害处！”

两位夫人这么关心，使虞舜很感动，但他还是很为难：

“防备什么呢，又怎么防备呢？父命不可违，屋漏了，我总不能不去修缮吧？”

两位夫人一时也陷入茫然之中。爱能生智，蓦然，娥皇一阵惊喜：“有了！”说着起身到另一间屋里拿来一顶斗笠，“要是有危险，从屋顶掉下来，手里拿着这个，也保险些啊！”

女英摇了摇头：

“一顶斗笠起不了大用。要是掉下来，照样不是没命，就是摔伤！”

娥皇泄了气：

“是啊，总不能戴几顶斗笠上屋啊！”这时，她对公婆和小叔子象怨恨起来，就差还没骂娘。

“我有个计！”女英猛然低声惊叫一声。

虞舜和娥皇忙问，她并没开口回答，独自跑到院落里，剖了两根竹竿，细心剖了一条又一条，一片又一片。又叫虞舜钻了眼，用棉线连在一起，蒙上布，做了一把能收缩、能打开的伞。

做好以后，娥皇和虞舜明白过来，不胜高兴。

娥皇说：

“上屋顶如果遇到危险，把伞打开，抓在手中，跳下来，落在地面上，也不会有危险！”但她很快又否定了自己的看法，“哎呀，这还不行。这么大的东西，要是带着上去，还不被他们识破了？他们还会让夫君往屋顶上带吗？”

“那还不好办？”女英比画着，“做小点嘛，两个袖筒里各藏一把，袖筒再做长、做宽些，绝不会被发现！”

虞舜叹口气道：

“父命难违，天命难测啊！”

三人心事重重地一夜难眠。好容易熬到天亮，两位夫人好生给他准备了一番后，他又去给父母问安。瞽叟说：

“今日天气好，你可以上屋修缮了，免得再漏雨！”

虞舜答应着，就向后院走去。不见弟弟象来帮忙，他就自己搬来梯子，竖在仓库的外墙上，一步一步登上屋顶。他仔细查看了可能漏雨的地方，细心地整理着茅草。

忽然，他好像听到噼噼啪啪燃烧干柴的声音。他心中一惊，向下看去，但见从窗户里冒出浓烟，蹿出火苗。紧接着，一股热气把他包围了。他暗叫不好，仓库着火了。逃生是人的本能，他就想顺着梯子赶快下去。可是，他怎么也没想到，竟然不见梯子的影子。

此时，他头脑飞转，暗想能否从邻居家的屋子上逃走？这个主意又很快被自己否定了。最近的邻居，离他的仓库也有一两丈远，显然只有跳远健将才能越过。

两条路都没了逃生的希望，最后他只有使用两位夫人提供的绝招了。只见他迅速把头上的斗笠拴牢，把藏在袖子内的伞取出。这时，他已经被熊熊燃烧的大火团团包围，再也不能犹豫。

只见他用力撑开雨伞，又握紧伞杆，两眼一闭，向着下面的空地上猛然跳去。

他悠悠荡荡，飘然而落，随即很轻地摔了一个屁股蹲，就落在了地面上。他并没感到摔疼哪里，忙放下雨伞，取下斗笠，半刻也没停，就跑出去救火。

这时邻居们都跑来了，他们担着水、端着盆，忙着扑灭大火。

一位邻居高声对虞舜喊道：

“我们看到你家失火了，忙跑来救火。可你弟弟象还说没失火，不让我们来救。幸亏你妹妹敤首拼命呼喊，象才把我们放开！”

虞舜连声感谢，与众人七手八脚一阵忙活扑火。

这时，帝尧的九子及一些大臣也都闻讯赶来扑火。由于风大火旺，泼上去的水根本起不了作用。须臾之间，两间仓库被烧得轰然倒塌。

等到救火的人走了后，虞舜才看到弟弟象。

“这火是从哪里来的呢？”象问。

虞舜摇了摇头说：“不知道。”他为此陷入了沉思。

这时，敤首也跑了过来，看到虞舜还活着，忙问：

“二哥没伤着哪里吧？”

他摆了摆手，反问她：

“父母受惊了吗？”

“没有！”她思绪重重地回答。

虞舜到了父母的屋里，问了安，然后向自己屋里走去。

路上，他恸哭不止。他心里明白，这火是父母和弟弟一起在对自己下的毒手。想到人家的父母弟兄，都是亲亲热热在一起，为什么自己的父母弟兄，竟然一定要弄死自己？自己的罪恶难道到了非死不可的地步吗？

娥皇、女英见到丈夫平安地回来，悬着的心才放了下来。

第二天，敤首又私下来到虞舜夫妇住的屋里，对哥哥嫂嫂说：

“昨天的事，我一无所知。幸亏二哥吉人天相，安然无恙。只是昨晚三哥又和母亲在一起嘀咕，我在外面偷听，好像听他们说什么‘空中可逃，看他地下怎么逃’。我怕这话跟二哥有关系，才跑来讲一声！”

三人很感谢敤首这么关心他们。等到她走后，娥皇、女英左思右想，不知“地下”是什么意思。

虞舜想来想去，猛然大悟：“‘地下’，恐怕指后院中的那口水井！”

一听这话，姐妹俩的脸都吓得煞白：

“真要是让夫君下到那口井里，危险可真的大了！”

三人一阵沉默。此时，连掉在地上一根针，都能听得一清二楚。

娥皇叹着气说：

“他们的毒计无非是让夫君下到井里后，他们在上面往井里抛石块和沙土，企图把夫君埋在井底！”

虞舜仰面躺在床上，看着屋顶说：

“这就足够了。我要是在井底，别说被沙土埋上了，就是抛下的石块也能把我砸死了。不是有句话说‘落井下石’吗？”

他们一时都没了主意。虞舜接着说：

“我死倒没什么，只是丢下你俩，我实在不忍心啊！”不由得恸哭起来。

女英流着泪，想出了一个主意：

“我看，夫君只有一条活路，就是在井内凿一个可容身的空间！”

“对对，是个好办法！只是要凿的空间既不要离井口太近，又不能离水面太近。防止抛下的土石抬高水位淹没了！”娥皇不禁惊喜。

虞舜好像看到了生的光芒，沉吟片刻，点了点头：

“是个办法，是个办法。我想，他们不可能短时间内弄太多的土石，把整个井都填满吧。我下去后，立即在井壁上挖凿一个能容身的洞，等他们抛完土石以后，我再两脚蹬着井壁，手脚并用往上爬，不愁上不来！”

“我想，夫君再带一条绳，绳的一头拴上铁钩。等他们抛完土石，上面没人时，夫君再把铁钩抛到井沿，铁钩就会死死地抓住井沿。夫君两手拉住绳，两脚蹬着井壁，肯定能爬到地面！”女英显得很有把握。

主意已定，三人抓紧准备。

过了两天，虞舜一早向父母问安后，瞽叟阴沉地说：

“有件事你去办一下。后院的那口井，水已经发浑了，该掏淤泥了。你今天下去掏淤泥！”听那口气，完全没有讨价还价的余地。

父亲的话，让他一阵寒心，但他还是答应下来。他借口回去换件衣服，就带上两位夫人为他准备的利斧、带铁钩的绳索等器物，藏在身上，然后来到后院。

他看到井旁堆满泥沙、土石，心里就明白了一切。他庆幸妹妹及早告了密，不然，这条命还真要丢在井里。

虞舜凿井、在井里攀缘十分熟练。这并不是他有意锻炼，而是他被赶出家门，每到一个地方开荒种地，都要先打井。正因如此，他下到井下，倒是很轻松自如。

井内漆黑，到了井筒的大半截，他停了下来，取出利斧，用力凿了起来。三下五除二，很快就在井壁的一侧凿出了一个能容纳一人的空间。由于井内光线很弱，地面上的人根本发现不了。

好像计算好了似的，虞舜刚凿好洞，井口就纷纷抛下泥沙、土石，井内的水哗啦哗啦响，激起一个个浑浊的水花。敤首跑来哭着喊着制止，象又打又推。井口堆积的泥沙、土石都倾倒完了，井水也升了上来，幸亏还没淹没虞舜藏身的空间。

象和母亲意识到，别说井里有一个虞舜，就是有十个，也早该砸死了。象走进瞽叟住的屋子，慷慨地说：

“父亲，今天的事，都是我动手做成功的。我可是功劳、苦劳都有啊。这家产也该分了。牛羊嘛，我不要，都给父母。仓库嘛，我也不要，也归父母。只是那干戈要归我，琴要归我，还有两个嫂子，留给父母也没有什么用处，不如叫她俩给我铺床叠被，陪我睡觉。不知这样分怎么样？”

瞽叟看了他两眼，没说话。

后母由不得笑着：

“行行，你想要什么就要什么！”

象春风得意，站起身对父母说：

“东西搬一下就行了，只是两个嫂子需要跟她们说好。我这就去说服她们！”

来到虞舜夫妇住的院落，听到屋里传来琴声。他没进门，就笑着喊道：

“二位嫂子好雅兴啊，要不要我来陪着？”说着进了屋。

他进屋抬眼一看，顿时目瞪口呆。原来弹琴的不是二位嫂子，竟然是在他心目中已经被砸死的虞舜。两位嫂子坐在一旁兴致很高地在听琴。

看到象那窘状，虞舜夫妇倒没说什么，反而客客气气地打着招呼。

倒是象自己不知所措，说话不成句，脸涨得通红，最后说：

“你们玩吧。”逃也似的退了出来。

象回到屋里，母亲忙问：

“怎么回来这么快，难道那两个妖精不肯顺从你？”

象连声说：

“怪了怪了，出了妖魔了。舜好好地在家里跟两个小娘儿们玩呢！”

瞽叟夫妇顿时愣住了。

“你看花眼了吧。我亲眼看着舜下了井，又亲眼看着那么多泥沙、土石倒进井里，砸不死他，也要淹死他。他要是还活着，那他可就是神了！”母亲不信。

“事实上一个活着的舜就在他屋里，他还跟我说话啊！”象两只手拍得啪啪响。

瞽叟叹着气说：

“一定有鬼神暗中相助，我看你还是死了这个心，别对他动邪念了！”

他说这话肯定只是他的一厢情愿，象和母亲都不想罢手。只听象说：

“我不能看着他活在我面前，不是他死，就是我死。反正我俩不共戴天！”

在一旁的敤首得知虞舜还活得好好的，感到自己没有白对哥嫂通风报信，心中不由暗喜。

这天，象破例自己买来两瓮好酒回家，这让敤首感到奇怪。自从虞舜结束了流浪生活回到家以后，所有的东西，全部是他买。就是一点针头线脑，瞽叟夫妇和象也不愿出一文钱。这次象一下子买了这么多好酒，真是半夜出太阳——从来没有的事。她暗想，这里面恐怕有文章。

第二天，虞舜夫妇来给父母请安，站在一旁的敤首向他们看了一眼，又看了看酒瓮。虞舜夫妇微微点头会意，敤首才放心地出去。

回到自己的屋里，虞舜因为父母和弟弟象又要对他们下毒手而难过得流泪。

娥皇说：

“他们是铁了心要害夫君，靠哭是无法感动他们的。现在唯一要做的，就是及早做好准备，防范他们的暗算！”

女英沉吟一会儿，叹口气说：

“刚才从小姑的眼神里，可以看出，她怀疑酒中有毒。我想，这倒不怕。我俩出嫁时，父亲怕我们在山野吃错什么野菜中毒，就在我们的嫁妆里放进能解百毒的‘百草花丸’，吃下这种解毒药，吃下什么毒也没事！”

“这药真是什么毒都能解？谁也不知道象放的是什么毒，也不知道他放进的毒药毒性有多大。怎能保证喝下他的酒，不会出问题？”虞舜不太相信。

“这‘百草花丸’我父亲南巡时曾经用过。他到三苗国巡视，误吃了有毒的菜，快要没命了。幸亏有人献上‘百草花丸’，父亲吃下去，很快就解了毒。我想，夫君只要吃下这药，绝不会有问题！”娥皇说着就翻箱倒柜，把解毒药找了出来。

敤首的猜想还真准确。第二天中午，象来到虞舜的屋里，闲谈几句后，就说由于自己不懂礼节，做了不少对不起二哥的事。今天特备了些酒菜，为二哥赔不是。

虞舜心里已经知道他不怀好意，连连推辞道：

“都是一家人，何必这么客气？再说我今天身上有点不舒服，刚刚吃了药！“

娥皇、女英也在一旁一再谢绝象的邀请。

象表现出为难的样子：

“酒菜是父母叫我备的，也是父母让我来叫二哥的。这不光是我的意思，更是父母的心惹。二哥要是不去，父母心里会难过的。二哥身体有点不舒服，去坐一会儿，少吃点也可以，总要陪父母大人说说话啊！”

虞舜至孝大德，象一旦把父母拉扯上，他的心就软了下来。只见他看了两位夫人一眼，然后无奈地对象说：

“既然父母叫我去，那我就去。你先回去，我马上就到！”

象答应了一声，笑着走了。娥皇、女英没办法，只好给他服下几粒“百草花丸”，一再劝说他，多长个心眼儿，尽量少喝点酒。

虞舜来到父母住的房子，看到餐桌已经摆好。继母和敤首正忙着把菜肴端上来，象忙着准备酒具。见虞舜来了，继母笑着对他说：“你弟弟还是个顽皮的孩子，一次次搞恶作剧，弄得你们兄弟之间不痛快。我和你父亲痛骂了他一顿，他自己也很后悔，就备桌酒席，在一起说说话，消除你们弟兄间的思想隔阂。你们兄弟俩虽说不是吃一个奶长大的，但毕竟是一个父亲的种。兄弟之间就是打断腿，总还连着筋啊！”

虞舜忙说：

“母亲别这样说，我从来都不介意，再说三弟也没什么，我感到很好啊！”说着他也到厨房里忙着端菜拿碗。

在厨屋里碰到敤首，只见她对虞舜使了个眼色，小声说：

“小心酒里有毒，门后还有刀！”

他会意地点了点头，低声道：

“谢谢妹妹。”

但一想到不但下毒，而且还用刀，感到自己这条命今天是要搁在这里了。

虞舜和象、敤首、父母共五人一起又吃又喝，象和母亲一边不停地给虞舜赔礼，一边轮番劝酒。虽然敤首连连使眼色，但他还是不得不喝。毕竟“盛情”难却啊。他知道他们包藏祸心，为了让父母高兴，他情愿把生死置之度外。

虞舜虽说不是海量，但可也比象的酒量大。他喝了不少酒，还是没有醉意，反倒是象脸红脖子赤。象看到虞舜嘛事没有，心中奇怪，就想拿酒狠灌。他连忙又去厨房里取酒，这才发现酒瓮里已经见底。

他哪里知道，酒根本没喝完，是敤首为了使虞舜尽量不受毒害，趁别人在堂屋里吃酒，她跑到厨屋把酒舀出来倒掉不少。再说喝酒期间，每次都是敤首到酒瓮里取酒，象哪能知道她倒掉了呢？

象见没了酒，可虞舜还精神抖擞，谈笑风生，这才意识到毒酒无法把他撂倒。于是，一不做，二不休，遂把藏在厨房门后的利刀藏在身上。

敤首来到厨屋，装作取物事，来观察象在搞什么鬼把戏。她看到象的神色不对，就知道他要对虞舜开刀了。她心急如焚，连忙回到堂屋，坐下后，在餐桌下面，用脚踢了虞舜两下，又用眼示意他快逃。

虞舜犹豫片刻，经不住妹妹一再催促，起身说要出去小解，趁机逃了出去。

十一　猪蹄子煮八滚还是往里拐

象身上藏着刀回到餐桌旁，不见了虞舜。瞽首说，出去小解了。等了一会儿，不见小解的虞舜回来，象心里起疑，忙去厕所看了看，却不见虞舜的身影，这才知道又让虞舜逃过一劫。

虞舜虽说服下解毒的“百草花丸”，由于象和继母不停地对他劝酒，使他喝下的毒酒太多，中毒很深。他足足睡了三天三夜，身体里的毒性才算解完，这才从昏睡中清醒过来。

当回忆起在餐桌上的一场惊梦时，虞舜还是感到后怕，不由得出了一身冷汗。

虞舜是个大孝之人，父亲、继母和弟弟一而再，再而三地加害于他，但他仍然不计前嫌，一以贯之地孝敬父母。

孝顺之人不要忙，好事找到家门上。很快，帝尧下来命令，要虞舜带着娥皇、女英进帝都，接受任命。

这是帝尧不得不采取的下一步行动。自己的两个女儿嫁给虞舜，又让九个儿子以及一些官员前去考察虞舜的德行。考察结果反馈回来了，都说虞舜德才双馨。如果就此对虞舜没有了下文，不但自己当天子的感到尴尬，跟随娥皇、女英前去的一些朝廷重臣也会因此说三道四。

虞舜有德行，这一点得到证实。但是他是不是有能力治理天下，派去考察的人都说不准。虞舜是骡子是马，不如把他拉出来试一试。试好了给他个官职干干。试差了，也就别怪我当天子的不重用人才，这天子可还是让自己的大儿子丹朱来继承。出于这一目的，帝尧才把虞舜提拔到中央任职。

大孝的虞舜本想谢绝任职，在家好好赡养父母。娥皇、女英两位夫人劝他不能顾了小家，不顾大家，无视天下黎民百姓的死活。想想大丈夫以天下为己任，不能被个人家庭绊住脚。为一己之家，自己所有的心力只能使父母得到幸福，而前去帝都任职，自己就可以把全部的心力为天下万民服务。舍小家，为大家，也是圣贤先王们的美德，更是自己矢志不渝追求的目标。他毅然决定去帝都任职。

他很想把父母及弟妹这次都带到帝都去，但一想到父母和弟弟一次次想谋害自己，他的心动摇了。他倒不是怕死，只是怕事情败露后，帝尧可能会严刑惩罚父母和弟弟。到那时，父母和弟弟因此坏了名声，自己怎么面对天下黎民？

虞舜到了帝都才知道，原来大司徒（分管民事的长官）勤于民事，积劳成疾，需要静养。帝尧让虞舜代理大司徒一职。

这一工作十分繁忙，但再忙他还是忙里偷闲，坚持每过几个月，回家看望父母一次。其余时间，不是让两位夫人回去看望，就是派人捎带东西，孝敬二老。

不久，他又在帝都准备了房子，请求父母前来居住。

可瞽叟和他的后妻考虑到以前自己干的劣行，哪敢来住？

后来瞽叟想通了，继母和弟弟象仍不愿意到帝都居住。原来，他们是在以小人之心度君子之腹，生怕虞舜报复前仇，更怕娥皇、女英把谋害虞舜的事告诉天子，使天子降大罪于他们。

时间最能解决问题。随着时间的推移，看到进京后的虞舜还无微不至地关怀着他们，继母和弟弟象也渐渐良心发现，不觉有些懊悔以前的事。接下来发生的一件事，更让他们羞愧得无地自容。

虞舜一次从帝都回家看望父母。看到身为高官的儿子能如此孝敬，瞽叟和后妻都十分感动，都悔恨自己虐待和残害虞舜的行为。特别是瞽叟，毕竟是虞舜的亲生父亲，竟然干出那种虎毒食子的事，更使他悲痛不已，不由得大哭一场，最后甚至用手扇自己的耳光。

虞舜连忙跪在父亲面前，一边两手抱着父亲的胳膊，一边竟伸出舌头，去舔父亲的泪眼。

瞽叟感到被虞舜舔得十分舒服，以为他又用什么药为自己治疗眼疾，就任他舔下去。

虞舜足足舔了半个时辰，瞽叟竟然看到了光明。全家人异常高兴。

瞽叟更是狂喜，他大叫道：

“舜儿，你真是大孝之人。我双目复明，都是因为你大孝感动了神仙。我真有福啊，生了舜儿这个大孝之子！”

虞舜又多住了几日，天天为父亲舔瞎眼，越舔效果越好，最后眼中的白翳全部退净，无论是从外观，还是从视力，瞽叟的眼睛都与正常人没什么区别。

看到虞舜在朝廷当了大官，瞽叟和他的后妻向他提出，希望能拉拔一下弟弟象，给他个一官半职。

虞舜以亲情为重，捐弃前嫌，没加思考，就答应了下来。

后来，他坐上天子的大位，果然把没有丝毫功劳的弟弟象封了国，让他到有庳（今湖南道县北）当了诸侯，称霸一方。

虞舜的这一做法，对于父母来说，是尽了孝。但对于天下万民来说，就是为私了。当然，这都是后话。

新官上任三把火。虞舜代理大司徒以后，首先召开专门研讨会，研讨如何做好大司徒的工作，搞好“教化”的问题。对于“教”什么，“化”什么；“教”他好，又怎么才能叫作好；叫他“善”，又怎么才叫作“善”，其标准是什么？研讨到深入时，就认识到“教化”的问题，最要紧的是处理好人与人之间的关系。认识到在世界上，人与人无时不接触，无处不接触。既然接触，你待我，我待你，就该有一个放之四海而皆准的标准，才可以相安相亲而不相互争斗。

通过研讨，又把人与人之间的关系分成五类：一是君臣关系，二是父子关系，三是夫妇关系，四是长幼关系，五是朋友关系。而每类又该有一个能够做到相安相亲而不相互争斗的方法。

经过仔细研讨，对于君臣关系的相处方法，定下一个字，叫“义”。为君为臣，都是为百姓求福利才设的。那么，他们的任何言行，都必须有利于百姓，这就叫“义”。无福于百姓的，就叫不“义”。臣子不“义”，君主应当严惩。君主不“义”，臣子应当谏阻。

对于如何处理好“父子”关系，研讨的结果，是定位一个“亲”字。父对于子，应当“慈”；子对于父，应当“孝”。“慈”“孝”二字，离不开一个“亲”字。也就是说，父子处理任何事情，都要以不失“亲”为原则。处理母子关系相同于父子关系。

对于夫妇关系，定位于一个“敬”字，做到夫妇相敬如宾。对于妇，夫应该“和”；对于“夫”，“妇”应当“柔”。一“和”一“柔”，家道才兴。

研讨到兄弟关系时，给的定位是“序”。既然是兄弟相称，都因为年龄大小得来的。那么发生这样那样的事情，都应该按照次序来做。每事兄让着弟，弟让着兄，自然就有了友爱之情。推而广之，按照四海之内皆弟兄的说法，要消灭社会上的一切争执，都按照长幼的次序来处理，社会自然就不会乱。

在如何处理朋友关系时，研讨的结果是用一个“信”字来定位。同道为朋，同志为友。朋友之道，不外乎交际。而交际之中，首推一个“信”字。言而无信，则行不践言，就不会产生友谊，也自然成不了朋友。

虞舜把以上这些研讨的结果上奏，帝尧十分高兴，立即把处理五种关系的方法，上升到“五典”，让天下都按这个标准实施。

虞舜代理大司徒一职，表现出来的能力和智慧，帝尧挑不出来什么毛病。但他还不放过虞舜，又给虞舜出了一个难题。

以前，大司农（分管农业、农税和水利事务的官员）出帝都，到外地视察，其兼任的冢宰（群臣之首，总理全国政务，辅佐天子治理天下，实际上，相当于后来的宰相或中书省）一职都是由天子自己担任。今年又到了汛期，不少地方又发生大水，大司农要到灾区亲自视察灾情，他兼任的天官冢宰一职，帝尧自己不再兼任，而是让虞舜代理冢宰一职，目的就是看他有没有协调能力，是否能压住阵，群臣服不服。

大司农到基层考察回来后，虞舜又把冢宰一职交给他。这时，正逢各地诸侯络绎不绝前来觐见。帝尧又任命虞舜担任上傧（分管接待外宾的官员）一职。

礼宾官让一个刚上任不久的泥腿子干，确实是个巨大的考验。虞舜知道，要做好这一工作，就要正确使用各种礼仪，掌握不同的风俗习惯。

为了做好这一工作，不会他就学，不懂他就问。二位夫人在这方面向他传授了不少礼节常识，使他从一个门外汉成了一名行家里手。无论是东方九夷之国、南方八蛮之国、西方六戎之邦，还是北方五狄之族，他所接待的一批批贵客，无论是在规格上还是礼节上，都天衣无缝，十分圆满。各诸侯见到虞舜威武的外表，体验到他大方有礼的举止、热情文明的谈吐，都十分敬仰，纷纷希望他能成为天子的继承人。

帝尧交给虞舜的几项工作，他都做得有条不紊，政绩卓著，万民敬仰，群臣信服。群臣一次次督促帝尧确定虞舜为继承人。

任何人都会有反对者，虞舜也不例外。这些反对者中，最卖力的就是以前的“三凶”。

当初在推翻帝挚的政变中，逃过一劫的孔壬，在西方的封国，得知帝挚被推翻，唐尧成为天子，他倒很庆幸。之所以如此，他一是庆幸自己料事如神；二是庆幸自己行动迅速；三是庆幸天帮神助，才使自己免除杀身之祸。接下来，是承认唐尧，还是发兵讨伐？他权衡再三，感到不但自己远不是号令天下的唐尧的对手，就是加上驩兜的封国，也同样势单力薄。他反复思忖，认为唯一的出路，就是归顺天子，在天下一隅求生存。为此，他除了派人代表他的封国，向唐尧继承大位表示祝贺外，又派人去荆州，说服驩兜也归顺唐尧。唐尧是仁义之君，看到孔壬、驩兜既然愿意归顺自己，又不再祸害天下黎民百姓，也就不再追究他们以前的罪过，也不撤销他们的封地。否则，一旦发兵讨伐孔壬和驩兜，吃苦受累、受到祸害的，还是黎民百姓。所以，唐尧既接受了孔壬和驩兜的祝贺，又承认了帝挚对他们的册封。这样，天子之国与孔壬、驩兜的封国各自都相安无事。时间像一块抹布，时间长了，就渐渐地把孔壬、驩兜的罪迹抹淡了。

这天，驩兜前来帝都，向帝尧述职。听说帝尧要让虞舜继承天子大位，他心里很不服气。

这时，鲧也因为冀州东部堤坝溃决，受到帝尧的严肃处理，心中感到冤枉，来到帝都，准备为自己辩护。

到了帝都，他又听说自己受到处理，都是因为虞舜向帝尧弹劾的结果，他顿时大怒，嚷道：

“虞舜是什么东西，他竟敢对我说三道四，他懂得什么！”

鲧听说驩兜也在帝都，就臭味相投，急忙去见。哪知找到了驩兜，又碰到了也来述职的孔壬。这样，当年向帝挚敬献“四美”的“三凶”就不约而同地在帝都再聚首了。

当年的“三凶”毕竟有过进献“四美”那么一点利益共同之处，他们各自离开帝都以后，虽然一晃几十年没见，但是昔日那段交情还没有消失。一阵热情寒暄之后，话题不知不觉又扯到了政治上。扯到政治上也罢，又不约而同地扯到了虞舜身上。

鲧发着牢骚：

“帝尧是头脑发昏了，要把天下交给一个泥腿子，这不是开天大的玩笑吗！”

“我也不理解。帝尧把自己的嫡长子撵出帝都，却把自己的女婿当成宝贝疙瘩，让谁也想不通！”驩兜也有同感。

“他把自己的女儿送给那个乡巴佬，不要说送两个，就是有十个八个都送给乡巴佬，再把他的夫人散宜氏也送给那个乡巴佬，我们都不要问。那毕竟是他的家事、私事。可是天下是公事，天子是天下黎民百姓给的，他不问天下万民愿意不愿意、答应不答应，就要把天下任意给人，这是卖天下、卖万民，天地不容啊。稍微有点正义感的人，也不会视而不见、听而不闻！”孔壬越说越激动。

鲧看到他俩都支持自己，就问：

“二位打算怎么办？”

驩兜回答：

“明天去见帝尧，我们劝谏。他要是能听进去，改正过来，就万事大吉。如果不听劝阻，我就回到自己的封地，向封地的黎民百姓宣布帝尧的罪状，并和帝尧断绝关系！”

孔壬不赞成：

“劝谏嘛，帝尧是不会听的，那是瞎子点灯——白费蜡。我的想法是，明天见了帝尧，述了职，就回到封地，向老百姓宣布帝尧的罪状。要是那个乡巴佬真的做了天子，我就起兵讨伐他！”

“劝谏还是要劝谏的。如果不劝谏就起兵，过错在我们；劝谏不听从，过错就在他帝尧了。那时再联合起来共襄大举，也就名正言顺了，天下万民也没有理由批评我们！”鲧振振有词。

孔壬和驩兜觉得这样也好，意见就这么统一了。

第二天，“三凶”去见帝尧。没等“三凶”说话，帝尧看到鲧，就不留情面地批评他在冀东治水不力，酿成大灾。希望他以后尽职尽责，绝不准再有任何疏漏，否则定将严惩不贷。

鲧气得脸发红，正要向帝尧发难，驩兜站出来奏道：

“臣从远方来，道听途说陛下准备把天子的大位禅让给虞舜，真有这么回事吗？”

帝尧点着头：

“不错，真有这事！”

“陛下向来都很英明，这次为什么犯糊涂了，要把天下传位给一个乡巴佬？”驩兜情绪激扬。

帝尧哈哈笑道：

“这你们就多虑了。天下者，乃天下之公器。让谁继承天子的大位，就要看这个人的德才如何，是不是能够胜任治理天下的大任。如果能够胜任，就是一个乡巴佬，又有什么不可的呢？要是不能胜任，就算他是名门贵胄，又有什么用？告诉你们，寡人取人才，只问德才，不问贵贱！”

鲧听了，气不打一处来，只听他咒骂似的吼道：

“把天子的大位送给一个山野匹夫，这是不祥之兆啊！”

帝尧手指着他，责问：

“你说，这怎么是不祥之兆？”

“自古以来，从来没有这样的先例。请问陛下，这不是不祥之兆又是什么！”

帝尧不服地分辩：

“前朝是怎么选择继承人，那是过去的事，也有那时的具体情况。我问你，做天下仁君的，选择继承人，是应该以德才为重还是以贵贱为重？”

鲧盛怒，不加思考，就信马由缰地回答：

“臣只知道古人说，得天之道的，为帝；得地之道的，为三公。臣早已得地之道，臣应该做三公，陛下为什么不让臣做三公，反而让一个不起眼的匹夫做帝，这难道是天之道吗？”

帝尧看鲧此时信口雌黄，也不好顺着他的话往下说，他不悦地回答：

“寡人把天下传给虞舜，他如果不能胜任，寡人负全部责任。好了，你们可以静观事态发展，今天不要再为此争辩了！”

驩兜和鲧都愤愤不平。只有孔壬微微发笑，袖手旁观，一言不发。

退朝以后，“三凶”又碰了头。只听孔壬说着风凉话：

“我早就说，帝尧是听不进劝说的，果然被我猜中了吧！”

“我们已经仁至义尽了，他不听就怪不得我们。我看，就按昨天的计划，分头准备起事吧！”驩兜气呼呼地说。

孔壬当即赞成，又问鲧。鲧气愤地说：“我自有我的办法！”说罢走了。

驩兜和孔壬立即离开帝都，回他们的封地。半路上，驩兜写了一道檄文，寄给帝尧，痛斥他把帝位传给虞舜的罪行。

鲧第二天也出了帝都，还没走多远，后面又有人追了上来，说帝尧要召见他，有事相商。来人也不知道什么事。

鲧说：

“既然不听我的劝告，还召我干什么！”

就是不回头，悻悻地继续前行。

帝尧召鲧回帝都，是想任命他再次去治水，可鲧不来见。一个臣子不听召唤，这让做天子的他闷闷不乐。偏偏这时，又递来驩兜声讨的檄文，他心中更加恼怒。

有大臣向他奏道：

“帝挚时期，驩兜、孔壬、鲧三人，被人称为‘三凶’。帝挚失德，都是这三人教坏的。如今陛下在位，赦免他们的罪而不杀，又不问他们过去的罪行，再次任用他们，这样对待他们可谓很厚道了。现在这三个人，丝毫没有什么功绩，反而结为死党，不应召的不应召，肆意诽谤的肆意诽谤。臣以为，很难保证他们三人没联合起来，搞一些阴谋活动。请陛下三思！”

正在这时，又有人来报，说洪水泛滥，漫天而来，帝都的西门外，水已涨到大腿深，黎民死伤很多。

帝尧立即退朝，跑到西门察看，果然看到一片汪洋，逃难的人混乱不堪。

接着又有人来报，说鲧所修筑的九仞城的堤防决堤了。

群臣立即一齐上奏，强烈要求帝尧把鲧过去在帝挚一朝，与孔壬、驩兜在一起扰乱朝纲的事，都来个秋后算总账，坚决杀掉鲧。

帝尧也感到鲧有逆反之心，遂派四朝元老火正吴前往诛杀。

鲧得知这一消息，想到朝廷来诛杀，自己太羞耻了，与其如此，倒不如自己决断了，当即他就在羽山（今山东郯城东北）跳进羽渊水潭自尽。

再说，鲧在冀州治水期间，为了在这里扎住根，就迎娶了当地有莘氏部落酋长的女儿修己为小妻。就是这个小妻，生下了大名鼎鼎的大禹。可见，她的肚子还是很争气的。

后来，鲧看到这里的人们善良勤奋，是成大事值得依靠的对象，就从中说和，让他的儿子禹迎娶了当地的大姓人家涂山氏的女儿女娇为妻。从此，有莘氏部落及在当地能够呼风唤雨的涂山氏就死心塌地地归顺了以鲧为首领的夏部落。

是人都长着势利眼。其他部落一见举足轻重的有莘氏部落和大户涂山成了夏部落的同盟者，都纷纷拜倒在鲧的脚下。很快，夏部落就成了包括冀州在内的东夷地区的王者。

鲧被逼自杀后，禹成为本族部落——夏部落的首领。他继承父亲的遗志，千方百计做大做强夏部落。为了巩固他的王权地位，在他的妻子涂山氏的娘家涂山大户的撮合下，禹就在淮河中游的涂山，邀请东夷各部落首领会盟。另一个有影响的有仍氏部落首领也极力鼓动，才保证了这次会盟大获成功。正是由于有莘氏部落、有仍氏部落以及涂山氏大户的鼎力支持，才使这次会盟成了夏部落后来取代黄帝王朝的转折点。

正因为有莘氏部落、有仍氏部落在这次会盟中立了大功，夏朝成立以后，从禹到夏桀，都重视与这两个部落联姻。就是后来太康失国后，他的弟弟仲康还为他的儿子相迎娶了有仍氏部落首领的女儿后缗为妻。相被杀之后，已经怀有相的孩子的后缗逃回娘家有仍氏所在地（今山东金乡）。由于有仍氏的精心照料，才生下少康，这才有了少康恢复夏王朝那段惊心动魄的历史。

当然，这都是后话。

再说鲧死了，他这一页历史掀了过去。但对于“三凶”中的驩兜和孔壬，群臣也纷纷要求诛杀。

虞舜主张，现在水患严重，西部交通不便，不适合出兵讨伐，再加上孔壬还没有明显逆反的迹象，可以暂时不去过问他，以稳住他不起兵对抗天子。驩兜就不同了，他飞扬跋扈，反抗天子，造谣惑众，应当严惩。

帝尧遂下圣旨，把驩兜放逐到崇山（今湖南境内）。

天下的水患十分严重，让谁去治理洪水？帝尧一时还真没发现一个合适的人选。

这时虞舜又向帝尧推荐说：

“臣在调查鲧的治水工作时，发现他的儿子禹，对治水很有研究。可是当父亲的鲧听不进儿子的意见，才导致治水失败。如果重用禹来治水，一定会大见成效！”

“寡人把他的父亲杀了，他还肯效劳吗？”

“陛下杀他的父亲，是因为他父亲治水失误，给天下造成巨大损失，不是陛下报私仇。禹是位贤人，他会深明大义的！”虞舜再次进谏。

帝尧准奏，立即下令召禹进京。

虞舜首先召见了禹，对他说：

“眼下洪水泛滥，民不聊生，天子忧虑。大人的父亲还为此以身殉职。不论是为万民着想，还是为天子着想，或者为大人的父亲着想，大人都应该投身到治理洪水中去，完成大人父亲的未竟之志。一旦治理了水患，不光大人能够功盖九州，泽被万民，名垂千古，就是大人的父亲地下有知，也能含笑九泉！”

禹随即答应为天下黎民治水。

帝尧遂重用禹，派他前去治理水患。禹治理水患，不像他父亲鲧那样堵截。他的思路是，按照水往下流的性质，导入大海。对于高的地方，凿而通之；低的地方，疏而宣之。经过多年努力，肆虐数十年的洪水终于安澜。

接着，禹又奉命到西方孔壬的封国，杀死了残害黎民的相柳，捉住了与相柳狼狈为奸的孔壬，并把他流放到荒芜、寒冷的幽州（今北京密云）。

禹治水到了驩兜的封国。驩兜和他儿子苗民发横，不但大骂天子，还野蛮地残害禹的随行人员。帝尧随即下令讨伐，一举征服了驩兜的封国。

驩兜仓皇南逃，苗民乱中逃往西方。

虽然没有了“三凶”，但是虞舜还是很难顺利地继承天子的大位。阻力不在别人，就在有私心的帝尧自己。

帝尧没想到虞舜能够顺利地闯过他设下的一道又一道关口，而群臣也都对虞舜有说不完的赞美之词，希望帝尧百年以后，能把天下禅让给虞舜。

迫于群臣的压力，帝尧不得不重用虞舜。不过，他没有决定要把虞舜作为他的接班人，而是设立了一个新官职太尉。太尉一职，就是在天子的同意下，临时行使天子的权力。

然而，实际上，帝尧同意虞舜代替他行使天子的权力吗？

帝尧在帝都时，不会让虞舜行使天子的权力。只是出外巡视时，才让虞舜短暂地行使行政管理权。

虞舜就是利用这一机会，在朝廷上下大力培养自己的力量，这就引起了帝尧的警觉。

虞舜当了太尉，表面上帝尧是让他向着继承天子大位的方向发展，心中还犹豫着是否让自己的嫡长子丹朱来继承天下。到底是让虞舜接班，还是让丹朱接班，由于时机不成熟，他还像个晃蛋鸡一样犹豫不决。

什么事情都是由外因和内因共同起作用的。往往在关键之时，外因能够成为一个助力，使事情朝着本来不该发展的方向发展。

这天，帝尧处理完天下大事以后，向散宜氏的宫室走来。他老远就听到宫室里在高声议论。来到宫室门外，他怕打扰她们，就停下脚步偷听。

室内，散宜氏正和其他几个嫔妃谈论着该谁接替天子大位一事。

只听散宜氏说：

“自古以来，天子的大位，都是子接父、侄接叔伯。陛下这么多儿子，哪能轮到虞舜继承天子大位？！”

“丹朱就是再有错，也毕竟是嫡长子，有无可替代的天子继承权！”另一位嫔妃愤愤不平。

“人生在世，都吃的五谷杂粮，谁能无过？包括那个虞舜也不能没有错，只不过别人没去追究。为什么有人单单不放过丹朱的那一点过错，其险恶用心还不昭然若揭吗？”又有一个嫔妃几乎要喊起来。

再一个嫔妃说：

“那个虞舜要是当了天子，我们往哪里摆？帝都哪还有我们的住处，他还不把我们一个个都撵到荒郊野外？”

“陛下对自己的儿子太严了。他怎么就不严格要求那个虞舜呢？虞舜又是什么好人，父母一次次把他赶出家门，可见他也有对不住父母大人的地方！”

“就是，虎毒还不食子呢。虞舜父母的心难道就不是肉长的？虞舜一次次被撵出家门，里面肯定有什么隐情。只不过虞舜善于隐瞒、善于伪装罢了！”

“我看，等陛下来了，我们一起向他强烈要求，让丹朱继承天子大位。陛下再不听，我们就集体不给陛下陪睡！”

“对，就这么办！”她们异口同声地说。

帝尧再也听不下去了，扭头又拐了回去。他回到自己的宫室，关起门来，直挺挺地躺在龙床上。嫔妃们的议论，就像一个个重量级的砝码，一股脑儿地加在丹朱一边，使帝尧脑海里的天平蓦然倾向丹朱一边。

他不得不承认，古往今来都是家天下；他又不得不承认，人无完人，金无足赤，每人都有过错，虞舜和丹朱二人也都不可能例外；他也不得不承认，虞舜也是爹生的、娘养的，他之所以被一次次赶出家门，即使大错在父母，他虞舜本人在孝上，起码也有小错。百事孝为先，在孝问题上，再小的错，都是大错，都是不可饶恕的。把天下让给在孝上有问题的虞舜，本身就有问题。丹朱有错，并不在孝上。这种错误与虞舜的错相比，是可以容忍、可以理解的，天下万民也是可以原谅的。这样的想法，坚定了他放弃虞舜，让丹朱继承天子大位的决心。

他召来几位丹朱的好友，策划丹朱继承大位的前期准备和程序：第一步，把准备让丹朱继承大位的打算告诉丹朱本人，首先让他树立起信心，不要再破罐子破摔；第二步，要重塑丹朱的性情，再次给丹朱请几位老师，并且把尚方宝剑交给老师，在丹朱不听管教时，有权严肃惩处，使丹朱认识到，不服管教就没有退路；第三步，在丹朱有了转变后，让丹朱贿赂所在诸侯国的君主，让该国君主向朝廷大讲丹朱的好话，改变群臣对丹朱的不良印象；第四步，由近臣在朝廷上提出让丹朱继承天子大位的奏章。

策划好之后，暗地迅速实施。帝尧私下派人到了丹渊，向丹朱传达天子打算向他禅让大位的决定。

丹朱明白，坐在天子至尊大位，对自己意味着什么，顿时心中大喜。从此，他再也不破罐子破摔了，就是作秀也要坚持一段时间。接踵而来的是几位天下闻名的饱学之士来到丹渊，开始对丹朱进行调教。

丹朱能继承父亲的天子大位吗？

十二　作茧自缚

看起来帝尧事情做得很秘密，但是，丹朱是个无底的桶，心里盛不了一点秘密。他今天一句、明天一句，没过多久，就把帝尧关于天子继承人的方案透露个一干二净。

帝尧的九个庶出的儿子得知后，心里很不平衡。

丹朱素来看不起他们，双方的关系一向紧张。他们料到，一旦丹朱成为天子，他们这些庶出的儿子就会受到无法想象的迫害。加上他们嫉妒丹朱受到帝父的宠爱，情愿让虞舜继承天子的大位，也不愿让丹朱坐龙椅。出于这一思想考虑，他们把帝尧准备让丹朱继承大位的秘密私下告诉了娥皇和女英。

娥皇、女英听了也很紧张。丹朱以前也同样看不起庶出的她俩。想到丹朱狡诈、残暴、荒淫，联想到象一次次地加害虞舜，又一次次想玷污她俩的贞节时，她们不禁寒噤连连。为了避免灾难落到自己头上，她们就与九个兄弟一起，悄悄地把获得的消息告诉了虞舜。

在这之前，帝尧的这九位庶出的儿子，与娥皇、女英的关系并不密切。是帝尧成全了他们。当娥皇、女英嫁给虞舜时，是帝尧让这九个儿子去服侍虞舜夫妇。陪同的经历，拉近了这九个庶出的弟兄与娥皇、女英姐妹之间的亲情。亲情又促成他们结成对付父兄的统一战线，这才有了他们一起反对丹朱继承大位的局面。

虞舜得到消息后，感到很轻松：

“这不很好、很对吗？陛下百年之后，理应把天下传给嫡长子啊！”

帝尧的九个庶子问他：

“你知道丹朱是什么人吗？”

虞舜摇了摇头：

“不过，陛下最宠爱的嫡长子，又是理所当然的天子继承人，难道能坏到哪里去？”

娥皇叹了口气：

“夫君有一个残忍、嫉妒的弟弟象，我们有一个残暴、无情的哥哥丹朱！”

虞舜愣了愣神，看了看几位小舅子，将信将疑。

这九个庶出弟兄历数了丹朱的种种过错，然后对他说：

“如果丹朱继承大位，你的以前，就是我们的以后。你又是丹朱最有力的竞争者，他对你的残害，更会比你的弟弟象还狠毒！”

虞舜思绪很乱，沉吟半天没有说话。

娥皇、女英深情地对虞舜说：

“我们姐妹俩很珍惜这个完整的家，不想看到这个家破裂。我俩唯一的希望就是夫君能不辜负天下黎民百姓的期望和朝廷群臣的举荐，顺利地继承天子的大位。不然，天子的大位要是让丹朱抢去，今天我们这些在座的，谁也别想有好下场。当然，我们姐妹俩更担心夫君，因为帝父曾经想让夫君继承天子的大位。丹朱一定会把夫君视为他的最大威胁。望夫君三思而后行！”

虞舜摇着头说：

“你们想的是不是太严重了？再说，陛下该了解丹朱的，既然有心想让丹朱继承大位，肯定有陛下的道理！”

“丹朱表现恶劣，帝父当然知道，原来是不打算让他继承大位。后来由于后宫几位嫔妃想到帝父百年之后，如果外人继承大位，担心她们自己被赶出帝都，这才嚷着要丹朱继承大位！”九位弟兄说。

女英叹着气说：

“夫君别忘了，帝父也是人，他虽然有大德，但大德之人不能说没有一点私心。特别是天子继承人这一天大的问题上，从内心来讲，他也像凡人一样，不想肥水外流。他这样做，有先王的旧规，顺理成章，就是有人因为丹朱的过错而反对，也不可能成功。当然，既然有私心的帝父难免不把夫君看成帝室的外人，即使自己的儿子有这样那样的过错，他内心当然还是想选择自己的儿子继承天子大位，正常人都会这样做的。再加上有后宫嫔妃及朝中个别近臣怂恿、挑拨和出谋划策，帝父最终下决心将天下禅让给丹朱，更不难理解了！”

“丹朱毕竟是你们的哥哥，我怎么好跟他争夺继承权呢？再说，让谁继承，最终还是陛下一人说了算，我总不能张嘴向陛下要继承权吧？”虞舜为难了。

“这就是问题的所在，”九位弟兄说，“如果光是停留在口头上，断然起不了作用！”

虞舜截住话茬：

“既然嘴上劝说不成，还能有什么办法？”

“办法有一个，就是动用武力！”九子说话掷地有声。

虞舜猛一惊，脸色煞白：

“这，这怎么行啊，这可是奸佞之人干的事啊！”

“用武力对待有德之人，是失德；用武力对待无德之人，是大德之举！帝父用武力消灭了驩兜、苗民和孔壬的势力，又下令诛杀鲧，难道是无德之举吗？丹朱荒淫成性，嬉戏成瘾，残忍无道，帝父还想让他这样的人继承天下，难道是善举、德举吗？既然不是，在别的办法都无效的情况下，为了天下黎民百姓，为什么就不能武力解决问题呢？”九位弟兄反驳道。

虞舜还是转不过弯来，低着头，什么话也不说。

这时，九位弟兄向娥皇、女英使了个眼色，让她俩实施一起商量的计策。

女人最拿手的办法就是一哭二闹三上吊。哭闹之后，她们嚷道，反正丹朱继承大位以后要屈辱地死，不如现在死了算了。她们拿起已经准备好的绳索，就往内室奔去。

虞舜见要出人命大事，急忙几步跨去，把她们拽住。她们就滚在床上又大哭大闹起来，叫嚷着要跟虞舜离婚。虞舜劝阻无效，无奈地寒着脸。

九位弟兄趁机也使出几招：一是渲染丹朱的劣性；二是夸大丹朱继承大位后对虞舜及娥皇、女英等人的危害；三是历数丹朱继承大位后，天下黎民百姓将遭灭顶之灾；四是威吓，如果虞舜不动用武力阻止丹朱继承大位，他们九位弟兄和娥皇、女英就跟他一刀两断；等等。

十一个人的软磨硬缠带吓唬，又想到丹朱即位后，由于他的无德，天下要大乱，黎民要遭殃，最后虞舜也就横下一条心，咬咬牙，跺跺脚，同意武力阻止丹朱继承天子大位。但条件是，绝不允许危害帝尧和丹朱的性命。

在武力解决问题之前，首先要培养自己的势力。虞舜利用自己在朝廷上的职权，趁机排除异己，扶植亲信。他把帝尧长期排除在中央决策权力中心之外的“八恺”“八元”共十六人，都安排进了中央的各个部门。

这些人都是虞舜被父母赶出家门，多年云游四方时结交的朋友。“八恺”是黄帝的八个后裔，个个都是贤德之人。“八元”是五帝之一喾帝的八个儿子、帝尧的同父异母兄弟。喾帝去世以后，他的小妾们怕兄弟们互相残杀，就带着她们的儿子“八元”离开帝都，到遥远的地方居住，多年后才回来。帝尧怕他们威胁自己的地位，就把他们排除在权力中心之外。

在培养自己势力的同时，虞舜又把帝尧宠信的混沌、穷奇、梼杌、饕餮“四凶”全部除掉。这样，就把帝尧给架空了，朝中大权都掌握在虞舜和他的亲信手中。

与此同时，娥皇、女英和她们的九个弟兄分头行动，很快就取得一些大臣的支持。

这天一早，九子和娥皇、女英向帝尧问安时，趁机指使起事的军士把他囚禁了起来。另一路军士到了丹渊，把丹朱也囚禁在丹水之畔。从此帝尧和丹朱父子二人再也没能相见。

宫廷政变就这么在不流血的情况下，轻而易举地一夕成功。

阴谋与爱情、权力与亲情，就这么诡秘地结合为了一体，演绎着一场惊心动魄的政治博弈。最终，虞舜志得意满，隐忍几十年的辛苦和屈辱，用武力得到美女又得到天下，而帝尧赔了女儿又失去天下。

虞舜毕竟还是仁厚之人。他把老丈人帝尧和大舅子丹朱只是分别囚禁起来，并没加害于他们。这样，也就方便了司马迁等史太公们，对虞舜进行正面宣传，给他戴上“禅让”这一光彩亮丽的“花帽”。

说到底，历史总还是人写的。既然是人写的，就不可避免地带着写史人自己的好恶和观点。结果，往往出现截然不同的历史记载。对于帝尧禅让、虞舜得天下的问题，也同样如此。

在写史人的笔下，还有一种说法，说帝尧听说虞舜是位大德的贤人以后，为了考察他，就把娥皇、女英两个女儿嫁给虞舜。用各种办法考察三年，最终帝尧很满意。想到自己年高体弱，已经适应不了繁重的天子职位，遂决定抓紧把天子的大位禅让给虞舜。

这天，帝尧召见大司徒、大司农，把要将天子的大位禅让给虞舜一事告诉了他们，二人都很赞成。这样，禅让之事正式摆上了帝尧的议事日程。

两天后的一次朝会上，帝尧对虞舜说：

“你从结婚以来，已经过去了三年。寡人对你进行了一次次考察，都很圆满。寡人想，这一定是有天在助你，你完全可以担起天子的大任。今天，寡人还有几句话要嘱咐你：世界上最难做到的事，就是一个‘中’字。什么叫‘中’？就是不偏不倚，无过无不及。可是，‘中’字又是动态的。一个地方，有一个地方的‘中’；一个时候，有一个时候的‘中’；一件事，有一件事的‘中’。一旦处理事情、看待问题，不能完全正确地做到‘中’，就会差之毫厘，谬以千里，天下必定动荡，四海必然困穷。这是寡人七十多年来的经验，也是教训 。所以，你一定要紧紧掌握住这个‘中’字！”

虞舜听了诚惶诚恐，急忙跪下推辞说：

“陛下的训言，很不错，很重要，也很中肯。只是我德薄才少，万不能胜此大任。还望陛下把天子的大位禅让给大德大才之士！”

帝尧摆了摆手：

“寡人自即位以来，无时不在抱定一个信念，那就是寻求一个贤能之人，把大位禅让给他。几十年来，寡人遇到的所有人，没有一个能够比得上你的。你要知道，担任天子这个大任，是个很苦的差事，年高体弱者难以胜任。你年富力强，精力充沛，有身体这个本钱为天下黎民百姓做出牺牲，你就不要再推辞了！”

虞舜听罢，还是一再谦让，不肯接受。

这时，大司农站出来说：

“虞舜一再谦让固然是个美德，但也许是因为陛下在位，他不想颠倒君臣关系。臣想，是否把禅位一事，暂时改为摄政。这样，陛下还在大位，君臣的位置也不至于颠倒，陛下也有时间颐养天年！”

帝尧一听，笑了：

“这倒是个好办法。寡人看，就这么办吧！”

这时，虞舜还是谦让，但帝尧铁了心，就是不许，虞舜最后只好硬着头皮答应担任摄政一职。

不久，帝尧又给虞舜特定了一个官号，名曰太尉。“尉”字的意思，就是自上而安下，希望他能够安定万民。

这年夏秋之时，帝尧生了一场病。这场病病得不轻，九个儿子，以及娥皇、女英都在跟前服侍。就连流放在外的长子丹朱也回到帝都守在床前。虞舜和禹等大小臣工，轮流前来问候。但是药石无灵，入冬以后，帝尧竟驾崩了。

对于帝尧的死，历史上还有不同的说法。有的史书上说，虞舜从没有拒绝岳父大人帝尧的让位，反而有些急不可待。当他把接班工作全方位做好后，帝尧仍然活得好好的。虞舜怕日后政局不稳定，可能生变，遂于公元前2258年，在朝堂上建议帝尧到各地视察。当时有个不成文的规定，天子每年或两三年，要到各地巡回视察一番。按现在的说法，就是每年都要腾出一定的时间，到基层进行现场调研。这一建议既有情有理，又义正词严，不但帝尧无法拒绝，就是群臣也没有理由站出来反对。

可哪里知道，这是虞舜为了夺取政权，对岳父大人的最后，又是最致命的一击。这一击，在外人看来，没有任何痕迹。四五千年前，根本没有飞机、汽车，就连牛、马、驴都还没驯服，不能作为人类代步的工具。也没有高速公路，甚至连现在的村村通这样标准的公路也没有。退一步说，就算那时有牛马可以骑，或者坐轿子出巡，一路上颠簸和风吹雨打，对于一个已经一百一十九岁稀有高龄的老人来说，无论如何是经受不了的。但是，他顶不住在朝野有巨大威信的女婿搬来的制度带给他的压力，只好上路。

一路风尘和颠簸。谁知帝尧刚到阳城（今河南登封）的欤这个地方，就被颠散了架，被折腾死在半路上。

从那时的帝都平阳到阳城，直线距离也有二百六十多公里。而在当时，阳城就是遥远的地方了。更何况，平阳与阳城之间，还横躺着一个中条山脉；翻过中条山，又隔着波涛汹涌、时常泛滥的黄河；过了黄河，又是邙山；过了邙山，又要渡洛水；过了洛水，又要进入嵩山；到了嵩山南麓，才是阳城。

当时虞舜已经是太尉（代理天子），他完全可以代替帝尧到各地调研，根本没必要让帝尧这个白发苍苍的老者亲自前往。更何况历史上也没说当时发生什么非要天子亲临解决的重大事件。在这种情况下，虞舜让帝尧到各地巡回视察，不能不说包藏着他不可告人的祸心。

帝尧是活着威风凛凛地离开帝都，回来时变成了一具冰凉的死尸。

在这种情况下，虞舜继承天子大位，是理所当然了。但古人都以谦让为美德。虞舜为了彰显这一美德，也为了躲避与帝尧的长子丹朱争抢天子大位的嫌疑，他就在为帝尧守丧三年结束后的某一天，突然背着包袱，不辞而别，就连夫人、朋友也没告诉。

他这样在各地兜了一大圈，也没听说丹朱即位。

即将上台的天子失踪了，满朝文武慌乱起来，忙派人多路寻找。其实虞舜只是作秀，哪有不让人找到的道理？经过群臣和黎民代表的一遍遍劝说，端足了架子的虞舜终于即天子大位。一个种田的平民当了天子，这在中国历史上，虞舜开了先例。

到底虞舜是强迫夺权，还是禅让，上面这两种说法有天壤之别。哪种说法是真实的历史，只有读者去分析了。但笔者认为，很可能“尧禅舜继”只是为了说明远古是大同世界而设下的假象，因为历史从来都是胜利者写的。胜利者写的历史只会粉饰胜利者。而要想知道帝尧“禅让”的真相，只有从野史或者其他历史资料中求证。

《荀子》中就说：“夫曰尧舜禅让，是虚言也，是浅者之传，陋者之说也。”刘知己在《史通》一书中，引用《汲冢琐语》说，“舜放尧于平阳”。古书《竹书纪年》记载，“囚尧于平阳，取之帝位”，“复偃塞丹朱，使不与父相见也”。这明显是说，虞舜先囚禁了帝尧，又很快把他的大舅子丹朱也囚禁起来，并且不许他们父子相见。还有一书能证实帝尧并非禅让，那就是《韩非子》中说的“舜逼尧”。

正史上把帝尧称为好心肠的君主。而好心肠却没有得到好报，反而死于他选择的女婿虞舜的毒手。如果帝尧地下有知，当他听到后世的儒学家们把他的惨死描绘成伟大的“禅让”时，就如柏杨先生所说，他恐怕流出的不再是眼泪，而是鲜血了。

不管是采取了什么手段，虞舜成为帝尧之后的天子，这是历史上不争的事实。

虞舜称了帝，就要册封帝后。而帝后只能有一人。当年虞舜同时迎娶了娥皇、女英姐妹两人，到底册封谁为帝后，谁为帝妃？一时让帝舜为了难。

如果按年龄，聪慧的女英就受委屈；如果按能力，年长的娥皇也委屈。他想来想去，决定采取煮豆子比赛的办法。

比赛的规则是，用七粒豆子、七棵豆秸秆，谁先煮熟豆子，谁就为帝后。

他一声令下，娥皇、女英同时开始燃火。娥皇认为大火豆子熟得快，就采取猛火快煮。哪知豆秸秆烧完了，豆子还没煮熟。而聪明的女英则用小火煮，灶膛里一次只填一棵豆秸秆，结果豆秸秆没烧完，豆子就煮熟了。

眼看女英要当帝后，娥皇哭着喊着不同意，说煮豆子是自己的弱项，却是女英的强项，这样比赛不公平。

帝舜一时感到为难。

她们的母亲散宜氏面对僵局，又想出一个办法，用娥皇的强项纳鞋底的办法比赛，谁先纳完一只鞋底，谁就为帝后。

又一声令下，娥皇手脚麻利地拿起针绳，迅速纳着。心想，这次自己总该先把鞋底纳好。可聪明的女英并不像娥皇那样急急忙忙，她先把一根长绳子截成五小根，然后才开始纳。这时，娥皇已经纳了半截鞋底了。娥皇意识到，这次自己是赢定了。娥皇哪里知道，女英虽然下手慢，但铁针把短绳子带进鞋底内，穿过用的时间少，速度更快。而娥皇用一根长绳子，需要用手拉上好多次，才能把绳子全部穿过鞋底。娥皇见女英很快就超过了自己，心里发急，手上出汗，把绳子也汗湿了。湿绳子穿过鞋底更加费劲，速度也明显慢了下来。结果可想而知，娥皇再次输掉了比赛。但她碍着自己是姐姐的面子，还是不愿认输。

帝舜和散宜氏都没办法。正在为难之际，帝舜的手下出了个主意，就是让姐妹俩一人乘车，一人骑骡。谁先到达一个指定地点，谁就为帝后。娥皇认为骑骡跑得快，不会误事，就争着要骑骡。女英说："姐姐要骑骡，我就坐车。只是骡比木轮大车快得多，骑骡的要让坐车的先走五里。"

娥皇想，车慢如乌龟，别说让车先行五里，就是先行十里，车也跑不过骡。于是，就答应了女英。

道路坎坷不平，十分难走。女英乘的车刚走了一半路，就陷进了烂泥坑。很快娥皇就从后面赶来，见此情景，心中暗喜自己选准了骑骡，不然这次又输定了。于是，她又快骡加鞭，继续往前狂奔。

女英的车子终于挣扎出了烂泥坑，继续往前赶路。又走了一段路，忽然看到前面有一群人，在围观着什么。她好生奇怪，来到跟前一看，只见娥皇坐在地上泪流满面，又看到她骑的骡正在生骡驹。此时，女英对娥皇的亲情战胜了争当帝后的输赢，急忙下了车，把娥皇拉到自己车上，两人同坐一辆车，一起向指定地点前进。一路上，姐妹俩倾诉衷肠，更加亲密无间。最后，女英一再谦让，娥皇成了帝后，她自己则当了帝妃。

后来虞舜对骡子耿耿于怀，就下了一道圣旨，从此以后，不准天下的骡子再生驹。就是从那时开始，骡子就不再生育。

虞舜争到了天子的大位，帝后也确定下来，这样也就圆满了。中国历史上第一个所谓的“禅让”闹剧就这么落下了帷幕。

舜帝即位后，不忘帝挚的教训，远女色，近忠臣，致力于解决各部落之间的矛盾，制定统一的法律，社会治安稳定，天下空前太平。真正做到夜不闭户，路不拾遗。

日月荏苒，转眼到了帝舜在位四十八年。此时他已经年到百岁，还身强力壮。这时，已经被帝舜确定为天子继承人的禹，也已经九十岁了。

禹想到帝舜这么长寿，又这么硬朗，不知还能活到猴年马月。到时候帝舜不死，自己也被熬死了。

他的几个儿子和夫人，也一次次在他面前发着这方面的牢骚，使他越来越心急，越来越感到等不下去。

由于有帝尧开始许诺让帝舜继承天子大位、后来又后悔、转而要让丹朱继承的前车之鉴，禹也怕帝舜后悔，要商均继承帝位。正因为有这种想法，在众儿子的一再促使下，禹终于对帝舜采取了武力行动。

这一武力行动虽然没有写入历史，但是韩非子说，舜与禹为什么能够继承帝位，是舜逼尧、禹逼舜，都是“臣弑君”的结果。唐朝的刘知几在《史通》中说，舜是被禹赶到苍梧而死的。

但是，不管怎么说，帝舜死于今天的湖南苍梧（位于今湖南衡山）、葬于九嶷山（今湖南宁远南）的深山老林，却是不争的事实。

据台湾著名学者柏杨分析，几千年前的湖南衡山，人烟极其稀少。那里既不是当时的政治经济中心，又不是边关防敌之地，帝舜到那里南巡什么？他当时已经百岁高龄，从位于今天山西的帝都，到苍梧之地，遥遥数千里，行走得了吗？那么远的路程，为什么就没有他的家人陪伴，照应他的生活？既然不带家眷，为什么后来他的帝后娥皇和妃子女英又为了他在潇江（位于今湖南永州芝山）投水死亡？柏杨先生得出两个结论：一是帝舜被禹派的人从帝都武装押解，想把他流放到遥远的南方蛮荒之地；二是在禹的逼宫下，帝舜不得不离帝都。而禹又怕帝舜号令天下诸侯，群起反对他，所以就派兵在后面追杀。帝舜仓皇而逃，慌不择路，才来到这蛮荒的苍梧之地。最后，年老体衰，过于劳累，再加上不能适应南方的气候，结果就把命丢在了那里。

这一猜测不是没有道理，帝舜毕竟与禹有杀父之仇。人世间最大的仇恨，莫过于杀父之仇、夺妻之恨。禹用武力推翻帝舜，也是情理之中的事，并不值得大惊小怪。

冥冥中似有定数，隐隐中似有报应。帝舜怎么也没想到，四十八年前他用武力推翻了帝尧，今天他又重复着帝尧的命运，这恐怕也是因果报应、历史的必然。

帝舜被禹害死，如果是他应得的报应的话，那么他的两个原配夫人，就是无辜的受害者了。

帝舜死后，他的妹妹敤首做了一个梦，梦见当天子的二哥虞舜坐着瑶车升天了。

娥皇、女英听到这一梦境后，十分焦急，执意要去看望夫君。

过了云梦大泽（今洞庭湖），再到衡山，来到帝舜去世的地方，只见有帝舜的衣冠，不见了人。

她们一打听，才知道自己的夫君已经死了，尸体已不知去向。

夫君活不见人，死不见尸，实在令她们悲痛万分，不禁号啕大哭。哭了很长时间，也止不住，泪哭干了，接着流下的尽是血，落在地上，也有的溅在竹子上。

溅在竹子上的鲜血，使竹子很快形成无数斑痕。后来，人们就叫这种竹为斑竹，也有人叫它湘妃竹。

娥皇、女英把帝舜的衣冠收集起来，埋葬在九嶷山上，然后踏上归程。

她们边走边喊着夫君的名字，越喊越思念心切，遂决定跟随夫君而去。在湘江与潇水的交汇处乘船过渡时，两人双双跳进水底。

帝尧为了选对天子的继承人，用一双绝色美女来实施侦探任务的事件，就这样在人类历史的长河里销声匿迹了。

接下来禹自然该即天子大位了。但他也虚伪地学着帝舜，像模像样地避嫌起来。他要避的是帝舜的儿子商均，禹不想让天下万民看出他有夺位之嫌。

他知道已经没有人跟他争夺天子大位，就算商均想争夺，由于没有了政治靠山，想夺到天子大位完全不现实。即使如此，禹为了作秀，也要假戏真做，该避让的还是要避让。

结果可想而知，人们还是把他请了回来。

九十三岁的禹终于登上了天子的大位，成了名副其实的禹帝。

十三　华夏文明，美人并没有走开

禹称帝的路漫漫，就是现在的男人也难以承受得了如此艰巨、漫长的考验，这就说明禹绝非一般之人。

禹就是历史上的大禹。大禹的父亲就是“三凶”之一的鲧。大禹的爷爷名叫颛顼。而玄帝颛顼又是轩辕黄帝的孙子。这样来看，大禹仍然是我国传说时期五帝的后代，也算是龙生龙，凤生凤，老鼠生儿会打洞，老子英雄儿好汉了。

大禹的母亲是有莘氏修己，是大禹的父亲鲧在冀州治水时，迎娶的有莘氏部落酋长的女儿。

婚后的一天夜里，浅睡眠中的有莘氏修己做了一个梦，梦见一颗流星“嗖”地从天上降下，眨眼间又变成一颗神珠。此时修己由于感冒，鼻孔不通气，只好张着嘴呼吸。偏巧这天外神珠竟然像宇宙飞船与太空舱对接一样分毫不差地掉进她的嘴里。睡梦中的有莘氏修己迷迷糊糊中咕咚咽进肚子里。

她第二天起床后，恍恍惚惚还记起这件事，就跟夫君鲧讲了一遍。鲧认为这是天方夜谭，根本不可信，就没往心里去。

谁知不当回事却有了事。打这以后没过多久，有莘氏修己就感到胸部有什么东西不自在，不由得就解开衣服看个究竟。哪知刚解开，竟然扑通生出个孩子，这个孩子就是大禹。

看来，不同凡响的人物好像不是人似的，出生的方式就有别于人类。

大禹的父亲鲧治水时，因为违反自然规律，采取堵的方针，结果不但治不了水害，而且还因此送了命。

大禹由虞舜推荐，继承父亲的未竟事业，一腔热血，科学治水。他顺应自然规律，采取疏导的方针，结果使治水工作大获成功。

当大禹在涂山氏部落治水时，他不畏艰苦，任劳任怨，获得涂山氏落部酋长的赞许。涂山氏落部酋长认为大禹是中央派来的大人物，又有出色的才干，还长得一表人才，就不由得在他身上打起了主意。

原来，他有个女儿名叫女娇，正待字闺中，眼下他正在为女娇物色佳婿。谁不想为自己的孩子找一个名门出身、有才干又有出息的对象？正在踏破铁鞋无觅处，没想到得来毫不费工夫。现在这个对象已经出现在眼前，怎能让他从自己的视野里溜走呢？

而怀春的女娇自从第一眼见到大禹治水的身影，就再也忘不了他。她既心仪大禹英俊的外表，又敬佩他无私敬业的精神，还羡慕他出色的治水成果，她很快就暗恋起这位治水英雄。

当一个人爱上一个异性后，就会千方百计接近他，希望得到对方的青睐。女娇也没有走出这一爱的轨迹。

打从喜欢上大禹之后，她就一边来到大禹面前，动员姐妹们帮助治水，一边又在暗中与父亲一起，组织物资和粮食，使大禹顺利完成在涂山氏部落的治水任务。

大禹也知道女娇明里暗里都在帮助他治水，内心由衷地感谢，再到产生好感和爱情。

这场看似平凡的男女恋爱，实际上是大禹中了涂山氏部落酋长及他女儿女娇实施的“美人计”。正是这场“美人计”，使女娇成了千古贤帝大禹的妻室。那时候要跟大禹联姻，就说明涂山氏部落已经公开与大禹建立了铁的联盟。大禹治水取得巨大成功，不能不敬重他。既然涂山氏部落是大禹老丈人家，在舜帝时期以及以后大禹踏上帝位后，就有很大可能从物资、人力到政策上得到有利于涂山氏部落的倾斜和照顾，使涂山氏部落成为舜帝末期直到夏朝时期十分强大的部落力量。所有这些，都是这场“美人计”结下的硕果。

大禹通过在治水工作中与女娇的接触，不断加深了对她的认识和了解，并在治水实践中逐渐对她产生割舍不掉的感情。考虑到涂山氏部落在整个华夏地域是一个有影响的大部落，在中央有举足轻重的分量和地位。以后自己如果要出人头地，要有更大作为，很有可能要倚重涂山氏部落的支持和帮助。出于这一考虑，他最终决定迎娶女娇为妻。

对于大禹说，在涂山氏部落治水时，就已经三十多岁了。这个年纪，还没有谈婚论嫁，即使是现在，也是一个剩男。能把美貌鲜嫩的女娇揽进怀抱，何况又是不可小视的涂山氏部落酋长的千金，从任何角度来说，他也是艳福不浅了。

他取得帝位以后，女娇被封为太妃，涂山氏部落也成了大禹最亲近、最得力、最放心的部落力量。老丈人率领该部落的军队为大禹出生入死，南征北战，征服了包括三苗族部落在内的一些不肯归顺大禹的部落力量，为夏朝的建立立下了汗马功劳。正因为得到老丈人的鼎力支持，才使大禹成为夏朝的开国元勋。

从个人恩怨来说，大禹为了给死去的父亲报仇，自知单靠自己的力量根本不可能，这就必须借助外力。现在他看到了，这个外力，就是涂山氏部落。这也是他决定迎娶女娇为妻的原因之一。

事实上，迎娶女娇后，大禹于公于私都达到了目的，这不能不说是他的运气。

大禹为了表示对妻子女娇父女的感谢，也为了表达对涂山氏部落大力铲除反抗势力、支持他建立夏朝的回报，曾经两次选在涂山与众诸侯会盟。正是这两次会盟，确立了涂山氏部落在诸侯国的威信，为涂山氏部落以后做大做强打下了基础。

从这两方面来看，双方都是这场“美人计”的受益者。很难想象，如果没有这场“美人计”，中国历史的走向是否还是现在的样子。

大禹在涂山氏部落治好水害后，又奉命到其他地方治水。由于他是事业型的青年，从此就很少照顾家庭，结果他三过家门而不入，让女娇苦苦等了他十三年。就是女娇生孩子时，他都没在家门口停留片刻。

对于为什么大禹三过家门而不入，自古以来就有不同的看法。

有的说他是工作狂，公而忘私；有的说他在为参加治水的人做榜样；也有的说他有了新欢忘了糟糠之妻。

当代学者纪连海就认为大禹在外面有了婚外情，包了“小三”。

当然，纪连海也不是胡编乱侃，他的依据是，五帝之一炎帝的四千金瑶姬不但主动帮助大禹治水，而且还赠送给他一本《黄绫宝卷》的书，结果弄出了“巫山云雨”的桃色绯闻。

虽然不能断定纪连海的说法是否正确，但根据史书记载，他身边至少还有玉女和赐妾两个女人。

女娇也许确实从大禹三过家门而不入中，觉察到这个家已经拴不住夫君的心了。为了使夫君回心转意，她就写了封情意绵绵的信函，派心腹侍女给远方的大禹送去。

整封信就四个字：“候人兮猗。”翻译过来就是，等候心上人的滋味好难受啊。

这封我国历史上第一封情书并没有把大禹唤回家，这让女娇更对大禹提高了警惕。为了挽回这个家庭，大禹到哪里治水，她就像跟屁虫一样跟随到哪里。她这么做名义上是为了照顾大禹的生活，实际上，就是为了方便对夫君盯梢。

当大禹来到安邑治水时，已经有孕在身的女娇也跟了来。

既然名义上是照顾大禹的生活，就要像模像样地给加班加点抢工期的丈夫送饭。当时没有电话、手机等现代化的通信工具，夫妻俩就约定，听到下班的皮鼓声，女娇就往工地上送饭。

哪知有一天，这一送饭的约定竟然出了问题。

这天，大禹所在的轩辕山工地出现了塌方，土块、石块崩落下来。偏不巧，有一个石块落到了皮鼓上。只听“咚”的一声巨响，滚落的石块把皮鼓砸破。

女娇哪知道工地出现了塌方？还以为是丈夫下班的鼓声，遂急忙挎着一筐馒头往工地上送去。

到了工地，看到大禹正在河里。她正要叫喊，蓦然又看到他变成一只身材高大的黑熊。那黑熊在河中的波涛上不停地跳跃，正专心致志地凿开挡住水流的轩辕山。

女娇作为一个柔弱女子，哪见过这么巨大的黑熊，顿时惊骇万分，吓得扔下一筐馒头掉头就跑。

谁想到，女娇丢下的馒头撒了一地，变成了巨大的石头山。后来，人们就把这座石头山称作余粮山。

再说大禹用眼睛的余光发现了来送饭的妻子。看到妻子跑走了，就慌忙扔下手中的工具，边喊叫着，边向女娇追来。

不管是人，还是神，都有粗心大意的时候。此时的大禹竟然忘了自己的形象，没有把熊身变成人身。女娇听到喊声，回头看去，却见一只黑熊向自己追来。她以为饥饿的黑熊要吃自己，就拼命地逃跑。

作为人，女人没有男人的力气大；作为神，女神同样也没有男神的力气大。女娇被追得筋疲力尽，眼看快要被黑熊追赶上，她再也跑不动了，扑通倒在地上，眨眼间，竟变成一个巨大的石人。

大禹怎么也没想到女娇会变成一块石头。她肚子里还怀着他的孩子啊，大禹顾不了妻子了，可他一想到她肚子里还有他的孩子，就再也控制不了自己的情绪。只听他对着女娇变成的那块石头惨痛地高声喊道：

“把我的儿子还给我！”

说来也神了，大禹的喊声刚落，只听“砰”的一声巨响，就见那石人的肚子瞬间开启，一个男婴竟然呱呱坠地。

这个石人肚子里生下的孩子，就是大禹的儿子、夏朝的第二个帝王启。

也许有人说大禹和女娇都被神话了，他们的存在不可信。但依笔者看，这倒未必。传说时期没有文字，也没有其他传播工具，社会文明程度很低。他们没有其他信仰，只有自己造神来给自己一个精神寄托。他们拥护谁、反对谁，就给谁添上神的成分，这是可以理解的。如果说这些传说中神话的部分可能夸大或贬低了某一历史人物，这也许存在。但因为增添了神话部分就彻底否定传说时期历史人物的存在，笔者不敢苟同。

再说，由于有大禹的父亲鲧长期治水，落了个罗锅腰郎中治驼背患者——越治腰越弯的失败教训，大禹的疏导法的治水方针很快就发挥了效益。天下再也不受洪水肆虐的危害，黎民百姓过上了正常的生活。

这样，大禹的名声就像火箭点火——瞬间狂长。

自古功高盖主，都会影响稳定。作为大禹也不例外。他自以为治水立下大功，遂忘乎所以，高傲自大，认为自己已经成了舜帝的法定继承人。

太高傲自大必然产生野心，野心必然产生胆大妄为。接班心切的大禹，看到舜帝虽然年已百岁，但身体还很硬朗。自己也九十多岁了。照这样下去，到底谁能熬过谁，也是仰头数星星——数（说）不准。有了这种想法，他也开始干起抢班夺权的勾当来。

在众儿子的催促下，为了尽快取舜帝而代之，大禹用三寸不烂之舌，忽悠百岁舜帝巡游南蛮荒之地湖南衡山一带。舜帝信任大禹，根本不怀疑他的提议。于是，他不顾群臣反对，踏上了数千里巡游的路途。

大禹对这么一个百岁老人经不住长途颠簸还不放心，又派出武士在半路上追杀。结果造成舜帝及他的两个妻子女英、娥皇都惨死在距离都城数千里的野外荒郊。

大禹除掉了舜帝，登上了帝王的大位，开始了改朝换代的变革，建立了我国历史上第一个正儿八经、真正意义上的国家——夏朝。

在这之前的黄帝时期，还谈不上是一个真正的国家。说得准确些，黄帝时期实际上是华夏文明发展过程中的一个阶段的符号。

大禹夺得了大位，虽然只坐了仅仅八年就去世了，但他把远酒色作为管束自己的律条，又制定了约束臣民以及治理国家的大法，使夏朝在较长一段时间国泰民安、风调雨顺，为夏王朝的统一和强大并延续四百多年奠定了基础。这些都决定了他在中国历史上无可怀疑地占据着无可替代的地位。

禹即位时，年近百岁。按照部落联盟的传统，他推荐德才兼备的重臣皋陶为接班人。

也许皋陶没有这个福气，不久他就因病死了。接着禹又推荐另一个有威望的重臣伯益为自己的继承人，为了培养他，还把夏朝中央政府的一些政务交给他去处理。

但是，禹也犯了尧帝当初犯的错误——尧答应让舜继位又反悔，暗地又让他的长子丹朱接班。他也言不由衷，表里不一。表面上他向天下臣民承诺让伯益继承天子大位，暗地里却扶植自己的儿子启的力量，妄图建立家天下。

鉴于大禹的威望和名声，再加上他借助国家公共资源为启宣传造势，其结果可想而知，启就是月亮借太阳发起光来。

大禹看到自己的儿子启跟伯益相比，明显占了上风，立即下令由启与伯益竞争帝位。

但是，伯益也不是个软茬儿，他既有一定的群众基础，又在接班这个大是大非的问题上毫不相让，这就使他与启在竞争帝位的过程中，一直不分伯仲，直到大禹与人世“拜拜”之时，也没决出为帝的最后人选。

禹死后，启看到靠山倒了，就心急起来。他再也控制不住自己的野心，一横心，来个要武斗，不要文斗，杀死了伯益，动用军队夺取了夏朝的帝位。

从此，我国氏族社会那种选贤任能的制度被打破，开始了父子相传的家天下。

启继承王位时，也已经八十九岁了。继承帝位的残酷斗争，很快就会再次上演。

十四　血泪复仇

启上台后，也像他的老爹禹一样，坐了十年天子大位，就一命呜呼了。

启死后，他的太子太康继承帝位。即位之初，太康颇有一些作为。听取民意，防洪减灾，训练军队。可没过多久，他就厌烦起朝政，开始热衷于奢华的生活。当他身穿着画有日月星辰、江河山岳的长袍，头戴镶嵌着美玉的冠冕，坐在威武的朝堂上，群臣齐声向他高呼“万岁，万万岁”，向他叩头谢恩时，天子的威风使他何等惬意。

同时，他也听不进意见了，有忠臣直谏，他便乱棒暴打出去。

他每天饮乐、游猎不停，挥霍大量资产，忠臣忧心忡忡，诸侯离心离德，黎民怨声载道。

太康有五位弟兄，看到这样下去国将不国，就一齐跪在他面前苦苦相劝。告诫他，祖宗的显赫威名，不要在我们这辈人手里糟蹋掉，一定要近贤远佞，亲政爱民，克制私欲，共谋宏图。

太康觉得他们的话太刺耳，大骂他们心怀不轨，造谣惑众，喝令把他们赶了出去。

太康更喜欢游猎。他经常带着亲信随从，前呼后拥地离开都城，到郊外尽情游猎。他撒开骏马，追逐走兽飞禽。看到一只只兽禽被击中时挣扎的惨状，他就特别高兴。

每到这时，太康就想起了百发百中的后羿。他想，要是后羿能与自己一起游猎该多得意。

太康赏识的后羿是东夷部落有穷国的首领。相传有穷氏的先祖是尧帝时射落天上九个太阳、为天下万民除害的民族英雄羿。因为羿建立了特殊的功勋，尧帝就赐给他精美的强弓劲矢，允许他征讨有罪的部落。正因如此，有穷氏在华夏各部落中，有着很高的威望和地位。

现在的有穷氏部落首领后羿，射箭的技术特别高超，作战也十分勇猛，被世人视为羿的再世。

后羿在参加天子太康即位的大典时，十分羡慕天子那威风八面的宝座。他倚仗自己有百步穿杨的箭法，不由得产生了夺取帝位的野心。

在启的时期，因为启有尧舜禹以来积蓄的强大国势，后羿才不敢轻举妄动。到了太康时期，由于他荒淫昏庸，后羿就认为机遇来了，随即暗中进行周密计划，伺机采取篡夺行动。

但是，沉湎于花天酒地、游猎行乐中的太康，根本不可能知道危险在一步步向他逼近。为了游猎，他经常远离都城，数日不归。

有一次，太康渡过洛水，到南方游猎，数月还没有回来。

后羿带领军队，趁机攻打夏王朝的都城斟鄩（今河南巩义）。

国人们都憎恨太康，所以，也就没有人起来抵抗后羿的部队，这就使后羿没费多大力气就占领了都城。

接着，后羿又派重兵在洛水的北岸，准备拦截游猎归来的太康。

再说太康在南方游猎玩乐尽兴之后，才悠闲地往回赶。来到洛水南岸，突然看到对岸部署了后羿的大军。那些将士一声声高喊，不准太康过河回都城。后羿这时派人涉水来到洛水南岸，向太康通报了后羿政变、都城被占的消息。他这才慌了神。

为了抢回被后羿夺去的帝位，他立即派人向各部落告急，请求援兵。

可是，这些部落首领早就不满他的昏庸、无能，加上都惧怕势力强大的后羿，一个个都当了缩头乌龟，谁也不愿为太康送死。

看到回都城无望，太康只好过起了流浪生活。他带着自己的一伙人，向东南方向流浪，最后在阳夏（今河南太康）筑起了城墙，定居下来。

后羿占领夏朝的都城斟鄩时，太康的五个弟弟也都在城里。他们东躲西藏，逃过了劫杀。最后，经过化装打扮，从城内逃了出来。

他们发现洛水北岸后羿的军队云集，就又向东逃跑，直到不见河岸上有后羿的军队把守时，才设法渡过河去，与逃难的太康会合。

兄弟见面，抱头痛哭一场。太康不但不为自己的行为负责，反而责备五个弟兄无能，没有守住都城。五个弟弟看他把都城失守的罪过算在自己账上，心里都愤愤不平。他们流着泪，又说又唱，如演豫剧一般，痛诉丧失政权的缘由和心中的委屈。实际上，这是采取一种能让太康听得进去的办法劝说他。

大弟有说有唱道：

“祖先留下教诲，人民只能亲近，不可欺压。人民是国家的根本，根本牢固了，国家才能安宁。我看待天下的人，即使是愚笨的男人和女子，都能够胜过我。一个人再聪明，也难免过失。治理万众黎民，要小心谨慎，就像用腐朽的绳索，驾驭六匹马一样。这样做，身为国家的君主，才会受到人民的尊敬。”

二弟接着对太康说唱：

“作为一国之主，在宫廷中为女色而荒废政务；在宫廷外因为打猎游玩而荒废政事；整日喝酒欣赏音乐；大兴土木修建富丽堂皇的宫殿。如果有其中一项，国家就要灭亡。”

三弟心中也愤愤不平：

“只因那位尧帝，才有了这块土地。现在失去了他倡导的道义，混乱了他的治国大纲，最终只能灭亡！”

“伟大光明的先祖，是万国的君主。有治理国家的典章，也有行动的准则。这些都留给了他的子孙们。如果丢弃了这些，只能断绝对祖先的祭祀！”四弟怨恨地说。

五弟哭着唱着：

“啊，我们该归到哪里去？我内心充满了悲哀。百姓们都仇恨我们，我们该依靠谁呢？郁闷充塞在我的心中，我只有一张不怕羞耻的脸皮。我们因为没有注意自己的道德修养，失去了人民的信任，现在后悔也来不及了！”

太康依然不理解他的五个弟弟的心情，埋怨地责问道：

“现在帝业已经落到异姓人的手里，你们来到这里，不是想法说服各部落带领军队前来帮我夺回政权，反而搬出老祖宗的遗训讥讽我、怪罪我，你们居心何在？”

大弟弟痛心地说：

“事情到了这个地步，你还猜疑我们！这样执迷不悟，还谈什么夺取政权，恢复王位！”

听了弟弟们的责备，太康回到自己的住处，静下心来细想了半夜，才深感自己的过错。如果自己不荒废政务，如果自己不堵塞言路，如果自己不整天吃喝，如果自己不经常外出游猎，就不会失去民心，各部落首领也不会对自己怨恨，也就不会失去都城，失去王位，失去政权。想到这里，他越来越想回到都城，越来越觉得自己对不起祖先和华夏黎民。他怀着这样郁闷、熬煎和自责的心理，精神很快就垮了下来，就在他在位的第十九个年头，断了最后一口气。

后羿赶走了太康，本来想登上帝位，夺取夏朝政权。但是，他手下的一些谋士却提出不同的意见：

“眼下虽说赶跑了太康，可他还有很大的势力。这些人一旦团结起来，为太康复仇，我们就可能寡不敌众！”

这位谋士的话，立即引起轩然大波。

“夏朝是禹帝建立起来的，黎民百姓对夏朝还怀有感情。如果推翻了夏朝，必然不得人心，早晚我们还要被推翻！”

“政权这玩意，就像烫手的山芋。如果自己部落的力量不够强大，得到政权后，可能反受其害。到时候，不光有穷氏部落的地盘保不住，就是我们在座的也别想再活了！”

“我看暂时不要推翻夏朝，关键是先把我们有穷部落做大做强，以后不愁没有机会得到夏朝的天下！”

大家七嘴八舌，使后羿也动摇了。最后，他不得不接受大家的建议，在公开场合宣誓忠于夏朝的统治，暗地里却培养自己的势力，打算瞅准机会，再一举成功推翻夏朝。

再说太康跑了后，夏朝一时无主。后羿几经权衡，暂时打消了夺权的念头。但暂时放弃夺权，并不等于一切都回到原点上。他要树立一个傀儡，自己做无冕之王。

要做无冕之王，就要找一个无能之辈当傀儡。经过周密思考，他拥立忠厚老实的太康的大弟弟仲康为夏朝的国王。后羿作为唯一的辅佐重臣，死死地把持着夏朝的朝政大权。

仲康虽然忠厚老实，但也知道当橡皮图章的滋味不好受，自己端坐在龙座上，却像三岁的孩子似的听后羿使唤，他开始感到不舒服，继之心生怨怒。可他也只有怨怒的份儿，想到朝廷上下到处都是后羿的势力，自己被捆住了手脚，想挣扎一下都不可能。在这种情况下，他哪有什么好心情？

仲康在郁闷和怨怒中生活，那还憋不出病来？没过两年，就郁郁而死了。

由于时间太短，后羿在中央的势力还很薄弱，军队还不能完全听从他的指挥。也就是说，夺权的时机还不成熟。在这种情况下，他还必须继续演“木偶戏”。于是，他又捧出仲康的儿子、只有十几岁的少年相为夏王。

相早熟，年龄不大就懂得权力的重要和政治斗争的谋略。他刚继承王位，后羿就感受到相的魄力和智慧。这使他提高了警惕，认为这样下去，自己绝对没有好下场。这使他加速在中央和地方培植自己的势力，把有穷氏部落的人安排到中央的各个重要部门。还派出亲信，分别到全国各地拉拢和串通各部落势力。

看到时机已经成熟，就在相继承王位的第二个年头，有一天，后羿在朝堂上宣布，相沉溺女色，挥霍浪费，只顾吃喝玩乐，不思朝政，天怒人怨，连年灾害，尸骨遍地，黎民思变，大有一呼百应之势。如果让相继续执政，必将天翻地覆，使大夏的江山不保。他当即提议，立即罢黜相的王位，贬为庶民。

朝堂下面十之有七是后羿的追随者。他的话一出口，他们纷纷站出来谴责相，强烈支持后羿的建议，当即把相轰下了龙座。

后羿对相还算客气，并没有对他动刀子，把他及他的家人一并流放到千里之外的斟灌（今山东曹县）。

到了这一步，憋了多年没能登上龙座的后羿，就堂而皇之地坐在空缺的龙座上，成为夏朝以来第一位姒姓之外的异姓王（大禹姓姒，他的儿子启、孙子太康、仲康及曾孙相都应该姓姒，这是不值得怀疑的）。

为了表示有别于姒姓夏朝，后羿还把都城迁到穷石（今河南孟州）。

子系中山狼，得志便猖狂。后羿称王之后，很快便露出了荒淫残忍的本性。他盘剥百姓，打压其他部落力量，排除异己，杀人成性，不久便引起众怒，只是还缺少一个像陈胜那样的人振臂一呼了。

偏偏夏朝的地邪，缺谁谁来。这时，就有一个人站了出来。这个人就是东夷（位于今山东境内）一个部落的首领水夷。

水夷有很强的民族正义感，对国家和民族的前途时刻抱着忧患意识。当他看到后羿如此荒淫残忍、草菅人命，不由得义愤填膺。他随即联合了其他部落力量，共议起事，反对后羿的黑暗统治。到了约定的那天，水夷带领本部落及其他部落的武装力量，像龙卷风般，箭指西方，向夏朝的都城穷石扑去。

后羿得知消息，立即带领中央卫戍部队及他本部落的强大武装力量，恶兽般向水夷的军队猛扑过去。

水夷是个血性男儿，只考虑到自己的行动是正义的，正义的事业必将无往而不胜，结果，忽视了战斗人员的多寡和武器的性能好坏。在敌众我寡、武器落后的情况下，水夷无可挽回地惨败。

这次惨败，导致水夷战死。

水夷死后，后羿把水夷部落及参与起事的其他部落的所有土地、财产和百姓都归入后羿所属的部落。水夷的全部家人，除了他的一个妹妹外，其他人悉数处死。

水夷的这个没有被处死的妹妹不是别人，正是被传诵几千年的女性的偶像——嫦娥。

根据史书记载，嫦娥又叫嫦桓、娘娥、纯狐等，不一而足。为了叙述方便，笔者还是只叫她嫦娥。

说到嫦娥，大家也许认为她是神话人物。说嫦娥是天帝的女儿，嫁给了神射手后羿。后来，因为后羿得罪了他的顶头上司——天帝，就被贬为凡人，打下凡尘人间来。忠于夫君的嫦娥只好也来到人间，两人过起了隐居生活。

人间与天庭相比，差距相当显著。在天庭，穿华衣，坐锦车，听佳音。他们除了自己一身衣服外，贬到人间时身无分文，别说享乐，就连维持最基本的生活都成问题。好在后羿是个神射手，有百步穿杨之技。再加上当时又没颁布野生动物保护法，飞禽走兽任由他射杀，两人填饱肚子还不是个大问题。

但被娇惯坏了、过惯了天庭生活的嫦娥怎么也适应不了这种生活。光有肉吃，没有调料，还没有高级厨师烹调，再好的野味也索然寡味。吃惯了厚味的嫦娥总感到难以下咽。

作为丈夫的后羿，觉得都是因为自己的过错，使美丽的妻子嫦娥受到牵连，心里很过意不去。为了表示对嫦娥的歉意，就想在其他方面弥补对妻子的亏欠。这天，他终于想到如何弥补这种亏欠，没跟嫦娥打招呼，就私自上天，向老岳母西王母求情，希望能赐给嫦娥长生不老药。

西王母当初就对丈夫把女儿嫦娥夫妻俩贬到人间耿耿于怀，为此两人没少闹气。但天帝是铁石心肠，拧着脖子就是不愿把嫦娥夫妻俩接回天庭。

嫦娥毕竟是母亲身上掉下的肉，西王母想到女儿在人间受苦，常常牵肠挂肚，暗地流泪。就在这时，女婿后羿偷跑回来了。

西王母一阵高兴，但看到女儿没回来，心中不由得打了个激灵。后羿为嫦娥报了平安后，西王母才放下心来。

后羿倾诉了在人间的艰苦，为了补偿对嫦娥的亏欠，想为嫦娥讨些长生不老药，让她青春永在。

长生不老药由西王母保管着，这是她不需经过天帝批准就能办到的事。当即就爽快地答应下来。考虑到后羿和嫦娥夫妻俩又很恩爱，如果只有嫦娥自己长生不老，一旦后羿老死，嫦娥肯定要受到心灵上的沉重打击，疼爱女儿的西王母不但给自己的“小棉袄”一份长生不老药，也不忘给后羿一份。

后羿带着长生不老药，从天庭回到凡间嫦娥身边。后羿把自己回天庭的事说了一遍，又把取回来的长生不老药交给嫦娥。

嫦娥责怪他回天庭没有跟她打声招呼，但看到他带回了长生不老药，才转怒为喜。

但是，作为妻子的嫦娥并不因此感谢夫君。她一是怨恨后羿做了错事，得罪了自己的老爸天帝；二是后羿被贬，自己无论是自愿还是非自愿，总归受到连累，也到这落后、野蛮的人间过苦日子；三是就是因为后羿的过错，才使自己与父母骨肉分离；四是虽然后羿带回来长生不老药，可是有了这种药，即使永远年轻漂亮，还不是照样要遭受人间的苦难？

想到这里，她总觉得再也无法跟后羿生活下去了。

这天，嫦娥看到打来的猎物不多了，就催促后羿上山打猎。后羿对妻子总是百依百顺，嫦娥的话对于他来说，就是老丈人天帝的圣旨。嫦娥的话音刚落，他二话没说，和妻子说了声“拜拜”，拿起弓箭就出了门。

后羿走后，嫦娥头脑里想的都是后羿的不好。自己千金贵体，在这里受折磨，她岂能死心？遂一咬牙，决定跟后羿恩断情绝。她不但偷偷地吃了自己的那份长生不老药，又把后羿的那份也吃了个精光。

她只想到自己永葆青春，有朝一日碰到人间值得倾心爱慕的男儿，就抛弃后羿，重结燕尔。可是，她怎么也没想到，吃了双份长生不老药以后，顿感身子轻飘飘，很快又脚不沾地，像气球一样飞了起来。她越飞越高，很快就脱离了人间，最后飞到月亮里去了。

这件事，表面上看不出西王母从中发挥作用。如果一定要猜测她发挥了什么作用的话，笔者大胆猜测的是，西王母自知劝说不动自己的夫君天帝让后羿及嫦娥夫妇重回天庭，就有心拆散这对鸳鸯，让嫦娥独自回天庭，实现母女团圆。而一份长生不老药只能使人长生不老，服下两份才能升到天庭。所以，要做到母女团圆的唯一办法，就是能让嫦娥吃两份长生不老药。所以，她给后羿的两份长生不老药，都是给她的“小棉袄”嫦娥吃的。她之所以有把握能让嫦娥一个人吃两份药，就是因为西王母有这个神通，能够从天宫发出指令，遥控嫦娥和后羿的思维和行动。

嫦娥背叛自己夫君的可耻行为，最终受到道德的惩罚，到了月宫，俏丽的美女变成了一只癞蛤蟆。

月宫里的嫦娥看到自己变得如此丑陋，后悔对不起后羿。可是，一切都晚了，她再也回不到人间与夫君相会了。

对于嫦娥的这种不忠行为，古代诗人李商隐在一首诗中写道：

“云母屏风烛影深，长河渐落晓星沉。嫦娥应悔偷灵药，碧海青天夜夜心。”

当然，关于嫦娥与后羿的传说很多，这里就不一一交代，谁有兴趣的话，可以很容易地找到有关资料。

这里，笔者还是继续交代历史中的嫦娥与后羿的故事。

再说水夷在与后羿的不对称的战场上战死以后，他的妹妹嫦娥就成了后羿的战利品。

嫦娥得知就是这个后羿杀死了自己的哥哥，内心顿时产生强烈的仇恨，决心要为哥哥报仇。

可是，作为一个弱势女子，要与如狗黑子一样强壮的后羿死拼硬斗，那只是找死。唯一的出路就是利用臭男人爱沾女人的弱点，充分发挥女人的魅力，诱惑后羿上钩，然后再寻机会把他除掉。

打定了主意，嫦娥便静下心来，不时向后羿送去勾魂的眼神。

后羿自从看到嫦娥第一眼，就被她的美色迷住了。又看她一次次暗送秋波，他顿时魂不守舍，决心要把她拿到自己的胯下，当即就把她带回了他的住所。

晚上，后羿逼迫嫦娥与他同居。她看了看他，平静地问道：

“大王，让我就这样跟大王同眠共枕，不知给我什么名分？”

“哈哈，一个俘虏，还要什么名分。你不就是供我享乐的工具吗？”

说着他得意地笑个不停。

嫦娥听罢，蓦然发怒，眨眼从腰间取出一个锐器，对着她自己的心口，冷冷地说：

“你虽然是大王，可我也不是任人玩弄的工具。大王如果不正式迎娶我，就想糟蹋我，我就死在大王面前！”

说着她咬了咬牙，就要向自己的胸口扎去。

后羿吓得急忙摆着手：

“别别别，我答应，答应！”

嫦娥两眼义愤，依旧把锐器对着胸口：

“大王打算给我什么名分？”

“二夫人，行吗？”

嫦娥毫不退让，言辞铿锵地说：

“不行。我只当正夫人。要是大王不答应，我就死给大王看！”

说着她又把锐器在胸前晃了晃。

此时，后羿最想得到的就是嫦娥，就是她要半个天，他也会答应。

“好吧。既然你愿意嫁给我，我就封你为正夫人。”

“一言为定？”

嫦娥逼视着他，好像要看穿他的心底。

后羿笑了笑：

“我可是天子啊。天子说话，金口玉言！”

嫦娥叹了口气：

“天子也是人，是人就可能像其他人一样，有时说话不算话！”

后羿为难了：

“那你可难为我了，我到底该怎么办才能使你相信？”

“很简单，”嫦娥凝视着他的反应，“大王就下道圣旨，昭示天下！”

“好哩，你说了算！”

由于嫦娥的拒绝，后羿当晚强忍住自己的欲望，第二天就破例为迎娶夫人向天下下了道圣旨。

嫦娥手里攥着一份圣旨，一颗悬着的心才放了下来。一场隆重的天子大婚仪式后，她才不情愿地睡在龙床上，被动地成为后羿玩乐的工具。

嫦娥违心地委身于后羿，是有她的难言之隐。

原来，在她的同一个部落里，有个勇士叫吴刚。这吴刚年轻英俊，勇敢聪慧，侠义善良，是四里八乡有名的帅哥。

这年部落里举行搬石头比赛，在同样的时间，吴刚搬运得最多。为此，部落首领水夷在家里设宴招待了吴刚。

就是在这宴席上，嫦娥与吴刚相识。两个年轻人你对我有情，我对你有意，相互眉来眼去，好不让人羡慕。

水夷哪能看不出来两人的心理？考虑到妹妹嫦娥也到了谈情说爱的年龄，应该给她找一个如意夫君了。这吴刚在部落里也是个数一数二的佼佼者，妹妹能与他婚配，也是最佳配偶了。再说，吴刚的人缘也好，部落里不少人在他周围。要是与吴刚结了亲，得到他的鼎力相助，自己领导本部族，也就容易得多。

拿定主意，第三天，水夷就带着礼物，到吴刚家为妹妹嫦娥提亲。

吴刚的父母没想到部落首领会把自己的妹妹嫁给吴刚。与首领家结亲，能最大程度地提高吴家的威信不说，以后在各方面也可得到首领的关照。穷怕了的吴家指望通过这次吴刚与嫦娥结亲，从此苦尽甘来。

吴刚做梦也想不到能得到天仙般的美女嫦娥的爱恋，更想不到部落首领会同意这门亲事。他也希望自己能有出息，能得到高人提携。迎娶嫦娥，正是通向远大前程的最美好、最理想的捷径。

确立了这门亲事之后，一对有情人经常你来我往，找机会倾诉相思之情。相约明年择吉日完婚。

哪想到风云突变。水夷领导的讨伐后羿的起事惨败，水夷战死，水夷的家人被杀的杀、掳的掳。心上人嫦娥也被掳进都城穷石。

吴刚怎能咽下这口气，也不甘心失去嫦娥。他决心去穷石，打听嫦娥的下落，把她接回来，从此两人远走高飞，幽居山林。

这天，吴刚准备好行囊，上路寻找嫦娥。一路坎坷，到了都城。他走大街，串小巷，一家一户打听嫦娥。多少天过去了，也没有嫦娥的一点音信。

他万分失望，来到一家餐馆一顿海吃海喝之后，就打算进入山林为寇。

哪知就在海吃海喝时，听到旁桌喝酒的几个人在谈论着后羿从东夷的一个部落掳来一位美人。听到这里，他顿时警惕起来，竖起耳朵想听个究竟。

可是，那几个人接着只顾得吃喝，就没有把那美人的事往下说。

吴刚怀疑他们说的就是自己的未婚妻嫦娥，就想从他们嘴里得到确切消息。

他提起自己买的酒，凑到那几个人的饭桌上：

“几位好。我一个人喝闷酒，心里不舒服。我就请几位大哥喝两杯！”

说着他为那几个人每人斟了一杯酒。

他们看到他如此热情，就爽快地跟他喝了下去。

吴刚挑逗他们：

“美酒需配美人。现在没有美人，刚才几位大哥说大王从东夷掳来个美人，虽说看不见摸不着，可嘴上得到满足也是难得的口福嘛！”

“对对对。我们这些穷汉，没有怀抱美女的福分，可我们能自己当家一饱口福。哎，二蛋，你接着往下说。大王从东夷掳来的美人叫什么来着？”

一个连鬓胡子的中年男人高声说。

那个叫二蛋的满上一杯酒，瞥了连鬓胡子一眼：

“知道叫什么有什么用？我告诉你，她叫嫦娥。她已经被大王正式迎娶过去，成为大王龙床上的新人了。你啊，想美人想急了，自己解决吧！”

说罢，仰头哈哈大笑。

吴刚一听说是嫦娥，蓦然头嗡地蒙了一下。他怎么也没想到，自己千辛万苦寻找的未婚妻，竟然被大王后羿霸占了。自己一个七尺男儿保护不了心上人，必会受到世人耻笑。

但是，如何把嫦娥夺回来，成了他心中抹不去的痛。王宫层层防守，连只苍蝇都飞不进去。自己身单力薄，独自潜进王宫，把一个大活人从里面救出来，真比登天还难。思来想去，唯一的办法，还是像水夷那样，组织民众起来造反。只要把民众都发动起来，兴许还有把嫦娥从王宫里救出来的希望。

吴刚打定主意，很快又回到自己的部落。鼓动几个哥们儿暗中组织力量。他又潜到邻近的三个部落，以后羿残忍无道为名，联络他们共同起事。

民众被他说动了，就在某一天揭竿而起，轰轰烈烈地向穷石杀来。

再说嫦娥被后羿迎娶后，为了替哥哥水夷报仇，不得不屈辱地忍受后羿的蹂躏。但她一刻也没有忘记自己的初衷，等待时机，杀死自己的仇人，就是舍弃自己的生命，也绝不放弃为哥哥复仇。

这天王宫组织狩猎活动，后羿凭他百步穿杨的绝招，一次打了六只羚羊。中午，凯旋回到王宫后，后羿高兴之余，就大摆宴席，用御膳款待文武百官。

酒席上，一通推杯换盏，一个个都喝高了。只见后羿被侍官扶着回来，直送到寝宫门口。

日头转到西南，后羿头重脚轻，哼着淫歌，踉踉跄跄地来到龙床前，对着卧在床上的嫦娥淫笑了笑：

“夫人，今日高兴，夫人就陪我在床上尽兴玩乐！”

说着就向嫦娥身边凑来。

嫦娥立即感到一股酒气直扑鼻腔，接着又一股腥臊气袭来。她顿觉反胃，一股热浪从肚子里直往嗓门蹿。她急忙把嘴捂住，屏住气，才强制把那股热浪咽了下去。

后羿虽然扑到嫦娥身边，但此时已经是酒老爷当家了。刚上了床，就不由得呼呼大睡。

嫦娥感到恶心，把身子向一边挪了挪，腻烦地看着鼾声如雷的仇人。

她向门口看了看，门已经被侍人关上，室内又没有用人服侍。她立即感到为哥哥报仇的机会到了，顿时警觉起来。她迅速下了床，从衣箱的最底层取出藏了好久的毒药，又用水把毒药稀释了，端了上来准备灌进后羿的嘴里。

这时，她又犯难了。虽说后羿张着嘴打鼾，把毒药倒进他嘴里，要是不咽下去，不也无法毒死他吗？她一时不知如何是好。正在这时，被酒精烧得无法忍受的后羿闭着眼，一声声地说：

“渴，渴，水，水！”

听到这话，嫦娥慌忙说：

“水来了，水来了。大王，快喝水！”

说着把盛着毒药液的玉盏放到后羿的嘴唇上。

迷迷糊糊的后羿哪还顾得品味，咕咚咕咚喝了起来。三两口就把毒药喝得一干二净，然后又像死猪一样昏昏睡下。

嫦娥知道，吃下这种毒药，很快就会没命，就再也不敢待下去，慌忙穿上衣服，急忙去开门。

侍卫听到门响，看到嫦娥走了出来：

“夫人要去哪里？”

“大王酒喝多了，龙体恐是受到风寒，也在发烧。我去跟御医要解酒的药，顺便抓点药。”

她慌慌张张地说。

这在以前，都是侍臣或者使女干的。侍卫觉得反常，心中怀疑起来：

“夫人，以前这些都是侍人干的事，这次何必夫人亲自前去？”

嫦娥以严厉的口吻回击：

“你可别忘了，如果只是抓解酒药，可以让侍人去抓。可大王的龙体还发烧，要是侍人去唤御医，御医诊断过后才能再回去抓药，抓了药再拐回来，这来回需要多少时间啊。大王的龙体经得了这么长时间高烧的折腾吗？那样，要是大王有个好歹，你能负得了这个责任吗？”

侍卫觉得嫦娥说得也有道理。再说，要是阻拦夫人亲自去唤御医，来回折腾几次，万一大王真的出了什么问题，自己可脱不了干系。罢了罢了，自己就是有再大的胆，也不敢担这么大的责任。还是不要拣这不咸的馍吃吧。

“夫人说得极是。请夫人走好。”

为了稳住这个侍卫，使他不至于再对自己产生怀疑，嫦娥又回身进了室内，取出一块珍贵的玉石，递到那侍卫的手上：

“我早就知道你对我和大王的安全很关心，就看在这一点上，我也要赠给你这块珍玉！”

那侍卫看到一块发着奇光异彩的玉石放进自己的手里，不由得一阵惊慌：

“这这这，夫人，我怎么敢受夫人如此大礼呢？”

“哎，怎么不敢呢？你整天在门外站岗放哨，风里来，雨里去，我早就过意不去。再说以后还不知道你要辛苦多久。这点小意思，还客气什么？”

侍卫想到这块玉石足够他和家人一辈子的生活费了，感激得眼睛红了。他哽咽着说：

“是是是，夫人真是世上少有的好人，是我一家的再生父母！”

嫦娥知道自己的计策发挥了作用，就客气道：

“不要这么说，再说我也是穷苦出身，我们这也算同病相怜啊！”

说着笑了笑急忙离开。

那侍卫用感动的目光望着嫦娥远去的身影，然后低下头，珍爱地欣赏着那块玉石，好像那块玉石就是他全家的性命。

嫦娥几经忽悠，才逃出王宫，逃出都城穷石。又几经周折，逃到遥远的以月亮为图腾的那个部落。

嫦娥本来想用毒药毒死后羿，哪里知道这毒药已经失去了效力。现在的药品，无论是中药，还是西药，都有保质期，古代的草药也同样如此。嫦娥从贴心侍女那里得到的毒药，不知制出来后存放了多久。在她这里又藏了很长时间，已经过了有效期。在这种情况下，她给后羿服下，仅仅相当于喝下现在的茶叶水。不光药效消失了，就是味道也淡了许多。

再说后羿第二天早晨醒来，不见了身边的嫦娥。起身问门外站岗的侍卫，才知道她以唤御医的名义跑了。他立即下令全城搜查，搜查不到后又派人多路追赶，就像大海捞针，毫无结果。无奈之下，只好打消了寻找嫦娥的行动。

再说吴刚率领的几个部落的联军向穷石扑来，在穷石城外与后羿的精锐军队决战。吴刚带领的只是捏惯了农具又没有经过训练的民兵，再加上生活拮据，一个个面黄肌瘦，哪有多大力量与后羿的中央军拼杀?

这一次，吴刚又走了水夷的老路，联军被消灭，他自己也惨死在后羿的大刀片子之下。

那时没有什么通信工具，所有消息都是通过口口相传。几个月后，吴刚的死讯传到嫦娥逃难去的那个崇拜月亮的部落，她悲痛欲绝，心魄俱焚，万念俱灰。一个早晨，嫦娥用一根荆树皮吊死在一棵树下。

至于说嫦娥升天到了月宫，那只是人们出于对嫦娥的同情，编造的美好神话。

后羿逃过了一劫，又铲除了政敌，自以为从此万事大吉，就放心地享受起大王的奢侈生活。

十五　龙床上的异心人

掌握政权的后羿也与太康一样犯了老毛病，同样不务正业，对人民的生活疾苦漠不关心。与太康一样，以酒色、游猎为乐，常常把政务忘到脑后。

他对家奴和大臣也非常残忍。一次，听说一个叫伯封的部落首领的妻子格外美丽，就污蔑伯封存有二心，率领军队无情地讨伐，结果后羿射杀了伯封。

但是，他对死后的伯封绝不手软，又把他的尸体蒸成肉膏，分给别人吃，以恐吓别人，达到控制他人的目的。

除掉伯封后，后羿顺理成章地霸占了他的妻子。由于伯封的妻子实在太漂亮了，把她宠爱得无以复加的后羿，只好封她为帝后，以表达自己爱恋的心情。

伯封的妻子姓甚名谁，史书上没留下点墨。为了方便叙述，笔者就称她为帝后吧。

再说帝后本来是一个部落首领的夫人，眼下做了帝后，拥有华夏九州，按理说她应该高兴才是。但是，自从她被抢来以后，每每想到自己惨死的夫君伯封，想到和夫君在一起生活的甜蜜和恩爱，不由得暗地里整日哭哭啼啼，痛不欲生。每当见到后羿，她虽然强忍自己停止哭泣，但如花似玉的脸上还是布满阴云，不时唉声叹气。

后羿为了使她欢心，经常陪她出游、赏花、听御乐、看舞蹈、吃山珍海味。朝中的事再重大，他也顾不得管了。

后羿的恶行引起不少人不满。辅助他夺取夏朝政权的大臣武罗、伯国、熊髡、龙圉等人，都曾进言劝阻过他，他就是听不进去。

但是，对于一个叫寒浞的人的话，他却听着顺耳，言听计从。

寒浞本来是伯明氏部落的一个成员。为了贪占别人的财产，故意捏造事实，弄得氏族内闹起群殴事件。等到事情弄清楚后，他被氏族的首领羞辱地驱逐出来，流落在山林莽原。一次，后羿游猎时，误把他当作一只野兽，正要放箭射杀，寒浞吓得高声大叫起来：

“不要放箭，不要放箭！小人是人，不是野兽。求求陛下手下留情，饶了小人一命！”

后羿泄气地放下箭矢，怒道：

“你是什么人，敢打扰寡人游猎？”

寒浞边跑来，边施礼，边哀求：

“小人是伯明氏部落的人，被部落首领赶了出来。没有地方生存，才流落到这里。”

“你叫什么名字啊？”

“小人叫寒浞。”

后羿冷笑了一声：

“寒浞啊，你混得倒好，被部落的人开除了。说说，你到底干了哪些坏事啊？”

寒浞叩头分辩道：

“小人主持正义，得罪了一些小人。他们在部落首领面前诬告小人，首领做事武断，不了解真实情况，就把小人赶出伯明部落。小人是冤枉的啊！现在，小人没有去处，只要陛下愿意收留小人，就是做牛做马，小人都心甘情愿服侍天子！”

“寡人不能要一个无用之人，难道你没有什么用处，就让寡人管你饭吃吗？”

寒浞忙说：

“小人特会烹调，一定能让陛下满意！”

后羿听他说有烹调特长，就对手下人说：

“先把他带回去，寡人倒要看看他烹调得怎么样。要是不合寡人的口味，寡人再把他当作一条狗扔出去！”

就这样，寒浞被带到都城穷石。

寒浞知道这是关系到自己生存的唯一机遇，遂使出全部技艺，用刚生下的幼鹿、半岁大的鲥鱼和没有出窝的小百灵鸟，做出了一道“海陆空宴菜”。寒浞端到后羿面前，一股浓郁的香气扑进后羿的鼻子里。

后羿看着心馋，闻着嘴馋，没吃就手馋，刚端上来就急忙伸手去抓。寒浞忙说：

“烫手，陛下别忙！”

可后羿已经抓了上去，烫得直甩手。

寒浞忙跪下来：

“都怪小人，这菜烫着了陛下，小人罪该万死！”

“这不怪你，快起来，起来！”

后羿又把帝后喊来，两人一起吃这道佳肴。满满的一碗菜，竟吃了个底朝天，甚至连汤汁也一扫而光。

后羿一个劲地咂嘴称赞，又问帝后：

“夫人觉得味道怎么样？”

帝后满意地点着头：

“好吃，好吃。往后妾只吃寒浞做的饭菜。”

从此，寒浞就成了后羿和帝后的专用御厨。也是从这时候开始，皇帝才有了自己的专用御厨。

后羿的胃口大开，身体更壮了，力气也更大了，游猎和嬉乐也更有精神，甚至夜以继日都不感到疲劳。再加上寒浞在后羿和帝后面前有说不尽的恭维话，后羿和帝后都很爱听。帝后常常对后羿说寒浞的好话，使后羿觉得寒浞是一个特别能干又忠心、贴心、省心的人。从此寒浞就取得了后羿的宠信，成了后羿的心腹。

后羿每每离开都城游猎时，就把朝中的政务交给寒浞办理。而寒浞更是特别用心地把朝中的事办得井井有条，深得后羿的信服。

寒浞在后羿面前百依百顺，好话说尽，媚脸常笑，使后羿认为他是最听话、最知心的臣子。

在朝堂上，寒浞代表后羿行使职权，决断大事，呼风唤雨，吆五喝六，威风八面，派头十足，俨然又一个后羿临朝听政。要是有哪位大臣对他稍有不敬，或者他看着不顺眼，他不是当场戏弄一番，就是命令军士鞭打，再不服，就下令杀掉。群臣一个个吓得脸色惨白。

寒浞既然仗着后羿的权势，任意胡作非为，后羿又那么信任他，哪位大臣还敢不服从？于是，一个学着一个，对他低三下四，说不尽的奉承话，一次次向他行贿。

寒浞初步尝到了权力的甜头，他的心也渐渐高了起来。想到自己能在朝堂上行使权力，是后羿暂时给的。要是后羿稍微对自己不悦，这些权力就可能瞬间转移到别人身上。被自己得罪过的那些人，还不把自己生吃了？自己还不又成了任人宰割的羔羊？再说，即使后羿一直信任自己，把朝堂的权力交给自己，但每次他回来以后，自己还是需要向他详细汇报，还要看他的眼色行事。位于一人之下，万人之上，心里也难受啊！上面还有个后羿，他感到头上好像悬着一把无形的利剑，让他十分不安。他既不想屈尊人下，也不想受人役使。他要做人上人，要成为当今的天子。他想，他后羿也没长三头六臂，他也是人。他能坐在天子的宝座上，自己怎么就不能？难道他后羿当帝王，是有种的吗？不是！后羿的祖先羿是部落首领。但到了后羿这一代，本来有穷氏的部落首领并不是他后羿，而是他杀死了自己的弟兄，把部落首领的地位争到手里的。即使如此，后羿也只能算作是有穷氏部落的首领，也要向夏朝帝王朝贡，也要服从夏朝天子的领导。他如果有什么罪行，夏朝天子就可以出兵讨伐。后来，后羿硬是用武力把太康撵走，自己抢了夏朝天子的宝座，在天子的宝座上看风使舵。他后羿能夺取太康的宝座，我寒浞为什么就不能像他那样，夺取他的宝座？

有了这种想法，他就不时地窥视着那闪闪发光的帝位，暗中等待着夺取帝位的最佳时机。

再说，帝后以前和自己的丈夫伯封一直十分恩爱。两人曾在床第发过誓，生不同日，死要同穴。谁知后羿夺去了伯封的性命。发誓要服侍丈夫终生的帝后，为了活命，不得不来服侍禽兽不如的后羿。她痛恨杀死她丈夫的后羿，憎恨剥夺自己贞操的后羿。她要为丈夫报仇，要为自己失去贞操雪恨。

当然，她知道，自己一个弱女子，手无缚鸡之力，根本不是虎背熊腰的后羿的对手。自己要复仇，就必须借助别人的力量。

自来到夏朝的后宫以后，她就一直观察，谁是可以借助的人。

通过观察，她注意到了御厨寒浞。他脑袋灵活，善于逢迎，深得后羿的信任和宠爱。更重要的是他把持着夏朝的朝廷，能够左右形势。她还观察到，寒浞是个不甘于现状的人，虽然从一个被人遗弃的流浪者，迅速成了朝堂的主事者，但从他的言行中可以看出，他是一个不知足的人，甚至是一个有野心的小人。而自己要复仇，不就是要借助这些人才行吗？朝廷上那些忠心耿耿的大臣，万事为后羿着想，根本不可能跟从自己，走到后羿的对立面。而作为小人的寒浞，骨子里时刻想着取代后羿。因此，借助寒浞的力量，复仇的胜算很大。她要的不就是胜算这么一个结果吗？管它正义不正义，磊落不磊落，她都要孤注一掷地去追求，让毁掉她幸福的后羿去死！

拿定了主意，她决定通过与寒浞更多地接触，把他拿捏在自己的手里。

这天，帝后对后羿说，她想吃鹿血炒野蒜。后羿马上就要寒浞去做。

寒浞一时为了难：

“陛下，野蒜没有现成的，要到城外去挖。臣现在就派人去，可也需要些时间啊！”

后羿摆了摆手：

“好了好了，去办吧。寡人马上要去游猎，你就把这事办好，可要让帝后满意啊！”

“陛下放心，臣会服侍好帝后的！”寒浞唯唯诺诺。

后羿游猎走了，寒浞也把鹿血炒野蒜烹调好了。

当热腾腾的菜肴端上来时，帝后热情地招呼道：

“太劳累大人了，快歇息歇息！”

寒浞拘束地答道：

“臣不敢，臣是服侍帝后的！”

“叫你歇息你就歇息，不必推辞，也不必拘礼！”帝后看起来很家常。

“谢帝后。”寒浞说着坐了下来，“帝后尝尝味道，如不对口味，臣下次再改进。”

帝后品尝了两口，不住地赞道：

“不错，不错，很鲜，好吃，好吃！”她又看了看寒浞，“大人做了多少年的厨师了？”

“回帝后，臣做了十八年了。”

“不感到厌烦吗？”

“臣不敢！”

“大人就没有想干别的什么？比如，天子时常让大人主持朝政，大人就不想名正言顺地主持夏朝的朝政吗？”帝后两眼盯着寒浞，看他的反应。

寒浞震动了一下，惊恐地忙摆着手说：

“臣不敢！”

帝后笑了笑，压低声音说：

“我早就观察到了，大人坐在天子的宝座上，很得意。再说，我从大人向天子汇报朝政事也看得出，大人很不愿低三下四听命于天子。还有，有人还向我说过，大人想稳坐天子的宝座！”

寒浞立即回忆起自己确实在一次酒后发了狂言，没想到被禀报到帝后这里，他吓得连忙跪倒在帝后面前：

“帝后饶命，帝后饶命！那都是小人喝醉了酒，一派胡言。小人该死，该死啊！请帝后万万不要告诉天子。就请帝后饶了小人一命吧！”

帝后轻蔑地笑了笑：

“快起来吧，大人不要多虑。我是刀子嘴菩萨心。此事我还没有告诉天子，就到我这里为止吧！”

这时的寒浞已吓了一身冷汗。听了帝后这么一说，顿时感激得一个劲地磕头，嘴里不停地说：

“谢帝后饶命，谢帝后饶命！”

看到寒浞吓得掉了魂，帝后忙摆了摆手：

“别害怕，没事没事，都过去了，过去了。再说谁不想做大事？大人那么想也是对的！”

“不不，小人不想做大事。小人命运不好，这辈子只配做下等人！”

帝后笑道：

“什么就是这个命。天子经常让大人临时主持朝政，大人不是主持得很好吗？”

“天子之命，不敢怠慢！”寒浞战战兢兢地回话。

“大人一口一个天子，天子又怎么样？天子又不是天生的，他不也是靠武力赶跑太康得来的吗？再说，他要不把我抢来，我同样也不是帝后啊！”

寒浞愣了：

“这……”

帝后这时突然黯然神伤，叹了口气：

“唉，我们都是为天子服务啊。大人是靠自己的烹调手艺，而我是靠自己的姿色。现在天子虽然对你我百依百顺，可谁知什么时候，也不知因为什么事，他就会翻脸不认人，你我就会成为他的刀下之鬼！”

寒浞回想到自己一次次向后羿汇报朝政时胆战心惊的情形，蓦然与帝后有同感。他同情地看了帝后一眼：

“小人原来以为帝后——”

帝后伤感地摇着头：

“我们都是一条绳上拴的蚂蚱，一样的命运啊！”

“那帝后准备——”

“我又能怎么样？身子弱不禁风！哪像大人，箭法好，又身强力壮。我要是像大人那样，天子再欺凌我，休想！”

“那又能怎样？”

寒浞没想到帝后能说出这样的话。他这时已经感到自己与帝后有着同样的命运。帝后作为一个女人，这样为自己鸣不平，自己堂堂一个大男人，难道连一个女人也不如吗？再说，平时自己不也是不甘心被后羿役使，总想着取代他，使自己真正坐上天子的宝座吗？怎样达到这一目的，他还没有什么办法。此时，听到帝后这么说，他就不由得向她问计。

帝后向他招了招手，小声对他说：

“记住，得人心者得天下！”

寒浞诡秘地点了点头，阴险地笑了笑。

从帝后那儿回去后，他的脑子里就一直想着这句话。得人心，就是要大家拥护你。要使大家拥护，就必须使大家从你这里得到好处。蓦然，他明白过来，自己代替大王行使职权，怎么就不能用自己手中的权力给别人好处呢？

他开始用小恩小惠收买身边人的心。利用自己出入朝廷和后宫的方便，对手下的人和后宫的侍女，先是从言语上关心，接着把宫廷里的东西送给他们。今天给你一件美玉，明天给他几尺绢丝，后天又给另一个人几粒珍珠。加上他会烹调美食，今天请这几个人品味，明天又请另一拨人尝鲜。再接下来，他又花言巧语地向后羿要了朝廷的中低级官员任命的权力。对那些忠于他的人，他首先提升。这一做法无疑是一个风向标，让那些一心想当官的人看出了官运亨通的方向，纷纷投靠寒浞。只有短短的数年时间，后宫的宫女都被他收买了，朝中的大臣大都被他纳入自己门下，他在朝廷上下已经暗中为自己培养了很大的势力集团。甚至后羿身边的侍从、侍女，都死心塌地地为他服务，成了他安插在后羿身边的眼睛和耳朵。

这期间，他与帝后的来往也更多了。他俩经常在一起互通情况，密商计谋。

当然，这样的事是要回避外人的。所以，每次寒浞前来，帝后都让侍女退下去。

两人世界的情况下，帝后发现寒浞色眯眯地时不时看她的乳沟。她心里就清楚，他也是个色鬼，只是因为自己是帝王最宠爱的夫人，才没敢下手。她深知色相的威力。要想让寒浞为自己卖力复仇，就必须牢牢控制住他，让他为自己不惜出力流汗，甚至不惜牺牲生命。要达到这一目的，最省心、最简单也最见效的方法，就是和他淫乱。想到这里，她要向猎物下手了。

两人正说着话，她就做出了一个背后发痒的样子。用自己的手往背后挠痒，可怎么也够不着。

她向寒浞请求道：

“我这里痒得很，就有劳大人帮一下吧。”

寒浞猛一听叫他帮助挠痒，心里一阵惊喜。自己早就想摸摸帝后那如丝绸一样柔滑的肌肤了，只是没有她的暗示，他不敢下手。

色胆大如天，此时他把帝后是天子的夫人忘得一干二净，帝后的话刚出口，他忙说：

“能服侍帝后，小人无上荣幸。”

说着就伸手隔着衣服去挠帝后的后背。

“哎呀，不杀痒啊。把衣服掀起来挠！”帝后像下命令似的。

“是，是是。”寒浞颤抖着把她的衣服掀起来，手慢慢伸了进去。一摸到肌肤，他就感到无限的舒服，心中顿时产生想占有她的强烈欲望。

此时的帝后又何尝不想与他共度鱼水之欢？当寒浞的手刚接触到她的后背时，她嘴里哼哼着，慢慢地倒了下去。寒浞见了，忙伸手去扶。她紧紧地把他的手攥住，和他倒在了一起。接着，两人就疯狂起来。一个强烈要求，一个极力迎合，苟且之事一拍即合。

肉体的结合更促进了两人的合作。一场推翻后羿的暗流在表面上毫无异常的情况下涌动着。

后羿对于要吞下他的暗流，竟然没有一点察觉。实际上，他根本没有去想会有人在背后反对他。他自觉武力超群，英勇无敌，权大无边，四海称臣，军队强大，贡品丰富。背后又有势力最强的有穷氏部落的支持，谁也别想把他怎么样。特别是寒浞，从一个漂泊无着的流浪汉，成为现在的妻妾成群、财富丰盈、权力倾朝的夏朝权贵，这一切都是自己给他的。没有自己相助，他寒浞可能就饿死在荒野，到如今骨头都该沤朽了。就凭这些，寒浞就应该是自己最忠实的奴才和管家。有寒浞鼎力处理政事，替他牢牢地控制朝政，他更放胆地离开朝堂，外出游猎和玩乐。

每个事物都有两面性，寒浞并不像后羿这么想。他认为自己已经对得起后羿了，现在该是后羿感谢自己的时候了。要不是自己替他处理朝政，他哪能整天出猎和嬉乐？这一想法让他完全改变了代替后羿行使权力的立场，反倒认为后羿欠了他的。再加上他现在跟帝后有着苟且之事，一旦被后羿发现，自己为他立下再大的功劳，也免不了死路一条。这使他不寒而栗，遂决定一不做，二不休，与帝后一起，加紧实施推翻后羿的计划。

首先，他要使后羿更加荒废朝政，使满朝大臣对后羿的行为痛心，不再支持他，也为自己赢得大臣们的拥护创造条件。为了做到这一点，他和帝后谋划，再次提高后羿游猎的兴趣。

有一次，正在代替后羿行政的寒浞在朝堂上威严地对众大臣说：

“天子既然喜欢游猎，众位就应该满足天子的要求。特别是天子打到猎物时，我们都要为他高声叫好。谁高声叫好，又能动员更多的人为天子叫好，每动员一个人，就奖励一只野猪。这样连续保持在十次以上者，提升一个官阶。谁不为天子叫好，每次打三十棍。谁叫好的声音不高，每次打十棍！连续五次不叫好，以及十次叫好的声音不高者，降一个官阶！”

群臣一听，个个面面相觑。在这关系到自己切身利益的情况下，谁也不当冤大头。所以，也没一个人站出来反对。

打那以后，在寒浞的策划下，每次后羿打猎回来，都把打的猎物一个个展示给大臣们观看。每展示一只，群臣一齐高声叫好一次。声音鼎沸，震天动地。后羿听了，心中无限欢喜。从此，他就更把朝政一股脑儿地全都交给寒浞料理。一时间，寒浞成了无冕的天子。

夏朝的朝政完全被寒浞把持着，一场改朝换代的风暴还能远吗？

十六　时也，命也

帝后心里明白，把持朝政与除掉后羿是完全不同的两个概念。只有除掉后羿，她才能为惨遭杀害的丈夫报仇，寒浞才能成为天子宝座的真正主人，自己才能成为寒浞名正言顺的夫人。而后羿的武功过人，寒浞不是对手。要除掉后羿，必须培养一个智勇双全的杀手。这一点，成了两人的共识。

通过观察，寒浞在自己的卫士中，发现了一个叫蓬蒙的人。这个蓬蒙勇猛超群，计谋高超，又高大魁梧，力拔山河。为了把蓬蒙培养成心腹，寒浞一次次暗中给他许多丝绸、猎物、珍珠和美女。还把他提拔为御林军的重要将领，把自己的射箭技艺毫不保留地传授给他。很快，蓬蒙的射箭技术也是百步穿杨，箭无虚发。为了多做几手准备，寒浞还让蓬蒙练习刀术和棍术，让他在刀、棍的快、准、狠上下功夫，蓬蒙很快就成为夏朝的第一杀手。

经过寒浞和帝后数年的精心准备，一切就绪，只欠“东风”了。

这一天，后羿游猎获得大丰收，他一人就打了一只个头很大的黑熊、两只云豹、四头野猪、七只野羊，另外还有五只野鸭。只见他骑着高头大马，精神抖擞地回到都城。

寒浞得知后，就把满朝文武都组织起来，排成长长的队伍，从宫门外一直到后羿的寝宫，都有大批的人员热烈高声欢呼。

后羿如又得到一个天下一样异常兴奋，刚见到帝后，就乐呵呵地拉着她的手，嘴里不停地说：

“夫人快看看寡人游猎的成果。今晚夫人可要好好与寡人乐乐才对啊！”

帝后皮笑肉不笑，一语双关地回答：

“那是自然，陛下就准备今晚好好行乐吧！”

寒浞来见，再次祝贺一番后，后羿开腔问道：

“这些天，朝中怎么样啊？”

寒浞忙回道：

“陛下放心，这些天朝政正常运转。陛下这些天鞍马劳顿，又多天没见到帝后了，还是先回寝宫陪帝后好好休息休息，再听微臣汇报朝政不迟！”

“好好好，你办事，寡人还有什么不放心的？寡人这就回寝宫了！”

后羿拉着帝后，有说有笑，无限亲热地走向寝宫。

来到寝宫的大门，侍卫停了下来。走到寝宫的内门，跟着后羿的几个侍女也停了下来，只留下一个侍女跟进。

要在平时，就是这位侍女在内室，服侍着后羿和帝后脱衣、洗澡和上床。今日帝后却对那位侍女说：

“你回去吧，陛下今天特别高兴，我也特别高兴。今天我亲自来服侍陛下！”

那侍女听了，叩谢道：“谢帝后！”就退了出去。

帝后拉着后羿走进内室，然后徐徐把门关上。床榻在内室中高大的屏风后面。后羿边笑边向屏风后面走去，嘴里边说：“夫人啊，这些天寡人可是特想夫人啊，寡人不能等到晚上了，现在就——”话说到这里，身子走到屏风的一侧，只听“砰”的一声闷响，后羿的脑袋眨眼间开了花。紧接着又听到“扑通”一声，后羿瞬间倒在了地上，就此气绝而亡。

原来，寒浞与帝后已经预谋好，就在这次后羿游猎回来后，立即把他处理掉。

从后羿踏上宫门的那一步起，一切都是按照他俩设计的方案进行。寝宫的屏风后面，早就埋伏了被寒浞收买的死党蓬蒙。后羿和帝后进了寝宫，刚要踏进屏风，埋伏在屏风后面的蓬蒙已经把手中的木槌高高举起，迅即狠命地对准后羿的头顶猛击。蓬蒙的力气过人，这一木槌下去，竟然击碎了后羿的头骨，白的脑浆、红的鲜血，向四处迸发。

走在后面的帝后，在后羿走到屏风一侧的一刹那，很快就躲在屏风的外面，迸发的脑浆、血浆才没溅到她身上。

除掉后羿的消息很快在宫中传播开来，顿时整个朝廷上下一片欢腾。一个个被寒浞收买了的朝臣、宫人和将士，都为昏庸、残暴的后羿的死亡而奔走相告。

后羿平时对他的家臣既虐待又欺辱，稍有不满意，不是毒打就是惨杀。他们早就对后羿恨之入骨。面对被杀死的后羿，他们为了排解心中的怨恨，都争先恐后地狠狠鞭打后羿的尸体。很快，就像剁饺子馅一样，把后羿的尸体变成了一堆烂肉。

这样还不能解心头之恨，他们又把他的尸体放进铁锅里煮成肉羹，强迫后羿的儿子吃下去。后羿的这些儿子怎能忍心吃自己父亲的肉？就挣脱家臣，向城外跑去。

寒浞怎么能让他们活着跑出去，成为他的后顾之忧？他们刚跑到穷石城的城门口，就被寒浞的死党拦住，顷刻间一个个都死在乱刀之下。

杀了后羿，寒浞篡夺了夏朝的政权，成了有名有实的天子。他与帝后的关系，再也不像偷吃嘴的狗，寒浞选择了良辰吉日，堂而皇之地迎娶了她，并册立为帝后。

此时的帝后心情特别舒畅，也特别开心。后羿终于不得好死，自己心爱的丈夫伯封的冤仇终于得报了。当然，这复仇是靠自己施展美色、借助于小人寒浞的力量。只要能够为自己的丈夫报仇，她情愿委身于他。就这样，她又一次成了夏朝的另一个帝王的帝后，并一直与寒浞生活了许多年，还为他生了两个儿子。大儿子名叫浇，二儿子名叫殪。两个儿子力气过人，做事勇猛。寒浞就请人教授十八般武艺，长大成人后，都是勇猛无比的斗士。

寒浞很看重这两个儿子，他就把地形险要的“过”这个地方封给了大儿子浇，并让他带领军队驻守在这里。又把十分富足的“戈”这个地方封给小儿子殪，也让他带领军队驻守在“戈”地。寒浞自己则驻守在都城。这样，父子三人自成鼎足之势，牢牢地控制了全国的局势。

寒浞没有忘记当年伯明氏部落驱逐他，给他带来的耻辱。为了试一试两个儿子是否是一代雄才，他就命令两个儿子一起率领大军去讨伐伯明氏部落。

初试牛刀，伯明氏部落就被消灭，该部落的所有财产全都被寒浞父子占为己有。

凯旋后的庆功宴上，寒浞的两个儿子趾高气扬，特别是小儿子殪不可一世，他举起杯子哈哈大笑道：

“今日天下谁敌手！从今以后，我们就可以刀枪入库，马放南山了！弟兄们，往后我就和大家天天喝酒，日日游乐！”

此时的寒浞听了殪的话，摇了摇头：

“孩子啊，不要高兴得太早。虽说我们空前强大，可威胁并没有全部扫除。特别是逃跑的那些夏人，并不甘心失败，还在扩大势力，招兵买马，试图东山再起。我们万万不可松懈警惕。我看，还是先下手为强，早日把他们斩草除根为上策！”

此时的寒浞担心的夏人不再是太康了，太康早死了。但太康当年在阳夏筑城，又在那里建立了流亡政权。他依然是夏朝的帝王。太康死后，他的弟弟仲康继承夏朝天子的地位。虽然仲康徒有虚名，但他能凝聚人心，那些不满后羿暴政的人纷纷投靠仲康。加上他宽厚、简朴、仁慈，这就与后羿形成鲜明的对照。各部落的黎民百姓都要求仲康带头起事，推翻寒浞的统治。

仲康根据人民的意愿，便以天子的名义，联络各部落，历数寒浞王朝的罪行。各部落积极响应，都把他们的军队交给仲康指挥，用来讨伐寒浞。

再说寒浞听说仲康用天子的名义鼓动大家反对他，顿时大怒，迅速调动大军迎击。

仲康率领的军队大败，并被掠去了大量的财物。

失败后的仲康既难过又生气，急火攻心，得了一场大病，不到半月，就溘然去世。

临终前，他把儿子相召到面前，一再嘱咐他，要推翻篡夺夏朝帝王地位的恶魔，报仇复国。

饱尝流亡艰辛生活的相，看到自己的都城阳夏就在寒浞的眼皮子底下，很容易受到攻击和威胁，遂决定把流亡政府的都城东迁，最后把帝丘（今河南濮阳）作为都城。

由于相代表的是正义事业，得到一些部落的支持。特别是斟灌氏部落和斟郡氏部落的大力帮助，使相的实力有较大增强。篡夺夏朝天子地位的寒浞，看到相给他造成看得见、摸得着的威胁，就决定在相羽翼未丰时，把他除掉。

在怎样部署消灭相的问题上，朝议时大家意见不一。有的提出，要直接用重兵攻打帝丘；有的建议对帝丘用水攻。寒浞却认为，相之所以能够较快地发展和壮大起来，主要有斟灌氏部落和斟郡氏部落的支持。这两个部落就是他的左膀右臂。只要斩断相的左膀右臂，相自然就生存不下去，也就很容易把相消灭掉。

他的意见就是圣旨，他命令浇和殪两个儿子，分头率领大军消灭斟灌氏部落和斟郡氏部落，然后再合力攻打帝丘。

斟灌氏和斟郡氏两个部落哪有寒浞那么强大和凶猛的军队？浇和殪所到之处，如石击卵，所向披靡，很快就占领了这两个部落。接着，两面夹击，直向帝丘扑来。

相听到斟灌氏和斟郡氏部落被消灭的消息，心中万分震惊。他只想到寒浞以后会发兵来犯，可怎么也想不到来得这么快，又这么凶猛。他深知自己无力抵抗来犯之敌，决定暂时撤离帝丘，避开寒浞大军的锋芒。

此时他的夫人后缗已经怀孕，快要分娩，很难经历旅途跋涉之苦。虽然他已经决策，但一时还是犹豫不决，下不了撤离的命令。

后缗督促着：

“你快走吧，不要管我。我们就是死也不能死在一块。只要你逃走了，夏朝就有希望！”

相坚决地摇着头：

“我不能抛下你逃跑。要是你留下来，有个三长两短，我就是跑掉活了下来，唾沫星子还不把我淹死！况且你肚子里还有就要出世的孩子，他可是夏朝复国的希望啊。孩子要是落在敌人手里，我怎能对得起华夏的臣民！”

大臣们得知后，纷纷献计献策，但都不能两全其美。就这样，时间拖了一两天仍没有实施撤离计划。

生死关头，一分一秒都能决定人的命运。正因为相的犹豫，终于使他失去了避开敌人锋芒的最佳机会。

忽有军士来报，说寒浞的两个儿子率领大军扑来，现已把帝丘合围。

听到这一消息，相反而冷静了下来。他果断地下令，一面让心腹大臣伯靡护卫着后缗及帝丘城内的老人、孩子突出重围；一面由他带领将士，拼死抵抗。斟灌氏和斟郡氏两个部落被消灭，使相处于孤立无援的地步，再没有人前来勤王。于是，他只好自己手持铜戈，左右开弓，斩杀了一个又一个冲进来的敌人。他的军士们对他无限忠诚，前刺后戳，左挡右击，拼死抗敌，奋力厮杀。直杀得天昏地暗，血肉横飞，尸体满地，鬼哭神泣。最后，相与他的将士全部战死，帝丘被夷为平地。

胜利归来的浇和殪兄弟俩，把相的首级献给父亲寒浞。寒浞一见，捧腹大笑：

“寡人的心病除去了，如今老子天下第一，谁能与寡人称雄？天助寡人啊！”

从此，寒浞更是肆无忌惮起来。他大施淫威，狂聚钱财，杀人如麻，不可一世，以致天人共怒，连年旱涝交替，黎民流离失所。被胜利和私欲冲昏了头脑，寒浞全然想不到，一股反对他的力量正在暗地加紧运作着。

原来，浇和殪在包围帝丘时，相派心腹大臣伯靡护卫着后缗设法突出重围。伯靡驾着车欲从城门突围，但全城四门都被敌军控制，就是蚂蚁也别想从城门里爬出去。

伯靡急了，他仰天长叹：

“天哪，难道真的要灭夏朝了吗！？”

这时他急中生智，想到还有唯一可以逃生的路途。就慌忙带着后缗等一行，气喘吁吁地跑到东城墙，找到隐藏在城墙下、灌木丛中的一条通到城墙外的狗洞。这狗洞里黑暗无光，污水齐腰，臭气熏天，令人作呕。伯靡全然不顾，扶着挺着大肚子的后缗，摸索着从狗洞里艰难地钻出城墙。

城墙外面就是又宽又深的护城河。护城河两岸，芦苇森森，荒草茂密。围城的敌军集中在四门，这一段并没有发现有敌军的身影。伯靡告诉那些从狗洞里爬出来的老幼，要互相扶持，水性好的带着不熟水性的，赶快想法渡过河去；然后再一路往东，在三十里外的拉马沟会合。

后缗从来没有下过水，再加上她怀有身孕，身子沉重，刚一下河，就像一颗石子一样，沉了下去。伯靡眼明手快，伸手把她拉住。

后缗催促道："大人快逃吧，我就死在这里了！"

"那怎么行！夫人怀着大夏天子的后代。天子可能活不下来了，夫人肚子里的孩子就是夏朝复国的唯一希望。丢下夫人不管，我就是千古罪人啊！夫人一定要听微臣的，想法渡过河去，冲出敌军的包围！"

伯靡急忙去寻找漂浮物，终于在芦苇丛中找到一段木头。他把那段木头放在护城河边，让后缗抱住木头，自己在冰冷彻骨的河水里一边用一只手托着后缗，一边用另一只手艰难地划水渡河。后缗几次沉下水去，伯靡就几次奋力从水下把她托起。当他筋疲力尽时，也已经渡到护城河的对岸，两人在河边芦苇中暂时藏身，喘一口气。

时值初春，后缗浑身衣服湿透，冻得嘴唇发青，浑身发抖。伯靡忙捡来干草，盖在她身上，又拽了一些干枯的芦苇，编织了一个软床，让她睡在上面。他和几个人架着芦苇编织的软床，趁着暮色，飞快地向东方逃去。

后缗是有仍氏部落的女儿。当夜，伯靡就把她送到她娘家有仍氏部落。第二天，后缗就在有仍氏部落里生了个儿子，他就是少康。

有仍氏部落的人得知少康是相的后代，都很关心和疼爱他。为了保护后缗母子，有仍氏部落的人把他俩深深地保护隐藏起来，不让他们受到任何伤害。

后缗看到人们把复国的希望都寄托在少康身上，更加精心培养和教育少康，使他从小就知道谁杀害了他的父亲、谁是他的仇敌。

少康在母亲和有仍氏部落百姓的关心下，小小年纪就很懂事。后缗还请人传授他武器使用常识、作战技术和狩猎及生产技能，加上他能吃苦耐劳，长进很快，分外受部族人的喜爱。长大后，有仍氏部落任命他为牧政（主管畜牧的部落官员），使他受到最初的锻炼。

当少康知道了自己的身世以后，就在心里埋下了仇恨的种子，对寒浞父子切齿痛恨，决心报仇雪恨，复国救夏。

虽然有仍氏部落严守秘密，但是相的遗腹子少康在有仍氏部落的消息还是传到寒浞的儿子浇的耳朵里。为了铲除后患，他就派遣一个叫椒的心腹，带领大军直奔有仍氏部落捉拿少康。有仍氏部落得知后，急忙通知少康逃到有虞氏部落，使敌人扑了空。

少康逃到有虞氏部落，该部落由于憎恨寒浞的残暴和昏庸，就果断地接纳了他，并任命他为有虞氏部落的庖正（掌管部落膳食的官员）。有虞氏部落的首领对他很器重，还把自己的两个女儿都嫁给了他；同时，还把一块地方作为封地给了他，让他在这里锻炼行政的能力。这样，少康第一次有了自己的封地，有土地十里，民众五百人。

少康由此开始了复国中兴的宏伟计划。他对封地的民众给予广泛恩惠，人们都拥戴他、扶持他，暗中帮助少康联系各部落，积极协助他招兵买马。经过多年的充分准备，少康组织了一支勇猛的军队。

少康的中兴战略矛头直指穷石的寒浞，他准备集中兵力，突袭寒浞的老巢穷石。

但是，他发现，寒浞的军事力量还很强大，强抗硬拼、鲁莽行事难以成功复国。特别是寒浞的两个儿子各把守着一个战略要地，成为寒浞不可缺少的左膀右臂。所以只有铲除他的左膀右臂，逐步削弱寒浞的力量，才能一举成功。

怎样削弱他的左膀右臂呢？少康思来想去，最后决定选派间谍暗地除掉寒浞两个凶猛的儿子。女艾就成了间谍的最佳人选。

女艾接受任务后，很快就潜入到浇驻守的封地。他打扮成乞讨的流浪人，暗地打探浇的情况。

他得知，浇这个人喜爱打猎，还贪恋女色，常常在一个叫女岐的寡妇那里过夜。

这天，女艾借着夜色，偷偷在女岐家潜伏下来。

黑暗中，他摸到女岐的睡床，猛地举起铜刀，一下接一下地向床上砍去。

开始，他听到床上有人挣扎、呻吟，连砍几刀后，床上就没有了动静。

他以为浇和他的情妇女岐全被砍死了，就点亮火把向床上看去，谁知只看到女岐被砍碎的尸体，却不见浇的影子。

原来，浇当晚并没有在女岐家，这使他躲过了一次灭顶之灾。

不久，女艾又打探到浇要去一个叫尚干的地方打猎。女艾就装扮成猎人模样，与几个心腹随从一起，带着几条猎狗，半夜在猎场埋伏下来，等待浇的出现。

日出东山时分，浇终于出现在猎场上。当浇走得很近了，女艾抓住机会，放出猎狗。那猎狗像饿虎扑食，一下就把浇扑倒在地。女艾火速奔上去，一刀割下浇的首级。

铲除了寒浞的一个得力臂膀后，不久，少康又派遣他的儿子杼潜入到寒浞的小儿子殪驻守的封地。

这天，当他打探到殪要检阅军队的夜间作战能力时，就假扮成一个军士，趁夜色视线不清，混入队伍中。

当殪检阅到杼跟前，只见杼抬手放出一支毒矢。那毒矢正击中殪的喉咙，殪顷刻倒毙。杼趁乱跑进身后的丛林中，无边丛林的掩护，使他顺利回到了父亲少康的身边。

寒浞连续失去了两个儿子，使他的力量受到很大削弱。少康抢抓这一有利时机，亲自统率大军，突袭千里，直向夏朝的都城穷石奔去。

寒浞深知少康要报失国之仇，但他只想到少康暂时无法用武力与自己对抗，只能采取暗杀等非正常手段。为了不使少康得逞，他命令加强都城四门的把守，王宫的守备更是三步一哨，四步一岗；出城狩猎或出巡时，更是动用大量的禁卫军，前簇后拥，像木桶一样把他包围得严严实实，连一只蚊子也别想飞到他身边。

在严密的保护下，寒浞胆大起来，依然放心地寻欢作乐，根本不去想少康会来突袭。直到少康兵临城下，他仍然毫不知晓。

守城的将士都不满寒浞的残暴和贪婪，早就希望能有人来取而代之。一听说少康复国来了，就对他充满希望和期待。没等少康的军队动手，守城的将士就自动地打开城门，迎接少康进城。穷石城的人民对寒浞恨之入骨，都夹道欢迎少康率领的大军，有的还主动为少康的大军带路，向王宫挺进。

黄昏时分，寒浞用罢晚膳，来到寝宫，上了床，脱得光溜溜，正准备与帝后交欢。只听“砰”的一声，寝宫的门被猛地踢开。寒浞和帝后心里猛一惊，扭头向门口看去，但见一个男人手持青铜大刀，像凶神一样一步步走了进来。

这人不是别人，正是少康。兽油的灯光昏暗，他们看不清少康的面孔。寒浞脑子里飞速地猜想着这来者到底是谁，是人还是鬼。是人？不可能，宫廷里戒备森严，不经自己允许，任何人也别想进来。对，闯进来的这家伙一定是鬼！

是哪里的鬼来到寝宫，要索自己的命呢？一定是被杀死的夏朝流亡天子相！想到这里，他吓得魂飞天外，一骨碌滚下床，赤裸着身子，跪在地上像捣蒜似的一个劲地给少康磕头，嘴里不停地念叨：“神灵饶命，神灵饶命！要是叫我不死，我天天给神灵烧高香！”

“妄想！你作恶多端，罄竹难书。我少康作为夏朝开国帝王禹帝的子孙，代表千万黎民，前来恢复夏国，剪除篡国的奸佞贼人。寒浞听着，明年的今日就是你的忌日！”

说着手起刀落，随着一道血光闪过，寒浞顷刻被斩为两截。

再说，少康闯进来时，帝后正准备与寒浞游龙戏凤，也脱得浑身光光，一见突然来了个凶神一样的人，顿时吓得浑身哆嗦，下意识地忙用兽皮被子遮住羞处。

这时，守卫宫廷的禁卫军将士们纷纷跑来，大喊着要杀死这个不守妇道、与寒浞合谋乱政的帝后。

帝后像什么也没听到一样，慢条斯理地在兽皮被子的遮掩下，穿着衣服。然后她仰着头，像是对天说：“伯封啊，我为你报了仇。今日我要随你而去了！”

“杀了她，杀了这个淫妇！”一时群情激愤。

面对愤怒的人们，少康并没有头脑发热。考虑到帝后原来是先王的忠臣伯封的夫人，又考虑到她确实是被后羿强行抢来的；再说能够除掉后羿，帝后确实发挥了不可或缺的关键作用，他决定饶她一命，把她送进宫廷的监狱中度过残年。

帝后听了少康饶她不死的命令，冷冷地笑了笑，然后慢慢转过身去。蓦然间，她拿起身边的锥刀，以迅雷不及掩耳之势猛地对着自己的胸口刺去，顿时一股殷红的鲜血喷薄而出。

帝后就这样惨烈地死了。她因自己的美色而使原来的丈夫伯封被害，又用美色铲除了篡夺夏朝政权的后羿，并为死去的丈夫报了一箭之仇。如果伯封地下有知，也该含笑九泉了。

十七　一美退千军

面对绝色帝后的自裁，少康心里很悲痛。他从帝后这个娇艳美丽的女人身上，得出一个治国的道理：美女可以是毒蛇，美色可能是祸害，远离美色是正道。此后夏朝的十来个帝王，都接受丧国的教训，远美色，勤朝政，爱黎民。这样，夏朝也就像深山里的小溪一样，静静地流淌了一年又一年。

但是夏朝并没有就这么永远平安无事地传承下去。公元前1619年，夏王朝最后一个君主姒履癸即位，他就是我国历史上第一个出名的暴君——夏桀。他文武双全，能空手搏虎。可惜，他没把自己的才能用在为国谋安泰、为民谋福利上，反而自恃强大，刚愎自用，穷兵黩武，四处征讨，闹得朝廷不安，民怨沸腾。谁知，夏桀有勇无谋，荒淫无度，最后误中了敌国的美人计，终于上演了一出美人误国的丑剧。

在夏桀执政的一个秋天的晚上，用黄金铸成的宫殿里，灯火通明，声乐高奏。夏桀正喜气洋洋地端坐在龙座上，两眼一眨不眨地注视着众美女引导着他的第七十四个王后前来相见。王宫里虽然美女如云，但这一美人的到来，使万千美女顷刻失色。当新王后刚走到夏桀的面前，还没来得及举行结婚大典时，急不可待的夏桀忙从龙座上站了起来，向前跨两步，伸手把她抓住，接着又拦腰抱起，哈哈哈地傻笑着，把新王后扛在肩上，大步小颠地跑向寝宫，尽情地享受鱼水之乐去了。

这位新王后叫施妹喜，是从夏王朝西部的一个小国——有施国嫁来的。

有施国为什么把施妹喜嫁给夏桀这个凶暴的君主？这还要从头说起。

夏桀爬上君主的宝座后，自认为天下无敌，就想霸占天下。为此，他倾尽全国之力，到处征伐。

这天，他正和一群美女嬉戏，不知为什么发起怒来：“滚，都给我滚！”号叫着把搂在怀里的几个美女赶走。

美女们被吓跑后，他似疯如癫般地走到钉在墙上的牛皮地图前，血红的眼睛久久地盯住了夏朝西部的一个小国——有施国。

他的眼珠转了转，猛然用肥大的拳头砸在图上有施国的位置，狠狠地吼道：“吃掉它！”

经过几天的准备，夏桀坐在龙辇上，手持姜黄色的令旗，亲自率领三万多精兵，旗幡招展，刀矛闪烁，铁流滚滚，狼烟腾飞，浩浩荡荡、如狼似虎般地向夏朝西部的有施国扑去。

有施国地处高山大漠，人烟稀少，环境恶劣，人贫国穷，哪里能抵挡住夏桀大军的强大攻势？战争一开始有施国的军队就节节败退。最后，有施国的军队退缩到都城，紧闭城门，暂时和夏桀的军队僵持着。

夏桀的军队兵临城下，把有施国的都城团团围住，一时火光四起，杀声冲天。城内人哭马叫，一片混乱。

有施国的国君把众臣召集来，紧急商讨对策。面对强悍的夏桀军队，弱小的有施国能有什么办法呢？大家心里都明白，摆在面前的只有两条路：一是投降称臣，二是城破人亡，而这两种后果都是灭顶之灾。群臣一个个吓得面色蜡黄，浑身发抖，谁也没有好主意。

过了半天，也没有人想出一点办法。有施国都城的城墙是土堆成的，城内几万人和大量牲畜用水，全靠城外的一条小河供应。且不说城内粮食有限，要是夏桀的军队把那条唯一的水源堵住，不要几天，都城就会不攻自破。再说，土城墙很容易被扒开，一旦有一处豁口，夏朝的军队就会像洪水猛兽一样涌进都城。

有施国的国君感到已经死到临头，只见他拿起利剑，哀鸣道：“大军压城，无计可施。寡人作为一国之君，岂能受敌军侮辱。寡人现在去了，众爱卿各讨活路吧！”说着，扬起利剑，就往脖子上抹去。

“君王等等！”

一个女子急切的声音传来。这一喊声把在场的人都震住了。

国君的利剑架在脖子上停住了。他睁眼一看，只见一个十多岁的女子正款款向他走来。他放眼看去，但见她美如仙女，无限柔媚动人。

国君不认识，惊问道：“你是谁家的小女子？”

“回君王，小女子名叫施妹喜，父亲就是施冉。”

说着她手指着朝堂里的父亲。

施冉是朝中的一个大臣。此时他见国君停住手，冷不防把国君手里的利剑夺了去。

国君见利剑被施冉夺走，悲伤地哀鸣道：“爱卿怎么还不让我死啊！寡人是有施国的国君，代表有施国的荣誉。寡人不能落在这些野兽的手里，受尽欺侮啊！”

这时，只见妹喜向君主鞠了一躬，声如柳莺歌唱般对他说：“小女子无德无才，不能亲自上战场，拯救自己的祖国。小女子愿意以自己的身子献给夏桀，用自己的美色迷惑他。乱其政，穷其国，解救有施国的黎民百姓，为今日的战败耻辱复仇！”

君主被感动了，眼里噙着泪水：“真是巾帼英雄啊，寡人怎么忍心把你送进狼窝虎穴中去？夏桀是个残暴之徒，你去恐怕有生命危险啊！”

“为了有施国的百万黎民百姓的安危，就是牺牲小女子一个，也值得。再说，小女子有把握迷住夏桀，料他也不会杀我！”妹喜慷慨地说。

施冉也劝告君主：“既然臣的小女有此抱负，君主就放她去吧。就算小女回不来，于我做父亲的，也算尽了孝；于我们有施国，也算尽了忠。如果能挽救我们整个国家，臣也为有这个小女而骄傲，有施国的黎民百姓也会为有这么一个忠孝的女子而自豪，君主也会为国家得救、万民得安而欣慰。臣请君主还是让臣的小女去吧！”

施冉父女的一番话，顿时使群臣备受感动，他们纷纷称赞妹喜的勇气和智慧，也不免担心她此去的命运，所以，都不忍心看到这么一个年轻貌美的女子落入虎狼之中。

妹喜主意已定，坚决要求为救有施国献身。看到君主和群臣一时不答应，她急了，蓦然把君主用来自杀的利剑握在手中，威胁道："要是君主和众大人不允许小女子前去，小女子宁愿死在这里，也不愿意为亡国奴！"

大家看到妹喜要自裁，一时慌了神。

不等君王说完，施冉抢着说："不能考虑太多了。只要能挽救我们有施国，再大的牺牲也不足道了！"

此时，谁也没有好办法，只好答应妹喜的请求。

妹喜脸上露出欣慰的笑容，对国君拜了一拜："谢君主器重！"

她退下去后，抓紧梳妆打扮了一番，临行前，有施国君主及群臣告诫她，一定注意自我保护。要她首先取得夏桀的宠爱，然后再设法迷惑他，使夏桀神魂颠倒，昏庸无道，最后达到颠覆夏朝、复仇救国的目的。

妹喜一一记在心里。君主和群臣这才陪着她，离开宫室，向城外走去。

在夏桀的重重围困下，有施国都城的大门洞开了。

妹喜在城门口与家人洒泪告别，嘱咐她的兄弟和姐姐好好照顾父母大人，也让父母大人不要惦记她，她绝不会给父母大人丢脸，也绝不会让父母大人还有有施国的黎民百姓失望。说罢，她对众人拜了三拜，转身而去。

夏桀坐在城门外华贵的龙辇上，骄横地狂笑着，专等着有施国的君臣前来投降。听说有施国除了进贡珍宝，还有一个天仙般的美女时，他异常高兴道："好好好，如果献的美女令寡人满意，寡人就赦免有施人和有施国君主的罪过！"

有施国投降的君臣乘车出了城，缓缓来到夏桀的面前，在离他十丈远的地方停了下来。

夏桀等了片刻，却不见有人下车投降。他正想发怒，忽然看到最前面的车子上，车帘掀起，只觉得一道耀眼的光芒直向他扑来。

夏桀不知是什么武器，吓得眼睛一闭，忙用手臂把眼遮住。半天不见动静，他再一次放眼看去时，却发现是一个光彩照人的女人飘然下了车。夏桀一阵惊喜，睁大眼睛望去，但见她皮肤光洁如脂玉，脸色娇艳似牡丹，千种风韵宛若梅花。这样的美女别说宫廷里，就是整个夏王朝也没有见过，一时夏桀呆若木鸡。

那美女款款地走来，威严地站在夏桀面前："大王是来受降的吧？"

夏桀色眯眯地笑道："那还用说！"

妹喜就在夏桀面前下拜。

他定神一看，见她有绝色之美，又娇柔妩媚，顿时春心大动，心情也无比高兴。他忙让妹喜赶快起来，连声叫："美人快上车，快上车！"

接着他向手下的人命令："赦免有施国举国无罪，为有施国君加官晋爵！"

有施国君主和群臣齐刷刷地跪在夏桀的车前谢恩。

妹喜正色说："大王可是一言九鼎的人啊！"

"哈哈哈哈，寡人既然说了，绝不反悔。只是，有个条件，美人您可一定要到寡人的大夏王朝！"

"那就请大夏王朝的军队往回转吧，我现在就跟随大王走！"妹喜平静地说。

夏桀惊喜万分，连忙命令军队解除对有施国都城的包围，班师回国。

有施国的君主和群臣都感激地目送妹喜远去，直到她消失在大漠的边际。

就这样，夏桀带着一个美丽绝伦的妹喜心满意足地回来了，回到都城，连夜举行了结婚大典。

为了取得夏桀的欢心，妹喜频频施展媚悦之技，让夏桀通体舒坦，从此把她当作心肝宝贝，不离左右。

妹喜却度日如年。虽然夏桀有回天的权力、有无尽的财富，但她丝毫不动心。她日夜思念着自己的父母和生她养她的有施国。她牢牢记住有施国君臣和父母的嘱咐：必须千方百计取得夏桀的欢心和宠爱，用美貌和智慧相机行事，为有施国复仇。

妹喜观察到，夏桀虽重视权力，但更重视酒色。她决定先从酒色入手，通过酒色慢慢动摇他的权力。

“月色已西重进酒，清歌才罢奏箜篌”“眉目艳皎月，一笑倾城欢”。夏桀为此兴奋不已。

“再笑一笑！”“再奏一曲！”“再唱一首！”“再跳一舞！”夏桀一遍遍地对妹喜喊道。

妹喜唱着、弹着、跳着，使夏桀乐得手舞足蹈。为了让夏桀神魂颠倒，厌烦朝政，她用一个动作、一种表情、一句发嗲撒娇的蜜语，就把夏桀的心牢牢地拴在她身上，而这也正是她复仇的最好的办法和最锐利的武器。

这年夏天，黄河泛滥，兖州到处一片汪洋，灾民四处逃荒。为此，兖州派人请求夏桀赈灾。这天，殿前官（在国君身边侍奉的官员）进来禀告说，兖州（今山东兖州）灾区有人求见。

此时，夏桀正在和妹喜如胶似漆地一起又歌又舞，十分开心。

妹喜听到殿前官的话，就瞟了一眼，抱怨说：“玩得好好的，又来捣乱。不玩了！”说着生气地坐了下来。

夏桀听了，一声连一声地对殿前官怒吼道：“不见，不见！”

兖州来的人等了好大一会儿，不见夏桀出来接见，心中十分着急，不等殿前官来叫，就自己闯了进来，跪在夏桀的面前，要求禀告兖州的灾情。

正在抱着妹喜玩耍的夏桀一下子扫了兴，骂道：“大胆狗东西，竟敢擅自入宫，败了寡人的兴致，寡人宰了你！”说着，拿起身边的利刀，向这人劈来。

手起刀落，一道血光过后，兖州来的人眨眼间丢了命。

又一天上午，群臣来到议事殿里出席早朝。从日出竿头高，到日到东南，也没等到夏桀的影子。大臣们急了，督促殿前官去提醒夏桀。

殿前官不情愿地跑到夏桀的御寝前说：

“陛下，早朝的时间已经到了，请陛下上朝。”

夏桀正和妹喜做扔栗子的游戏。两人相距五尺远，妹喜用剥掉皮的熟栗子仁，一个一个地往夏桀嘴里扔。妹喜扔进他的嘴里，就打夏桀一个耳光；扔不进嘴里，就让夏桀吻她一次。夏桀也往妹喜嘴里扔栗子，扔进嘴里，妹喜就要吻他一次，扔不进嘴里，就罚夏桀自己打自己两耳光。

殿前官的话，使妺喜停了下来，生气又泄气地问道：“陛下，还玩不玩？”

“玩，玩，玩！”夏桀转身对殿前官道，“哎呀，今天还上什么早朝？让众臣都回去，有事明天再议！”

殿前官还要说话，见夏桀玩心如此重，摇了摇头走了。

从此，夏桀上朝议事，三天打鱼，两天晒网。有时，很紧急的事大臣们压了几天才能有机会向夏桀禀报。

大臣们的奏报，他都压了下来。即使关系到夏朝命运的大事，夏桀也是压了一天又一天。

这天，执掌军事的大臣跑来，向夏桀禀报：“陛下，扬州传来消息，五千刁民闹事，冲进了官府，不几天还可能杀过长江，向北进犯！”

夏桀正和妺喜手拉手，向她学有施国的手指舞。军事大臣的禀报，使妺喜很不耐烦：“算了算了，不教了！”

夏桀正学得起劲，看到有人来捣乱，心中很烦，人脸拉成驴脸，训斥道：“有事以后再说！”

“扬州有五千刁民在造反，情况紧急啊！”军事大臣又提高声音再一次禀报。

夏桀顿了顿：“扬州？扬州离这里远着呢，着什么急？以后再讲！”说着，给妺喜赔了个笑脸，“老师，老师，继续，继续。老师好好教教寡人这个小学生！”

军事大臣叹了口气退了出来，仰天叹气道：“天啊，这是怎么了啊！”

妺喜就是要控制住夏桀，就是要使自己的每一个动作、每一种表情、每一句嗲语、每一个娇态，都让他神魂颠倒，昏庸无道，凶狠残暴；也使朝廷上下都认为夏桀是个只顾寻欢作乐、荒废朝政的昏君，对他失去信心。

妺喜该怎样继续完成她的复仇计划呢？

十八　这样糟蹋敌人的国力，真给力

妺喜是个十分有心计的女人。她并不满足于夏桀只是个昏君，更想方设法抓住夏桀的心，利用他的权力，消耗夏朝的财力，让君臣分离，使百姓叛逆，以此达到为有施国复仇的目的。

这天，夏桀看到妺喜眉头紧皱，就心疼地问道："美人，您哪里不舒服？说出来寡人一定想法让您高兴！"

妺喜娇滴滴地说："大王，小女子总觉得很烦心！"

夏桀一听，心里发急："美人儿，您不高兴，寡人也难过啊。您说，什么能使您高兴，寡人就怎么办！"

妺喜叹了口气："小女子从众大臣的眼里发现，他们对小女子并不欢迎，甚至有一种仇恨！"

夏桀顿时怒发冲冠："谁敢！对寡人的心肝不满，就是对寡人不满。这些人是活腻了，看寡人拿他们开刀！"

妺喜摆了摆手："众怒不可犯！"

"美人儿，那您说该怎么办？"

"小女子想，还是要拉拢他们的心，让他们服服帖帖听陛下的！"

夏桀问："美人儿，您说怎么拉拢？寡人听您的。"

"小女子有一个办法，就是经常用美酒佳肴宴请百官，使他们感到陛下很看重他们。他们也就感谢陛下，也就听从陛下的，死心塌地地跟着陛下做事了！”

夏桀哈哈傻笑道：“美人儿，您真是寡人的左膀右臂、智囊库啊。有您给寡人出谋划策，寡人的姒姓夏王朝的大业就能千秋永固了！”

“谢陛下对小女子的厚爱！”

“美人儿，宴请哪些人，由您来决定！”

妺喜点的岂止众大臣，宫中最低级的官员也都在被宴请之列，甚至许多宫女、打扫厕所的、烧水做饭的、挑水买菜的，都被请去参加宴请。总共摆了几百桌，把整个宫廷大院挤得满满当当。

夏桀拉着妺喜，喜笑颜开地走来，看到这么多人，心中好不欢喜。

他向在座的招手道：“众爱卿今天都来参加寡人的爱妃举行的宴会，寡人万分高兴。今天看到有这么多大臣在辅佐寡人，大夏王朝必定像巍巍高山一样，万年永固！下面，请施爱妃向众大臣讲几句话！”

妺喜没有多说，只是讲：“感谢众位光临。以后，请每天中午都来到这里，接受宴请。谁要是缺席了，就罚谁喝酒十升！”

在座的想到从此可以一饱口福，都对妺喜鼓起掌来。

宴席开始后，接二连三上来了鹿肉、燕窝、虎蹄、熊筋、鲍鱼、嫩笋、发菜等，摆了满满一桌。喝的是宫廷招待贵宾用的上好的老酒。

这些人从来没吃过这么丰盛的宴席，一个个敞开肚皮大吃大喝起来。吃喝期间，也有不少正直的大臣想，以后天天这么破费，需要花费黎民百姓多少血汗钱啊。宴席结束后，他们看到吃剩的酒肉一片狼藉，不觉心中不安起来：这哪里是宴请群臣，这纯粹是挥霍大夏王朝的财富啊。

像这样宴请朝中的人员，一直延续了百天。群臣渐渐把吃宴请当作了一个很大的精神负担。阵阵徐风把扑鼻的酒肉味吹到王宫的角角落落。大家感到，夏朝的末日不远了。

朝中能有多少东西？不久就缺了酒肉。妺喜眼看设宴席有了问题，就又想出一个新招来。

这天，她不小心把酒泼在手臂上，感到一阵凉爽，心中产生一种快意。她抬起手臂，用鼻子闻了闻，顿时感到鼻子里一阵清香。她一时突发奇想，要是用酒洗澡，该多好啊。

当天晚上，她就叫宫女提来好多酒，倒进一个木制的水盆里。妹喜在木盆里沐浴，酒香的气息沁人心脾，她感到从没有过的痛快。

洗完了酒澡，她活蹦乱跳地来到夏桀面前，一下子扑到夏桀怀里发嗲地问："陛下闻到贱妾身上什么气味了？"

夏桀的鼻子又没坏，怎么闻不出来。妹喜身上原来就有体香，又混合着酒香，使夏桀感受到从来没有的兴奋。只见他一句接一句地喊叫着"美人儿，乖心肝"，又忙不迭地抱着妹喜跑到床榻上，颠鸾倒凤地发起狂来。

妹喜好生消受以后，拉着夏桀的耳朵发嗲："陛下，贱妾不光要用酒洗澡，还要在酒里行船！"

夏桀一听，愣了愣，一时没有回答。

妹喜的脸上顿时飘来了一阵阴云："既然陛下不答应，贱妾从此就不给陛下找麻烦了！"说着转身要离开。

夏桀急忙把她拉住，连声回答："行，行，美人儿，寡人听您的。您想要天上的星星、月亮，寡人也派人修天梯，登上天去摘！"

"陛下别说大话。星星、月亮肯定是摘不到的。小女子只要在酒里行船就行了！"

夏桀命令把皇宫里的美酒全部倒进池塘里。方圆几百亩的大池塘，需要多少酒才能盛满啊。王宫里的酒只是杯水车薪。为了满足妹喜，夏桀就命令各地迅速大量进贡美酒。对多进贡的，给诸侯加封晋爵；少进贡的，除了加倍处罚，还要削去诸侯的封地；对于不进贡的，就出兵征讨，武力消灭。

一时间，各地通往都城的官道上，大车拉，小车载，运送美酒的队伍络绎不绝，最后，终于把这方大池塘注满了美酒。

当把那么多美酒倒进干涸的池塘时，夏桀才感到有些过分了。妹喜看到他流露出的怜惜和犹豫的神色后，又嗲声嗲气地说："陛下后悔了吧？那陛下就杀了贱妾吧。离了酒，小女子就想死！"

夏桀哪能让妹喜受到委屈，连忙应允："美人儿，寡人都听您的。您说怎么办就怎么办！”

阵风吹过，注满了酒的池塘里生起阵阵涟漪。要是刮起大风，则掀起白色的波浪，带着浓郁的酒香，都能把岸边的人们灌醉。

接着，妹喜又让夏桀造了几只龙船，船上披红挂彩，十多里以外都能看到。妹喜和夏桀行驶在酒液里，船上有宫廷乐队，器乐声不断。妹喜敞开歌喉，大声歌唱，夏桀听得如痴如醉。

妹喜又别出心裁，让夏桀在池塘周围摆上许许多多的肉，放眼看去，池塘周围形成一座座肉山。妹喜让朝中群臣每两天来一次，当鼓乐响起时，让这些大臣们吃肉喝酒。每次都有三千多人，边吃着肉，边像牛饮水一样，在岸上伸着脖子狂饮池塘里的美酒。

朝中大臣也有忧国忧民之人。在河南陈留一带，就有一个有莘部落，部落酋长伊尹实在看不下去了，大胆向夏桀进劝说：“陛下，这样下去，恐怕要亡国的！”

夏桀一听大怒：“你又想妖言惑众了。告诉你，天上有太阳，人民有君主。太阳亡了，寡人才亡！寡人听你再口出妖言，就要你的命！”

伊尹连忙退去，不停地摇头叹道：“大夏王朝完了，大夏王朝完了！”

伊尹回去后，把夏桀的话传了出去，一传十，十传百，很快各地都传开了。广大黎民百姓对着苍天喊道：“太阳啊，你快亡吧。你要亡了，我们跟你一起亡！”

戏弄了朝臣，没过多少天，妹喜的小嘴又气鼓鼓地。

夏桀再次心疼起来：“美人儿啊，您怎么又不高兴了？”

“小女子心里烦！”

“为何而烦？说出来，寡人来给美人儿解烦恼！”

“小女子从那些宫女的眼神里发现，她们总看贱妾不顺眼——”

没等她说完，夏桀双眉竖立，怒道：“那些贱女人，不想活了。美人说怎么惩罚她们，寡人照您说的办！”

妹喜平静地说：“贱妾也不想杀她们，扫了陛下的兴。贱妾只想让她们也像那些朝臣一样，趴在酒池岸边饮酒就是了。”

“寡人依了美人儿！”说着就要下命令。

妹喜把手一抬：“不过，贱妾有个要求！”

“美人，快说！”

“为了惩罚那些宫女，贱妾要那些宫女们在酒池岸边喝酒时，要把浑身的衣服脱光，抬起屁股！”

夏桀听罢哈哈笑道：“好主意，好主意，寡人还没见过那些宫女如此做作哪，寡人也想长长见识！”

接着，他下令后宫的那些宫女，连同嫔妃们都火速来到酒池岸边。

宫女和嫔妃们不知什么事，都急忙奔了过来，令人肉麻的玩乐就此开始了。

夏桀站在高台上，声嘶力竭地下令三千宫女、嫔妃全部脱光衣服。这些宫女、嫔妃虽然不敢不遵守命令，但由于一时感到羞丑，扭扭捏捏、拖拖拉拉地磨蹭着。

夏桀扭头看到妹喜不悦，立即来个敲山震虎，下令砍死了几个宫女和嫔妃。

女人见不了血，一见血就软了下来，一个个手忙脚乱地争相脱衣服，生怕自己落在后面，招来血光之灾。

眨眼之间，三千人的衣服都脱得光光，在阳光的照射下，放射出银白色的光芒，成了酒池岸边一道靓丽的风景线。

接着，夏桀用牛皮大鼓指挥这支赤裸裸的队伍，并约法三章。夏桀手中的鼓槌敲了第一通鼓，前所未有的丑剧就此开始了。只见围绕着酒池站着的三千宫女和嫔妃，听到“咚咚”的鼓声，一齐头朝酒池，趴了下来；第二通鼓声过后，又立即把白花花的屁股抬得高高的；第三通鼓响过，她们一个个把自己的生殖器亮了出来；第四通鼓声响过，三千宫女和嫔妃都把头伸向酒池，像牛一样狂饮池里的美酒，鼓声不响，谁也不准停止饮酒。

敲过第四通鼓之后，妹喜拉着夏桀，走下高台，沿着酒池，欣赏着光着身子、露出生殖器饮酒的宫女和嫔妃的丑态。

这时的妹喜感到出了心中的恶气，不由得微微笑了起来。看到妹喜笑了，又看到宫女和嫔妃的丑陋表现，夏桀像孩子似的哈哈大笑起来："真想不到，美人这一招，竟然如此养眼啊！"

妹喜鞠躬谢道："谢谢陛下夸奖。"

再好玩的游戏，玩久了，也会感到厌烦。接着，妹喜又睡在床上不起床，也不吃饭，眉头紧皱着，夏桀和她说话她也爱理不理。

夏桀慌了："美人儿，寡人又哪里让您不高兴了？"

她摇了摇头。夏桀捧起她的脸："美人儿，您说为什么不高兴啊？"

"心里烦，就是心里烦！"说着妹喜用手撕着自己的绸缎手巾，"刺啦刺啦"响个不停。

"美人儿，您说怎样能使您不烦？只要您高兴，就是杀了寡人，寡人也任您宰！"

妹喜把身子一扭："别吓唬贱妾了，贱妾没那个胆。贱妾连一个蚂蚁都不敢踩死，哪敢杀陛下啊。再说，小女子疼爱陛下还疼爱不够呢。谁要敢对陛下动邪心，贱妾要他白刀子进，红刀子出！"

她说着，仍然撕着手巾，"刺啦刺啦"清脆的裂丝声传进她的耳朵内。

夏桀有些泄气了："心肝，那您说还能怎么让您不心烦？"

妹喜的眉头突然一展，笑了起来："陛下，贱妾找到不烦心的药方了！"

夏桀一阵惊喜，忙问："美人儿，快说，什么办法，寡人照您说的办！"

妹喜忙把撕烂的手巾拿起来，又撕了一块，又是"刺啦"一声：

"贱妾就爱听这响声！"

"那还不好办！"夏桀不以为意，转身往外面喊，"传王库监官！"

片刻，王库监官屁颠屁颠地跑来了。

夏桀道："把王库里的绸缎全都给寡人拿来！"

王库监官一听，没弄清是怎么回事，迟疑了一下。

夏桀暴跳如雷："你敢怠慢寡人？不要命了！"说着把利剑"嗖"的一声抽了出来。

王库监官惊得回过神来："陛下休怒，下官就去，现在就去！"

不大会儿，王库监官带领一些人匆忙跑来，把抱来的各色绸缎堆在夏桀和妹喜面前。

夏桀笑着对妹喜说："美人，喜欢听撕绸缎的声音，您就撕吧！"

妹喜欢欢喜喜说了声："还是陛下疼贱妾，以后贱妾会好好地报答陛下！"

"哎，美人儿，只要您高兴，就是对寡人最好的报答！"

妹喜笑着上前，取出一匹红色的绸缎，一下接一下地撕了起来。"刺啦刺啦"撕了又撕。她撕呀，笑呀，"咯咯咯"的笑声响彻大堂。

夏桀看到妹喜笑得这么开心，也跟着哈哈大笑起来。

撕了一会，妹喜"哎呀"一声："陛下，累死贱妾了！"说着瘫倒在夏桀的怀里。

夏桀抱着她亲了一口："心肝，您累了，就让寡人来为您效劳吧。"他拿起绸缎用力地撕着，撕了一块又一块。每发出撕绸缎的响声，妹喜就笑一声，夏桀也跟着笑一声。

撕了一匹绸缎，夏桀也累得直喘粗气，撕的速度也明显慢了下来。

妹喜不满意了："快啊，陛下！"

夏桀停了下来，像老牛一样大出气："美人想累死寡人啊！"

妹喜又不高兴起来，噘着嘴，不说话。

夏桀拍着妹喜的肩膀说："寡人不能累死，美人，寡人喊人来撕给您听，好吗？"

妹喜又露出一丝笑容，点了点头。

夏桀立即喊来许多宫女，日夜轮流在妹喜身边撕绸缎。只要妹喜不睡，就要不停地撕。

妹喜也是人，她总是要睡觉的。有时，宫女发现她打起了瞌睡，就停了下来。妹喜立马又清醒过来，责备道："怎么停了，是想欺骗我吗？"

夏桀见妹喜生气了，举刀就去刺宫女，然后，指着死去的宫女对其他宫女训斥道：

"谁还敢偷懒，这就是下场！"

王库里的绸缎几天就撕完了。妹喜意犹未尽，噘起嘴来："听不到撕裂绸缎的声音，真没意思！”

夏桀不能看妹喜愁眉苦脸，可他也为难起来：“美人，王库里的绸缎都撕完了啊！”

“王库里的撕完了，大夏王朝就没有绸缎了？”妹喜埋怨着，眼睛潮湿了。

夏桀一想，是啊，王库里的绸缎撕完了，九州多着哪。尤其是扬州和荆州盛产绸缎，可以说是取之不尽、用之不竭啊。天下万物皆是我姓的，想用就用，想取就取。于是他命令九州，要在一个月内把各州的绸缎送到王宫来。其中扬州和荆州要把当地绸缎的一半送来。

命令传到各诸侯国，官员忧虑，黎民怨声载道。可是官吏都惧怕夏桀的暴虐，只好强迫黎民百姓献出自己的绸缎，大车拉，骡马驮，源源不断地把绸缎运到了京城。很快各色各样的绸缎就把寝宫堆满了。

看到这么多绸缎运来，妹喜脸上的阴云终于散去。看到妹喜高兴，夏桀也像三岁的孩子，兴奋得活蹦乱跳。

为了取乐妹喜，夏桀采用了许多方法：一是一个宫女接一个宫女地撕；二是一个宫女和两个宫女间隔着撕；三是一个、两个、三个、四个，一直到十个宫女这样递加不间断地撕。最后，竟撕出了音乐感来。妹喜能从撕多少绸缎、撕什么绸缎、撕的速度快慢，听出1、2、3、4、5、6、7的音乐来。然后，她摸索出一套乐谱，就用撕绸缎来为她唱歌进行伴奏。夏桀听到在撕绸缎的音乐伴奏下，妹喜唱得十分动听，直夸妹喜是个音乐天才。

绸缎撕得差不多了，妹喜也渐渐对撕绸缎没有了兴趣，心情又逐渐坏了起来。

夏桀为了取悦她，又调集大量民工，修筑了一个巨大的地下宫殿，名叫“夜宫”。夜宫里布置了许多盏灯，夏桀就和妹喜在夜宫的灯光下饮酒作乐。为了制造气氛，妹喜又让夏桀带进来一批年轻的男女，命令他们脱光衣服，在他俩面前做着各种姿势，恣意性交。看着他们令人作呕的各种姿势，妹喜的心理得到很大满足，再次开心地笑了起来。

再令人开心的事情，反复次数多了，都会令人失去兴趣。这样看得次数多了，妹喜的愁眉仍然展不开，这令夏桀很是头疼。

有一次早朝，大臣们正在议政，夏桀面前却出现了一个一身戎装、佩玉带剑的武士。只见“他”上前叩首：“陛下，臣请传令天下，把所有的美女都选进后宫，服侍陛下！”

夏桀难得和群臣议事，这时突然面前出现一个英俊的武士，还带着阵阵香气，让他一时来了精神。他不由得仔细看了起来，却发现面前这个英武的武士，竟是妹喜女扮男装。看到妹喜穿着男装英姿勃发、气宇轩昂、虎虎生风的样子，夏桀顿时觉得她真是女人中的伟丈夫。只见他高兴地鼓起掌来：“妙哉，妙哉。美人儿着戎装，妙哉，妙哉，有风韵！”

妹喜两眼往群臣处瞄了瞄，不高兴了，问夏桀：“陛下，贱妾这样有什么不好吗？”

“没有啊，很好很好！”

妹喜转了下眼珠，看了看下面的群臣：“没有？不对吧！要是没有什么不好，为什么这些大臣不给贱妾鼓掌？”

夏桀明白过来，立即变了脸，对群臣吼道：“一个个都死了！都使劲鼓掌喝彩！”

此时，大臣们正为妹喜的到来心怀不满。夏桀已经好长时间没有临朝议事了，今天终于临朝。他们正要把这些天来积攒的许多事情禀报大王，妹喜却又来捣乱，心中自然都很有气，哪还有心情为她鼓掌？夏桀训斥后，他们无奈地把两只手在一起碰了碰，就算为妹喜鼓掌。由于都没用力，鼓掌的声音当然很微弱。

妹喜这时开了腔：“陛下，贱妾难道就这么不受欢迎吗？陛下听听，这是鼓掌的声音吗？这么给贱妾鼓掌，比打贱妾的脸还难受！”说着两手捂住脸哭了起来。

妹喜这么一哭，夏桀慌了神。他哄过妹喜，又呵斥众臣：“好你们这些木头人，怎么连猪狗都不如。主人给猪狗吃，它们还对主人摇尾巴呢。你们吃寡人的、穿寡人的，就不听寡人的，想造反吗！听着，都给寡人鼓掌，狠劲地鼓掌！有谁不狠劲地鼓掌，就别怪寡人刀下无情！”说着他把锃亮的尖刀拔了出来。

面对死亡，大臣们屈服了，一个个使劲鼓起掌来。

当夏桀问她满意不满意时，妹喜却又大声哭了起来。

夏桀被哭糊涂了：

“心肝啊，又为什么啊？快快说啊，寡人急死了！”

妹喜手指着下面说：“陛下，那前排右边第三个、左边第五个、第二排右边第七个、第三排左边第六个，这几个大臣就是不鼓掌。他们一定对贱妾怀恨在心。贱妾早晚也要死在他们的手里啊！”说着趴在夏桀身上，哭得更痛了。

有人这么不欢迎自己的心上人，夏桀岂能饶恕，只见他拍了拍妹喜：

“美人儿，寡人给您除心头之恨！”说着转身以阴险的口吻吼道，“来人啊，给寡人把这几个活腻了的家伙给煮了！”

夏桀的话使那几个大臣恐惧起来。他们一个个大叫冤枉，夏桀理也不理。几个武士跑来，把他们如扭小鸡一样拉了出来，一个一个丢进大堂中央沸腾的大铁锅中。随着一阵阵惨叫，这几个大臣一个个顿时变成了白骨。

大臣们下朝后，一个个吓得浑身的衣服都汗湿透了。有的竟一病不起，掌管宫乐的老臣竟被吓得当天气绝而亡。群臣忧心忡忡：难道就让夏桀这样毁掉先王创下的基业吗？难道就让有施国实施的“美人计”得逞吗？

自从妹喜穿着戎装向夏桀请求，把天下的美女都选进宫里供大王享用以后，夏桀就依照妹喜的话，大肆搜罗天下的美女。一时间，王宫里美女人满为患。后宫里住不下，就挤占大臣们议事的宫室。为了供养这些美女，夏桀在全国加倍收取税赋。本来就生计艰难的黎民，更是雪上加霜，朝野上下怨声载道。实在看不下去了，有的大臣斗胆向夏桀劝谏，但都被他视为与他作对，一个个被杀戮。

夏朝一场不可避免的灾难正在酝酿着。然而，谁也没有想到，为夏朝鸣响丧钟的，又多了一个人。

十九　商汤版周瑜打黄盖

除了妺喜以外，又有一个人为夏王朝敲响丧钟，这人就是商汤。

说到商汤，话还要从头说起。商原来是向夏朝称臣纳贡的一个部落。商人的祖先是帝喾的小儿子，名叫契。契曾经帮助夏禹治水，立了功劳。夏禹就封他姓“子”，封地就在“商”这个地方，让契在这里建立一个小国，叫商国。商汤是子契的第十四代孙，他管理商国的政权时，正是夏桀暴虐无道、夏王朝逐步走向没落的时期。商汤的才能和智慧在当地得到公认，受到黎民百姓的广泛拥戴。

商国虽然只是一个小国，但是经过一代又一代的奋斗，商国的势力逐渐强大起来，经济和军事力量都有很大发展，成功地完成了由部落向国家的过渡。此时的商国已经具备了能与夏朝抗衡的实力。商汤本人又有远大志向，对夏桀的暴政和荒淫也十分愤恨和痛心。为了顺应商国黎民百姓和部落对夏朝不满的形势，为了日后夺取与夏朝斗争的胜利，他采取了一系列措施，积极创造条件，争取及早消灭夏朝。

商汤特别注重任用贤能。他为了能够战胜夏王朝，总想寻找到一个贤明、勤政的天子，使国泰民安、天下富足。他苦于找不到，但自从见了一个人后，他心中顿有“柳暗花明又一村”之感。

有一天，商汤的一位朋友到邻邦有莘国做生意回来，到商汤的府上看望他。那位朋友说，在有莘国时，曾和该国最有名的厨师伊尹在一起吃饭。他在闲谈中发现，伊尹不但是有名的厨师，而且是一个有雄才大略、有令人信服的治国方略的不凡人物。他有心把伊尹带来和商汤一见，但伊尹终没答应。

听了这位朋友的话，商汤心中一直不能平静。要是有一个这样的人辅佐天子，大夏王朝的社稷自然会长期传承下去。

商汤的性格是想到就做。他准备了厚礼，跋山涉水去了有莘国，诚心诚意地去邀请伊尹。都因为伊尹在有莘国是个人人皆知的高明厨师，举国上下一再挽留，以至于商汤始终没能把伊尹请来。

求贤若渴的商汤整日为请不来伊尹发愁。经过长期苦思冥想，他终于想出了自以为最得意的好主意。

这天，商汤率领浩浩荡荡的求亲队伍，带着厚重的聘礼，来向有莘国求亲。几次接触，有莘国的国君看到商汤是个胸怀大志的人物，又是帝喾的后裔，高高兴兴地答应把公主嫁给他。

商汤知道宴会上的菜是伊尹做的，就边吃边故意极力赞赏菜肴好吃。最后，他请求把做菜的厨师伊尹作为陪嫁。他说，这样公主就能继续品尝到美味佳肴。

有莘国的国君很佩服商汤，又疼爱自己的公主，也就忍痛割爱，答应让伊尹跟随公主去商国。

来到商国，婚事结束后，伊尹就身背做饭用的鼎和切菜板来见商汤，商汤热情地接待了他。

伊尹借用烹饪调味的道理，与商汤谈论王道，得到商汤的赏识。商汤知道他确实是个人才，就任用他为右相（两丞相之一）。

不久，商汤又从另一个部族选拔了一个叫仲虺的人为左相，把商国的重大事务都交给他俩处理。

实践证明，商汤有一双慧眼，确实选对了人。这两个人，特别是伊尹，在处理国家事务和及后来商灭夏的斗争中，以及后来商王朝的巩固和建设中，都做出了重大贡献。

商汤宽以治民，广施恩德。他减轻税赋，减轻徭役，实施惠民政策，悼念死者，抚慰病人，扶养孤寡，使人心归附。他特别注意用“仁德”赢得民心。

《史记》中记载，一次商汤外出，看到一个人四处张网捕鸟。那人口中念念有词：“从天上、从地下、从四方来的鸟，都进我的网里吧！”

商汤听了，反问道：“你这样不是一网打尽了吗？像你这样的话，以后你还能捕到鸟吗？捕不到鸟，以后你又靠什么过活？”

听了商汤的话，那人很内疚，转而祷告道：“鸟儿啊，你们想去左边的就往左飞，想去右边的就往右飞。实在不想活的，就飞进我的网里吧！”

这件事传出后，人们都很感动。他们赞叹道：“商汤的德行实在好，连禽兽都想到了，真难得啊！”

商汤还广结人缘，注重联合其他部族。他主张商国与其他部族的人通婚，任用其他部族的人在商国任职。

就像仲虺，他原来所在的部族是夏朝的盟国，他的祖先奚仲曾经在夏朝当过车正（管理车辆的大臣）的官。商汤任用仲虺为左相，实际上就是把他的整个部族都从夏朝那边拉了过来。

商汤就是采取这一办法，使黄河下游的许多部族，摆脱了夏朝的控制，形成了以商国为核心的强大的反夏联盟。

反夏联盟初步形成以后，商汤又对那些不肯听从召唤的部族进行征讨，杀一儆百。

当时的亳都附近有一个名叫葛伯的部族，不肯听商汤的劝告。商汤就出兵讨伐，起到了杀鸡给猴看的作用。

征服了葛伯，不少部族纷纷归顺，不愿归顺的，商汤就派兵剪除，就连夏王朝东方的屏障韦（今河南滑县东）、顾（今山东鄄城东北）等部族，都背弃了夏朝，与商汤站到了同一个战壕里。

商国直接与夏王朝一决胜负的局面终于形成了。在这种情况下，商汤开始着手收拾当时还在位的夏桀。

他首先做的是，忍痛割爱，把伊尹介绍给夏桀。夏桀听说伊尹会做一手好菜，就把他收留了下来。但是，他只把伊尹作为厨师使用，却听不进他的忠告。伊尹看到夏桀整天饮酒行乐，只听小人之言，自己得不到重用和信任，就对夏桀失去了信心。终于有一天，伊尹又回到商汤的身边。

夏桀听不进伊尹的忠告，却对妹喜言听计从。

一次，妹喜正和夏桀跳舞，不小心碰到宫中的墙壁，把她娇嫩的手臂碰破了一点皮。妹喜立即娇滴滴地哭了起来，夏桀忙着去哄。

妹喜边哭边拍打着夏桀："都是陛下把这破屋子造得这么小，让贱妾到处碰壁。陛下再不造大房子，贱妾从今以后再不跟陛下一起玩乐了！"

这话让夏桀大吃一惊。没有妹喜和他在一起，他寝不安，食不甘，怎么能活下去啊！他当即下令，在三十日内，建一座长五十丈、宽四十丈、高二十丈的娱乐台。台内不能有一根柱子。台子要高出地面两丈，顶部要有盖，无论任何天气都能在这台子里面娱乐。台子里要有就寝、吃饭、洗澡的房间。三十日内建不好，就把建台子的所有人处死。

命令下达后，朝中上下大兴土木，在九州征调大量的奴隶。为了不使台子内有柱子，就从各地的原始森林里砍伐千年的树木，用上千的奴隶和牛马把这些树木拉到夏朝的都城。奴隶们吃不饱，睡不好，有病不能治，成天遭受着鞭笞和驱赶，每天都有许多人暴亡。

期限到了，台子也如期建好了。妹喜给这台子取名叫"夏台"。夏桀终日和妹喜在"夏台"吃喝玩乐，忘了还有朝中大事。

大臣关龙逢再也看不下去了，一天，冒着被处死的危险向夏桀进谏："陛下，这样下去，大夏要亡啊。陛下要远离美色、除掉奸佞小人、勤于朝政才对啊！"

正在夏桀身边的妹喜听出关龙逢话里有话，跪在夏桀面前说："陛下，请治贱妾之罪！"

妹喜的话让他对关龙逢暴跳如雷：

"你这个老东西，竟敢惹怒美人儿，今天你是活到头了！来人，快给寡人拉出去砍了！"

关龙逢被杀后，满朝文武大臣的心都寒了。他们好像看到了自己的末日，一个个胆战心惊地过日子。

商汤以前和关龙逢交情不浅，知道关龙逢是个很重义气的人，听说他被夏桀处死后，就忙跑来吊唁。

听了奸佞之人的禀告，夏桀岂能容忍商汤的行为，遂派人到关龙逢的孤坟前把商汤抓走，关押在夏台。

夏桀和妹喜天天在他面前寻欢作乐，商汤都看在眼里，感到无比义愤。他城府很深，并不表现在脸上。

当夏桀问道，他当天子这些年来，各部落都怎样评价他时，商汤笑了笑，伸出一个大拇指，在夏桀面前晃了又晃。

夏桀以为商汤是在夸他，心中一时高兴，竟然把商汤给释放了。

他哪里知道这一放，是在给自己挖掘坟墓。

商汤这次真正看透了夏桀，认为夏朝绝不会长久，很快就在他的部落掀起了反抗夏桀暴政的斗争。

伊尹为感谢商汤的知遇之恩，向他献出了推翻夏桀残暴统治的独特见解。他指出，夏桀有强大的军队，各地也有不少拥护他的亲信。要推翻夏桀这一暴君，光靠商国一个部落的力量肯定不行，必须和九州所有的力量联合起来，而且还需要长期斗争。

“但是，堡垒最容易从内部攻破。要想尽快推翻夏桀，就要从宫廷内部起事。请您让我作为您的间谍，到夏桀的宫中，找机会帮助您，成就救国救民的伟业！”伊尹跪在商汤面前请求道。

商汤激动得热泪盈眶，忙把伊尹扶起：

“大人要辅助我，深表感谢。可我不能把大人往虎口里送啊！”

“只要能打到虎，就是被虎伤害，甚至被老虎吃了也值得。何况我也不是那么低能，还不至于连只老虎也斗不过！”

伊尹把话说到这份上，商汤还能说什么呢?

“大人上次是自己跑回来的。这次再回去，夏桀不怀疑吗？”

“这个我自有办法！”伊尹满怀信心地说了自己的想法。

商汤内心虽然很不情愿，但知道也只有如此了。

这天午饭时，商汤宴请商国部落的群臣，厨师就是伊尹。大家正吃得高兴，伊尹把一碗野鸡羹端到商汤面前。商汤喝了两口，突然捂着肚子叫了起来。

伊尹看到这一情景，吓得落荒而逃。

只听商汤一边忍疼大叫："伊尹在饭里下毒，想毒死我！"一边带着弓箭去撵伊尹。

伊尹跑得快，商汤眼看追不上，就连忙向伊尹射箭。只听"嗖"的一声，一支箭射进伊尹的肩膀。伊尹一阵踉跄，才没有倒下，最后，终于带着箭伤逃跑了。

这天，夏桀正和妹喜在夏台上作乐，忽然看到伊尹带着箭伤跑来。夏桀忙命人把伊尹带到面前，亲自审问，知道了伊尹是向商汤的饭碗里下毒被发现，逃跑之后。商汤没有追上，用箭把他射伤。伊尹说，他来投奔夏桀，是想得到夏桀的资助，消灭商汤。

关龙逢被杀后，商汤还亲自前来吊唁，被放回去后，又公开打出了反抗大夏王朝的旗帜。为此，夏桀一直对汤恨之入骨。

共同的利益使伊尹很快赢得了夏桀的信任。夏桀把伊尹当作知己，留在宫中为厨，等待时机，消灭商汤。

伊尹凭着拿手的厨房技艺，使夏桀和妹喜品尝到从来没有吃过的佳肴。这也使他有机会经常与他们接近。

伊尹更是千方百计地做一些色香味形俱全的饭菜给妹喜吃，让她越来越离不开自己。

这天，夏桀让妹喜从九州选进来的宫女中，挑选一个她最喜欢的来做她的用人。妹喜毫不客气，就挑了个窈窕秀气的宫女商玉侍候自己的起居。

商玉侍候起居果然很内行，深得妹喜喜欢。

商玉是何人？原来，她就是商汤有意派来配合伊尹行动的。

这天上午，夏桀外出狩猎，商玉给妹喜按摩。不一时伊尹来问妹喜想吃什么午膳。妹喜想了想，就把想吃的饭菜告诉了他。伊尹走后，商玉小声对妹喜耳语道：

"这个人怎么在您身边？"

妹喜被问得一愣："怎么，他的饭菜做得好，怎么不能在我身边？"

商玉神秘地说："有句话，不知我该不该说？"

“但说无妨！”

“小女子原来在商汤身边侍候。我知道这人是他的朋友，叫伊尹。他是商汤派来在天子身边的卧底，等待时机推翻天子的！”

妹喜一惊，好像不认识似的看着商玉：“这是真的？”

“小女子不敢说半句假话！”

妹喜的眼睛转了转，看了看商玉，然后摇了摇头：“我不信。要是商汤派伊尹来推翻帝王，那为什么商汤还要把他射伤？”

“他们用的是苦肉计啊！”

妹喜“噢”了一声，顿时明白了，就压低声音对商玉说：“此事千万不能往外讲，不然，你这头就长不住了！”突然，她又以怀疑的眼光盯着商玉，“你也是从商汤身边来的，怕也是来帮助伊尹，推翻天子的吧？”

“不不不。”商玉惊吓得脸发白，一个劲地摇头，“小女子的家住在商地亳邑附近。前些年被招为宫女，在商汤的身边侍候。商汤有一个叫伍允的大臣，一次他出城视察水情，看到我娘长得好，就脏了我娘的身子。这时，我爹正好来到，发现了伍允的丑行，就要和他拼命。伍允对我爹往死里下手，一拳把我爹打死。商汤得知这事，训斥了伍允几句，就没有再追究下去。我向商汤跪求，要商汤为我父母报仇。商汤以‘死了的已经死了，商还需要伍允治水，为民兴利’，一句话就把这事敷衍了过去。我心中充满仇恨，哪还愿意侍奉无情无意的商汤，就在一个深夜逃了出来。最后，逃到桐邑（今河南偃师）。上次朝廷选宫女，我想当宫女最有机会接近天子，趁机会揭露商汤利用伊尹企图推翻天子的阴谋。所以，我就主动争取，终于被选了进来。这段时间以来，我还没敢把这事对天子说。我知道天子对娘娘很好，今天我把这事告诉娘娘，请娘娘一定为小女子做主，把商汤和伊尹相勾结、妄图推翻天子的阴谋告诉他，杀掉伊尹，派兵消灭商汤，为小女子的父母报仇雪恨！”

妹喜听了，心里一震。她凝了凝眉，望了望眼前的商玉，一时不知说什么好。她见夏桀还没来，沉吟片刻，然后低声对商玉说：“相信我，我会为你报仇的。此事千万不要跟任何人再提起！”

商玉会意地点了点头。

这时，妹喜要商玉为她去端参汤喝。参汤端来了，妹喜喝了几口，嫌热，放在桌上晾凉。妹喜又叫商玉去取麋鹿奶，商玉很快又取来了。

妹喜说："你这么跟我贴心，把这么重要的事告诉我，你立了大功。这参汤你喝了吧，就算对你的褒扬。"

商玉忙跪拜："小女子不敢，我只图能报仇雪恨，别的什么也不需要！"

妹喜装作生气："我的话你也不听，以后还想让我为你报仇雪恨？"

商玉连忙接过参汤："小女子听娘娘的，我喝！"说着一口气把参汤喝了个底朝天。

妹喜瞪着眼看着她，片刻过后，商玉就惨叫一声，倒在地上。

妹喜冷静地上前，摸了摸商玉的鼻息，已经气息全无。

不大会儿，夏桀来了，看到眼前的情景，问是怎么回事。妹喜说："商玉犯了急症，还没来得及叫御医，就气绝而亡。"

夏桀忙问妹喜吓着没有。她娇滴滴地倒在夏桀的身上，嗲声道："陛下不在，快把小女子吓掉魂了。"说着抽泣起来。

夏桀急忙哄她，命人把商玉的尸体搬走，用酒把夏台里里外外刷了一遍，还让巫师来驱邪三天。

商玉的尸体被搬走时，伊尹看到了。他心中很纳闷：没多大时间前还看她活蹦乱跳的，怎么说死就死了呢？他问了妹喜的下人，那些人都摇头不知。因此，伊尹心里存有疑惑。

这天，妹喜正在吃饭，嗲声对夏桀要求："陛下，贱妾要向伊尹学做饭，亲手做给陛下吃。"

夏桀笑着说："美人儿，您这双手这么娇嫩，寡人可不舍得让您做饭。"

"陛下对贱妾这么宠爱，不亲手给陛下做饭吃，贱妾过意不去。陛下要是不让贱妾学做饭，贱妾就不吃了！"说着放下筷子，努着嘴生闷气。

夏桀慌了神："好好好，美人儿去学做饭，只是别碰破了手。"

妹喜"扑哧"笑了，就势拱进夏桀的怀里。

第二天上午，夏桀把伊尹唤来："伊尹啊，寡人现在命令你，好好教美人儿学做饭，把你的绝技都教给美人儿。要是美人儿不高兴，寡人可是要你的人头！”

伊尹唯唯诺诺，答应下来。

就从这天开始，妹喜时常去御厨房，跟着伊尹学起做饭的技艺。

当妹喜看到御厨房里只有她和伊尹两人时，望了他一眼，低声问：“你看到商玉的尸体了吗？”

伊尹心里猛一惊，连忙答道：“看，看到了。”他一时真猜不出妹喜说这话是什么用意：是威胁他，还是警告他，或是跟他闲扯？

“你知道商玉是怎么死的？”她看着伊尹的脸问。

伊尹惊疑地摇了摇头。

“我告诉你吧，是毒死的。”妹喜说得很轻松。

伊尹惊得说不出话来，瞪大双眼看着她。

妹喜很平静地说：“你怎么不问是谁毒死的？”

伊尹又摇了摇头：“我，我不该问。”

“是我毒死的。”

她说话的表情，好像跟她踩死了一只蚂蚁一样轻松。

伊尹不敢相信面前这个娇柔的女子会杀人，用怀疑的眼光愣愣地看着她。

“不相信？我没跟你撒谎。”

伊尹还是没说话。

“你知道我为什么要杀她吗？”

伊尹又无语地摇了摇头。

妹喜两眼盯着他，一字一眼顿地说：“我是为了你。”

伊尹惊呆了，终于开口了：“为了我？”他摇头不相信。

“商玉说，你为了报答商汤，卧底来到宫中，准备推翻夏朝。她准备把你的这个阴谋告诉天子。就为了这，我才杀了她！”

伊尹更吃惊了，睁大了双眼，向妹喜追问道：“她怎么知道我的事？”

他没有想到，这么问，就等于承认了这一阴谋。

妹喜就把商玉的话前前后后讲了一遍。

伊尹怎么也没想到事情有这么危险，而且这么快就暴露了，不由得心中十分懊悔。

伊尹心中最清楚，面前的妹喜是夏桀的心上人。妹喜知道也就等于夏桀知道。

这时，他长长地叹了口气，懊丧地说："要杀要剐，随你吧！"

妹喜笑了："你也够傻的。我要是真想杀你，我还会杀了商玉？再说，我杀了商玉，还会来跟你讲？我可是来保护你的！"

伊尹不解："天子对你不薄啊！"

"先不说那！"

"那你说，为什么要保护我？"

"因为我和你来到天子身边都是同一个目的。从现在起，我俩就是同一个战壕里的战友！"

伊尹更惊得说不出话来：

"你，你，你也是——"

妹喜就把她怎么来到夏朝宫中的前前后后说了一遍。

伊尹这才了解眼前的这一女子，瞬间也就改变了对她的看法。他心里有了底，有妹喜和他联合起来在宫中卧底，推翻夏桀的把握就更大了。他俩当时就商定，继续以妹喜学厨艺为掩护，经常在一起共商推翻夏桀的大计。由妹喜继续以美色迷惑夏桀，还要她从夏桀那里打探夏军的情况，然后由伊尹向商汤通风报信。

妹喜继续进行着祸害夏朝的行动，在她的推动下，夏桀的宫廷、楼台不停地建设，连绵几十里不断。妹喜常常和夏桀在这些亭台楼阁里宴饮歌舞，日夜不断。忠贤之臣整天见不到夏桀，而一些奸佞小人却在他身边一步不离。九州的财物都集中到都城，老百姓更加灾难深重。

俗话说，说者无意，听者有心。夏桀当着妹喜的面，常常无意地把夏朝军队的实力和部署情况显露出来。

伊尹从妹喜那里得到这些情报后，就一次次地设法传送给商汤，帮助商汤一步步做着攻打夏桀的准备。

夏桀的残暴统治，使各地诸侯和忠良之臣无限激愤，也使百姓黎民无法度日。一些诸侯和百姓揭竿而起，反对夏桀。

妺喜和伊尹认为，这些起来反对夏桀的义军，没有统一的领导、没有协调一致的指挥，如一盘散沙，必定会被夏桀强大的军队打败，就决定把这些义军引向一个中心。这个中心，就是商汤。

怎样形成以商汤为中心？妺喜苦苦思考，终于想出了一个好主意，向伊尹一说，他当即大加赞赏。

他俩通过亲信，向各诸侯国传播一个谣言。谣言说，夏桀曾经做了一个梦，梦见天上有两个太阳，其中西方一个太阳，东边又有一个太阳。两个太阳互相斗争，结果，西边的太阳被斗败了，陨落了。东边的太阳照亮了九州，天下的黎民都沐浴着东边太阳的阳光。

听了这一谣传，诸侯们心里最清楚，夏在西，商在东。陨落的太阳就是夏桀，当头的太阳就是商汤。

在一定的条件下，谎言也能成大事。那时候，迷信盛行，许多诸侯都对这一谣言深信不疑，并且又添油加醋地大肆宣传，很快就家喻户晓，人尽皆知。

要成就大事的条件之一就是天下归心。许多诸侯国都归附商汤，愿意在他的领导下共谋大业。

妺喜和伊尹与商汤里应外合，共同给夏桀掘墓，夏桀灭亡的日子就不远了。

公元前1766年，夏朝发生罕见的大旱，哀鸿遍野，民不聊生。推翻夏桀的统治，在大灾之年成了主流民意。

得民心者得天下。商汤看到机遇已经到来，就迅即向各诸侯国公布了夏桀的诸多罪状，发布了《汤誓》，统一指挥众多诸侯国的各路大军，对夏桀发动猛烈进攻。又有妺喜和伊尹在王宫中做强有力的内应，这一次举事，就成功地拿下了夏朝的都城。商汤又一鼓作气，率领大军经过一番苦战，终于在山西夏县的鸣条冈把强大的夏军全部歼灭。

当商汤率领的大军打到夏朝的都城时，夏桀正和妺喜在夏台盛宴作乐。转眼间，闪着寒光的武器一齐对着夏桀。

他万分惊恐，突然感到自己的末日到了，夏朝这颗太阳陨落了。此时，他竟浑身如筛糠，软软地瘫倒在夏台上。这时，离帝挚因陷入“三凶”的“美人计”而导致黄帝王朝的灭亡，正好六百年。

妹喜看到夏桀成了阶下囚，长期悬在心中的一块石头落了地。此时，她在心中大喊：“亲爱的爹娘，亲爱的有施国的万众黎民，亲爱的有施国的君主，妹喜当初承诺的复仇计划今日终于成功了！”

只见她面向有施国的方向，深深地拜了三拜，拜毕，脸上充满了笑容。在场的人又有谁能读懂她写在脸上的笑容呢？当然，远在西方的有施国的人能读懂，可惜他们不在场。而在场的成千上万的人，也只有汤和伊尹能读懂。

商汤是个仁慈的人，本来夏桀应该被处死，考虑到他与夏桀曾经是君臣的缘分，也就饶了他一条狗命，把他放逐到南巢（今安徽巢湖）的山上。

随着夏朝都城的被占领和夏桀的被放逐，建立了四百四十年的夏朝，就这样在妹喜和有施国共同实施的“美人计”中覆灭。商朝随即取而代之。

商汤很同情妹喜，也为她的大义大勇大智所感动。当然，更使他动心的是妹喜的绝世娇艳。他不由得心里发软，甚至有一种想占有她的原始冲动。夏桀鲜活的下场给了他一个警示，最后才使他的理智占了上风。夏桀就是因为这一美女葬送了夏朝。自己不是神仙，也是人，骨子里也有夏桀一样的弱点。总有一天，自己经不住妹喜的姿色诱惑，难免重演夏桀的悲剧。于是，他咬了咬牙，摆了摆手，示意军士把妹喜带走，让她随夏桀而去，也把她流放到南巢。

妹喜离开夏台的时候，热泪盈眶。她是为夏朝的灭亡和夏桀的下场而高兴地哭，是为自己为有施国雪了仇而兴奋地哭，同时，也是为自己不幸的命运而痛苦地哭。她也是平凡又有正常人感情的女子，曾经梦想同一个心中的白马王子，相亲相爱，携手百年。但是，夏桀对她的祖国的蹂躏，使她的爱国情结战胜儿女情长，义无反顾地舍弃了自己一生的梦想。

现在，祖国的仇报了，可自己一生中最美好的时光，都在为夏桀强装笑脸，做暴君取乐和泄欲的工具。暴君虽然得到了应有的下场，可自己的下场又能好到哪里去？

传说妹喜被流放到南巢后，夏桀仍然要和她住在一起。妹喜轻蔑地瞟了他一眼，向他吐了一脸的吐沫。她愤恨地痛斥道：“我为了我的祖国毁了我的一生，可你更毁了大夏王朝。历史会记载是非曲直、功过毁誉的。我已经完成了

‘工具’的任务，从此，我和你只有仇恨！”

商汤有宏图大志，一年后，在亳城（今河南商丘）建立的宏大都城已经投入使用。当众大臣和各诸侯国的君主举杯盛赞商汤不爱美色、矢志大业的高贵品质时，一代绝色美女妹喜却在南巢山下冰冷的茅屋里，悄无声息地走到了人生旅途的尽头。

二十　这个美女，难得武将军

商汤的先祖姓“子”，名字叫“契”。说到契，他原来也是夏朝的遗民，曾经与大禹是同事，协助大禹治水，并且立下了不小的功劳。舜帝为了嘉奖契，并针对商地的黎民百姓人情淡薄、人品低下的情况，把契封到商地，让他在商地开展精神文明建设。

大禹取得天下后，契又为夏朝效劳，政绩显著，不但在百姓中有很好的声誉，就是文武百官也都高看他一眼。

就是因为契为他家族的荣耀和尊贵打下了坚实的基础，他的子子孙孙都得以继承他的地位。之后，经过十三代相传，到了成汤时期。

成汤时期的商已经强大起来。在伊尹的辅佐下，推翻了夏桀的夏朝江山，在他的世代封地商这个地方建立了一个新的国家。

成汤的先祖契最初封在“商”这个地方，汤也懒得再起其他国名。再说也为了纪念先祖，所以，他灭掉夏朝之后建立的国家就叫“商”。

成汤死后，数传帝位，武丁继承了帝位。

武丁是商朝第二十三个君主。在他之前的第二十个君主盘庚时期，商朝已经显现出内乱外患并举的衰败国势。为了摆脱这一困境，盘庚才把都城迁到北蒙（今河南安阳）。

武丁很像以前俄国的彼得大帝。

武丁的父亲小乙只是盘庚的第四弟，所以，即使小乙，也没想到自己以后会有什么大作为，可想而知，他更不敢想儿子武丁有什么作为。正因为有如此想法，武丁很小的时候，就被他父亲送到黄河岸边一个小山村。实际上小乙这么做，就是认为武丁以后根本没有机会有朝一日出人头地。

再说武丁被父亲小乙送到乡村之后，他并没有向任何人炫耀自己的王族身份。相反，他却把自己看作一个普通农民，与同村的黎民同甘苦、共患难，在艰苦的环境中整地、播种、管理和收获。闲暇时，他乡邻在一起游乐和谈心，俨然一位地道的农民。

在武丁下放的这个小山村，有一个从没人关注过的少女，就是这个少女，对未来商朝的拓疆安邦起了莫大作用。

这个少女就是妇好。

妇好人长得娇美。一个人有个漂亮脸蛋，往往想入非非。妇好也是这样的人。她认为自己一个乡野小女子，祖祖辈辈靠土地、打猎过活，什么时候有出头之日？自己也不比那些当官的妻子相貌差，竟然在山野里受苦，不是白白浪费了神灵给自己的漂亮脸蛋？那些当官的妻子之所以高贵，就是她们有机会接触那些高贵的男人。自己命苦，生长在这小鬼都不来、鸟都不拉屎的又穷又偏僻的地方。想到这里，她不由得时常叹气。

武丁的到来，使她心中萌动了希望。她虽然不知道武丁有无来头，但看他皮肤白皙，细皮嫩肉，就想接近他，得到他的喜欢。再说，虽然武丁没有向村里的任何人透漏过他的王族出身，但是，平时武丁说话，总能显示出他的高贵身份，话语里也能透露出他绝非凡人。说者无心，往往听者有意。聪明的妇好十分留意他的谈话，分析出武丁并非会永远定居在这偏僻的穷地方，他一是暂时下放到这里；二是来镀金，为以后的发达做准备。而自己一个贫穷女子，要是能够嫁给这样的男人，不光自己以后会荣华富贵起来，就是自己的父母、家族也能沾上光。顺着这一思路，她就想法接近武丁。

但是，一个少女，主动接近一个男人，会受到别人的鄙夷和耻笑。正在她不知如何是好时，她忽然发现武丁有个爱好，那就是喜欢舞刀弄剑，这使她眼睛一亮：要想接近武丁，最好的办法就是自己也舞刀弄剑，两人有了共同点，就不愁武丁不主动接近自己。

有了这个主意，妇好开始热衷于习武，不爱红装爱起了武装。男人骑马射箭，她也跟着凑热闹，争着骑一程，射几箭。由于她人特聪慧，又勇敢，骑马竟然比村里的男人更娴熟。她骑马时，不但马如腾云驾雾般飞驰，她还能在飞奔的马身上做着各种高难动作。她为了学射箭，自己精心制造了一个铁弓，其硬度要比男人的弓硬数倍。她每天一早和傍晚，就在村头对着几棵水杉树练箭。她天天练啊练啊，射箭很有长进，不到一年工夫，那几棵水杉树就被射得千疮百孔，最后，终于练就了百步穿杨的硬功夫。

每当看到妇好百发百中时，武丁就暗暗佩服。自己在父亲身边也时常习武，到如今也已数年了，可武艺水平就是没有大长进。一个出身于王族的男子汉，这样文不成、武不就，会被人耻笑的。他就咬牙下决心，一定要射箭技术学到手。

他拜妇好为师，经常习练武艺。然而一对青年男女一旦近距离地接触，难免擦出感情的火花。

妇好爱上武丁，因为他既英俊帅气，又勤学好问；既能与百姓打成一片，又不怕吃苦；既会体贴人，又能热心给人帮助。更重要的是，她从武丁的言语、五官看出他今后必定有出息。光这一条，就足够她动心的了。

男人都有一个短项，就是招架不住美女的爱情攻势。武丁也是个凡人，自然也在此之列。当妇好的眼中一次次地放射出爱情的火花时，他很快就缴械投降，全心全意地爱上妇好，诚心地成了她的俘虏。

武丁喜爱妇好，一是她貌美，二是她清纯，三是她武艺高强，四是她善解人意，五是她心地善良，六是她很会疼爱人。一个男人要是能娶这样的女子为妻，还有什么不满意的呢?

妇好求的就是武丁的这一心态。过去的幻想现在变成了现实，她骨头缝里都充满着甜蜜的喜悦。

男人一旦上了美人的钩，就别想挣脱掉，接下来就会成为美人一生的大餐。

几年后的一天，武丁带着聘礼，自己上门向妇好的父母求婚来了。

妇好的父母也看出武丁是个有出息的孩子，自己的女儿就是天仙玉美人，深居山野无人知，又能找到什么样的婆家？武丁人有人才，貌有貌才，一貌三才，看来就是个有出息的男人。女儿能嫁给这样的男人，也算烧了高香了。所以，听说武丁前来求婚，两位老人爽快利索地一口答应下来了。

不久，两位俊男靓女组成了一个家庭，过起了一般人一样的夫妻生活。

如果武丁真的像他父亲小乙想象的那样，从此不会有什么出头之日的话，也许这对夫妇就不会载入史册。

可事情往往不以人的意志或想象为转移。盘庚死后，他的大弟弟小辛继位。小辛继位后，沉溺于酒色，没过几年就送了命。偏偏在小辛当政期间，武丁的父亲小乙的另外两个哥哥先后或因病、或贪色与人间再见。这样就在小辛死后，鬼使神差地把小乙推上了天子的龙座。

小乙继位后，已经是古稀老人，没过两年，就无可奈何地跨过了奈何桥。作为长子又聪慧勇敢的武丁，顺理成章地接过了父亲的权柄。

武丁称帝后，就把妇好接到都城，并册封她为王后。

妇好成了后宫之主，她的家人都被接到都城，接二连三地都被封官晋爵，终于成就了他们献美的梦想。

说起武丁的妻子，其实并非只有妇好一个。那时已经进入男权社会，一个男人可以同时拥有多位妻子。武丁也没逆潮流而动，自然在占有女人这一问题上丝毫不甘落后。在即位的头两三年里，他接二连三地迎娶了六十多位妻子。这六十多位中，只有三位具有王后的头衔，妇好就是其中之一。

我国历史进入商朝，战争频仍，其密集的程度，是今人无法想象的。实事求是地说，商朝的人几乎每一天都在战争中度过。

如此频繁的战争，是有其根本原因的。

商朝的人很会做买卖。那时的买卖根本不像当今，是用钱币做交易，而是相互以物易物。商朝的人手中的货物基本相同，没有以物易物的价值。这时，他们就眼光向外，开始跟外族开展以物易物的往来。

由于商朝的人做买卖的时间已经很长，而且做买卖总比种地、打猎收益多。就像当今，虽然政府取消了农业税，并对农民种地有各种补贴，但是种地还是不如进城做买卖，即使推人力车，一天也能赚上百十元。这相对于在土里刨钱来说，已经是一笔可观的收入。正因为做买卖收入高，商朝的人远比其他外族的人富裕得多。现在的人对富人都有红眼病，更何况文明程度低于当今的公元前13世纪的人呢。由于商朝的人与外族的人心态的不同，就决定了交易逐渐演变成相互动手。这种动手由最初的小规模，逐渐变成大规模，最后演变成相互之间的战争。

这种战争逐渐由不同民族之间的内战，又演变为国家和民族之间的残酷大规模血腥战争。而此时与商朝作战的对象既有北方的匈奴人祖先，又有南方土著人的先民，甚至中亚地区高鼻梁、深眼窝、蓝眼珠的人也参与掠夺商朝人的财富。

到了武丁时期，商朝的外部环境很不妙，周边的外敌时常武力侵犯商朝国境，既掠夺商人的财富，又霸占商朝肥得流油的国土。

具有雄才大略的商王武丁怎么会容忍外部的强盗行为？他采取强硬的反侵略政策，一次次地率领大军，无情地打击来犯之敌。

有一年，商朝的北方邻国闹起了大旱，不但农业作物颗粒无收，而且也打不到猎物，一时生存成了大问题。人被逼到生死关头什么事都干得出来，何况就要饿死了？在这种情况下，按照强盗逻辑，那就是抢。

一方要抢，另一方不让抢，动武的事就不可避免地发生。

这一年的一天，北方匈奴的祖先再一次出动全部的武力，如饥饿的狼群一样，铺天盖地般地向商朝的北方边境扑来。一时间，商朝的北方边陲鬼哭狼嚎，腥风血雨，狼烟飞腾。

消息传给武丁，他异常愤怒，立即派出得力战将反击。哪知这次敌人的骨头格外难啃，派出的战将不是身死沙场，就是落荒而逃。如雪片般飞来的败的噩耗使武丁一筹莫展，苦苦思考不出御敌的良策。

妇好看出了夫君的心思，来到他身边，瞟眼看了一下武丁面前战败的报告，说："陛下在为前线战争不利发愁吧？"

武丁看了她一眼，叹了口气："气煞我也，一个个都是蠢猪，把我多年经营的军队给弄垮掉。眼下强敌如劲弩之箭，正强势进犯，我怎能眼睁睁地看着疆域被侵占，黎民被害，财产被抢啊！看来，我只有亲自出马，舍掉这条老命了！”

说着他就喊来侍臣，下令再次组织力量，不日开往前线。

妇好坐在他面前，低声说：“让臣妾代替陛下抗敌吧。”

武丁不相信自己的耳朵，愣愣地看着她：“夫人说什么？”

“臣妾说，让臣妾代替陛下，带领军队征伐北方的寇贼！”

她的话虽然声音不高，但听起来十分坚决。

武丁摇了摇头：“早就有约定，战争，让女人走开。我怎么能让你在残酷的战场上刀里来剑里去呢？”

“当男人们保护不了黎民的生命和家园时，女人走开就是犯罪！臣妾相信，陛下不会让臣妾成为一个无法让人饶恕的罪人吧？”

“不还有我吗？不把敌寇击退，我誓不为帝！”

“陛下是天下之主，天下千万黎民百姓需要陛下啊。陛下怎么能如此轻言呢？”

“这……”武丁不知如何回答。

妇好这时走进内室，把她的弓箭和大刀拿了出来：“陛下不要忘了，臣妾并不是无能女流之辈！”

武丁这才对她重视起来，想到自己也不是她的对手，又想到平时她多次出奇谋、献良策，不由得对她另眼相看。

但他仍不放心：“夫人说的也是。只是自古就没有女流出战的先例。有句俗话说，女人在，战场败。我就不知道夫人如果出战，是否吉利？”

“陛下相信这些话吗？”妇好逼问他。

“哎呀，俗话既不可全信，也不可不信。夫人既然认为出战有把握，是否先占卜一下试试？”

看到再也无法让武丁退让，她只好答应占卜。

武丁叫来一位御用术士，抓阄舞剑、搬神弄鬼地鼓了捣一通，得出的结论是，妇好出战，大吉大利。

武丁这才放宽心，忍痛把令牌交给妇好，命令她带领商军，无情地严惩来犯之敌。

妇好得到命令，率领商朝的军队直向北部边陲开去。“骝马新跨白玉鞍，战罢沙场月色寒。城头铁鼓声犹震，匣里金刀血未干。”那时的战斗就跟现在的大规模械斗没有多大区别，都是双方面对面拼个你死我活。身为总指挥的妇好身先士卒，手持十八斤重的大斧，骑着追风宝马，在敌阵中左砍右杀。她又足智多谋，指挥军队采取灵活多变的战术，使敌寇摸不着商军的头脑。正因为妇好的大智大勇，才彻底扭转了战局，不但转败为胜，而且收回了大片失地，俘虏了大批进犯的敌寇。

武丁得到妇好得胜的消息，顿时喜出望外，率领文武百官出城热烈迎接。见过妇好，两人不顾众人在场，热情拥抱，还并肩骑马同行八十多里路。两人一路上谈笑风生，其恩爱和亲密的程度，让其他人莫不羡慕。

在征讨时常侵扰商朝的巴方（今四川东部及湖北西部一带）的战争中，妇好巧设埋伏，截断了巴军败退的后路，然后由武丁从东面将巴军追赶到埋伏区，造成巴军全部被歼灭。这次埋伏战，是我国历史上有史可查的最早的埋伏战。当夫妻俩胜利地会合之后，他们抱在一起，欢呼着，亲吻着，好不快活。

在发掘位于河南安阳的妇好墓时，就有甲骨文记载她指挥一万三千多人征服羌国（今内蒙古及河套一带）。这可是全国一半以上的兵力都交给了她，可见对她指挥和作战能力的信任。这一战消灭了大量的羌军，其余的羌军逃到了今蒙古以北。

妇好取得了完胜。这次完胜，对于商朝乃至以后整个中华民族的历史，都具有深远及划时代的意义。就是这一战，彻底解除了商朝北部边境的威胁，基本确定了我国北部的疆域。

在妇好显露军事才能之前，对于周边敌寇的侵扰，武丁大都采取消极的态度，不是派人谈判，就是割让地盘，或者送去大量牲畜和黎民。不但他自己，就是文武大臣以及黎民百姓，都感到堂堂一个东方大国，竟然如此软弱，因此内心憋屈得慌。自从妇好显示出出色的军事才能以后，武丁遂改变了战术，对来犯之敌主动出击。妇好奉命南征北战，东击西伐，先后征服了北土方（今长城一带）、鬼方（今山西、河北南部地区）、南夷国（今江南地区）以及南巴方（今汉江流域）等少数民族和国家，拓展了大片领土，使商朝的疆域扩大了数倍。

如果说这是一国之主武丁的功劳，不如实事求是地说，这是武丁的妻子妇好的功劳 。

妇好为国家立下大功，武丁为了褒奖她，就给了她一个封国，还赐给她一个姓氏“好”。打那以后，人们都尊称她为“妇好”。如果用现在的话来说，就是好王后的意思。

除了妇好，在我国历史上还从来没听说为一个女人列土封疆，而一代明君武丁这么做了，并且得到群臣以及商朝广大黎民百姓的一致赞成。这不能不说是由于妇好的特殊功勋而出现的特例。

几千年前的古人也知道距离产生美，距离产生爱。妇好受封时，已经人到中年。这个年龄，就是现在，也是人老珠黄了。作为武丁的原配，她比其他六十多个妻子年龄都大。而这六十多个妻子中，有的才到二八之年。妇好与这些含苞欲放的花季少女相比，肯定是一堆豆腐渣。爱美之心人皆有之，武丁既然是人，当然也不例外。整天和这些鲜嫩、娇美的人在一堆，那才是疤瘌眼照镜子——自找难看。她明白，武丁虽然赞赏她的武艺和立下的功勋，但这无法代替相貌的靓丽和妖艳，在原始情欲的驱使下，武丁会把陪寝权越来越多地交给其他年轻、美貌的妻子。

正是出于这一原因，有自知之明的妇好受封以后，决定离开都城，去自己的封地，开始了都城和封地两头跑的生活。古来小别胜新婚，一段时间的分别又再次相见，分外热恋，少不了相思的缠绵。就是采取这一措施，妇好与武丁之间一直保持着感情和肉体上的新鲜感，也使他们的爱情长热不衰。

妇好有丰富的领导才能，利用自己的聪明才智，把自己封地的人民和土地治理得政通人和，繁荣昌盛，成为商朝经济最富饶的地区。她大力支持政府的工作，每年都为武丁输送大量的物资和贤才。

在她的封地，她亲手成立了一支三千人的精锐部队。这支部队除了镇守她自己的封地外，还经常与中央军一起抵抗来犯之敌。作为勤王的主力军，一旦有事，她就有召必应，忠实地保护武丁的人身安全。

那时文明程度落后，造成从中央到地方，都迷信活动泛滥。所以，那时的商朝有两件大事，“国之大事，在祀与戎”。也就是说，国家的大事一是祭祀，二是打仗。

自从妇好立下卓越战功，武丁对她更加信任和重用。这两件大事中，打仗让她做统帅，国家祭祀的事也经常交给她办。当时，无论办什么大事，首要的一条，就是先问天神、地神、祖宗。这问神、问祖宗的事就需要祭祀。在这些活动中，妇好担任首席占卜官。可见妇好在中央所处位置的重要。

从以上可以看出，妇好和武丁是一对恩爱的夫妻，也是我国历史上最愉快、最协调、最成功的夫妻。正是因为夫妻俩的同心同德，心往一处想，劲往一处使，才打拼出了在当时世界占有重要位置的东方古国。

妇好之所以能够做出这么大的贡献，主要是作为丈夫的武丁的信任，并放手让她去干。即使现在当丈夫的，也应该向武丁看齐，发现妻子的潜力、挖掘妻子的潜力，放心大胆地让妻子去拼搏，这样才能充分发挥妻子的潜力。要知道，再忠诚的手下，也不如妻子更靠得住。这是因为夫妻的利益紧密地联系在一起，一荣俱荣，一损俱损，其他利益关系人远没有如此紧密的利益纠结葛。

妇好也是人，是人总要死。但她是怎么死的，至今缺少有力的考古证据。但她的死也不外乎两种，一是病死，二是战死。而她久战沙场，战死的可能性又非常大。

妇好的死，无论对武丁，还是对商朝，都是一个沉重的打击。没有妇好的日子，他打仗也没有了把握，总感到自己难以取胜。所以，他每次出征之前，都要率领群臣和将士祭奠妇好的在天之灵，希望她保佑商军旗开得胜、顺利而归。从这里也可以看出，妇好的名字，足以振奋将士们的气势，也对敌人起到巨大的震慑作用。

从一件事中可以看出武丁对妇好的感情很深。妇好死后，他就把她葬在他每天处理军政的宫室旁边，使他随时都能十分方便地看到她。

武丁仍然认为自己不足以保护妇好的灵魂，曾先后多次率领自己六十多个妻子和不知有多少的儿孙，为妇好举行盛大的阴婚仪式，把死去的妇好先后两次许配给两位有重大作为的先王。这两位先王，一位是武丁的六世祖父祖乙，另一位是十一世祖父大甲。即使如此，他还是放心不下，又第三次把死去的妇好许配给他的十三世祖父成汤。成汤推翻了夏朝，建立了商朝，其功名和声誉深深地扎在商朝黎民百姓的心中。有如此威望和能力的先王保护着妇好，武丁才真正放下心来。

妇好为武丁生了三个孩子。其中一个儿子叫孝己，另外两个是女儿。由于几千年来的社会轻视女人，她俩的名字也就被埋没掉了。

从以上我们可以看出，妇好不但是一个著名的政治家，更是一个伟大的军事家。正是她和武丁夫妻俩的共同努力，才使商朝达到鼎盛时期。它的疆域广袤，经济发达，国力强大，是当时世界上其他国家无法比拟的。

但是，再强大的国家，也都像高楼大厦一样，只要一根顶梁柱腐朽和断裂，这座高楼大厦就会轰然倒塌。商朝也一样，这个王朝一直延续了五百多年，后来就是因为出了一个商纣王，商朝的宏楼巨厦竟然一夜之间灰飞烟灭。

二十一　在嬉戏中忽悠昏君

自古以来，爱美之心，人皆有之。正因如此，才有了美人实施美色的温床。它就像韭菜一样，一有条件，就要发芽、生长，剪了一茬又长一茬。

要说商朝最后灭亡，除了商纣王疏于朝政外，一个重要的原因，是他上了有苏氏部落酋长苏侯的“美人计”圈套，成了“红颜祸水”妲己的俘虏。当商朝的七十五万军队与周部落酋长姬发，以及姬发的联盟部落的四万五千人的军队，在牧野进行兵团决战而大败时，商纣王终于看到了自己的末日。他逃到鹿台，身穿宝衣，把所有珍宝都堆放在身上，然后纵火自焚。姬发进入朝歌，首先向已经被烧焦的商纣王的尸体射了三箭，并挥刀砍成数段，把他的头颅挂在旗杆上示众。当然，绝代美女妲己也没有逃脱死亡的下场。姬发等人来到鹿台，找到妲己后，看到这么美貌的女人，实在不忍心向她下手。谁知她命里该死。这时，她遇到了姬发的九十多岁的丞相、铁石心肠的姜子牙。姜子牙命令军士们把妲己处死。由于妲己太美了，军士们都神魂颠倒，不忍举起屠刀。看到这一情况，姜子牙就自己下了手。当他举起屠刀时，也同样被妲己的美色迷住了，屠刀扬得很高，就是没有砍下来。最后，姜子牙用块布把妲己美丽的面容蒙了起来，屠刀这才砍了下去。

妲己是何许人也，为何遭此下场？

商纣王帝辛即位后，并没把精力放在治理国家上，而是沉溺于饮乐和美色，整天与奸臣小人混在一起，听不进忠言劝告。他修建了一个方圆三里、高超过千尺的鹿台。鹿台四壁嵌着明珠白玉，地上铺着锦茵软席，显得金碧辉煌。鹿台上的各个宫室里，不是各部落进献的美女，就是进献的各色珍宝。在鹿台的周围，还建了一个巨大的园林，从全国各地搜集来的奇禽异兽都在这里放养。

商纣王还把商都进行扩建，使它以殷（今河南安阳，商朝前期，都城频繁搬迁，到了公元前1300年，盘庚当政，就把商朝的都城迁到了殷。后来又迁都今天河南淇县朝歌）为中心，南到朝歌（今河南淇县），北至邯郸（今河北邯郸）、沙丘（今河北广宗西北太平台）。在这一广大的地区，大建离宫别馆，供他尽情享受。

商纣王不顾国情恣意滥建，耗尽了国力。为了掠夺大量的财物和奴隶，商纣王又对周边各部落连年频繁征讨。

不义之战往往打败仗。这更使人民负担加重，国力枯竭。为此，朝中大臣心急火燎，黎民百姓怨声载道，一些部落酋长也心怀不满。

有苏氏部落酋长苏侯就是对商纣王不满的人之一。他对眼前的情势忧心忡忡，不由得发了些牢骚。谁知隔墙有耳，隔山有眼，这话竟被人透露到商纣王那里。

对于有苏侯这样的议论，如果是明君贤主，是求之不得的。但是，对于商纣王这样的昏王暴君，就另当别论了。再加上宠臣费仲从中挑拨，商纣王遂亲自率领大军发起了讨伐有苏氏部落的战争。

有苏氏部落地小、人少、力量弱，和商朝这个泱泱大国相比，不可同日而语。商纣王带领的大军很快兵临城下。在这生死攸关的紧要时刻，苏侯和他的属下激烈地商议着。是打，是降，还是谈？一时谁也拿不出定论。

眼看商纣王就要把城攻下，苏侯最后痛下了决心。

只见苏侯带领属下来到城头，命神箭手把他亲笔写的信射到商朝大军的阵前。苏侯的信很快就传到商纣王的手里。只见他阴险地笑了笑，命费仲写了封回信，令神箭手把书信射上了城头。

苏侯看了商纣王的回信，流着混浊的泪水，长长地出了一口气。

过了两个时辰，有苏氏部落的城门大开，一溜长长的送亲队伍陆续出了城门。走在最前面的是上百名乐师组成的乐队，紧接着的是几百面彩旗，再后面是一辆辆彩车，其中一辆又高又大的彩车雕龙画凤，镏金镶银。彩车的后面几十人抬着各种稀世珍宝，再后面是众多送别的人。

队伍来到商纣王面前，他让彩车从自己身旁经过，由宠臣费仲一一掀开车门，对车里的美人逐一过目。快看完了，没有一个他中意的，商纣王的眉头紧锁着，几乎要失望了，他不由得一脸怒色。

还剩最后一辆彩车没有查验了。当费仲掀开车帘，只见车里有一个靓丽的尤物，适中的个儿，丰满的身材，如墨的秀发，红杏般的脸蛋，蜜桃样的香腮，浅黛色的柳叶眉，眼睛似葡萄水灵灵，一身珠光宝气，随着一阵春风，股股醉人的香气飘进商纣王的鼻孔。看到妲己，商纣王的眼都直了。他从来没见到过这么令他魂不守舍的女人。拥有这样美貌的女人，他还有什么不满足的？

这时，身旁的费仲连忙向商纣王禀告：“陛下，此女子天下绝有也。请陛下笑纳！”

看到如此惊艳的美人，商纣王心中惊喜，眉头像熨斗熨过了一样，蓦然舒展开了。只见他满意的笑容挤满了面部的每一个角落，大手一挥，高喊一声：

“撤退！”

片刻，商纣王带领的大军押着有苏氏部落奉献的几十辆彩车，浩浩荡荡地返回商朝的殷都。

危在旦夕的有苏氏部落终于解围了。

商纣王之所以能这么迅速撤离，是苏侯满足了他的欲望。

苏侯在部落危难之时，把自己漂亮的女儿妲己献给了商纣王，同时又献上了几十位貌美的宫女。

苏侯与女儿妲己临别时，痛哭流涕：“父亲不说，你也该知道为什么把你献给荒淫的商纣王了。为了有苏氏部落的黎民百姓，你知道去了后应该怎样做！”

妲己满脸泪水，哭着说：“父亲，女儿心里都明白。女儿以前性格内向，过于柔弱。女儿懂得，为了父亲，为了有苏氏部落，女儿只有改变这种性格，才能完成父亲要女儿做的一番大事。”

苏侯哭道：“女儿明白就好，只是要保护好自己。为父的等着那一天快些到来，和女儿共庆胜利。”

妲己点了点头，向苏侯三拜，上了彩车。

商纣王喜滋滋地回到了商朝的王宫，把妲己纳入宫中。除了在龙床上酣战不休外，又与她在鹿台上酒歌饮宴，在园林里跑马狩猎。侍从、乐师一群接一群，整日寸步不离地围着他和妲己转。原来的歌听腻了，商纣王就命人新写了一套“新人之乐”的歌词；舞蹈看烦了，就命人新编了一套“北鄙之舞”的舞蹈；曲子听厌了，就命人新创了一套“靡靡之音”。在这些低级下流的舞乐中，商纣王边吃边玩，常常烂醉，似疯子一样如痴如狂。

为了满足妲己的要求，商纣王还在鹿台前挖了一个硕大的人工湖。湖里灌满了酒。人们在湖里边划船、边饮酒。这就是历史上著名的“酒池”。为了取乐，还在鹿台后面的一片树林里挂满了煮熟的肉。成群结队赤身裸体的男女在树林里，边嬉戏边伸手取肉吃。这就是历史上著名的“肉林”。看到这些，大家就看出商纣王和妲己都是盗版高手，把夏朝妹喜的专利给盗来了，只不过起了个鲜亮的名字。

再说妲己被纳进鹿台后，商纣王再也没有到王后姜氏的东宫去过。姜氏失了宠，心中闷闷不乐。她几次来到鹿台，希望商纣王看到她时能回心转意。但是，结果正好相反，她看到的却是大王对妲己的迷恋，听到的却是商纣王对她的训斥。

妲己心里明白姜氏来的目的。商纣王虽说宠幸着自己，但是自己并没有什么名分，说不定哪一天，他把自己玩腻了，就把自己像扔破烂一样，扔下不管不问，使自己在冷宫里不死不活，如行尸走肉。她知道，要彻底改变这一不利局面，唯一的途径就是从姜氏那里把王后的名分抢到手。

怎么抢到手，颇使她费尽心思。

再说姜氏来到鹿台转了一圈，看到商纣王眼里已经没有了自己，顿时心灰意冷，无奈地愤愤走了。

妲己用手指了指姜氏，对商纣王说：“陛下看看，王后怎么这样对待陛下啊，这让陛下在这么多人面前多没面子！”

商纣王向着姜氏的方向呵斥道：“她是什么，敢对寡人使性子！”

“她是王后啊。要是别人，还不敢哪。比方臣妾吧，只是一心想让陛下高兴，哪敢扫一点陛下的兴啊！”

商纣王拍了拍妲己：“总有一天，寡人给爱姬一个名分！”

这天上午，雨过天晴。商纣王正和妲己在鹿台上玩乐，一个宫女慌慌张张跑来，和妲己耳语了一句，又把一样东西递给了她。妲己取掉外面的包裹看了看，大叫一声，吓得扔在了地上。

商纣王心里一惊：“怎么了，爱姬？”

妲己没有回话，只是号啕大哭不止。

商纣王心里犯疑，忙起身从地上把妲己扔掉的东西捡了起来。他看了一眼，顿时大怒起来。只见他对那个宫女吼道：

“这是从哪里捡来的？”

宫女吓得跪倒在地上：“陛下，今天早上，新贵人让贱奴给姜王后送荔枝吃。到了姜王后那里，她正在梳洗，就叫贱奴把荔枝放在几案上。几案旁边是一个神台，正在燃着香烛看见这个东西摆在神台上。贱奴觉得这对陛下和新贵人不好，就偷偷拿了回来。”

商纣王瞪眼看去，见是两个木刻的人像，一个男人，一个女人。男人身上写着商纣王的名字，女人身上写着妲己的名字。每个人身上各扎着一个箭头。显然，这是在咒他俩早死。

商纣王盛怒，吼道：“快给寡人把这个老不死的姜氏拖来！”

姜王后糊里糊涂地被抓来后，一直哭个不停。许多大臣都跑来替她说情。商纣王如季风孩子似的，咬紧牙关，就是不允，当场下旨废掉姜氏的王后名分，下令武士将姜王后腰斩。

死了姜王后，空下来的王后位子当即就被商纣王给了他欣赏的妲己。

妲己并不死心，决心铲除一切后顾之忧。只见她轻蔑地看了看已断成两截的姜王后的尸体，又对商纣王说：“做母亲的死了，恐怕还会有人为她报仇！”

商纣王一听，觉得也是，又当即喝令把太子召来。当着众大臣的面，他下旨废掉太子，贬去戍边。

大臣梅伯不忍看着商朝就这么毁了，劝告商纣王说："姜王后一向对陛下没有二心，被腰斩了，死了就死了，再也无法救活。可太子又没有什么过错，又要受贬，这不得人心啊。太子是社稷延续之本，请陛下把太子召回，臣愿为太子代罪。"

商纣王听了心烦地咂了咂嘴，扭头向妲己看去。

妲己摇了摇头说："这个家伙看来是太子的人，才和太子狼狈为奸，替太子说话。陛下看着办吧！"

商纣王虚心地对妲己说："寡人正要求教爱姬呢。您说怎样处理这个老货？"

"陛下的办法自然比臣妾多，还需问臣妾？只是臣妾认为，这些大臣敢轻视陛下，完全是陛下量刑过轻的原因。臣妾想，要是铸造一个空心的铜柱，在铜柱里面烧上火，在铜柱的外面涂上油。把铜柱烧红以后，命令敢于轻视陛下的人脱去衣服，抱着铜柱，这些人的皮肉就会烧烤得烂掉，筋骨也要粉碎。这样才能让他们知道陛下的威力，朝廷内也不会再有奸党了！"

妲己这么具有新鲜特色的金点子，令商纣王大开眼界。他完全采纳了妲己的意见，在大堂中设立了一个铜柱，熊熊大火在铜柱里燃烧。他下旨把梅伯的衣服全都剥掉，然后赤裸裸地绑在铜柱上。只听"啊"的一声惨叫，"滋啦"一阵响，又"滋滋"地冒出一股青烟，顷刻之间，梅伯就变成了一堆黑炭。

这惨不忍睹的场面，把满朝文武大臣吓得都缩成了团。

众大臣还没回过神来，妲己又献出一计："陛下，臣妾想，这些人罪有大小，不一定都处死。可以另设一个铜柱，也在里面烧上火。把罪轻的人手脚贴在铜柱上，这叫贴'烧饼'。让手脚受点苦，以示对他们的警告！"

商纣王言听计从，依照妲己的想法，又设了一个铜柱。但是让谁最先受此酷刑，商纣王一时拿不定主意。为了树立妲己的威信，他就让她提名。

妲己向下面看了看，感到谁不顺眼，就提名叫谁贴"烧饼"。被贴"烧饼"的人疼得声声惨叫，妲己听了像听高分贝的刺激音乐一样兴奋不已。

从此，凡是向商纣王提意见和建议的大臣都要光顾此刑，再也没人敢站出来规劝。

没人敢规劝，商纣王和妲己更是恣意饮乐，胆大妄为。鹿台里设了一个摘星楼，楼前有一巨大的广场。这天，妲己心烦，就令三千六百个宫女脱去罗裙，在广场上赤身裸体跳舞。看着这些丑态，商纣王和妲己开怀大笑。

妲己正在兴奋时，突然发现有几十个宫女不肯裸体跳舞，捂着脸流泪，她顿时把脸拉了下来。

商纣王看到她不高兴，又问怎么了。她不答话，只是愤愤地看着那些不肯跳舞的女人。商纣王顺着她的眼神看去，发现了她不高兴的原因。

只听他怒声喝问："那些是什么人，竟敢不听王后的！"

妲己长叹了一声："那些人可都是陛下以前的心肝，姜氏身边的宫女。臣妾听说，陛下杀了姜氏，这些宫女心怀不满，一直记恨着陛下。臣妾开始并不相信，现在看来，她们敢反抗陛下的旨令，就知道那些传闻没有假！"

商纣王被妲己这么一忽悠，顿时盛怒，连声吼道："这些贱人，寡人要叫她们尝尝厉害！"

"要说厉害，臣妾有一个办法！"有心计的女人办法总比困难多。

"快说出来听听！"商纣王像学生似的求教。

"可以在这鹿台的前面挖一个大坑，坑里放入蛇蝎之类。再把这些宫女丢进坑里让蛇蝎叮咬，臣妾认为这不失为一个惩罚这些敢于跟陛下作对的宫女的好办法！"

"对对对，这个办法倒新鲜！"商纣王夸奖着，对侍臣喊道，"给寡人在前面挖个大坑！"

很快上来一二百人，拿着工具，只一个时辰就把大坑挖好了。

商纣王命人限期找来数万只蛇蝎，放进坑里。接着把姜氏身边的那几十个宫女丢进坑里，立时就从大坑里传出撕心裂肺的号叫声。

商纣王哈哈大笑："这办法妙，妙，实在是妙！"

商纣王的叔父比干听说这件事，忙跑来劝他说：

"法律是为有罪之人设立的。这些妃嫔并没有什么反抗陛下的罪过，却要受到如此惨烈的刑罚，这是对人命的儿戏，也是拿法律开玩笑啊！”

妲己在一旁听了，鄙夷地哼了一声，对商纣王说：“陛下是在拿人命当儿戏，拿法律开玩笑吗？要是真这样，陛下就成了几岁的孩童了！”

这一下把商纣王激怒了，他大喝一声：“把比干拿下，锤死他！”

比干是商纣王的长辈，又主持正义，在朝中很有威望。一听说要锤死比干，群臣大惊，“呼啦”一声，齐刷刷地都跪倒在商纣王面前，冒死请求免除比干一死。

纣王看到众怒难犯，很不情愿地挥了挥手，就算答应了群臣的请求。

比干虽然逃过一劫，但却在妲己的心里埋下了仇恨比干的种子。

这时的商朝，有三位诸侯部落的酋长最有威望。他们是周部落酋长姬昌、九部落酋长九侯和鄂部落酋长鄂侯。当年，他们与比干等人一起，带着热切的目光，注视着聪明、勇猛又身材高大的纣王登上王位，都希望他能振兴日益衰败的商朝。

可是，代代盼明君，明君何其少。纣王登上王位后，不是把自己的聪明才智和勇猛用在治理国家上，却在声色犬马中度日，还经常翻新花样，弄得洋相百出。他们看到纣王下令挖掘的可以泛舟的酒池，看着飘香的熟肉挂满树林，望着裸体男女在一起追逐，注视着妲己用色相迷惑纣王，个个心里都为商朝的前途担忧。

为了挽救商朝，他们认真分析形势，商量对策，一致认为，要想振兴商朝，就必须有贤妃辅佐和规范天子。他们精心为纣王挑选贤惠的淑女，最后认为九侯的女儿九姬为最佳人选。

他们把九姬送给纣王，淫欲横流的纣王也很喜欢。

看到这种情况，九侯等部落酋长心中甚喜，认为从此纣王就可以改过自新，迷途知返了。

纣王把国色天香的九姬抱在怀里，扯拉着她的手，叫她陪着饮酒。

一个男人的怀里难容二美。他这样做的结果，必然会把妲己晾在一边。

妲己来商朝是干什么的？难道是旅游和享乐的吗？她心里当然牢记自己临行前父亲的话。九姬受宠，使她顿生醋意，气呼呼地坐在一边，谁也不理。

纣王看了看妲己，心里又有了新欢，也就没心思再理会她。

九姬自小端庄、正派，对纣王这么轻佻的举动，很不情愿。为了今后有机会劝告纣王，她还是强忍着陪酒。

酒喝了半酣，纣王拉着九姬的手："你父亲给朝中的贡品越来越少，怎舍得把自己这么漂亮的女儿送给寡人？"

"陛下，家父也不是故意减少给宫中的贡品，确实是遇到了荒年灾害，地里收成实在太少。黎民百姓吃穿都成了问题，哪还有更多的东西送来做贡品？还望陛下能减少黎民的苛捐杂税，使黎民百姓安居乐业，这样才能生产出更多的贡品，家父也就能全数把贡品缴到宫中！"

纣王顿时变了脸："寡人只说了两句话，你倒给寡人数落这么多，实在是大逆不道。念你是刚来，不懂规矩，就不跟你计较。以后不许再这般无礼！"

醋意十足的妲己在一旁敲着边鼓："新来的怕谁？她到陛下身边就是来教训人的！"

纣王瞪了妲己一眼，又狠狠地瞅了九姬一眼，想说什么，一时没吐出来。

鹿台后面的园林里，养着许多凶禽猛兽，每天要有不少人抬着大量的肉食去喂养。一天，九姬在鹿台上看到了，就劝纣王："陛下，把这么多肉食用来喂凶禽猛兽，实在可惜。要把这些肉赐给黎民百姓，能养活多少人啊！眼下，到处都有不少黎民百姓忍饥挨饿，请陛下把这些肉食留着养活快要饿死的人吧！"

纣王火了，呵斥："闭上你的臭嘴，你怎么这么多废话！"

妲己趁机说着风凉话："陛下听出来没有？美人是说只有她有人性，陛下把肉食用来喂禽兽，就是没有人性。照她这么说，没有人性的陛下，哪还配做天子啊！"

纣王厉声喝问九姬："你胆敢骂寡人，你不怕死吗？"

九姬哭道：

"陛下息怒，贱妾不是骂陛下，是向陛下进谏。况且贱妾这么说，只会对商朝的社稷有利。陛下说贱妾是不是怕死？贱妾就告诉陛下，不怕死！贱妾所以愿意来到宫里，就是想以死劝告陛下。想不到陛下竟然听不进劝告，不顾黎民百姓的死活，苍天都会痛心的！”

妲己不会放过这个绝好机会，此时不除掉她，自己也要落个姜氏那样的下场！想到这里，她心中不禁打了个寒噤。看到纣王发怒时，她不失时机地说了句反话：“陛下，这样的美人多讨人喜欢啊！”

这一激将法确实起了作用，只见纣王手指着九姬，像狼一样嚎叫：“快给寡人砍了，砍了！”

屠手正要下手，闻讯的九侯慌慌张张跑来，连忙跪倒在纣王面前，哀求道：“陛下，她是臣的女儿，看在臣的老脸上，陛下就饶她一命吧！”

“寡人知道是你的女儿，可她竟敢蔑视寡人，她是天王爷的女儿，寡人也不能让她活！”

妲己怕九侯再求情，动摇除掉九姬的决心，就插了一句：“九侯是商朝的重臣，难道不知道任何一个藐视陛下的人，都要处以极刑吗？”

“这——”九侯看了看女儿，又看了看纣王，不知该怎样回答。

纣王怒不可遏地摆了摆手：“执行！”

屠手一刀下去，一道血光过后，九姬眨眼间身首分离。

九侯惊叫一声，几乎晕倒。

妲己并不死心，望了望下面的九侯，对纣王说：“九姬这样对待陛下，九侯平时是怎么教育的？有其女必有其父啊！谁家的孩子怎么样，大人也就怎么样，错不到哪里去！”

“那爱姬说——”纣王一愣。

“斩草要除根，根不除，一有时机，还会发新苗啊。这叫野火烧不尽，春风吹又生。再说，杀女之仇，难道会有人不报吗？”

九侯惊叫一声，急忙向纣王解释：“陛下，臣从先王开始就辅佐朝廷，至今已二十余载。臣可是一直忠心耿耿，毫无二意啊！”

妲己看了看九侯：“陛下杀了你的女儿，你就不恨陛下？”

九侯：“女儿之死，臣无怨言！”

纣王摆了摆手：“鬼才相信你的话！”又对屠手下令，“给我砍了！”

正在这时，两位老臣鄂侯和姬昌也闻讯赶来。鄂侯声声大叫：“刀下留人，刀下留人！”

来到跟前，鄂侯气喘吁吁地对纣王喊道：

“陛下，九侯不能杀啊！”

纣王道：“说说，寡人为什么就不能杀他？”

“陛下，多年来，九侯为陛下治理国家献了许多方略，在朝中也起到了平衡左右、贯通上下的作用。这样的大臣哪里还再找得到啊！”

妲己不屑一顾地瞟了鄂侯一眼：

“照你这么说，九侯教育的孩子也该对陛下毕恭毕敬了。可是——”她故意不往下说，停了下来。

鄂侯：“孩子尚小，王后不要以大人的眼光来看待孩子！”

“鄂侯差矣。孩子再小，只要父母严加教育，都会对陛下毕恭毕敬。也就是说，从孩子身上，能看到父母的影子。孩子藐视陛下，在脸上就能表达出来。而父母藐视陛下，却能隐藏起来。隐藏起来比表达出来更危险！”

鄂侯气得发昏：“哪有这样的谬论！”

妲己不愿意了，哭着喊着跟纣王闹：“陛下，鄂侯这么恶毒地骂臣妾，不也是骂陛下吗？”

“真是不知道死活的人！你不让杀九侯，寡人偏要杀！”纣王指着鄂侯骂道。

只见纣王一声令下，屠手手起刀落，九侯立马成了刀下鬼。

妲己并不罢休，又开口道：“陛下，臣妾知道豆酱好吃，但不知道人肉酱是否好吃。臣妾想，可否把九侯做成人肉酱，赐给群臣？”

“那还不好办，给寡人把九侯的尸首剁成肉酱！”纣王说得很平静，像是叫侍女给他挠痒痒。

十多个屠手忙着用刀一个劲地狠剁九侯的尸首，片刻间九侯就成了一堆肉酱。

看着九侯的悲惨遭遇，鄂侯双手捂着脸痛心地哭泣。

“陛下，鄂侯在为九侯哭丧啊。他是九侯的同党，留着必定是祸根！”

妲己的话，像一根雷管，点着了纣王这枚炸弹。只听他指着鄂侯，如爆炸般吼道：“也把这妖货砍了！”

一直站在一旁的姬昌正要抬手制止，鄂侯已经过了奈何桥。

妲己看了看鄂侯的尸首：“陛下，把鄂侯的尸体晒成肉干，臣妾要看看他身上的水分大不大，到底能晒多少斤肉干！”

纣王对屠手招了招手：“就按王后说的办！”

屠手依命你一刀我一刀，把鄂侯的尸体割了一块又一块，又把这些肉片放在芦苇席上晒，血淋淋的一片令人作呕。

二十二　历史上最另类的报复

姬昌不忍看这血腥的一幕，伤心地叹了口气。这一声叹气，是为九侯和鄂侯的命运叹息，也是为商朝的命运叹息。

这时，纣王的心腹大臣崇侯虎就站在姬昌的身边。他听到姬昌的叹息声，马上走到纣王的面前，奏道："陛下，臣听到姬昌在为九侯、鄂侯的死叹息。他这是对陛下处死二人不满啊！"

姬昌气愤地指着崇侯虎："你，你，你——"怒气堵喉，使他说不出话来。

"像这样的人还留在身边，不是养虎为患吗？"妲己白了姬昌一眼，对纣王说。

妲己的话使他顿时产生除掉姬昌的念头。可姬昌不是九侯，更不是鄂侯，他是先王下遗诏让他来辅佐纣王的，在朝廷上下有巨大的影响力。他常常对纣王提出劝告，虽然纣王早就对他指手画脚不耐烦了，但他怕除掉姬昌，激怒群臣，才一直没敢对他下手。这次又没有必定要处死他的正当理由，所以也不敢在众臣工面前对姬昌下诛杀令。他忍了口气，下旨把姬昌关进远离京城的监狱。

由于姬昌有极高的威望，朝廷上下很多大臣和部落酋长都尊称他为圣人。他在三年囚禁期间，纣王和妲己怕姬昌的长子姬考为父报仇，就处死了姬考，还把姬考的尸首分割后放入大铁锅内煮成肉羹，强迫姬昌吃下去。

大丈夫能屈能伸。为了实现他心中的大志，姬昌悲痛的眼泪往肚子里掉，硬是坚持把用自己儿子的肉做成的肉羹吃了下去。

可这反而成了纣王的话柄，他以正人君子的口吻对群臣说：“人都说姬昌是个圣人。可他连自己儿子的肉都能吃下去，还是什么圣人？”

为了救出姬昌，周部落的人用名马、珠宝和美女向纣王行贿。这些名马、珠宝自然诱人，但最使纣王动心的是那些天姿丽色的美女。纣王经受不了美女的诱惑，最后还是把姬昌放了出去。

可是，这一放，竟然彻底改变了纣王的人生走向。

这次，姬昌已经彻底地认清了纣王的本性。为了实现自己的宏图大志，回到自己的部落后，姬昌就与另一个儿子姬发及近臣一起，大力发展生产，休养生息，使周部落一天天强大起来。

周部落的强大，使纣王的一些宗族和大臣感到担心。有一天，纣王正和妲己在鹿台相拥相抱，他的异母哥哥微子劝道：“我们的祖先汤当年是何等仁爱，可陛下却是这么残暴和荒于朝政，使有罪的人得意扬扬，无罪的人一个个成了冤鬼。这样下去，先王创下的基业可就难以保住了啊！”

妲己没有说话，看了看纣王。

纣王不耐烦地摆了摆手，气愤地斥道：“去去去，这里的事你以后少管！”

微子走出来后，对长天啸：“父子有血肉相连，君臣有道义相属。父亲有过，当儿子的三次劝告，父亲不听，也只有哭着跟随在父亲的后面。陛下有过，无辜杀死三位忠臣，其他当大臣的就可以离开陛下，这不能说不忠。”于是，微子连夜逃到国外隐居了起来。

纣王还有一个叔伯兄弟名叫箕子，看着纣王如此荒淫，心里同样十分痛心。他一次次言辞激昂地劝告纣王，痛斥妲己。纣王红了眼，一声令下，把箕子囚禁了起来。

在囚室里，箕子对天大叫：“天啊，你怎么不睁开眼啊！天啊！”随即披头散发，疯狂大笑。

纣王不顾宗族关系，把箕子贬为奴隶。

微子、箕子的警告，丝毫没有打动纣王。他依然我行我素，和妲己一起日夜饮乐，不知今夕是何年。

时间是抑制剂，能够把一切激情消融。妲己玩腻了，又想寻一些别的刺激。可是，哪些花样能使妲己得到刺激，商纣王费尽心思也没想出来。为此妲己整天闷闷不乐，这也使纣王的日子过得无滋无味。

这年深冬，殷商的都城滴水成冰。黎民百姓一个个身着单薄的衣服，在野外冻得哼哧哼哧直叫。

此时，商纣王和妲己正在鹿台，围着火炉嬉戏。远处，几个人进入他俩的视野。

远处的那几个人正要过河。老者挽起裤腿已进了冰水里，一步一步涉水前行。可是那些年轻人却犹豫着一直不敢下水。

商纣王问："爱姬，那河里的水也像鹿台一样暖和吗？"

"不可能，陛下。鹿台有火炉，可河里没有。现在正是天寒地冻的日子，外面冷得很。"

妲己两眼望着远处的河流回道。

"冬天河里虽然水冷，可那些老者却不怕冷。这是怎么回事？"

妲己说："臣妾听说，人都是得到父母的精血，才成了胎儿。要是父母年轻时，身体很强壮，那么他们生下的孩子就气血充足，骨髓盈满。就算到了老年，还是很耐寒。要是父母在衰老的时候再生孩子，那生下的孩子就气血不足，骨髓较少。这样的孩子，即使很年轻，也是怕冷畏寒！"

商纣王被妲己的真知灼见感动了，惊讶地问："真有这回事？"

"臣妾说的话还能有假？要是陛下不相信的话，就把那几个过河的人抓来，弄断他们的腿，一看就清楚了！"

商纣王来了兴致："好好好。要是真如爱姬说的那样，寡人赐爱姬黄金千两！"说着他对近臣费仲下令："把那几个过河的人抓来！"

几个过河人很快就被抓来。费仲令杀手把他们的腿一个个打断。打击声、惨叫声，充斥着高高的鹿台。

商纣王上前看了看那几个过河人被打断的腿骨，果然年老的人腿骨充盈，而年轻人的骨头里有空洞。

商纣王十分惊喜："哎呀，爱姬真是见多识广，说的都是至理名言。寡人要拜爱姬为师了！"说着真的像模像样地要跪拜妲己。

妲己忙制止："陛下别这样。这样要羞煞臣妾的！"

"爱姬本来就是寡人的老师嘛。爱姬还知道什么，都跟寡人说说。"

听商纣王这么说，妲己更来了劲："臣妾不但知道老年人和年轻人谁强谁壮，还知道妇女怀孕时，到底怀的是男孩还是女孩。"

"爱姬不是瞎吹吧？"商纣王将信将疑，两眼圆瞪着。

"臣妾哪敢哄骗陛下啊，臣妾还不想死啊！"

"看爱姬说什么话。快说说为什么？"商纣王急了。

"这也和父母的精血有关。男女在一起交媾时，要是男子的精子先到，而女子的经血后到，女子的经血就把男子的精子包围，这就会生男孩。要是女子的经血先到，而男子的精子后到，就形成了男子的精子包围女子的经血，这就要生女孩。这种情况一般不会错。"妲己说得很有把握。

"有这么神啊？"纣王惊愕了。

妲己对商纣王说："陛下要是不信，可以把京城里的孕妇搜来，一看便知。"

商纣王正要命费仲到城内抓一些孕妇，费仲先开了腔："陛下，是否多抓一些孕妇，验证一下王后的话？"

"对对对，多抓些来，寡人要验证王后的真理！"

费仲立即派人到处搜查，终于找到了几十个孕妇，带到鹿台下面。

妲己让这些孕妇排成一队，她按顺序一个一个指着哪些会生男孩，哪些会生女孩。费仲把妲己指出的会生男孩的排一队，又让会生女孩的排成另一队。

商纣王下令把孕妇的肚子剖开。刹那间，鹿台成了一个屠宰场。孕妇绝望的惨叫声、快要临产的胎儿细弱的叫声，与屠手们奋力屠杀的吆喝声连成一片。随着这些混合的声音，鹿台前流满了腥臭的鲜血，躺着几十条活着和死了的胎儿。屠手们一个个验证，果然妲己说的大部分都对。

商纣王大惊："爱姬真是神啊！"

费仲也不失时机地奉承道："人都说，隔皮不识货。王后可是神眼望穿肚皮识男女啊。神，神，真神！"

再说比干对妲己的残暴和迷惑商纣王感到忧心忡忡。一天，他对太师、少师说："纣王再这样下去，商朝就要灭亡。我作为他的叔父，再不能看着不管不问了！"

太师、少师阻止道："现在去劝告纣王，等于自己找死。微子、箕子的下场摆在那里，大人就不怕有什么不测吗？"

"君王有过错，当臣子的不去劝告，就是不忠。怕死不去劝告，就是不勇。君主有过错就应该去劝告，劝告不听，就是死了，那也是最高的忠诚啊！"比干叹了口气。

太师和少师见劝不住比干，都为他的下场担心。

鹿台上，纣王正与妲己嬉笑。比干进来后，并没有先说话。倒是妲己眼尖，用眼睛的余光发现了比干。她用手指了指比干的方向。

纣王扭过头去，看到比干，心中很不高兴。但碍于比干是他的叔父，也只好强忍了。他继续和妲己玩着，漫不经心地问比干："是叔父啊。你来了怎么不讲一声啊？"

"臣怕打扰陛下。"

"怕打扰就不要来嘛！"纣王面部没有一点表情。

比干说："为了先王的社稷大业，臣不得不来！"

"噢，这么严重？说吧。"纣王把妲己从他怀里抱到身旁的座位上。

比干一脸诚恳地说："上天为了人民，才安排一个君主来为人民做主做事的，并不是让人做了君主就随意欺压、虐待人民。现在你无休止地压迫人民，无节制地横征暴敛，无限制地荒淫饮乐，黎民已经承受不了，群臣已经不能忍耐。你整天住在深宫里，怎么知道黎民的疾苦？现在，国家到了万分危险的边缘，最需要顺万民之意，得群臣之心。你怎么能随便杀人呢？人心丧尽了，国家也就要跟着灭亡。我们的先祖当年呕心沥血，南征北战，艰苦创业，才成就了商朝的基业。要是在你手里把先王交付的社稷轻易葬送了，你能对得起祖先吗？”

纣王大怒：“寡人是一国之尊，怎能容你在此教训！你知道天高地厚吗？寡人不想再听你胡言乱语了，你走！”

可是忠心耿耿的比干长叹一声，不但没走，反而还坐了下来：“臣要等陛下下定决心改正以前的过错，才会离开这里！”

纣王无可奈何地问：“你靠什么本领来支持你这样做呢？”

比干答道：“我没有别的本领来支持我这样做，我只是经常修养善德，实行仁道。所以，道义在支持我这样做！”

妲己用不屑的眼神看了比干一眼，对纣王说：“臣妾懂得比干的意思了，他是说陛下是昏君，而他自己才是圣人！”

纣王冷笑了一声：“寡人听说，圣人的心上都有七个孔，寡人还没有证实过是真是假。现在就看看你的心是否真有七个孔！”他喝令立即斩杀比干。

比干心中的希望彻底破灭了。他对天高声呼唤：“苍天啊，救世主啊，快来拯救商朝的黎民百姓吧！”

屠手们挖出比干那血淋淋跳动的心脏，捧给纣王。纣王看了，哈哈大笑不止。

血的现实再次使群臣震慑了，谁也不敢再来劝谏。他们有的上朝就来个徐庶进曹营——一言不发，有的就称病在家，有的还干脆挟着宗室的祭器和乐器投奔周部落姬昌。

有纣王这样荒淫、昏庸、残暴的统治者当政，各地的不满和反抗就不可避免了，不少地方举起了起义的大旗。纣王派出大军，使用各种残酷的手段血腥镇压。

此时，不少部落看到纣王大势已去，姬昌必成大业，都纷纷投奔周部落。

谁知在这一节骨眼儿上，姬昌患病不治而死。幸亏姬昌的未竟事业还有人继承。他的儿子姬发继承了父亲的遗志，加紧进行讨伐纣王的各项准备。

姬发率领周部落的军队来到孟津，与跟他结为联盟的八百部落进行了声势浩大的灭商联合军事演习。

商朝的朝廷中有人得知这一消息后，惊恐地急忙向纣王禀告。

纣王不以为然：“你们都是胆小鬼，多心多疑。那地方草木茂盛，野兽很多。他们肯定是在进行狩猎比赛。寡人以前不是也在那里打过猎吗？”

一个重臣还是对纣王说：“姬昌之子姬发不可小觑，他的野心很大，不少部落都投靠了他。一旦他有反心，朝廷不做好准备，就会措手不及，后果将会一发而不可收拾！”

妲己不耐烦了，她问纣王：“陛下，这些大臣怎么都胆小如鼠啊？商朝几百年的基业，怎么会怕这几个无能之辈？整天这样心怀芥蒂，让臣妾哪还有心思和陛下在一起玩乐啊！”

纣王安慰了妲己几句，又训斥了那位禀告的大臣，依然和妲己在声乐酒色中欢度日月。

姬发看到消灭纣王的时机已经成熟，遂于公元前1027年率领各部落联盟的四万五千名伐纣大军，于今日河南省的孟津渡过黄河，在商朝的都城朝歌附近的牧野，举行了讨伐纣王的誓师大会。

当时，商朝的军队正在和东夷决战，根本抽不出正规军前来对付姬发领导的部落盟军。纣王仓促下令组织了七十五万奴隶武装，在牧野与姬发领导的盟军展开激战。由于这些奴隶没有受过训练，再加上他们也是纣王残酷统治的受害人，自然与纣王离心离德。两军刚一交战，商朝的军队就一溃千里，奴隶纷纷倒戈，反而把矛头指向了商王朝。纣王的军队顷刻间兵败如山倒，姬发率领的盟军很快杀到了商朝的都城。

人民的敌人总是错误地估计形势，总是过低地估计人民的力量，过高地估计自己的力量。商纣王本来对这次战争把握十足，怎么也没想到七十多万的军队竟然如决堤的洪水，顷刻间就溃败下来。商纣王见大势已去，火速向都城朝歌逃去。他心中明白，自己平日罪大恶极，如果被活捉，肯定会受尽折磨而死。如果自己死后的尸体落到黎民和姬发的手里，也要受尽侮辱。与其这样，倒不如自行了断生命。

到了朝歌，他下令把所有搜刮来的奇珍异宝，全都堆在鹿台里面，拉着妲己与他一起走到珍宝堆里，想用一把火，与自己心爱的妃子同归于尽。

当妲己被商纣王拉住时，她从内心不愿意与自己的敌人死在一起。可是，商纣王的手像钉子一样，死死地把她的手钉在他那双又厚又大又有力的手里，想挣脱那是痴心妄想。身单力薄的她只好很不情愿地跟随着走进了奇珍异宝堆里。只见商纣王用奇异的眼光看了看妲己，又望了望那一大堆珍宝，然后皮笑肉不笑地冷笑了两声，随即从一个军士的手中，夺过一束熊熊燃烧的火把，迅速把身体周围的奇珍异宝点燃。只听“轰”的一声，金碧辉煌的鹿台，顿时成为一个火海。

再说姬发带领大军来到鹿台，从灰烬里找到了纣王的残骸。一见纣王，他气不打一处来。他本想抓到活的纣王，想尽办法折磨和羞辱一番。没想到这暴君竟然还有自知之明，自己了断了狗命。

姬发一肚子怒气没法出，遂恼怒地连放三箭，接着又伸手一刀，把纣王的头颅割了下来。

这时，他忽然想起蛊惑纣王与和其狼狈为奸的妲己。天下黎民百姓受尽苦难，那么多黎民百姓创造的财富被糟蹋掉，还有那么多善良的黎民百姓以及忠良之臣被害，妲己都是参与者和谋划者，都有无法推脱的罪责。姬发怎能放掉这样的女人？他在灰烬里寻来找去，却不见妲己的残骸。

他不由得高声喊道：“那个泼妇妲己死哪里去了？”

生不见妲己的人，死不见妲己的尸，姬发以为她跑掉了，不禁大怒，立即命令军士务必找到妲己。

纣王不是拉着她一起葬身火海了吗？不错，纣王是把妲己拉进奇珍异宝之中，并点燃了一把火。但是，妲己一直以来，都没有忘记父亲对自己的厚望，也没有忘记自己的复仇计划。商朝灭亡，她的复仇计划实现了。对于侵略自己有苏氏部落的商纣王，她怎么愿意与这样的暴君死在一起呢？从心灵上来说，与他死在一起，是自己人生的最大耻辱。正因为有这一想法，当纣王正用火把点燃那些奇珍异宝、火苗蔓延即将熊熊燃烧的一刹那，纣王背后的她从奇珍异宝中蹿了出来。她的这一举动，纣王开始并没有发现。当火海无情地包围并吞没他时，他才发觉不见了妲己的影子。将死之时，他才知道，连自己最宠爱的妃子都无情地背叛了自己。

妲己并没有逃跑。她逃出火海后，就来到鹿台后面的荷花池畔，对着水面整理着装饰，撩起池水洗净自己的容颜。她知道，自己的生命已经走到了尽头。在最后的时刻，她不能失去自己的尊严。

姬发的将士搜索到荷花池畔，发现了妲己，强行把她带到姬发面前。

姬发一怒之下，吼道："把这个泼妇绑起来，砍下她的头！"

妲己听了一点也不感到意外。她微微笑了笑，又面向着自己祖国的方向，仰首望了望，然后随着押解她的军士，向斩首架走去。

二十三　善心换来的竟是仇恨

就在处斩纣王和妲己的第二天，在挂着他俩的人头的社稷坛上，姬发宣布商朝已被推翻，周朝正式建立。定都镐京（今陕西长安韦曲西北），姬发被推为周朝的开国帝王——周武王。

周朝接受商朝的教训，为了加强统治，取消了部落，改为分封诸侯国。再经过成王、康王的励精图治，出现了繁荣富庶、民安国泰的景象。

周武王姬发推翻商纣王以后，出于仁慈，又把商朝的遗民封给商纣王的儿子武庚禄父。为了防止武庚禄父怀有二心，周武王又派自己的弟弟管叔和蔡叔前去，名义上是协助武庚禄父搞好管理。但武庚禄父心知肚明，周武王这么做是对他不放心，所以就一直怀恨在心。由于自己力量所限，又受到管叔和蔡叔的监督，使他一直没有采取任何反叛行动。周武王死后，他的儿子成王继承王位。由于成王还是个毛孩子，重臣周公旦对他不放心，就主持朝政，代替他治理天下。此时，肩负着监督武庚禄父任务的周武王的两个弟弟管叔和蔡叔就认为周公旦想篡权。他们岂能坐视不管？就联合被他俩监管的武庚禄父武装反叛。他们带领武庚禄父的私人军队，电闪雷鸣般地向周朝的都城洛邑（今河南洛阳）进军。周公旦怎能容忍，就假借周成王的旨令，派重兵击溃了这次叛乱，杀死了为首的武庚禄父及管叔，把胁从的蔡叔流放到边远地区。为了消除武庚禄父的势力，周公旦还把他的商朝遗民全部转封给了康叔，并让康叔定居在黄河及淇水（流经今河南淇县）之间的原商朝的故墟之上。康叔就在这块封地上，建立了自己的封国——卫国。他按照周公旦发展生产、爱护黎民的指示，把卫国治理得井井有条，得到广泛的拥护和支持，同时对王朝中央的贡献也比其他封国丰厚。数年后，周成王已经成人，看到康叔治国有方，政绩突出，又格外忠诚，就对他产生了偏爱。除了赐给了很多祭器之外，更是任命他为周王朝中央政府的重要官职——司寇（主管刑狱、公安方面部门的长官）。

卫国君主地位几经传承，到了周幽王时期，就传给了卫武公。

卫武公和郑武公一样，也是个投机者。申侯率领的犬戎大军杀死了周幽王，他和郑武公一起，协助周王朝恢复了统治，在任的周平王提拔他为公爵（军爵之外最重要的官爵和民爵）。

再有能耐的人也不能不死，卫武公也同样。他当了五十五年的卫国君主，还是恋恋不舍地辞了人世。他的儿子扬继位，他就是卫庄公。

卫庄公即位后，齐国立即注意上了。

当时，周王朝的封国有十多个。各自明争暗斗，钩心斗角，相互倾轧，经常不是我吃掉你，就是你吃掉我。在这种情况下，哪个国家都想多一个盟友，携起手来，守疆和扩域都相对容易。齐国与西面的卫国相邻，此时卫国又在周天子面前很走红，与这样的邻国搞好关系，对于齐国来说，无疑是上上策。而在当时，结盟最流行的办法就是送美女。正在当政的齐庄公自然没忽视这一不损兵、不折财的绝佳策略。要实施这一策略的条件，一是一方有相对合适的男子，否则，就可能对不起自己的妙龄公主；二是另一方的君主必须有适龄的公主，还必须是个美女，至少不是令人看了提不起精神的相貌。

恰逢这两个条件齐、卫双方都具备了。卫国那个名叫完的新即位的君主庄公风华正茂，是天下女子选偶的第一梯队人选。齐庄公有一个千金，也就是历史上被称为庄姜的公主，年已二八，美若月里嫦娥，身材高挑，皮肤白皙。用《诗经》里《硕人》中的话说：“手如柔荑，肤如凝脂，领如蝤蛴，齿如瓠犀。螓首蛾眉，巧笑倩兮，美目盼兮。”

翻译过来就是：“她的手指如白茅的嫩芽，皮肤似凝结的膏脂，脖子白净修长，好像蛴虫（地狗子）一样。她的牙齿洁白整齐，就像胡瓜籽似的，如蝉那样的方额，卧蚕般的眉毛，两个面颊上有迷人的酒窝，笑时是那样摄人心魄，两眼黑白分明，不时传递着美妙的心声。”

《硕人》是卫国的百姓为庄姜所作，是我国赞美美人的开山之作，也是对美人的绝唱。后人描写美人时，大都模仿《硕人》的技法。

贵人配佳人，绝佳的一对。更重要的是通过这配对，使两国结为同盟，这关乎江山社稷的大事，齐庄公当然能够掂出轻重缓急。所以，他主动派出亲信，到卫国来个“孔雀开屏”。

当时，卫国虽然得到周天子的青睐，但是，论面积、论国力，卫国都低齐国一个档次。能傍上齐国这一大佬，对卫国这么一个小国来说，无疑是最佳选项。卫庄公根本顾不得考虑庄姜的娇容和德行如何，就一口答应了这门亲事。

接着，他抓紧派人到齐国下了聘礼，又紧锣密鼓地做大婚的准备。精选了一个千载难逢的吉日，以从没有过的规格把庄姜迎娶了过来。

庄姜的美貌在当时是出了名的，她还未嫁到卫国时，卫国的百姓就知道她的大名，街头巷尾到处传颂着庄姜是下凡的天女。

当她嫁来卫国那天，都城乃至周围的黎民百姓蜂拥而来，塞满了大街小巷，都以目睹这一绝代美女为荣。其热闹程度，不亚于当今的巴西全国欢度狂欢节。有《诗经》为证：“那美女个子高高，停车休息就在近郊。四匹雄马多么壮健，马口铁上的红绸随风飘，她乘着装饰着雉羽的马车来朝。朝见的大夫们早点儿退下，莫让新婚的卫侯太辛劳。

“黄河水啊浩浩荡荡，向北流去，哗哗作响。把渔网张开向水里撒，黄鱼和鲟鱼欢蹦乱跳，水边芦荻又粗又长长势旺。从嫁的姑娘盛饰浓妆，护送的大夫们健武轩昂。”

庄姜从小就有良好的教育条件，父亲齐庄公为她请了一个女教师。这位女教师对她的教育十分严格，看到她少女时就有刻意化妆、看人飞眼、主动搭讪俊美的男人等性冲动的表现时，就下决心把她改造成为清心寡欲的淑女。这位女老师的教育，使庄姜认为性爱就是邪恶，就是淫荡。这在她的心灵上扎下很深的根。这个根扎下后，使她到了卫国，对卫庄公实施了性冷淡，不愿意搞床震。这样就造成了这样的结果：一是正在性欲旺盛之午的卫庄公对她不满，并把爱转移到别的美人身上；二是不搞床震庄姜就无法怀孕，无法怀孕就不能生孩子。有人说庄姜没生孩子，也许是卫庄公不能给她输送能生孩子的精子。其实这种说法没有根据。在庄姜嫁到卫国以后，卫庄公与其他女人生过不少孩子，这就说明他确实有生育能力，也说明性冷淡的庄姜不是没与夫君搞床震，就是她自己不能生育。有人说庄姜根本就是一个母骡子，其实，还真没有确切的证据。

不知是否因为庄姜没生育，反正自她嫁到卫国一年之后，卫庄公开始对她漫长的冷落过程。长期冷暴力，使庄姜的心灵受到了巨大的创伤，从此她成了旷世怨妇。

在卫庄公眼里，庄姜偏偏就是一头母骡子，不能生育。再说，卫庄公再爱她，也不能把卫国的命运全都押在庄姜一个人身上。卫庄公把庄姜晾在了一边，并不说明他就远离了女人。经过从国家利益层面上一番暗自运作，最后决定迎娶陈国君主的公主厉妫。

躲在室内的庄姜听到外面锣鼓喧天，热闹非凡，就知道新娶的美人来到了。想到自己明媒正娶竟然落得如此下场，她不由得暗自流泪。这时，她不由自主地哼出了《终风》的歌谣。

翻译成现代语言，就是：

大风阵阵雨狂急，
见我他就笑嘻嘻。
肆意调戏太荒唐，
使我内心常悲凄。

大风阵阵尘土扬，
相爱他就来我房。
顷刻间就不来不往，
不由我日思夜想。

大风阵阵日无光，

天刚放晴又变阴。

半夜很难入梦乡，

望他喷嚏知我心。

天色灰蒙暗无光，

雷声滚滚远处响。

半夜很难入梦乡，

愿他悔悟把我想。

从整个诗歌中可以看出庄姜的失宠和悲怆的心情。对于一个正宫娘娘来说，落得如此下场，这种心情十分正常，也是人之常情。

在这种境遇下，她又写下了《绿衣》《柏舟》《日月》三首诗歌，抒发了她在深宫中独居的孤苦心态。

也算是有心栽花花不开，无心插柳柳成荫。就是因为庄姜失宠情况下的寂寞孤独生活，成就了她在中国文学史上的地位，她要比同样是美女的后世许穆夫人，在中国的文学史上作出更加突出的贡献。

在这种情况下，难能可贵的是，厉妫既很善良，也很理解庄姜的处境，对她既很尊敬，又很体贴，还能十分融洽地跟她相处。什么好吃的先给她吃，好用的先给她用，好玩的先给她玩，好看的先给她看，好穿的先给她穿。这无疑对庄姜是一个很好的安慰，也使她在失宠的岁月里减少了孤独感。

厉妫的肚皮还算争气，嫁来的第二年就生了个白胖儿子。卫庄公好不欢喜，为这个儿子取名叫孝伯。他对孝伯宠爱万分，心里早就想把这个怀里抱的儿子立为太子。只是想到群臣必定极力反对，这才没有在朝会上下旨，一心想再过两年把这事确定下来。

可是，人算不如天算。孝伯还不到百天，竟然不幸夭折了。这无疑使卫庄公如中了天雷一样被击蒙了，为此卫庄公和厉妫痛哭了好些天。

痛定思痛，卫庄公命算命先生算一算他是否有得子的命。算命先生装模作样地经过一番卜算，得出的结论是，卫庄公命里有子，只是有儿子的是庄姜，而厉妫命里无子。

陈国的君主得知这一卜卦的结果后，考虑到陈国与卫国是邻国，卫国又比陈国强大，就想与卫国结为盟国，靠卫国的势力吓阻别国企图对陈国的侵略。而要结为盟国，他首选的是联姻。

虽然陈国的君主为了搞好与卫国的关系，之前就把厉妫嫁给了卫庄公，已经联了姻。可厉妫命里无子，卫庄公肯定还要迎娶别国的女子。到时候很难说卫庄公不对厉妫生厌，再宠爱别的嫔妃。到那时，一旦陈国受到侵略，卫庄公还会为了陈国与别国为敌，去损失卫国的利益吗？

鉴于国家的重大利益，陈国的国君遂决定把自己的小女儿、厉妫的妹妹戴妫也嫁给卫庄公，让亲姐妹侍奉同一男人。

卫庄公得知陈国君主的好意后，自然欣然笑纳。

果然，戴妫接连为庄公生了两个儿子，一个叫姬完，另一个叫姬晋。

可是，这两个公子还很幼小时，戴妫就被一场大病夺去了生命。

把这两个可爱的公子培养成人是大事。庄公认为庄姜德行贤惠，就把公子完交给她来领养。

庄姜把公子完看作自己亲生的一样，悉心呵护，精心抚育。

卫庄公十分疼爱公子完。当完被庄姜领养以后，他就经常来到庄姜那里，既逗公子完玩乐，又和庄姜拉家常。

庄姜也充分利用这一机会，施展各种手段，拉近与卫庄公的感情。每次卫庄公来到后，她除了自己亲手百般侍奉外，还命侍女小心侍候。

她的宫里有一个当年出嫁时陪嫁的宫女，名叫齐媵。齐媵人长得伶俐可人，有眼色，又会体贴人。特别是她的那一对会说话的眼睛，更讨人喜爱。每次卫庄公来到时，她都主动替庄姜到门口迎接。卫庄公进到宫里后，她又是端茶，又是倒水。夏天为他摇扇纳凉，冬天又是把炉火拨得旺旺的。卫庄公的手冻得冰凉，她主动要求他在自己的衣服内焐手。

卫庄公见齐媵这般会体贴关心人，模样儿又讨他喜欢，心里很舒坦，就常常向齐媵投去多情的目光。

齐媵也是性情中人，也懂得人间风情，对卫庄公的眼神她完全能够读懂。她又何尝满足自己眼前的处境呢？自己也是女人，模样长得也不在庄姜之下。庄姜能成为君主的夫人，自己为什么只配当侍女？再说庄姜的肚子不争气，要是自己能让卫庄公宠幸自己，肚子再争些气，为卫庄公生下儿子，自己不也可以改变眼下的命运吗？到那时，自己不光能在卫庄公的夫人和嫔妃中间争得一席之地，还说不定会成为一国之母，权倾后宫呢！

思想决定行动。打那以后，齐媵就大胆地接过卫庄公递过来的眼神，她或投去倾城的嫣然一笑，或送去一个勾魂眼神，或递去荡魄的秋波。每当此时，她都会把自己的胸脯挺得高高的，那双峰上好像拴着一条线，连着庄公的眼球。双峰的每次颤动，都带动庄公的眼球转来转去。庄公像丢了魂一样，顾不得和庄姜谈心，也顾不得和公子完玩乐了。

庄姜看出了其中的名堂，心里也不好受。想到满足卫庄公对齐媵的要求，也就能给自己加分。毕竟齐媵是自己的侍女嘛。所以，为了成全卫庄公，方便齐媵发泄欲望，她就把齐媵安排到另外一个房间单独居住。每次卫庄公前来，就先跟庄姜叙一会话，庄姜看到卫庄公不安的神色时，就马上让他到齐媵的住室去。

可齐媵并不感谢庄姜的宽宏大量，她一心想着与庄姜争宠。她明白自己的优势，那就是比庄姜年轻，也比庄姜妖艳，特别是自己具有让男人心醉的丰乳肥臀，以及会说话的勾魂眼。一旦哪个男人被这两样勾上了，就像吃了钩的鱼，别想再脱钩。为了博得卫庄公的欢心，齐媵频频在卫庄公面前释放媚眼，频繁地晃动自己的丰乳肥臀。每当这时，卫庄公都无法控制自己，浑身酥软，身不由己地拜倒在她的石榴裙下。

就这样，齐媵不用动一兵一卒，就把卫庄公俘虏了。

由于卫庄公的心被齐媵勾去，他对庄姜的宠爱就渐渐转移到了齐媵身上。从此，他夜夜专宠，天天在齐媵身上播种。不久，卫庄公的种子就在齐媵身上发了芽。

齐媵怀了孕，更使卫庄公像对待天使一样看待她。为了保住她的身孕，生怕有任何闪失，他就从别的宫中调来许多侍女，走马灯似的在齐媵面前侍奉。

卫庄公还不放心，又常常自己动手，围着齐媵精心侍候。庄姜那里也很少去了，甚至往往耽误临朝听事。好像卫国没有别的事情可做，他这个当国君的唯一的一件事，就是侍奉好齐媵。

齐媵的计谋得逞了。十个月后，她为卫庄公生了个白白胖胖的儿子。一落地，这孩子的嗓门就很大，哭声就很高。卫庄公心中乐开了花，就给他起了个名字叫州吁，意思是声音响亮九州。

真是什么树结什么果，什么藤结什么瓜。只有几岁的州吁就和他母亲齐媵一样，争强好胜，不甘示弱。与别的孩子一起玩耍，不能吃一点亏。一次，他要和姬完摔跤。姬完大两岁，不愿摔，州吁哭着要摔。庄姜看不摔不行，就小声告诉公子完，叫他故意摔倒，让着州吁。

摔跤开始了，还没经过几个回合，姬完就栽倒在地上。

州吁说：

“我还没用力，你就跌倒了，你是有意让我的，不算不算！”

在一旁的齐媵更是不满，板着脸道：

“完是不是欺负州吁软弱无力啊？”

在一边看热闹的卫庄公看齐媵生了气，又感到州吁吃得像牛犊子一样壮，一定能取胜，就忙说：

“再来，再来。完你可要来真的，不要再让着弟弟了！寡人倒要看看，到底你俩谁的力气大！”

又一回合开始了。姬完这次只好使出了自己浑身的力气。两人你来我往，来来去去十多个回合，不分胜负。这时，姬完使出一个勾腿，只听州吁“哎呀”一声，倒在地上哭了起来。

在一旁的卫庄公急忙跑了上去，伸手把州吁拉起。庄姜也跑上来哄他。

齐媵把州吁抱起，看了看，发现胳膊上擦伤一点皮，渗出了一丝血迹。

这下她可不愿意了，嚷着把伤处指给卫庄公看：

“看看，完多狠心，把州吁的胳膊都摔坏了，完到底安的什么心啊！”说着疼爱得抱着州吁哭了起来。

庄姜此时也在一旁责备公子完，并在他身上动起手来。

看到自己最宠爱的公子州吁被摔伤了，最宠爱的嫔妃又这么伤心，卫庄公发起怒来。他手指着姬完，喝道：

“你小子怎这么狠心！”

齐媵趁机哭着说：

“没想到完这么狠心。这样下去，以后还不把俺娘儿俩杀了！”

卫庄公听了齐媵的话，对姬完更是大怒。毒打了他一顿，又让他向公子州吁赔礼。姬完满心的委屈，但还是流着泪向州吁赔了礼。

庄姜为了把这事平息过去，又向昔日自己的奴仆齐媵叩首说：

“都是我管教不严，伤害了州吁。身子重要，望妹妹别再生气了！”

齐媵把脸仰得高高的，什么话也没说，鼻子里“哼”了一声，扭头走了。撂下庄姜像木鸡一样，呆呆地站在那里不知所措。

庄姜回到自己宫里后，越想越难受，抱着姬完大哭了一场。

二十四　忠臣逆子

有了三个儿子，卫庄公当然很满足，但这也为他日后册立太子种下了不祥的种子。

古代后宫中的嫔妃，对于册立太子都异常重视。如果立自己的亲生儿子为太子，自己日后不但能够得到君主的宠爱，而且地位也能步步高升。正因如此，争夺太子地位的斗争必然十分激烈。

后宫嫔妃对于册立太子一事，实际已经形成两派。庄姜与厉妫结成了利益集团，使她们在册立太子的问题上有共同的诉求，那就是拥立公子姬完或者公子姬晋；另一派就是州吁的母亲齐媵因为受到庄公的宠爱，极力争取拥立州吁为太子。

庄姜阵营看起来势力强大，但她们有自己致命的短板，那就是不被卫庄公宠爱。而齐媵一方看起来身单力薄，但她的长板就是自己受宠，加上她很有心计，儿子州吁又得到卫庄公的偏爱，这都为她及儿子州吁加分不少。这就形成了两派势均力敌的总体形势。

由于卫庄公还没有把册立太子一事摆到议事日程，随着时间的推移，两个阵营都在发生着变化。

州吁渐渐长大，日益显露出他尚武的性格。在老师的精心教授下，他的十八般武艺都达到较高水准，在都城武林中技高一筹。武艺在身，平时就不免目中无人。再加上他母亲得到卫庄公的宠幸，更使他骄横狂妄起来。

而他的两个哥哥姬完和姬晋都性格内向，文质彬彬，与州吁明显不同，给人非同父所生之感。

州吁张扬、外向的性格，使他到处横行，惹是生非。

庄姜以及厉妫两姐妹都很反感州吁这个经常闯祸的小子，很想在卫庄公面前参他一本，及早削弱这一竞争太子的对手。可是，由于她们在卫庄公眼里的分量很轻，结果导致卫庄公不是不把她们的话放在心上，就是斥责她们多管闲事。

卫庄公是出名的“大炮”，性格暴躁。对于提建议的大臣，稍有不满，不是当面羞辱，就是给“小鞋”穿。这样，谁也不愿意当出头鸟，一个个都成了缩头乌龟。特别是在册立太子一事上，关乎君主继承的千秋大事，谁也不敢妄自出谋划策。这就造成了卫庄公已经老朽，太子依然没有确定下来。如果有一天卫庄公“熄了火”，国君的大位就可能断档。

国不可一日无君，这就使一些有爱国之心的大臣不由得忧心忡忡。

大夫石碏是数朝老臣，在朝廷上以爱国出名，也以大胆直谏使卫庄公心存畏惧。他对州吁的所作所为早已看不惯，又为卫庄公一直不确定太子深感忧虑。这天，当他实在按捺不住自己时，就闯进宫中，要冒死劝告卫庄公赶紧册立太子。

在后宫内散步的庄姜顶头碰到了他。当问明来意后，就拜托他多多过问立储一事。

作为第一夫人庄姜的话，石碏当然很重视，当即表态一定要说服君主把立储的事敲定下来。

卫庄公看到石碏一脸的严肃，就猜到又要“教训”他了。但他知道石碏在朝臣中的分量，也不敢硬把他顶回去，只好强迫自己等待即将到来的一场“暴风雨”。

果然不出卫庄公所料，石碏问候过后，就直言评论起三位公子来：

“主公的三位公子，都长得一表人才，可也有不小的差别。公子完和公子晋由于庄姜和厉妫夫人的调教，沉稳而持重。而公子州吁就缺乏管束了，做起事来不讲求后果，在朝廷上下影响不好……”

石碏说到这里，抬眼看了看卫庄公。见卫庄公的圆脸拉成了驴脸，就知道他不喜欢别人贬低公子州吁。石碏心中无私，自然不怕顶头上司给自己“小鞋”穿，也就毫不顾忌地侃侃而谈。

“公子州吁的所作所为，给人一个感觉，好像主公默许将来立他为太子了。臣不知道主公是否默许公子州吁了。如果默许了，就更应该对他加强教育，严格管束。要知道，树不理不成材，人不理不成人。特别是对于储君，更应该从严管教。对于一般家庭的孩子，宠爱酿成祸端的事不胜枚举。历代君主和贵人的子弟因为缺乏管教，丢江山、败家产的事也不乏先例。我卫国的社稷来之不易，主公统治着千万黎民，应该通过努力，尽量免除潜在的祸端。如果仍然不对公子州吁加强管束，卫国的祸端就为期不远了！”

石碏这番规劝，既是出于对国家社稷传承的担忧，也是出于自己的私利。

说他出于私利，是因为他的儿子石厚跟州吁是狐朋狗友，已经把石厚给带坏了。如果州吁不走正路，石厚肯定也不可能改邪归正。

石碏的话虽然很刺耳，但以后的事实确实证明了他的话绝非危言耸听。可惜，卫庄公不懂得忠言逆耳利于行这一道理，这必然酿成卫国及其姬姓家族日后的悲剧。

听了石碏的这一番劝告，卫庄公立即就与庄姜平时类似的唠叨联系在一起，不免对庄姜心生怨气。

庄姜以前曾在卫庄公面前多次举荐过公子完为太子人选，这既是出于对国家前途考虑，也是出于对她自己以后的命运考虑。一旦公子完继承了国君的大位，她肯定就能成为太后，往后也就荣华富贵无边了。

庄姜和石碏看到单凭他们自己的力量，难以说服卫庄公册立姬完为太子，就积极争取其他人的支持。他们与大臣们串联、游说，使群臣联名向卫庄公举荐，强烈要求立公子完为太子。

群臣的做法，与卫庄公成了两股道上跑的车，自然引起卫庄公的不快和反感。但是，众怒难犯，众愿难违，万般无奈之下，他只好咬牙答应了群臣的举荐。

也算好事多磨，至此，公子完走完了踏上太子宝座的历程。

其实，卫庄公哪会不知道州吁的缺点？只是对州吁母亲的感情，扭曲了他的主见。而群臣的强烈要求，又扭转了他的错误，这才使他无奈地做出了正确的决定。

卫庄公虽然清楚州吁的缺点和错误，但他始终没有对他当面或背后批评和指出过，甚至还处处袒护着州吁。

这事并不算完。卫庄公又要对太子完鸡蛋里头挑骨头，要废掉他的太子地位。

石碏连忙进谏，说为卫国的社稷着想，万万不可废黜太子。

其他不少大臣也都一再劝告卫庄公，这才使他打消了废掉太子完的念头。

打那以后，卫庄公更加重视培养州吁。除了把卫国最好的武林高手请来，专门向州吁传授武术外，还请最优秀的军事将领教州吁如何摆兵布阵。加上州吁秉性凶猛、爱斗，练起武来很有灵性。不出几年，他就把十八般武艺全部掌握了，战技、战术一概娴熟。卫庄公和他辩论起来，也时常败下阵来。为此，也就越发宠爱这个公子。

齐媵对儿子州吁也很满意，常在枕边向卫庄公吹风，大夸州吁有出息，今后一定能担当大任。她说，为了让州吁多长见识，君主要常带他经风雨、见世面。

这话正说到卫庄公的心里。打那以后，他每次临朝听政、与群臣聚会、和诸侯会盟以及到宗庙祭祀，都让州吁陪着。而身为太子的完，却从此坐不完的冷板凳。

再说公子州吁跟随着卫庄公，看见每到一地，人们都对君父山呼万岁，其威武雄壮的气势不可言状。又转念一想，太子完以后也要继承君父的地位，也要享受如此高的待遇，他心里就生发出无限的醋意。太子完与自己的身份又有多大区别呢？他也不是嫡夫人所生，凭什么他能享受太子的礼遇？他只不过被嫡夫人庄姜收养，可事实上他并不是她亲生的啊！州吁不服这口气，他要与太子完一争高低，决心把太子的地位争到手。

齐媵常在州吁耳边说：

“要想坐轿必须有人抬，要想高升必须有人捧。你要想当太子，就必须有人为你说话、为你出力，甚至为你送死！”

州吁不解：

“那怎么才能让别人这么做呢？”

“常和他们来往，不要怕吃亏。切记住，吃点小亏，日后必然能占大便宜！”齐媵谆谆告诫道。

州吁牢记母亲的话，常常请一些大臣和勇士吃酒。他很有心计，看谁有什么爱好，就投其所好。喜欢美女的，他送美女；喜欢珠宝的，他赠珠宝；喜欢锦缎的，他送锦缎；喜欢金钱的，他送金钱。谁有了错，甚至犯了罪，他也不论是非曲直，出面摆平，以此收买人心，培养党羽。时间不长，他就有了一大批亲信和死士。

他更注意刻意为自己造势。出城游猎，前面有兵甲开道，后面有勇士督阵，长长的队伍，猎马嘶鸣，猎狗狂吠，好不气派。朝堂上，虽然他还不敢抢着站在太子完的前头，但是他的眼里总是对太子完有一种不屑一顾的眼神。太子完主动与他说话，他却无礼对待，口出恶言。群臣见了，心中暗暗担忧。卫庄公见到这些，只是淡淡地笑笑，什么也不说。

太子完如此宽容和忠厚，却受到公子州吁的轻蔑对待，使两朝元老、大夫石碏心里发慌。

下朝后，他又跑去见卫庄公，进谏道：

“疼爱孩子的父母，要培养他们的德行，让孩子懂得礼仪，尊敬别人。过分地迁就、宠爱孩子，只会使孩子心生邪念。要是陛下改变主意，打算把君位传给公子州吁，就应该在朝堂上告诉群臣，不应该再瞒着朝廷上下！”

“寡人哪有立州吁为太子的意思啊！”卫庄公辩解道，“从来都是立长不立幼。再说太子完是陈国君主的外甥，又是夫人庄姜一手带大，又很懂得礼节，宽厚、仁慈。寡人早已立完为太子，现在没有什么改变！”

“君主既然没有立州吁为太子的打算，就应该对他的行为加以限制，不要让他因骄奢淫逸生出什么祸端！”石碏斩钉截铁地说。

卫庄公皱着眉头，很不耐烦：

"一个人有一个人的脾气。州吁就是那样的脾气，何必横加干涉？"

石碏急忙跪下来苦苦进谏："君主啊，公子州吁的言行绝不仅仅是脾气的问题，他是在盯着太子的位子。陛下如果再不过问，朝中早晚要出大乱啊！"

卫庄公想发火，但一想到他是当年曾辅佐自己的老臣，心口的怒气又强压了下去。他知道自己说服不了石碏，干脆就不再理会他，转身与侍官谈其他事情，却把白发苍苍的石碏晾在了一边。

石碏看到眼前的情景，整个心片刻凉透了。他无奈地摇了摇头，落下了几滴辛酸、悲愤的泪水。此时，他对卫庄公完全失望了，也对卫国的前途心灰意冷了。他预感到自己的祖国不久就要发生腥风血雨的大事。眼下，自己所能做的，只有以年迈体弱为名，在某一天的朝会上，义无反顾地与卫庄公及朝廷"拜拜"了。

卫庄公对石碏一次次的逆耳之言早已心烦，巴不得他早一天离去。石碏主动请辞，让他心里一阵高兴，想也没想，朱笔一挥，就批准下来。

没有了石碏的朝堂上，公子州吁的野心更加膨胀，表现更加猖狂，对太子完的无礼之举更加频繁，也一次比一次恶劣。太子完屡次忍让，才没有演变成口角冲突和武力斗争。

公子州吁像一支锐利的矛，以前正因为有石碏这个两朝元老挡住，他才没有产生更大的破坏作用。现在满朝文武都没有石碏的资格老。他们想到石碏的话卫庄公都听不进去，一个个也就装聋作哑。对于公子州吁的胡作非为以及卫庄公的怂恿和袒护，他们谁也不敢多说一句话。

而齐媵在枕边对卫庄公不停地为公子州吁吹风，又对州吁的野心起到推波助澜的作用，这样就使争夺太子之位的斗争迅速发展。

爹爹的溺爱，加上母亲倍受宠爱，使州吁更加肆无忌惮，以致到了失控的状态。

即使如此，州吁仍然以正人君子自居，竟然帮助郑国惩罚残杀弟兄的君主。

事情是这样的。

郑国庄公的弟弟姬叔段也像州吁一样，一心想取代哥哥国君的地位。只不过他比州吁更大胆和猖狂，竟然私下制订了偷袭郑国都城的计划。郑庄公哪敢轻视，立即派遣自己的儿子，率领精锐部队前去讨伐姬叔段。姬叔段的反叛不得人心，一时众叛亲离，就连他精心豢养的私人武装也背叛了他。姬叔段的少数死党被郑庄公的军队打得屁滚尿流，他本人也像落水狗一样东躲西藏。姬叔段被打老实了，可他的儿子公孙滑决心替父报仇，不知死活地硬要挑战郑庄公。他知道凭他们父子的力量不足以抗衡，就采取借刀杀人的策略，暗地跑到卫国，向武功出名的州吁求救。州吁对郑庄公杀害亲弟弟而打抱不平，强烈请求父亲卫庄公批准他率领军队前去惩罚郑庄公。庄姜得知后，认为这是郑国君主的家庭私事，又只是听了公孙滑的一面之词，卫国不该派兵讨伐。再说，即使应该讨伐，也要周天子下命令，庄姜虽然说得有理，但卫庄公还是经不住州吁的忽悠，结果还是州吁占了上风，派兵攻打郑庄公。首战，州吁大胜，郑庄公被打得焦头烂额。郑庄公不甘失败，又多次反击。这中间双方都有胜有负，战局到了胶着状态。郑国紧贴周王朝都城洛邑的东面，郑、卫之间的战争其实就打在周天子的家门口。如果是现在，炮弹都会落到洛邑城内。更危险的是，一旦有一天交战的一方获胜，顺便拿下洛邑，周王朝可就惨了。与其被动等着挨打，不如主动出击。正在此时，郑庄公跑到洛邑，在周平王面前告了卫国无端欺负郑国的御状。这正给了周平王把烧到家门口的战火熄灭的机会，他立即批准郑庄公，准许联合其他诸侯国讨伐惹是生非的卫国。正义的战争得到别国的支持，郑庄公在联军的支持下，很快就打败了公孙滑以及州吁率领的卫军，平定了叛乱。卫庄公怕联军入境讨伐，只好主动认错，并赔偿战争给郑国带来的一切损失。这样，也就使周天子放弃追究战争责任，救了州吁一命。

州吁搬起石头砸了自己的脚，可他并没有从这一事件中吸取教训，反而变本加厉地利用他的老爹挤对亲哥哥太子完，结果导致大夫石碏解甲归田。

石碏可以辞职，但作为卫国第一夫人的庄姜无法却辞职。这就决定了她必须继续在卫庄公的后宫寂寞、无聊地生活下去。加上石碏的辞职，使庄姜失去了一位有力的支持者和同盟者，对她来说，是一个巨大的打击。闲来没事，加上她有文学天赋，这期间她作了不少诗歌，抒发自己苦闷的心情。只可惜她的好多诗歌都已经被时间老人藏匿了，只有很少的诗歌保存在《诗经》一书中。

公元前735年，卫庄公无可奈何地告别了人世。卫庄公的死，就像导火索一样，很快卫国就爆发了一场争夺国君的政治斗争。

虽然太子完理所当然地坐上了君主的大位，成为历史上的卫桓公，但是宝座之下，有人觊觎着他屁股下金光闪闪的交椅。

觊觎姬完屁股下的君主宝座的不是别人，正是州吁。

州吁的阴谋，在姬完还是太子时就开始实施了。行动之初，他首先对石碏的儿子石厚下手。

这天，他派人把在朝中做官的石厚暗中召到府邸。州吁先回避，让手下劝告石厚投靠公子州吁。

石厚不知如何回答，一时愣了愣。州吁手下的人就恐吓他，如果不答应，就让他大祸临头。说这话时，手里还把玩着一条皮鞭。

没等石厚开口，那人又接着告诉他，如果与公子州吁合作，金钱、美女，让他享受不尽。

正在这时，州吁从内间走了出来，一见石厚就哈哈大笑。

“石公子能看得起我，屈驾来到寒舍，我应当热情接待才是。”

说着，就命侍女速备酒席。

看到满满一大桌子山珍海味，石厚惊呆了。石碏的家教很严，他从没有见到过花天酒地的奢华场面。当他平生第一次看到如此丰盛的宴席，就蓦然产生了什么惊天大事就要发生的感觉。

州吁笑着对他说：

“人生如梦，转眼就是百年，何不趁年轻美好时光，享尽人间富贵？”

石厚苦笑了一下，摇了摇头：

“公子有所不知，我家老父家教很严，平日生活寡淡，很难得到一点美味佳肴。”

州吁听了，摆了摆手：

“像那样还不是白活了一场？人就要轰轰烈烈地度过一生。石公子只要跟我办事，我保证让你既升高官，又发大财！”

州吁说的这些，不正是石厚做官想得到的吗？老父的家教过严，自己实现不了。现在投靠州吁，正是实现这一理想的难得机遇。在州吁许诺面前，他抵挡不住诱惑，遂乖乖地拜倒在州吁的门下。

再说，被迫辞职的石碏赋闲在家，心里难免有些失落。为了打发时光，就潜心读起书来。这天，他正在屋子里读书，就听到院子里人声嘈杂。他不知出了什么事，忙奔了出去。

原来，院里进来十多个老农。一见到石碏，穿着破烂的老农，就齐刷刷地跪了下来，一起向他告石厚的状。说石厚跟公子州吁一起，出城打猎时，践踏农夫的庄稼，还动手毒打他们。

石碏顿时对石厚十分恼怒。他先用自己的积蓄赔偿了农夫的损失，又热情地把他们送走。

到了深夜，儿子石厚才回来。石碏厉声追问了事情的缘由，看到实在推脱不了，石厚只好一一予以承认。

盛怒之下，石碏把他毒打了一顿。

石厚干脆来个一不做，二不休，当夜就从家里逃到州吁府上。

石碏当即声明，不再认石厚这个儿子。

石厚无家可归了，就横下心来，死心塌地地投靠了州吁，成为他的一个死党，一心为他出谋划策。

时间不久，卫庄公身染瘟疫，不治而死。太子完在庄姜和群臣的拥护下，继承了君位。

州吁的母亲齐媵认为，太子完是卫庄公并不宠爱的嫔妃所生，只是让夫人庄姜领养，他凭什么坐上君主的宝座？而自己最受卫庄公的宠幸，州吁又最讨他喜欢，却得不到君主的位子，这无论是对她自己还是对州吁来说，都绝对不公平。

她一次次地向归附于她的朝臣诉说心中的不满，还多次对州吁说：

“儿子，我们娘儿俩的命运全靠你了啊！你君父在世时，宠爱着我们，得罪了其他嫔妃和公子。现在，不该做君主的爬上了大位，今后还不知要怎么收拾我们娘儿俩。娘替你提心吊胆啊！事在人为，只要想做的事，就没有做不到的。关键是多动脑子，抓住时机！”

州吁听了齐滕这无奈而深情的话，点了点头，一一记在心里。

但是，怎么才能实现自己的愿望？他这一个只喜欢舞刀弄枪、肚里绝少墨水之人，心里根本是没有底的。于是，他天天与石厚一起商量。

石厚以前在父亲的强迫之下，看了许多书，见识较广，处世比锋芒毕露的州吁老练得多。他劝州吁说，枪打出头鸟。在朝堂之上表现出自己对新君主的不满和蔑视，只会使群臣对州吁更加警惕和提防，也会跟你敬而远之。最好的办法就是藏起锋芒，多看不说，看准时机，再做行动。

州吁听取石厚的意见，来了个一百八十度的大转弯，收敛了自己以前对桓公完的态度，反而对他格外地尊敬起来。

桓公完感到奇怪，但他以善良的心思考，州吁是自己的亲弟弟，也许他知道以前做得太过分了？也许自己已经继承了君主的大位，他不得不承认这既成事实，打消了与自己争夺君主大位的念头？对州吁有这种想法，从此对他更加尊重，有什么重大的事情首先与州吁商量。

这样，卫国平平安安地过了几年的时光。

二十五　沉沉浮浮一瞬间

到了公元前719年，周天子平王驾崩。

天子驾崩，各个诸侯国的君主都要前去吊唁，卫桓公也不能例外。一时间，卫国朝廷上下，都忙着为卫桓公去周朝的都城洛邑吊唁积极做准备。

石厚跑来，对州吁说：

“公子想了没有，桓公与你年龄不差上下，他的身子骨还很硬朗，照这样下去，猴年马月才能死？桓公不死，公子就这样跟他熬下去，就算你比他能活，要得到君主的大位，也要等到须发全白了，到那时，还能享受几天呢？再说，到时候就是天下的美女都供公子享用，公子也没有精力了。就是把天下的财富都归入公子的腰包，公子还能享受得了吗？”

州吁长长地叹了口气：

“他不死，我总不能掐死他吧？再说，他总还是我的哥哥啊！”

“公子这话说得不对。古语就说，‘无毒不丈夫’。公子数数，从三皇五帝以来，有几个君王不是通过相互残杀和争夺得来的。就说历代享有盛名的尧、舜、禹禅让的事吧，历史的真实是舜暗杀了尧，禹又杀害了舜，哪有什么禅让的事！”

州吁愣愣地看了看石厚，张了张嘴，半天没有说话。

“我知道，公子做梦都想提前得到君主的大位。现在好了，绝好的机会已经来到了。机不可失，时不再来，千万要抓住这一绝好的机遇！”

“什么，来到了？什么绝好的机会？”州吁听得糊里糊涂。

“桓公要去洛邑啊！”

“那又怎么样？”州吁弄不明白。

石厚一五一十地说了自己的计谋。

州吁听罢，高兴得手舞足蹈，一下子把他抱起来转了三圈：

“太好了，真是天助我也！”

“别只顾高兴，要赶快准备！”石厚笑道。

第二天，天刚微明，卫桓公就带领一批人马上了路。出了宫门，很快来到都城的西门。这时，公子州吁带着一群勇士和屠夫，正在城门外等着为卫桓公饯行。

卫桓公看到弟弟这么早就来为自己送行，心里很感动，忙下了车辇，向州吁准备好的酒席走去。

来到临时摆的桌席旁，州吁请他坐了下来。这时，州吁带来的勇士、屠夫立即围上来，七手八脚地服侍卫桓公。这样，卫桓公的侍卫就被隔开。

只见州吁捧着盛满御酒的金杯，递到他面前说：

“兄君远行千里劳苦。请把这酒喝下，祝兄君一路平安！”

卫桓公激动地接过酒杯：

“寡人这次为周天子吊唁，也不过一个月左右时间。不必劳累贤弟劳神相送！”

“唉，出门在外，不像在家，难免遇到风风雨雨。这杯酒权当为兄君洗尘了！”说着示意卫桓公快喝下去。

此时桓公一饮而尽，又忙从桌席上端起一杯酒，作为对州吁为他饯行的回敬。

州吁伸手去接，一下子失手，酒杯“砰”的一声掉在地上。卫桓公愣了一下神。

就在这时，州吁以迅雷不及掩耳之势，抽出身上的短剑，猛地向卫桓公的胸口刺去。卫桓公惊骇得圆瞪着双眼，随即倒地而亡。

几乎同时，埋伏在附近的数百名甲兵在石厚的指挥下，嗷嗷地叫着向卫桓公的侍卫冲杀过来。那些侍卫还没弄清是怎么回事，就有不少人成了众甲兵的刀下之鬼。

这时州吁站在高处，大声地对那些侍卫喊话："公子完骗取了太子的地位，又欺骗了黎民百姓，才坐上国君的大位，他早该死罪。今日我得到上天的旨意，除掉昏君！愿意跟随我的，就能够得到高官厚禄。反对我的，现在就站出来，我叫他死无葬身之地！"

看到滴血的屠刀，望着杀红了眼的州吁，面对那么多勇士和屠夫，跟随卫桓公出行的人，都吓得面无血色，一个个像秋后的蝈蝈，再也不出声了。

就这样，公子州吁抢到了卫国君主的大位，石厚被封为上大夫（相当于宰相）。

卫国毕竟没有去人参加周天子的吊唁活动。为防止周王朝追究和讨伐，他们就派遣使臣，向周王朝以及各诸侯国发出卫桓公暴病身亡的讣告。

什么都能够封住，就是人的嘴难以封住。不知是谁，把州吁杀死卫桓公的事透漏了出去。这样，一个接一个地往下传，很快就在卫国传播开来。

卫庄公的另一个公子姬晋得知哥哥完被州吁杀害，不由得担心自己的下场。刚为哥哥桓公送了葬，就逃到外国去了。

庄姜失去了养子完，十分悲痛，指着州吁愤怒地呵斥道：

"你的哥哥完对你哪里不好，你竟然对他下毒手。你还有良心吗？！"

"别听人造谣，那是有人在挑拨我和哥哥桓公的关系，千万不能相信！"州吁摆着手否认。

"是不是你杀的，你心里最有数！"

庄姜甩了这么一句气呼呼地走了。

州吁早就把一直跟姬完站在同一条战壕里的庄姜恨得牙根发痒，所以，他即位后首要的一件事，就是把她赶到乡野，把她的同伙厉妫赶到娘家陈国。他这么做，一是眼不见心不烦；二是防止她俩干预朝政；三是避免她俩拉拢朝中大臣，建立反对势力；四是更主要的，怕她俩操纵一些人提议开棺验尸，暴露了自己的罪行。

出于深厚的姐妹情，庄姜恋恋不舍地把厉妫送了一程又一程。百感交集中，为厉妫写了一首赠诗《燕燕》，表达了她百感交集和依依惜别的心情以及对卫国的忧虑。

为了不使读者读起来费力，笔者就把这首赠诗用现代汉语表达出来：

燕子双双飞翔在天空，
展开翅膀十分从容。
今天你就要远走他乡，
我多想与你陪伴到死，
永远不分离啊。
谁想到你必须离开我，
我的心情怎么能不无限悲痛？
你走了，我的心也碎了。
从此，想念你时只能泪流满面，
我不知道此外还有什么值得我留恋的。

这首诗是我国最早的送别诗，也是《诗经》中最经典的诗篇，成为离别诗之祖。就是今天的一些帅哥靓妹，还把这首诗作为他们离别的赠诗。

送走了厉妫，庄姜收拾了一下细软，义无反顾地去了乡野“插队落户”，过起了清心寡欲、枯燥无味的落难日月。

卫国的黎民百姓愤愤不平，各诸侯国的君主纷纷派使者询问，把州吁和石厚弄得惶惶不可终日。他们担心群情义愤，君位难保。

齐媵看出儿子的焦虑心理，就对州吁说：

“无事胆小，有事胆大。既然做过的事，就不要害怕。眼下最要紧的是做出什么大事，让群臣、黎民百姓以及各诸侯国的君主，还有周天子口服心服！”

“能做什么大事啊？眼看人们要起来造反了！”州吁烦心地说。

石厚一时也束手无策，挠着头说不出什么应对之策。

齐滕皱了皱眉，忽然问：

“孩儿不是擅长打仗吗？只要打了一次胜仗，在各诸侯国中就有了威势，也就一定能镇住本国的群臣和黎民，渡过眼前的难关！”

州吁醒悟过来，眼睛一亮：

“是啊，这是个好办法！”片刻，他又为难了，“只是向谁出兵，为什么出兵，总不能师出无名吧？”

“有了！”石厚忙说，“就向郑国出兵！”

州吁愣着神，不知他为什么要攻打郑国。

“郑庄公寤生最近杀了他的弟弟，赶走了他的母亲。像这样不孝不友的国君就应该受到讨伐！更何况先君在世时，郑国以讨伐公孙滑为借口攻打我国，先君违心地认罪，还送上大量稀世之宝，才没有把我国灭掉，这是我国的耻辱啊！雪辱国之耻，正违心认罪之名，既正义又符合道德，还愁江山社稷不稳吗？”石厚振振有词。

石厚说郑庄公寤生杀死弟弟、赶走母亲一事的真相是：寤生的母亲武姜生下寤生时，先出的脚，然后才出的头，造成难产，武姜不喜欢他。后来生小儿子叔段时，很顺利，武姜很喜欢他。武姜要寤生的父亲郑武公立叔段为太子。武公没有采纳。武公死后，寤生继位，他就把京邑封给他的弟弟叔段。叔段到了京邑，积极扩军备战。几年后，他秘密与武姜合谋，派自己的儿子公孙滑到卫国借兵，由武姜做内应，出兵攻打郑国的都城新郑。郑庄公寤生闻讯，顽强抵抗前来袭击的叔段。结果叔段大败后自杀。郑庄公把他的母亲武姜软禁在城颍（今河南襄城东北），发誓不到黄泉，绝不相见。后来郑庄公很想念母亲，后悔说了这话。他就听从了别人的建议，挖了一个很深的地道，见到了黄色的泉水，终于实现了与他母亲的相见。而叔段的儿子公孙滑从卫国借的兵，刚走了一半路，听说父亲叔段已自杀，遂又奔回卫国。郑庄公怕公孙滑成为郑国今后的后患，遂以讨伐公孙滑之名向卫国出兵。卫君向郑庄公认了罪，并送给了郑国好几车珍宝，郑国遂退兵。

从这些可以看出，郑庄公寤生的母亲和弟弟确实是有过错。郑庄公虽说把母亲赶出了都城，发誓不见，但还是另辟蹊径主动相见了。他出兵攻打卫国，也是有前因后果的。石厚以此为由向郑国出兵，是毫无道理的。

州吁和他的母亲齐滕却认为他这个主意很好，遂用重礼贿赂陈、鲁、宋、蔡等诸侯国，五国的军队组成联军，把郑国的荥阳城围了起来。

面对前所未有的危机，郑庄公果断决策，用计使联军中的其他诸侯国的军队一一退了兵。这样，单靠卫军之力，根本攻不下荥阳城。州吁灰心丧气，遂收割了荥阳城周围成熟的谷子，运回了卫国，也卷旗收兵。

卫军这次出兵虽然得到了郑国的一些谷物，但广大黎民百姓都大骂是州吁无端用兵，使他们失去了儿子和弟兄。这些黎民百姓纷纷扬言要到洛邑，向周天子告状。

此时的周天子，威势还很大。州吁敢杀自己的国君，可没有胆量得罪周天子。否则，周天子要是发动各诸侯国讨伐，他就要身陷灭顶之灾。

这时他急了，对石厚说：

"无论如何不能让这些黎民百姓去洛邑告状。你赶快想个上好的办法啊！"

在场的齐滕也急得如热锅上的蚂蚁，头上冒出闪亮的汗珠，长叹一声：

"要是老臣石碏还在朝廷供职，该多好啊！"

"母亲这话怎么讲？"州吁忙问。

"石碏位在上卿，办事公道，朝野敬服。要是他出面说服黎民百姓，这些野民就不会再嚷着去洛邑告状！"齐滕对批准石碏的请辞后悔莫及。

州吁认为，有钱能使鬼推磨，有钱也能使磨推鬼。他命人取白璧一对、粟米五百石，派重臣送去问候石碏，请他出山重新参与朝政。

石碏哪会与狼共舞，借口自己人老体弱，无法上朝问政，不肯为州吁卖力。

齐滕得知去人没有请动石碏，就对州吁说：

"别人请不动，他石厚难道还请不动吗？"

州吁认为母亲这条路指得好，就对石厚说：

"别人不能使你老父出山，现在只有大人亲自前往了。退一步说，就是请不动他，大人让他拿个主意总还行吧？"

石厚心里没底，可又不敢拒绝，只好厚着脸皮回了家。

石碏一见不肖的儿子回来了，鄙夷地瞟了他一眼，理也不理。

石厚双腿跪在老父面前请罪。不知跪了多长时间，他看到老父消了不少气，才开口说："眼下全国上下人心不安，不少人要去洛邑找周天子告状，这使君主心里很恐慌。君主特让我来请父亲出山，为国家再出一份力。"

石碏从鼻子里哼了一声：

"与豺狼为伍的，只能是豺狼。我至少还是人，怎能给豺狼出力，残害黎民百姓！"

石厚听得出来，父亲在骂他是豺狼。心里发怒，可又不敢发出来。君主给的任务还没完成，这样空手而回，怎么向君主交差？于是，他硬着头皮继续跪下去请教。

"父亲要是不肯出山，儿子我也不想强逼。可父亲也应该为儿子想想，我就这么两手空空回去，君主能轻饶儿子吗？还请父亲为儿子着想，帮助出一个能够安定民心的好主意。"

石碏闭着眼沉吟片刻，叹了口气说：

"谁让我生了你这个逆子呢，打断骨头还连着筋啊！"他往远处看着，静静地思考着。然后带着怜惜的口气说，"公子州吁即位，并没有得到周天子的认可。如果能得到天子的认可，谁还能说什么呢！"

石厚说：

"作为新君，即位后这么长时间才去觐见天子，天子必然心中怀疑另有所求。父亲看，君主要去见天子，是不是要有个人在天子面前引见一下！"

石碏捋着银白的胡须，闭着双眼沉吟半天，然后睁开一条缝，瞄了石厚一眼：

"这事看来不太好办！"

石厚顿时心里凉了半截。

"我听说，陈国的君主陈桓公很得周天子的宠爱，何况我国向来都与陈国友好。要是我们的新君主能亲自去陈国，请陈桓公替新君主在天子那里斡旋，让周天子认可我国的新君，还有什么办不成的事呢？"

石厚听了，认为是一条妙计，这才知道姜还真是老的辣，忙回去如实地把石碏的意见禀告了州吁。

州吁大喜，立即命人备了厚礼。他决定立即去陈国，让已经爬到上大夫重位的石厚护驾，一起前往。

州吁在石厚的护驾下，一路风尘仆仆地来到陈国的都城宛丘（今河南淮阳），陈桓公派他的弟弟公子佗率领朝中重臣、御林军以及骑乘、御乐队、旌旗组成的欢迎队伍，到城门之外隆重迎接。

两国君主相见，按礼仪，都安排在红日上升的上午。时值下午，州吁一行在陈国公子佗的带领下，下榻国宾馆，等待第二天与陈桓公相见。

一夜过后，用罢早膳，公子佗又带领州吁、石厚以及随从人员往太庙赶去。

按照古代的礼仪，两国的君主相见，必定要安排在太庙。就像当今美国总统必须在白宫的南草坪举行欢迎外国元首的仪式一样。

当被告知陈桓公要在太庙迎接时，州吁心里十分兴奋，也就感到完成此次出使任务把握十足。

今日的太庙焕然一新。陈桓公坐在主位，主位两边的座位，左边为宾客的位子，右边为次宾的位子。两旁肃立着手持干戈的甲士，气氛庄严而肃穆。

州吁等卫国使团一行，来到太庙的大门前下了车辇。大夫（也就是陈国的宰相）子针上前迎接。一阵寒暄之后，州吁、石厚仰首准备步上台阶，蹬上太庙。蓦然间，他俩发现大门上方巨大的长方形匾额上，白底黑字写着“为臣不忠，为子不孝，不许入内”。州吁顿时感到进也不是，退也不是，不知所措。

子针看出了州吁的表情，忙解释说：

“这是我国先祖的遗训，我国君主唯恐忘掉，特把这一遗训立在这里，用来警戒国人！”

州吁这才放心地进去。进了太庙的大厅，才看到陈桓公正襟危坐。

州吁笑着向他招了招手。陈桓公报以微笑，只是欠了欠身子，屁股没有离座。州吁笑哈哈地在陈桓公面前站住施礼道：

“陈侯贵体安康！有劳陈侯百忙中相见，不胜荣幸！”

州吁的话声未落，陈桓公手指着州吁大声喝道：

“奉周天子之命，武士们，快快把弑君的州吁、石厚二贼拿下！”

州吁正在施礼，怎么也想不到陈桓公会下如此命令。他不由得愣了愣神，就被冲上来的几个武士按住。

站在州吁后面的石厚见状，忙伸手抽腰间的佩剑。剑还没有抽出来，他就被死死地擒住。

这时，陈桓公才从侍官的手中接过一张卫国老臣石碏写来的血书，然后高声威严原原本本地向太庙外的卫国将士们宣读。

原来，石碏给州吁和石厚出的计策，是他精心策划出来的借刀杀人之计。卫国没有人能除掉州吁、石厚两个贼子，正好可以借陈国之刀杀掉他们。他和陈国的大夫子针多年来交情很深，就想通过子针借助陈国国君了断此事。

石碏割破手指，给陈桓公和子针写了血书。血书上说：

“卫国是一个小国，却不幸发生了弑君之灾。此事虽然是我国君主的弟弟州吁所为，可逆子石厚为了贪图官位，也助纣为虐。两个乱臣贼子不杀，今后必将祸害天下！老朽年老体衰，靠自己的力量已不能除掉两个贼子，我辜负了先君的嘱托！近日两个贼子要到贵国去，实在是我的计谋。恳请贵国君主缉拿并除掉两个贼子，以正君臣之纲。这不只是贵国的一大幸事，更是天下的一大幸事啊！”

石碏写罢血书后，密封派遣心腹快马送到陈国，交给了大夫子针。

子针收到石碏的血书，立即送交给陈桓公。陈桓公看了看，问子针：

“大人看这事怎么办？”

子针毫不犹豫地回答：

“州吁和石厚两个贼子，杀的不光是卫国的君主，也是我国陈国的外甥啊！他俩是卫国的贼子，也就是我们陈国的贼子。这次他俩来到我们陈国，也是上天的旨意，也算是他们自己送死。微臣以为，陛下不可心慈手软！”

“好吧，只是看如何除掉他们。”于是两人商定下了捉拿州吁和石厚的计策。

再说陈桓公宣读罢石碏的血书，太庙外的卫国随从才知道州吁和石厚被擒。他们都知道此二人所犯下的罪行，今日又听到是他们敬仰的上大夫石碏主持正义，借陈国之手除掉二贼子，并且对他的亲儿子也毫不留情，心里都感到非常痛快。他们不约而同地举戈欢呼，然后哄然散去。

直到这时，州吁、石厚才知道上了石碏的当，为此追悔莫及。

在别国他乡身陷囹圄，州吁就算有盖世武功和超人智慧，也是老虎掉进枯井里——有劲使不上。

陈桓公正要下令对州吁、石厚处斩，一位老臣忙禀告说：

“石厚是石碏的亲生儿子，石碏又跟我国十分友好，不知道他是否真心想处死石厚。再说州吁杀了我们陈国的外甥，可他毕竟是卫国的君主。由我们杀别人国家的君主，难免让天下说三道四。臣以为，不如让卫国来人为他们定罪，以免事后卫国和各诸侯国有什么话说！”

这位老臣的话，让陈桓公开了一个心窍，遂采纳了他的意见，派出使臣星夜去卫国面见石碏。

石碏自从辞职告老回家后，就一直大门不出，二门不迈，从没有上朝过问朝政。今日见陈国使臣来征求卫国如何处置二贼的意见，遂上朝堂去见群臣。群臣得知情况后，都被石碏大义灭亲的义举所感动。

此时，朝中只有石碏官职最高，也最年长，大家都尊重他的意见，就对他说：

“这是事关两国的大事，还是请国老做主！”

只见石碏猛拍一下几案，高声问道：

“这两个乱贼，死有余辜！谁去陈国把他们杀了，以正朝纲！”

他的话音刚落，右宰相丑出列，大声回应：

“臣愿意前去陈国诛杀州吁！”

这时，有一些人认为，石碏已经年迈了。古话说，老来惜子。石碏从内心肯定也是很疼爱自己的儿子石厚的。于是他们纷纷出列说，州吁是首恶。首恶诛杀了，胁从可以从轻处置。

面对大家真心实意地为石厚求情，石碏慷慨激昂地说：

“诸位错了！州吁弑君，完全是老夫的逆子谋划的。老大知道，诸位替石厚说情，是担心老夫有舐犊之情。老夫告诉诸位，这样违背公义的犊子老夫就是断子绝孙也不会护！老夫求你们了，你们，谁去杀了石厚这个逆子？”

石碏话说出了半天，也没有人回应。大家你看看我，我看看你，没有一个人替他杀子。

看到没有人响应，他顿时泪流满面，长长地连声叹气道：

“诸位都不愿意替老夫去陈国，看来是老夫平日有对不起诸位之处。老夫只有自己去，亲手杀了石厚这个逆子了。老夫要不杀了他，还有什么脸面活在世上！”

石碏回到家里，准备收拾行囊上路。

家臣獳羊肩最了解石碏的脾气，知道他这么做，完全出自内心，没有一点虚伪和作秀的因素。这么年迈多病的主子，作为家臣，怎么能忍心让他千里迢迢去陈国呢？他坚决要求代替主子去杀石厚。

最终，州吁和石厚这两个乱贼得到了可耻的下场。

庄姜对于石碏的义举十分赞赏，称赞他这是“大义灭亲”。她这么一张口，就造就了我国的一个成语——大义灭亲。

石碏出于正义，在群臣的呼吁下，亲自把被州吁赶到乡野的庄姜接了回来。

由于石碏对国家的突出功劳，回到都城后的庄姜尊他为国老，特别准许他的子子孙孙为卿。

庄姜不忘曾经与她并肩“作战”的厉妫，派人把她从陈国隆重接了回来。

此时，卫国还没有国君，庄姜又派人把远逃的姬晋找了回来。在众人的拥护下，她又把她的养子姬晋推上了国君的宝座。姬晋就是历史上的卫宣公。

其实，卫国在各诸侯国中，受封的时间相对较早，受封的疆域也较广阔。在整个西周时期，卫国都比较强大，实际上是诸侯国之长。只是因为卫国的君主乱折腾，大搞窝里斗，才使卫国的国力不断削弱，逐渐沦为二等诸侯国。这怪不了别人。实际上，周天子对卫国是偏爱的，也对卫国采取了一些倾斜政策。只可惜卫国自己没有把握住这一时机，结果把能够称霸的机遇眼睁睁地失去了。

再说卫宣公即位后，首先去了他外婆的国家——陈国，送上厚礼，对陈国主持正义、除掉卫国的昏君贼子表示感谢。

宴席上，陈桓公和他的弟弟佗向卫宣公即位表示祝贺。

卫宣公连声感谢后叹气道：

“事情到了今天这一步，也是父君在世时被齐媵迷惑，想来真让人心寒啊！”

陈桓公感慨地点着头：

“历来都说红颜是祸水，诚然斯言！”

公子佗心有同感：

“有心计的红颜更是致命的祸水啊！”

谁知无巧不成书，二十年后，公子佗的这些话竟在他自己的身上应了验。

二十六　好一朵剧毒的“罂粟花”

公子佗对于同父异母的哥哥陈桓公鲍得到陈国君主的大位早就心怀不满。尤其看到一次次在朝堂上自己也要像群臣一样，向鲍请安，心里总不是滋味。公元前707年，陈桓公病重。公子佗认为机会到了，就加紧了行动计划。

一个月后，陈桓公鲍驾崩。太子免一边主持着先父桓公的丧事，一边按部就班地准备继承国君的大位。

这天，陈国举行了隆重的下葬仪式。把桓公入土后，送葬的队伍赶回都城。一路上，太子免一直思考着登基的大事。

送葬的队伍连绵数里，当太子免一行来到一片树林时，太子身后的公子佗迅速拔出短刀，蓦地向太子免的后心狠狠地刺去。只听太子免惨叫一声，倒在地上。

看到太子免已死，公子佗随即向送葬的人群高声喊道：

“君主是太子免勒死的。像他这样弑君的逆子，不杀了他，上不能使桓公在地下安息，下不足以平民愤！有谁胆敢反对杀太子的，我要让他和太子一样的下场！”

公子佗的话音未落，只见送葬队伍中几百名由他豢养的死士呼啦都从身上抽出刀来，纷纷大声喊叫：

“太子免冒天下之大不韪，弑君篡权，理当死罪！公子佗为陈国的社稷和国人除害，我等都要坚决支持！”

这突如其来的事件，使送葬的人们震惊了，诚惶诚恐，谁也没有表态。

正在这时，太子免的一个侍卫官猛地抽出腰刀，怒声喝道：

“污蔑太子，妄想篡权，罪该万死！”

说着挺刀刺向公子佗。

公子佗眼疾手快，瞬间跨出一步，紧接着把短刀甩向那行刺的侍卫官。但见那刀不偏不倚，正刺中他的心脏。那侍卫官像大树一样，扑通倒在地上。公子佗立即下令，割下太子免的头。

这时，公子佗的死党们提着太子免的首级，跑向高处，厉声喝道：

“立公子佗为国君，是上天的旨意。有谁胆敢违背上天的旨意，太子免的下场就是他的下场！”

好汉不吃眼前亏。这时没有人敢多言，一个个都默认了眼前刚刚发生的一切。

就这样，公子佗继了位，他就是陈厉公。

太子免虽然死了，可朝廷上下谁不知道，他向来就是贤能之人！对于公子佗，人们都知道他是一个野心极大的武夫，不把群臣放在眼里，甚至多次在朝堂上侮辱他看不顺眼的大臣，这就使许多朝臣跟他离心离德。自从他继承大位后，不少人既不服，又惧怕，纷纷从陈国潜逃出国。

正在这当儿，周天子征集陈、卫、蔡三国的军队讨伐郑国。征讨的理由是，在这之前，郑国假传周天子的圣旨，带领一些诸侯国征伐宋国。

公子佗弑君，初就君位，不敢违抗周天子的命令，只得调集一批将士和车辆，派遣大夫伯爰诸率领前往。

而蔡国征集的军队由蔡国国君的弟弟蔡季统率。

这一天，陈、蔡两国的军队在征讨郑国时相会。伯爰诸以前就与蔡季很熟悉，两人很有交情。闲谈时，蔡季私下里问道：

“伯大人，贵国新君刚立不久，不知形势如何？”

伯爰诸本来就对公子佗弑君心中不满，听了蔡季发问，长叹口气道：

“公子佗虽然篡夺了国君大位，可人心是夺不去的。有识之士纷纷出逃，朝臣私下窃窃私语，愤愤不平。再加上公子佗喜好到处打猎，整天在野外微服捕捉飞禽走兽，荒废了朝政，这样下去，陈国早晚要出大事！”

“伯大人为何不向全国昭示公子佗的罪行，发动武力征讨呢？”蔡季反问道。

伯爰诸甩了甩手、摇了摇头，长叹一声：

“我不是不想，而是无力啊！”

“好吧，我回去向我君主禀报一下，看能不能帮助大人！”

蔡季回国后，把伯爰诸的话告诉了蔡侯。

蔡侯生气地说：

“太子免既然已经死了，也该寡人的外甥为国君，说什么也轮不到他公子佗啊！他公子佗是篡夺国君的贼，岂能容忍他长久地窃夺陈国的富贵！”

蔡季很同意兄君的意见：

“公子佗喜好打猎，我看不如——”他在蔡侯耳朵边低语了几句。

蔡侯思考片刻，脸上露出微笑，点头赞成。

再说公子佗篡夺国君大位后，不思朝政，放心大胆地经常外出打猎。他的心腹谋臣屈珲私下对他说：

“陛下喜好打猎的爱好不是不好，只是有些朝臣另有看法。太子免虽然死了，可他的势力还不小。臣也听到一些消息，有人准备联系蔡国反对陛下。臣以为陛下新立不久，根基还不牢，如若真有不轨之人联合蔡国等诸侯国反对陛下，恐怕会带来不少麻烦。臣以为，不管全国上下那些反对陛下的传言是真是假，陛下都要认真对待才是！”

陈厉公佗一听，开始很生气：我一个国君，打猎都有人反对，当国君还有什么意思？又想到屈珲说的有人可能要联合其他诸侯国反对自己，心中不免有些发怵。

他气愤地问：

“爱卿看，是不是先把那些想作乱的人杀掉？”

屈珲忙摇着手道：

“不可，不可。臣也是听的小道消息，要弄清是谁还很难。再说，他们又没有什么举动，这时就任意杀人，更要惹得全国上下人心惶惶。到那时，全国乱成一窝蜂，斩不尽、杀不绝，陛下也就十分危险了！”

“依爱卿看应该怎么办？”

“臣以为，陛下要有所改变。”

“怎么说？”

“臣以为，陛下在较长的一段时间内，不要出外打猎。”

“那还不把寡人憋死！”厉公佗不悦。

“陛下要打猎时，就想一想先君打下来的江山社稷来之不易，就会打消打猎的念头！”

“那就试试再说吧。”

“还有，要和蔡国搞好关系。”

厉公佗一听几乎要蹦起来：

“什么，和蔡国搞好关系？蔡国都要和我国的贼子联合起来推翻寡人，寡人怎么还能死皮赖脸地与蔡国搞好关系？”

屈珲轻轻摇了摇头：

“陛下，小不忍则乱大谋。陛下想过没有，太子免是蔡国君主的外甥啊！所以，对于太子免的死，蔡国不能没有什么想法。现在，我国在无力战胜蔡国的情况下，就应该韬光养晦，化干戈为玉帛。而与蔡国和好，就是化干戈为玉帛的一个最好的办法。陛下啊，一时的委曲求全，换来陛下龙体平安，社稷稳定，这是吃小亏占大便宜的大好事啊！”

“大人说怎么办吧？”厉公佗不情愿地问。

“要和蔡国和好，最好的办法是联姻，迎娶蔡国的女子！”

厉公佗也是个色鬼，一听屈珲这么说，就笑道：

“这有何难。寡人正想得到一个蔡国的女子受用呢。联姻的事，就由大人一手安排吧！”

屈珲自知厉公佗并非真想迎娶蔡国的女子，只是想享用一下而已。但不管厉公出于什么目的，只要他迎娶了蔡国之女，两国就是姻亲关系，也就是不签订协议的盟国关系。到那时，就不怕蔡国因为太子免被弑杀而报复陈国了。于是，他抓紧准备了丰厚的聘礼，到蔡国为厉公佗求亲。

再说蔡季献策，得到蔡侯的准许，就迅速启动了谋杀陈厉公佗的方案。他派人潜入陈国，在宛丘城外的几个猎场，专等陈厉公出现。但是，等了一天又一天，就是不见陈厉公的影子。行刺人员怕陈国侦探到他们的行动计划，又急忙撤回到蔡国。

蔡侯和蔡季听说行刺陈厉公佗无果而终，心里很疑惑。正不知陈厉公为什么不出去打猎时，侍从报告说，陈国大夫屈珲要来求见。

两人心里一怔：他来干什么？

屈珲见到蔡侯和蔡季后，首先代表陈厉公佗，向他们致以敬意。接着让侍从把丰厚的聘礼抬了上来。蔡侯看着琳琅满目的珠宝，顿时心花怒放。但转念一想，蓦然又愣了起来：

“不知贵国为何送来这么多珍宝啊？”

屈珲一时心慌，忘了把厉公佗的求亲聘书呈上。听到发问，才想了起来，忙从袖子里掏出求亲聘书，双手递上说：

“这是我国陈君主的聘书，迟递为歉！”

蔡季接过，又交给了蔡侯。蔡侯看了聘书，不禁勃然大怒：

“什么？他年近半百的家伙，还想着寡人只有十三岁的公主，他是色胆包天，寡人绝不答应！”说着把陈厉公求亲的聘书撂在了地上。

一旁的蔡季看了一愣，忙从地上捡起，认真看了又看，沉思片刻后，对蔡侯说：

“臣以为，先让陈国使臣在客馆里住下，我国仔细研究一下再回复，如何？”

蔡侯不耐烦地连连向屈珲摆手。屈珲不知所措。蔡季向他使了个暂时退去的眼色，屈珲这才急忙施礼退下。

屈珲到客馆住下后，心里忐忑不安，心急如焚地等了两天。终于在第三天，蔡侯把他召去。进来时，看到宴席已经摆好了。只有蔡侯和蔡季两人陪他，档次看来很高。

屈珲不知蔡侯葫芦里卖的是什么药，是否答应厉公的求亲，就疑虑重重地坐下来饮酒。

饮宴期间，由于心事太重，以至于他都不知道酒是何味。

酒过三巡，菜过五味，蔡侯笑着对他道：

“贵国君主的美意，寡人领情了。寡人不久前曾认领了近亲的女儿，作为寡人自己的公主。寡人认领的这位公主，相貌姣好，远比寡人亲生的漂亮。寡人想，贵国君主恐怕不会嫌弃吧？”

屈珲一听蔡侯答应了求亲的请求，心中大喜，起身一再向蔡侯和蔡季施礼致谢。

蔡侯连连招手制止：

“免了免了。寡人认领的这一公主，知书达理，很讨寡人喜欢。成亲之后，寡人只希望贵国君能善待她，为贵、我两国关系搭起友好的桥梁！”

屈珲被蔡侯的话感动了：

“请贵君主放心，我国君主一定会用心宠爱贵国公主的！”

不久，陈厉公佗隆重地把蔡国公主蔡姬迎娶到陈国。结婚大典过后，陈厉公佗揭下蔡姬的红盖头，发现面前的美人柳眉杏眼、樱口玉鼻，尤其桃花般的粉面更让他如痴如醉。

蔡姬抬眼看了看厉公，嫣然一笑后，立即射过去一个媚眼，顿时厉公佗就像被雷击了一样不能自制。只见他扑了上去，与蔡姬一起共上巫山。等到厉公下来时，已经汗水涟涟，气喘吁吁。可是，此时的蔡姬好像意犹未尽，又连连送过去一个个勾魂眼，还把自己销魂的玉体暴露在厉公面前，就像鱼钩上重新放上了最好吃的诱饵，使鱼儿不得不上钩。又一次酣战后，厉公就像一摊烂肉，倒在了龙床上。蔡姬犹如一架淫欲机器，稍微休息后，又启动了起来。厉公哪能经得住她的挑逗，再一次费尽全身气力爬上巫山。等他从巫山上下来时，浑身又酸又疼又软，好似身上的筋骨被谁偷偷地抽去。新婚之夜，也不知什么时候天亮的。

等到他醒来时，日头已经爬到正午。他一惊，忙大声喊：

“来人！”

侍女忙跑进来：

“君主，什么事？”

“这么晚了，怎么不叫寡人临朝？”厉公佗高声呵斥道。

“屈大夫来喊君主，喊了很大会儿，也不见君主答应，屈大夫只好走了。”

厉公佗想到这一夜懵懵懂懂，不知与蔡姬颠鸾倒凤多少回，自己实在累坏了。低头又看到蔡姬赤裸着身子，小鸟依人般地昏睡着，心中立即升起无限的快意。他想，朝政就让朝中群臣去办吧，自己也该好好消受消受这个外国尤物了。

蔡姬也醒了，睁开惺忪的双眼，向厉公佗投去多情的媚眼，接着伸手去挑逗厉公下身那敏感处，厉公再一次被征服了，又投入新一轮的肉搏。

自从迎娶蔡姬的那一天起，厉公佗就像霜打的茄子，一直没精打采。临朝听政也是三天打鱼，两天晒网。就是临了朝，听着朝臣上奏，也能不知不觉地呼呼睡去，使得朝臣不知是留是去。

对于蔡姬，厉公佗就像一个听话的孩子。每次临朝前，她就让厉公佗下朝后立即回寝宫。厉公不知是不敢不听，还是蔡姬吸引力太大，每次他都是按时下朝，按时回到寝宫。

以前厉公经常在寝宫接见前来建言的朝臣，蔡姬对此很不高兴：

“寝宫就是睡觉、娱乐的地方，只能我俩享用。以后请陛下不要让外人再来寝宫！”

为了让她高兴，他以歉意的口气唯唯诺诺地回答：

“行行，在寝宫只跟爱姬在一起，好了吧！”

从此，寝宫就是两人的乐园，朝臣们愤愤不平。

再说自从蔡姬嫁到陈国以后，蔡国人到陈国越来越多了。宛丘城内的国宾馆里，蔡国进驻的人不断。而蔡姬整天不是让厉公佗陪自己淫乐，就是以看娘家人为名，跑到宾馆里去，一待就是半天。她在蔡国时，就有不少情人。自从嫁到陈国后，这些情人经常来到陈国，在宾馆里和她幽会。

厉公佗也经常听到有关蔡姬的风言风语，为了陈国与蔡国的关系，他只是睁一只眼闭一只眼，不敢干涉蔡姬的行动。

说到这里，笔者要交代的是，蔡姬到底是蔡侯的什么人？为什么把她嫁给陈厉公佗？

原来，蔡侯和蔡季派人潜入陈国，想在厉公出城打猎时把他除掉。但是厉公听取了大夫屈珲的意见，不再出城打猎，这就使潜入陈国的杀手失去了下手的机会。正在蔡侯和蔡季无计可施时，陈国前来求婚。蔡侯和蔡季商量后认为，把一个蔡国的女子嫁给厉公，就是在他身边安上一个侦探，随时掌握他的动向，同时又派去一个消磨厉公意志、损害他肉体的女子，使他不能正常临朝听政，使朝臣与厉公造成隔阂。派去的女子还能够制造除掉厉公的有利机会，尽快让蔡侯的外甥登上陈国国君的大位。

为了满足蔡国的这些条件，蔡季说服哥哥蔡侯答应陈国迎娶蔡侯公主的请求。蔡侯没有合适的公主，蔡季就让他认领一个。只是认领的公主，要满足以上那些条件。最后选择了蔡侯的一个远门叔叔唯一的女儿蔡姬。

蔡姬人长得可心，也很精明，就是不守妇道，淫乱成性。只要是被她看中的男子，没有得不到手的。又听说她淫欲成瘾，一日能与数男苟合。为此，蔡侯的这位远门叔叔嫌她玷污了门风，多次要把蔡姬远嫁他乡。

蔡侯和蔡季立即意识到，蔡姬不正是送给厉公佗的最好人选吗？当蔡侯、蔡季一起与他们的远门叔叔说后，一拍即合。这既甩掉了远门叔叔一家的“包袱”，又大大地提高了蔡姬的地位。

蔡姬做梦也想不到自己能成为一国之后。当蔡侯、蔡季把消息告诉她时，她像孩子似的高兴，爽快地答应下来。接着蔡季向她面授机宜，她都一一点头承诺下来。

蔡姬果然很好地实施着蔡侯、蔡季的计划：使厉公佗荒废朝政，她做到了；使陈国的群臣对厉公不满，离间君臣关系，她做到了；在宾馆中与蔡侯、蔡季派去的人接头，谋划进一步行动计划，她也做到了。眼下，一切都准备就绪，只欠除掉厉公佗的“东风”。

再说大夫屈珲看到厉公迎娶了蔡姬后，把朝政荒废下来，很是痛心。但他又不好责怪厉公佗。毕竟迎娶蔡国的公主是自己出的主意啊，蔡姬是自己推荐给厉公的。要是自己责备厉公，厉公要是怪罪起来，自己又能说什么呢？厉公佗没有出城打猎，这就是万幸了。迷恋着蔡姬，至少厉公不会出城打猎了。

屈珲错了。没过多久，厉公佗又要出城打猎了。

原来，蔡姬在国宾馆里，与蔡国人一起，把除掉厉公的计划谋划好了。

这天，蔡姬不再有笑容。

厉公很心疼：

“爱姬怎么了，说出来寡人听听！”

蔡姬叹了口气：

“整天待在宫里，把臣妾闷死了！”

“那爱姬想干什么？”

“我倒不想干什么，只是想让君主干什么！”她噘着嘴说。

“爱姬别生气，叫寡人干什么，快说，寡人一定办！”说着像哄小孩似的哄着她。

蔡姬瞪着眼看着厉公佗。厉公佗不知她看什么：

“爱姬看寡人什么啊？寡人脸上又没有花儿！”

“我看陛下不像男人。”

厉公一愣：

“怎么了？寡人就是男人，怎么就不像男人了？”

“是男人不是驰骋战场，就是纵横猎场。只有女人才整天待在闺房里！”

“在战场、猎场又好在哪里呢？”

“我曾经看到过一次打仗，也参加过一次打猎。看到男人在战场和猎场上的雄姿，真让我从心底羡慕和敬佩。战场和猎场是勇者的天地！只有懦夫才龟缩在室内。臣妾听说以前陛下常常出现在猎场上，可自从臣妾来了后，就不见陛下出去打猎了。别人还以为是臣妾用色情缠住陛下，不让陛下出门打猎呢。臣妾能看得出来，在群臣眼里，臣妾早就成了误国的女妖精了！”蔡姬很委屈地说。

厉公哈哈笑了：

“原来是这样。寡人去不去打猎，关爱姬什么事？不去管他！”

“就不！”蔡姬生气了，“人过留名，雁过留声。外人肯定认为是臣妾把陛下管得太严了。这对臣妾不公，也认为陛下怯内，这对陛下也不公啊！陛下就是出城打一次猎，也说明臣妾并没有把自己的男人管死，也让外人知道陛下并不怯内啊！”她眼眶里满含泪水。

看到她令人怜惜的模样，厉公佗笑了笑：“这有什么难的！好吧，就依了爱姬，明天爱姬跟寡人一起出城打猎！”

蔡姬破涕笑了，一下子扑在厉公身上，嗲声道：

“陛下真坏！”

第二天，到了早朝的时间，厉公佗并没有临朝。大夫屈珲又忙着跑来，叫侍女喊厉公赶快临朝。

侍女去了片刻回来，说陛下身体不适，今日不临朝了。

屈珲不知道君主是真不适还是假不适，又不敢去弄清，只好灰心地回到朝堂。

原来，蔡姬故意让厉公佗以身体不适为由不去临朝。等屈珲走后，厉公佗马上喊来侍官，趁群臣还在朝堂内，让侍官快快备马，又牵来猎狗，带着蔡姬，和几位侍官一起偷偷地从侧门溜了出去，一溜烟地向郊外的猎场狂奔而去。

城郊的猎场是一个由几个山丘、许多片丛林组成的巨大的场所。一眼望不到边，甚是可观。

到了猎场，蔡姬下了车辇，来到厉公佗面前。厉公笑着下了马：

“怎么，爱姬是不是也想亲手打猎啊？”

蔡姬轻轻摇了摇头，把嘴送到他的耳边，悄声耳语：

“臣妾领略了陛下的床上功夫，可还不知陛下猎场的功夫如何，臣妾想亲眼目睹陛下的英姿，陛下不反对吧？”说罢悄然笑了起来。

厉公哈哈大笑：

“寡人是不会让爱姬失望的！”

说着往远处望去，但见有一只麋鹿正从丛林里跑出。只见他纵身上马，从一侍官手里接过一副弓箭，两腿猛地一夹，同时向马屁股上狠狠地加了两鞭，那马就像狂风一样瞬间蹿了出去。

几个侍卫官忙大声呼喊道：

“陛下，等一等，我们去护卫！”

厉公想在蔡姬面前逞能，只听他高声喊道：

“都不要给寡人动，谁过来寡人就射死谁！你们就看寡人把那麋鹿捉来给爱姬吃！”

说话间已经跑出去几十丈远。

侍卫官们愣愣地站在原地，看着厉公佗上了一个山丘，又看到马蹄腾起的一阵烟尘，眨眼间厉公佗从山丘上奔了过去，向麋鹿跑去的另一个山丘追去。

看不到厉公佗的身影，那些侍卫官都捏了一把汗。

此时，蔡姬也很心焦，额头上渗出一层细细的汗珠，不时抬起眼，远远地向小山丘望去。

过了半个时辰，不见厉公佗带着胜利品回来。侍卫官们心头笼罩着一种不祥的阴云。一位以试探的口气说：

“是不是过去看看陛下？”

侍卫官将领狠狠地瞟了他一眼：

“你想找死？陛下不是说了嘛，谁去就射死谁。你去吧，这些人还不想死！”

那个要去看望的侍卫官也当起了缩头乌龟，躲在后面事不关己地优哉游哉。

侍卫官们又耐心地等待下去。可等了一会儿又一会儿，直到等了一个多时辰，还不见厉公佗的影子，那位侍卫官将领脸上露出恐惧的神色。

这时，蔡姬突然心慌起来，高声喊道：

“陛下可能有什么不测，快去看陛下到底怎么了！”

只听“呼啦”一声，侍卫官们立即上了马，像闪电一样向厉公佗跑去的方向奔腾而去。

看着侍卫官们追了过去，蔡姬也忙乘上车辇，快马加鞭地跟了上去。

侍卫官们翻过一个山丘，不见厉公的身影，又继续往前寻找。来到一片树林附近，却看到厉公佗骑乘的那匹火红马站在那里，咴咴嘶叫。马身上并无厉公佗的身影。他们狂奔到跟前，猛然看到马下躺着一个人。下马跑过去一看，顿时惊骇得说不出话来。你道如何？原来厉公佗身上像刺猬一样，满身插满了箭矢，鲜红的血液正从一个个箭孔里往外流淌。

侍卫官们跑上前，大声呼喊着：

“陛下，陛下醒醒，陛下醒醒！”

侍卫官们正呼喊着厉公，蔡姬也赶来了。忙撩开车门上的锦帘，一看到厉公佗的惨状，便放声号啕大哭。

蔡姬是在哭吗？不，她心里在笑。原来，这一切都是她与蔡国人一起预谋的。

她一次次来到宾馆里，与蔡侯、蔡季派来策划暗杀厉公佗的人接头，还用与前来的蔡国人淫乱，来掩盖他们的阴谋。

真相被淫欲巧妙地掩盖着，竟然使厉公佗和陈国朝廷上下没人想到要怀疑他们在谋划暗杀陈厉公。

厉公虽然也风言风语地听说蔡姬到宾馆，与蔡国来的人打情骂俏，但由于惧怕蔡国，他也不敢责备和追问。可是，他做梦也没想到他们在打自己性命的算盘。

蔡姬和蔡侯派来的人发现，陈国宫店内守卫严格，到处都是眼睛。一有风吹草动，就会引起注意。即使有机会杀掉厉公佗，陈国人也会怀疑是蔡姬插手，给蔡国造成被动。而把他引到城外打猎，就另当别论了。鼓励他到城外打猎的虽然是蔡姬，但此事也只有厉公佗自己心里明白，其他人或许认为厉公又犯了打猎的老毛病，并不会怀疑厉公是蔡姬死缠硬拖来的。这样分析，厉公死在猎场上，陈国人就会怀疑是强盗、仇人，或者陈国谋反的人所为，根本不会怀疑是蔡姬和蔡侯精心谋划的清除厉公佗的政治事件，这就为以后立蔡侯的外甥为陈国的国君扫清了道路。

厉公佗死后，蔡姬利用她在后宫最得宠的地位，再加上蔡国在蔡、陈两国边界大量陈兵，又派蔡季亲自前来施压，陈国只好同意立蔡侯的外甥、陈桓公的公子跃为国君，他就是陈利公。

陈利公只在位五个月就去世了。继承他的是蔡侯的另一个外甥、跃的弟弟、桓公的公子林，他就是陈庄公。他在位七年后也去世了，继承他的是蔡侯的又一个外甥、陈桓公的幼子杵臼，他就是陈宣公。

这几个陈国的君主都执行臣服蔡国的政策，蔡国除了得到陈国大量财宝外，也使蔡国在诸侯国中的地位提到前所未有的新高度。周天子也是势利眼，谁强大就器重谁。这样，他对蔡侯就另眼相看了。

二十七　破巨资买美救父

在春秋时期，周王朝同样也对各诸侯国采取不同做法，就是人们常说的，柿子拣软的捏。弱小的褒国就是周王朝欺侮的一个对象。

公元前783年，周宣王姬静撒手人寰。临终前，他把自己的亲信召到病榻前，流着泪一再嘱咐他们：

“寡人在位已经四十多年了，靠众爱卿的鼎力辅佐，才使祖先传下的基业更加强盛。现今寡人百病缠身，阎王就要接收寡人了。从古至今，没有人能逃过死亡这一劫。寡人多天来，思考很多，觉得别的都还放心，就是太子宫涅让我感到死不瞑目。太子虽然成人了，可他性格怪异，喜怒无常，这就难以成就大事。寡人没少为他操心，可总不见他改好。寡人死后，望众爱卿严加教诲，悉心辅佐，齐心帮助他把祖宗交给的大业，千秋万代永远地传承下去！”

在场的亲信和大臣们都泣不成声，点头答应。

几天后，周宣王去世，遵照遗嘱，立太子宫涅为王。他就是历史上出名的周幽王，也是西周最后一个国王。

不出周宣王姬静所料，幽王宫涅确实是一个十分不称职的舵手，他把满载着华夏黎民的巨轮，不是驶进满是礁石的浅滩，就是陷入恶风骇浪的深海漩涡。

周幽王即位之前，早就迎娶申侯的女儿为妻，生下了一个儿子名叫宜臼。

他即位后，在群臣的请求下，就册立申侯的女儿为王后，宜臼为太子。

踏上龙墩的周幽王还是小孩子脾气，根本没进入角色，看来也不想进入角色。他整天宴饮玩乐，根本不理朝政。他有个最大的爱好，就是爱“二美”，即美女和美酒。

他即位不久，母亲因宣王去世过于悲恸，再加上病疴严重，很快也就辞了人世。

接着，辅佐幽王的一些正直老臣，也都相继去世。

现在，已经君临天下的宫涅，就成了一言九鼎的周天子了。因为那些顾命老臣相继过世，再没有人敢对他监管和阻拦，他说话、办事更加肆无忌惮，为所欲为。

俗话说，“物以类聚，人以群分”。又说，“鹅一群，鸭一群，老鼠不跟猫一群”。幽王不但自己荒淫，还远忠臣，近小人。往往忠言逆耳，奸语中听。一些君主就是听不进逆耳忠言，才一个个成了害民误国的昏君。

幽王就是这样的人。他趁一些老忠臣去世之机，大胆地任用朝堂公认的奸佞小人虢公、尹球为卿相。此举使明眼人已看出，大周王朝将要上演一出出遗臭万年的丑剧和闹剧。

虢公最能摸透幽王的心思，也最善于对幽王察言观色。他见幽王即位后不想临朝，郁郁寡欢，便上奏道：

“先王在位时召进宫的侍女，现在都年龄很大了。陛下新近即位，应该除旧纳新，把老宫女遣送出宫，另从民间选进一些娇好的女子充实后宫。”

这话真正说到了幽王的心坎儿上。他当时就兴高采烈地准奏，还在背后赏给虢公五百两黄金。

一时间，全国各地其他的事儿乎都停了下来，到处都在层层挑选美女，使千千万万有女孩的家庭如临大敌，也使女孩子们胆战心惊，生怕被选进宫，造成骨肉分离。

当时周朝有个诸侯国叫褒国，褒国的国君叫褒珦。褒珦看到这样下去，先王奠定的繁荣富庶的基业可能要毁于一旦，心里就十分忧愁。他也知道幽王是个听不进忠言的国君，但是强烈的爱国之心，使他还是冒死进谏。

褒珦劝周幽王说：

“陛下，今年天下大旱，泾水、渭水、洛水都已干涸。黎民无粮充饥，到处用树皮果腹，饿死的百姓成千上万。在这一非常时期，举国上下仍然到处选拔美女充实后宫，不要说影响治理国家，也可能引起民怨，闹出大乱来。请陛下三思！”

这样的话要是贤君听后准会被采用，荒淫、残暴的君主则另当别论。幽王当然属于后者，听了后很是反感。只听他不高兴地回答：

“山崩地裂，洪水干旱，这是每年都会发生的事。别说寡人没办法，就是先王们谁也降伏不了灾害。现在老百姓到处流离失所，正是寻找美女的最佳时机，有什么不可！”

如果为自己着想，褒珦这时可以趁机退下，还能自保。可他十分固执，还是按照他自己的思路，直言劝说：

“眼下大灾当前，黎民怨声载道。此时陛下应该安抚民心，关怀民情。怎么可以不顾黎民死活，再去抢他们的女子呢？这样会激起众怒，很容易酿成无法收拾的祸端。臣恳请陛下打消挑选美女的念头，远美色，救万民！”

周幽王当场大怒，臭骂褒珦：

“寡人的家事，难道你也想过问吗？真是岂有此理！”随即下令，把他逐回他原来的封地。

这样杀鸡给猴看，再没有一个“猴”敢出来进谏了。这正是周幽王想看到的局面。

人该倒霉喝凉水都能被噎死。偏偏在褒珦回去没几天，虢公和尹球一起来向幽王禀告。

幽王笑着问道：

“两位爱卿，有什么事吗？”

虢公施礼后上奏道：

“陛下喜欢喝的甜酒，现在快没有了。”

“这还用禀告我，爱卿督促加快酿造就是了！”

虢公看了尹球一眼，然后对幽王说：

“陛下，是酿造甜酒用的黑黍米没有了。”

幽王一惊：

“黑黍米是叫褒国进贡的，褒珦这个老家伙敢不进贡？”

尹球说：

“大王，褒珦还不敢不进贡，可是交来的黑黍米却一年比一年少，今年就更少得可怜，酿造的甜酒根本不够宫中用的！”

虢公说的甜酒就是西周时宫中用的“醴酒”。它是宫中喜庆、祭祖、祭天、赏赐和天子自己饮用的御酒。这种酒是用黑黍米为原料，再添加多种香料酿造而成，味道香醇甘甜绵长。而黑黍米只有褒国才生产。从周武王时，就规定褒国每年向宫中进贡一定数量的黑黍米。由于褒国面积小，近年又遇到大旱天气，使黑黍米大量减产。

幽王问：

“为什么进贡的黑黍米越来越少？”

虢公说：

“褒国押运黑黍米的官员说，褒国的土质近年发生变化，又遇到天灾，黑黍米歉收，所以才没能如数进贡。可是以臣之见，情况可能并不是这样，这话都是褒珦让这些官员编的谎言。”

“爱卿有什么依据吗？”幽王认真起来，身子往前倾着。

虢公的声音更大了：

“陛下，什么样的土质，是制造万物之神早就定死了的，就像生成的男人永远不能变成女人一样。怎么褒国的土质就会变了呢？说土质变了，这连小孩子也不会相信！”

幽王这时气得脸憋得通红。

“陛下，臣认为，褒珦这么做，一是在试探陛下的态度。如果陛下默许了，他以后进贡的黑黍米就更少了，直到连一粒也不进贡；二是他是在蔑视陛下。从先王武王开始，褒国就向宫廷进贡黑黍米，一直也都是足数进贡，难道二百多年没有过天灾？非也。史书上记载，自武王建周以来，每年都发生数次大小不等的天灾。可是，褒国每年也都能如数向宫廷进贡黑黍米。而陛下即位后，褒国就减少向宫廷进贡黑黍米，这是褒珦在有意蔑视陛下啊！”

尹球也趁机挑拨：

“陛下才登基不久，褒珦就敢不断减少朝贡，这可不是小事啊。他这么做不受到惩罚，其他的诸侯国要是也效仿他，陛下以后怎么办？臣以为要对褒珦严办，这样就能在各诸侯国树立陛下的威信！”

幽王脑子里灌了这么多关于褒珦的“脏水”，怎么还能轻饶了他？他迅速派人到褒国，把褒珦抓到京城囚禁起来。

父亲褒珦被囚，慌坏了褒国的太子褒洪德，他千方百计要救出父亲。他托父亲身边的老臣到京城说情，幽王不答应，还把那些老臣鞭打出宫。身边的谋臣向褒洪德献计：农家不可能把黑黍米全部上缴完，会留一些自家用，不如到各家搜一搜，也许能凑够进贡给宫廷的数目。褒洪德就派许多官员到处搜查，最后也不见搜出多少。他又答应拿钱收购民间的黑黍米，可民间确实无米，还是没收够进贡给宫廷的数目。

时间快如弹指。一晃三年过去了，也不见救出褒珦的希望。褒洪德整日愁眉不展。这天，他下去巡查灾情。翻过一个山头，来到一个小山村。远远看去，村庄里绿树成荫，蜿蜒小路和小巧的石桥在绿荫的掩映下若隐若现，给人一种人间仙境的感觉。褒洪德饶有兴趣地进了村，听到村头流水潺潺，泉水叮咚。忙走过去，但见泉水下，一位妙龄村姑在洗着衣服。她穿着鲜红的衣服，远远看去，好像泉水边燃烧的烈火。

这时，褒洪德的坐骑打了个响鼻，那少女听到后，抬头向他看去。褒洪德一看，心中猛然一惊。这女子头发如黑色瀑布，眉毛似上弦的月牙，眼睛宛如出水的墨玉，粉腮像初绽的芙蓉，嘴唇犹熟透的樱桃，香鼻若秀挺的玉葱。褒洪德从来没有见过这么美丽的少女。说她世上独有不过分，人间无双恰言中。虽说是村姑装扮，但内中的秀气和丽质，从粗糙的布衣里渗透出来，怎么也掩饰不了美人的俊丽。

看到这一绝世美女，褒洪德突然想起四百年前周王朝鼻祖姬昌被商纣王囚禁的事。商朝末代君主纣王和苏妲己十分残暴，又是一对虐待狂。九侯、姬昌都是纣王的忠臣。九侯的女儿九姬又是纣王的妃子，就因为九姬不会察言观色奉承纣王，纣王就把九侯剁成了肉酱。姬昌看到了，不禁叹了口气。就为叹这口气，纣王就把他囚禁了起来。姬昌是周部落的酋长，因为他有很高的才能和高尚的道德，人们都很尊敬他。姬昌被囚禁的三年时间内，周部落的人们一次次营救他，但都没有成功。后来，他们针对纣王好色的弱点，向他献上美女，姬昌才被释放。

褒洪德知道幽王也是个好色之徒。别的办法都不能救出父亲，何不给幽王献上美女一试？而眼前的这一美女如此绝色，不正是最佳的人选吗？想到这里，他进村打听，才知道这女子名叫褒姒。他又连忙返回家去，向母亲说，想用美女褒姒赎回父亲。

救不出丈夫褒珦，褒洪德的母亲也日夜发愁。听了儿子这么一说，她叹口气说：

“什么办法都用尽了，也不能使幽王放人。儿说用美女赎回你父，可天下的美女太多，幽王身边就美女成群。要是褒姒没有倾城倾国之美，他是不会动心的！”

褒洪德就把褒姒的绝代之美讲了一遍。母亲从来没听儿子夸过哪个女子美，现在这么夸一个女子，做母亲的就知道褒姒不是一般的美丽。她放心地看了看儿子：

“那就试试吧。不过，既然要用人家的女儿赎回你父，就要不惜重金。农家生活苦，养一个这么好的女儿也不容易。”

褒洪德当即答应了母亲。第二天就带着五十张虎皮、十担谷子、四百两银子和三百匹绸缎，总共拉了一车，来到褒姒家。

见了褒姒家的大人，褒洪德就说，家中父母大人只生儿子，没有女孩，父母很想赎养一个女儿在身边。听村里的人说，褒姒很知道关心老人的冷暖，就有心赎养。他向褒姒的父母保证，绝不会让褒姒吃苦受难。

褒姒的家人虽然想让褒姒作为自己以后养老的依靠。但是，当褒洪德把重金放到他们的面前时，他们还是动心了。

“我俩把褒姒养大也不容易，还真舍不得啊！”褒姒的父亲虽然看中这些厚礼，但更舍不得褒姒。心里难过，说话都变了腔。

褒姒的母亲把女儿搂得紧紧的，生怕她跑了。她对褒洪德说：

“孩子是我的命根子。以后我们俩老了还要依靠她。要让她离开我，我这脑子还转不过来！”

褒姒表情麻木地看了看父母，又看了看褒洪德，说不上是愿意走，还是不愿意走。

褒洪德诚恳地说：

“我知道你们都爱自己的孩子，以后也指望孩子生活。可你们想过没有，褒姒这孩子以后成了家，又能过上多好的日子呢？你们打听一下左邻右舍，谁家的闺女出嫁后，有能力养活自己的双亲？出嫁的女儿往往连自己也养活不了啊！”

听了褒洪德的话，褒姒的父母也觉得自己想得有些不切实际。成天兵荒马乱，自己都不知什么时候死活，饿死、冻死的人到处可见，哪里还能指望女儿出嫁后养活父母？他们又瞟眼看了看那么多聘礼，心里就活泛起来。那时候，有钱人要娶一个小妾，最高也就是只花上十匹绸缎。现在看到面前三百匹绸缎，另外还有那么多贵重的东西，这些对于他们来说，做梦也想不到。他们估计一下，这些东西也足够下半辈子用了。最终，夫妻俩也就答应了褒洪德的要求，把褒姒交给了褒洪德。

古时候，女人的命运是自己不能做主的。父母没有征求褒姒的意见，她就这样糊里糊涂地被带到了褒洪德家。

褒洪德带着褒姒往回走的路上，一边看着绝色的褒姒，一边犯疑：人间怎么会有这么绝美的女子？

说到这里，有必要向大家介绍一下褒姒的身世。关于她的身世，传说的版本很多。有的版本玄而又玄，奇而又奇。

说到褒姒的身世传说，还要从周宣王姬静时期讲起。

公元前789年，西周的西面甘肃敦煌一带的姜戎侵犯西周，来势凶猛，形势危急。周宣王御驾亲征，双方在今天的山西介休县境内大战。哪知姜戎的将士个个作战彪悍凶猛，西周的军队大败，损失惨重，结果落荒败回。

进了京城，周宣王突然看到许多少儿拍着手，唱着民谣：

“月亮快要升起来了，太阳将要落下了。弓箭快要制好了，周朝快要灭亡了。”

宣王听了十分气愤，命令左右把唱歌的小孩抓来审问。

“此歌是何人所编？”宣王问道。

唱歌的孩子吓得浑身发抖说：

“不是我们编的，是一个穿红衣服的小孩教我们唱的！”

宣王问：

“穿红衣服的小孩哪里去了？”

孩子们都摇头，说不知。

宣王喝道：

“以后不准再唱。再听到唱，就把你们都杀了！”接着连声把孩子都呵斥跑了。

这时，随行的召公对宣王说：

“看来，国家以后可能要遭弓矢之祸！”

“那就把京城所有做弓箭的人都杀死，也把宫中库房里的弓箭都销毁。寡人看还能有什么事！”

太史令（朝中掌管文书起草、向诸侯下令、记载国家大事、编著史书、天文历法及祭祀等事务的大臣）伯阳父禀告说：

“陛下，臣夜里观看天象，发现弓矢之祸有可能将要发生在陛下的后宫里。这就预示着后世在后宫里必有女子乱国。实际上这与弓矢没有关系，请陛下不要滥杀无辜，也不要毁掉兵器。”

回到宫中，宣王问姜王后：

“最近宫中的嫔妃有没有什么异常？”

姜皇后说：

“陛下，宫中没有什么异常。只是有个卢氏嫔妃，已经二十八岁了，怀孕八年最近才生了个女孩。”

宣王十分惊讶。他知道人类都是十月怀胎，一朝分娩，没听说就在他的后宫，竟有怀孕八年才生产的。回想到太史令伯阳父看天象观测到的后宫可能要有女子乱国的话，不由得紧张起来。

他想看看这个八年怀胎、一朝分娩的妃子到底是谁：

“真有这等怪事？把那卢氏给寡人召来！”

卢氏被带到宣王面前，逼问之下，她说出了一个不同寻常的往事：

在夏桀时候，褒城有个神化作了两条龙。一天，这两条龙降落在宫廷中，说“我们是褒城二君”。它们口里流着涎沫，盘在地上，一动不动。夏桀害怕，就想把这两条龙杀掉。

他不知道杀了这两条龙是吉是凶，就命令太史令卜一卦吉凶。

卜卦后，太史令说，要是杀了此两条龙，凶多吉少。接着他又向夏桀献计道：

“龙的涎沫是龙的精气，如果把它收集起来，也许是大吉大利之事。”

夏桀命人用金盆把龙的涎沫收集起来，又放进红色的匣子内，恭恭敬敬地锁好，密藏在后宫的皇库中。

藏好后，突然暴风骤雨，那两条龙乘雨而去。

夏朝灭亡后，那只盛着龙的涎沫的匣子，一直传到周宣王的父亲周厉王在位时期，也没有人敢打开验看。

到了宣王末年，突然匣子里放出光芒。侍臣打开锁，捧给宣王验看。

宣王失手，匣子掉在地上，龙的涎沫流了一地。

眨眼间，那涎沫变成了一只小乌龟，到处乱窜。

当时只有十二岁的宫女卢氏忙上前去捉，踩到乌龟爬过的地方。乌龟竟然不见了，她却很快就怀了孕。谁知她这一怀孕，竟然长达八年，才生下了一个女孩。

“你生的那个女婴现在何处？快抱来寡人看看！”

“贱妾以为是不祥之物，生下后，就叫人用草席包裹起来，抛弃到远离都城数里的清水河里了。”卢氏十分难过。

宣王感到卢氏生的这一女孩很怪异，怕确实是个不祥之物，就派人到清水河里去查看。查来查去，却不见一点影子。

“可能被流水淹没了。”去查看的人回来说。

宣王也相信了这话，就不再追究。

再说卢氏生下那一女孩后，虽然让用人扔到清水河里，可那用人很懒，嫌清水河太远，就把那女婴随手抛到距离都城较近的一片树林中，就回去复命了。

卢氏向宣王这么说，可能是为了掩盖她在宫中偷情的真相。哪会有龙的唾液就能让一个女人怀孕的啊？究竟这一女婴的父亲是谁，她不说，别人也没发现。现在想来，无非是有机会进入后宫的一些年轻人，他们中，或者是在宫中干活的工匠，或者是守卫宫廷的下层军官。作为嫔妃的卢氏，长期得不到大王的临幸；作为在宫中干活或守卫的军官，也一直得不到性的满足。这样，饥女饿男，有幸见面，一见钟情，一拍即合，后宫再严，也未尝办不成男女短时间的苟合之事。

宣王没有找到嫔妃卢氏所生的女婴，就又问伯阳父：

“这一女婴可能被淹死了。爱卿可再占卜一下，看看妖气有没有消除。”

伯阳父再次占卜后，回答宣王说：

“妖气虽然已经出宫，但是还在人间，日后还有可能乱国！”

偏偏这时京城里又流传着“桑木弯弓，萁草箭囊。有此两样，周国灭亡”的民谣。

宣王联系到先前听到的“月亮快要升起来了，太阳快要没落了，弓箭快要制好了，周朝快要灭亡了”的民谣，预感到日后乱国的人，可能就是现在那些拥有可以用来制造弓箭的桑木弓和拥有可以用来编织箭袋的萁草的人。他立即下令：一、凡有人敢收留和隐藏清水河里的弃婴的，满门抄斩；二、在全国范围内，全面收缴桑木弓和萁草箭袋，有胆敢制造、贩卖及使用弓箭和箭袋的，立即处死。

周朝的时候，弓箭不但在战场上广泛使用，更是人们打猎谋生的工具。这就使制造、贩卖乃至使用弓箭和箭袋的人很多。由于周宣王的这道圣旨，这些人大部分都被朝廷派去搜捕的人斩杀了，全国上下一时成了巨大的杀人场。

宣王的命令下达后，京城的人很快都知道了。制作桑木弓和萁草箭袋的，或者拥有弓箭的，一个个都暗地销毁了，这样就躲过了一劫。

乡间偏僻，消息闭塞，很多人都不知道。

也就在这期间，有一对乡下夫妻进了都城，到了北门口。他们一人背着桑木弓，一人背着萁草箭袋，在街上高声叫卖。

巡查的军卒向叫卖声跑去，发现这对叫卖的夫妻，忙高声呵斥道：

“好你们两个不知死的鬼，还敢在这里叫卖。别跑，把他俩拿下！”喊着赶了过去。

那对夫妻听到军卒要捉拿他们，撒腿便跑。那女子跑得慢，被军卒捉住。那男人扔下桑木弓，拼命逃跑，军卒竟没追上。两军卒怕受到追究，回去后也就把跑掉一个男人的事隐瞒了。

宣王以为抓到了叫卖箭袋的乡下妇女，就是拿到了妖女，立即命人在闹市把那妇女腰斩，并把收缴她夫妻俩的桑木弓和萁草箭袋当众焚烧，以消除妖气。

看到日后祸害周朝的妖孽已除，周宣王这才长长地松了一口气。

直到七年后，周宣王病逝时，也没发生女子乱国的事。他这才闭眼到了另一个世界。

接下来继位的是周幽王姬宫涅。

再说那逃跑掉的卖桑木弓的丈夫，一口气跑到城外。见后面无人追赶，才停了下来，但是妻子的下落使他十分挂心。

第二天凌晨，他又溜进京城打听消息，才听说昨日一个妇女在北门口叫卖萁草箭袋，被捉住处死了。

那男子就知道处死的肯定是自己的妻子，也就死了心。跑到城外无人处，痛哭了一场了事。

活着的人总还要想法活下去。那男人哭罢后，心中一片茫然。他失魂落魄、漫无目的地在野地里走着。

他深一脚浅一脚地走着，不知不觉地来到了一片树林旁，突然感到一阵头晕，身子不由得靠在树上。

这时，一阵风传来群鸟的鸣叫声和婴儿的啼哭声。他吓了一跳，忙顺着声音寻去，终于发现树林深处，百鸟在用翅膀的羽毛覆盖着一个啼哭的婴儿。再走近些，看到那婴儿用粗布裹着。他又上前解开看了看，发现是一个女婴。看上去，这女婴长得异常可爱，外表也看不出有什么缺陷和病态。

想到自己没有了妻子，家里进出就他一个人，连一个解闷的也没有，就有心把这女婴抱回家，想法养活她。

那男人抱着女婴走到半路，突然改变了主意。要是把女婴抱回家，邻居们问起女婴的来历，该怎么说？当他实在想不出理由时，就决定把女婴抱给他的姐姐喂养。

他的姐姐虽然愿意喂养，但是由于缺少奶水，生活又难以为继，没有能力养活这一女婴。

正巧邻居有一家姓褒的，妻子生下个女婴，可这女婴不几天就死了。褒家人听到消息，带着礼物，向那男子要求把女婴留给他家喂养。那男子和他姐姐为了给这女婴讨个活命，也就爽快地给了褒家。

女婴到了褒家以后，给她取名叫褒姒。这家给取这个名字，是有一定目的的。“姒”，古代泛指许多夫人中年龄较大、地位较高的那位。从这里就可以看出，褒家收养这一女婴，目的还是希望以后能换个好价钱，这就和喂养牲畜的目的几乎没有区别。

褒姒生来是个美人胚子，长到十四岁的时候，已经是个十分漂亮的姑娘了。她除了美丽外，最好看的是笑。但褒姒性格内向，平时总难得一笑。

然而，她怎么也没想到，正是她的这难得一笑，日后给已经延续了七八百年的周王朝带来了无可挽回的灭顶之灾。

二十八　宠位是如何炼成的

要使周幽王接纳褒姒，并取得欢心，不但要靠褒姒的美貌，而且要靠她优雅的举止和过人的才艺。为此，褒珦的夫人和儿子褒洪德在褒姒的身上花了很大功夫。

首先，他们不惜金钱为褒姒梳妆打扮。给她穿的是绫罗绢缎，戴的是贵重首饰，吃的是山珍海味。每天都用香汤为她沐浴。

同时，还对她悉心调教，有专人按宫廷礼节的要求，习练进退礼节，规范言谈举止。并有高人教她跳舞、音乐和唱歌。

环境能改变人、塑造人，也能完善人、提高人。经过下这一番功夫，再加上褒姒自己很机灵，悟性好，很快就学会了融入上流社会必须具备的本领，模样儿也出落得像天仙下凡一样，香气袭人，光彩照人，举止动人，姿色迷人。

母子俩看到褒姒自身条件已经成熟，完全能够迷惑像周幽王这样好色的臭男人，就不时地给她洗脑。反复在她面前历数幽王的残暴和昏庸，为了救周朝，必须把幽王除掉。

褒姒是个聪明人，意识到褒家母子这么说，似乎跟自己有什么关系。

她平静地问道：

“能让小女子干什么？”

听到褒姒问话，褒家娘儿俩认为迟早也要把真相告诉她，也就干脆把褒珦如何被囚、幽王如何不肯放人的事说了一遍。

“小女子来这里，这么长时间受到如此宠爱，理应报答。不知小女子能为恩人做什么？”

褒家母子俩很激动。可人都是有感情的动物。他们与褒姒相处这么长时间，渐渐地产生了亲情，心中一时不舍得把褒姒送进虎口。但一想到为丈夫和为父亲的褒珦正在牢狱里受苦受难，以前想尽办法也无法把他救出时，最后还是忍痛割爱。

褒洪德的母亲哭着拉着褒姒的手：

“孩子，不是我们心狠。我家的褒大人已被周幽王囚禁三年多了。褒大人是我们褒国的国君，褒国不能没有他。自从他被囚禁以来，褒国无主，国家受辱，黎民受难。千千万万的黎民都盼着褒大人能够早些回来，可一直苦无良策。有人献计，说幽王爱美色，献上美女一定能让褒大人放出来。所以，我们也就想——”

没等褒夫人说完，褒姒蓦然跪在她面前说：

“恩人对小女子的大恩大德，小女子永生难忘。现在恩人有难，小女子自当以身相报。请恩人把小女子送给幽王，小女子一定想办法抓住幽王的心，设计换回褒大人！”

褒洪德忙把褒姒扶起：

“只是要害苦你了，我们心里也不安啊！”

褒姒摇了摇头：

“恩人别这么说。小女子也是褒国的臣民，褒大人回不来，褒国受辱，小女子脸上也无光。万民受难，小女子也逃不脱啊！别说是为了报恩，就是为了一国之君的褒大人赶快能回来拯救褒国的万民，小女子也应该去幽王的宫中，把褒大人换回来啊！”

褒珦夫人激动得流出了眼泪：

“孩子，你这么大义大德，救了我们这一家啊！这里，老身给你磕头了！”说着跪在她面前，连磕几个头。

褒洪德顿时膝盖也软了，跟着母亲跪了下来。

褒姒哪能接受他们的跪拜，连连把他们拉起：

“哎呀，恩人啊，你们这不是折煞我吗？应该向恩人跪拜的是我才对啊！”

“只是这次把你送进宫，可能要毁了你的一生啊！”褒家的母亲抱歉地说。

褒姒反而安慰起他们来：

“这就看小女子的命了。再说，小女子要是没有机会来到这里，就是还在父母身边，以后嫁给什么人，苦度日月，也不知有什么灾、什么难，这辈子还不知道怎么死呢。小女子去了宫中，要是小女子的命好，也许能够从此翻身。即使不能翻身，如果小女子能活着回来，请恩人不要嫌弃，还收留小女子！”

褒姒的这些话，使褒洪德母子俩感动得泪水纷飞。

实际上，褒姒也有她自己的想法：乡下穷苦人家的女孩子，不知有多少人都梦想进宫享受荣华富贵，可真正能够走进王宫的总是少之又少。这次褒家把自己送进宫，如果能够被幽王接受，靠自己的色艺，就不愁压不倒宫中的群芳，使幽王独宠自己一人。真是这样，自己的命运不也就彻底转变了吗？

这一天，褒洪德把褒姒精心打扮后，带着她去了都城，托人花了重金买通了幽王的宠臣虢公。

吃人的嘴软，拿人的手短。虢公原来想往死里整褒珦，现在得到了褒洪德送来的重金，立即转变了立场，反而答应在幽王面前替褒珦说情。

第二天早朝，虢公就向幽王奏道：

“褒国太子褒洪德，大义孝心，为了替父亲褒珦对陛下谢罪，特遍访褒国，终求一绝色美人，名叫褒姒，今献给陛下，以换取对褒珦的特赦！”

啥客啥菜，啥人啥待。虢公要是对一位贤君说这样的话，恐怕不被杀头，也要削职。可他敢于对幽王说这些拉人下水的话，就是看准了幽王的“软肋”，那就是喜好美人。

果然不出虢公所料，幽王是听不得“美女”二字的，一听说遍访褒国才选出这么一个绝色美人，顿时怦然心动。

“快，先宣来，寡人验看以后再说！”周幽王得意地下着命令。

褒姒优雅大方地走着猫步上了殿，宝殿里面一片惊叹声。

幽王抬眼细看，只见褒姒双目含珠，面如桃花，婀娜多姿，光彩四射，满殿生辉，奇美无比，宫中万千佳丽容颜顿失。幽王只顾贪恋褒姒的美色，两眼专注地盯着她，满朝的大臣顿时在他脑海里消失了。

褒姒看到幽王如此贪色，就知道他不是个好玩意，遂胆子大了起来。只见她频施媚眼，屡送秋波。就像要猴人调弄顽猴一样，顿时就把幽王这只老猴玩得失魂落魄，恨不得立即把她生吞下去。

幽王不禁龙颜大悦，急命把褒姒带到琼台沐浴更衣，好生安顿，然后下旨，特赦褒珦出狱，并且还让他继续当褒国的国君。

褒洪德当即拜谢，当日就把父亲从都城镐京（今陕西西安西）的监狱接出。为了防止幽王反悔，连口气也没喘，又踏上了去褒国的路。

看到幽王要纳如此美丽的褒姒，大臣们一个个都为幽王和周朝的命运捏把汗。

一老臣进谏道：

"陛下要三思后再决定。臣知道，美色倾国的事古来就有。且不说太远的，就说近几百年的事吧，夏朝时夏桀因为陷入美色妹喜的圈套而灭亡，商朝时商纣王因为迷恋美女妲己而丧国。前事不忘，后事之师。陛下要好好权衡一下得失，切不可接受这一美女！"

其他大臣也都纷纷跟着出来劝告幽王。

虢公见了，喝住：

"种地的多收点庄稼，都还想再纳个妾。陛下以天子之尊，整天为天下黎民操劳，难道就不能接纳一个宫人？你们怎这么大胆来干涉陛下的私生活！"

幽王的宠臣尹球也从中帮腔，斥责那些大臣：

"你们这些人，家里娶了老婆，还纳了一个，有的甚至几个妾。陛下纳一个宫女，你们就这么责备陛下，到底安的什么心？"

幽王本来见到褒姒就已神魂颠倒，听了虢公和尹球的话，更使他对褒姒按捺不住。他愤怒地呵斥道：

"有谁再敢劝寡人不要纳宫女的，立斩无赦！"

褒姒被带到琼台，正在香池里沐浴，幽王就猴急般闯了进来。顿时，她那少女窈窕纤细的玉体，就赤裸裸地呈现在了幽王面前。他按捺不住，也顾不得让侍女动手了，三把两把把自己脱得精光，扑进香池内，要和褒姒洗个鸳鸯浴。

褒姒只有十四岁，少女的羞涩和怯意，使她不由得颤抖起来。

幽王搂着她，安慰道：

“美人儿别怕，从今以后，您就是寡人的人了，寡人一定会宠爱您的！”

褒姒在香池里忙给他谢恩，他急忙把她抱住：

“美人儿不必拘礼！”

他再也控制不住自己，就势两手像弹钢琴一样，把她的迷人胴体抚摩了个遍，顿时来了兴致，来不及到床上，就在香池里天翻地覆地云雨了一番。

沐浴一罢，用罢晚膳，来到琼台，在坠满珠玉宝石的宽大龙床上，幽王和褒姒没完没了地亲热和折腾。褒姒浑身白如雪，香如幽兰，柔滑似锦，春夜良宵，竟使幽王一夜难眠。

从此，幽王再也离不开褒姒，卧必同枕，坐必同椅，行必并肩，饮必交杯，食必同碗，两人俨然合为一体。

这时的幽王心中只有褒姒，再也不想朝政。朝政对于幽王来说，只是副业，每月只上朝两天，每天也只是一个时辰。其余时间，都熬在褒姒身上，满朝大臣为此心急如焚。

周幽王身体内的荷尔蒙太多，感到只在褒姒身上难以排泄净。单独专宠褒姒一段时间后，他又隔三岔五地到后宫别的女人身上乱发泄一通。

褒姒好像很了解男人的心理：经常跟一个女人在一起，容易腻烦和缺乏新鲜感。所以，她除了在床上使出十八般武艺外，更是用歌舞和琴棋书画为他排解烦闷。

这天，太阳也算从西边出来，好久没临朝的幽王终于被请到了朝堂上。他焦急地听完群臣的奏报后，就急匆匆地下了朝。奔到寝宫，不见了褒姒的身影。问了宫女，才知去了后花园。他像离不开娘的孩子，慌忙往后花园奔去，老远就听到悦耳的琴声。

幽王不知是谁弹奏的，忙奔过去要看个究竟。一看才知，竟然是他最宠爱的妃子褒姒。只见她身穿鲜艳的衣服，像彩蝶一样在风中飘飘欲仙。两只玉手在琴盘上跳跃，流淌出悠扬的琴声。

幽王被陶醉了，兴奋地走过去。此时褒姒已经弹完一曲。

他兴致未尽，请求她再抚上一曲。

褒姒送过去一个摄魂的媚眼，然后抚琴唱了起来：

彩云飞扬上九霄，
瑶台仙子望情郎。
花荫月下诉衷肠，
爱心无限意长长。
美人如林恨不平，
欲独得爱知何时？

幽王听出她埋怨得不到他的专爱，听罢曲子，只见他“扑通”跪在地上，表情严峻地对她说：

“寡人对天发誓，除了美人，今生今世，不再爱其他任何一个女人！”

褒姒也急忙跪了下来，也向幽王发誓：

“臣妾从今以后，只服侍陛下一人，绝无二心。如违反此誓，不得好死！”

打那以后，幽王一改过去滥爱滥淫的恶习，专心宠爱褒姒一人。两人朝夕相伴，恩爱异常，形影不离，两人像胶粘着一样难以分开。

幽王分身无术。他专宠褒姒，必然远离了王后申氏。自从褒姒来了之后，申氏连幽王的影子也看不到，一时她的正宫变成了冷宫。申氏多方打听，才知道幽王不来她这里的缘由，不禁对褒姒万分嫉恨。

这一天，幽王和褒姒正在琼台玩乐。褒姒坐在幽王的怀里，幽王正把玩着她的手。玩得正投入，没有注意申氏到了跟前。

“哪来的下贱女人，胆敢到这里诱惑君王，扰乱朝纲！”申氏喝道。

如晴天霹雳，让褒姒吓了一跳，连忙钻进幽王的怀里。

幽王见是王后申氏，心烦地瞟了一眼：

“你吃了天雷了，这么大声音把人吓坏了！”顿了顿，他又替褒姒代答道，“她是寡人新娶的美人，叫褒姒。还没来得及给她个名分，所以暂时不便拜见你，你何必生气啊！”

申氏瞄了褒姒一眼，依然气呼呼地说：

“是不便去见我，还是不想去见我？或是怕耽误和陛下玩耍，不去见我？她是狗眼看人低！”臭骂了一顿，愤愤而去。

幽王自知理亏，并没呵斥王后，只是平静地说：

“这是寡人的美人，不要生气嘛！”

有人抢了她的男人，申氏哪能不生气？只见她哼了一声，气呼呼地走了。

申氏走后，褒姒惊问：

“这是谁啊？怎么像个母老虎！叫臣妾吓掉魂了！”

“别怕别怕。她是王后，专管后宫的，明日您去见见她吧。”幽王赔笑。

褒姒听了欲言又止。

有幽王宠着，褒姒眼里哪还有王后？她根本不愿以嫔妃的身份去拜见申氏。一连三天，也没提去拜见王后的事。幽王的心都在褒姒身上，也把这事给忘得一干二净。

得不到幽王的临幸，申氏整天以泪洗面。她自觉是申国的公主，又是周朝的王后，六宫数千嫔妃都由她一人管理。而褒姒只是一个小小的下贱村女，竟然胆敢不来见她这个王后，这口恶气她怎么也咽不下去。

想来褒姒胆敢这么做，背后肯定有大王为她撑腰打气，想到自己失宠，申氏心里像塞了块石头一样难以忍受。

太子宜臼来向母后问安，看到她愁眉不展，就问：

“母后有什么事不高兴？”

她长长地叹一声，沉吟一会儿，才把事情说了出来。接着她对宜臼说：

“我已年近四十，无法以美色和褒姒相比。不会很长，褒姒就要得志，到时候我们母子哪还有立身之地啊！”

太子年轻气盛，申氏的话让他心里装不下，就对母亲说：

“这事好办，我带些人去把褒姒打一顿，教训教训这个不懂礼节的小贱人！”

申氏摇了摇头：

“我儿切不可莽撞，要是你父王怪罪下来咋办？”

“母后放心，褒姒挨了打，必定要上奏父王。父王不听她的也就罢了，要是因此生出什么事，孩儿一定把她杀了！”

说罢，没等申氏再说话，就一溜烟怒气冲冲地跑到琼台为母后出气。

宜臼带人来到琼台后花园，见花就折，见盆就砸，把后花园搞得一片狼藉。

早有宫女向褒姒禀告。褒姒出来制止：

“你是何人，竟敢闯到这里乱砸？”

太子宜臼冷笑了一声：

“我是太子，我想到哪里就到哪里，想砸什么就砸什么！你这无名分又不懂礼节的山野贱人，也敢在这里对我指手画脚，让我来好好教训教训！”

说着动起手来，趁机把褒姒打了一顿。

褒姒从没受过如此欺侮和毒打，带着无法忍受的羞辱和疼痛，痛哭着跑到宫室里。

幽王下朝回来，见褒姒一个劲地痛哭，又披头散发，衣衫不整，忙问出了什么事。

“太子带人闯进来，二话没说，抬手就打，张口就骂。要不是众宫女阻拦，贱妾可就见不上陛下了！贱妾是来侍奉陛下的，不是来挨打受骂的。贱妾无端地被打，外人怎么想，还认为贱妾做了什么丢人现眼的事了。贱妾无脸再侍候陛下了，就请陛下把贱妾送回褒国去吧！”

说着倒在幽王怀里大哭不止。

幽王知道太子来闹事，是太子在为母后出气，就哄着褒姒说：

“您不拜见申氏，才招致太子如此动手。以后您小心些就是了。”

褒姒哭道：

“只要陛下爱贱妾一天，王后和太子就不会停止对贱妾的报复。贱妾死了倒没啥，就是贱妾肚子里怀着陛下的骨肉，让贱妾不忍胎死腹中。求陛下把我放出去吧，就是我死了，也能保全陛下的骨肉！”

说完又哭泣起来。

幽王一阵惊喜：

“心肝宝贝啊，您怀了寡人的孩子了？几个月了？”

褒姒在他怀里抽泣着：

“陛下，快三个月了。”

幽王原来就深爱着褒姒，现在又听说怀着他的龙子，更是宠爱有加。他拍着褒姒的胸脯，一边哄着，一边发狠地说：

“心肝宝贝，您等着，寡人自会给您做主，为您出气的！”

在场的虢公趁机俯身对幽王说：

“陛下，臣看王后也太失德，六宫之主，怎么也不该有这么强的嫉妒心啊！”

尹球历来和虢公一个鼻孔出气，凡是虢公反对的，他必反对。这时，他也不失时机地说：

“王后也太无礼了，陛下往后在后宫三千嫔妃中，还有什么颜面！”

有这两个人煽风点火，幽王哪还有不发怒的。他当即下诏，废去申氏的王后名分，打入冷宫。同时，册封褒姒为王后。

当虢公到申氏的宫中宣诏时，恰巧太子宜臼也在场。他勃然大怒，大叫着跑上来，要追杀虢公。

虢公吓得拔腿便跑，逃到幽王面前，忙把太子追杀他的事，超分量抖落了一遍。

幽王盛怒，太子这样恶劣的表现，哪里是对虢公啊，完全是对着他这个当天子的父亲嘛。要是容忍宜臼如此横行，接下来可能就要追杀自己，把天子的大位抢到他屁股底下。

幽王越想越气，立即口谕尹球火速前去追捕太子。

毫无思想准备的宜臼轻而易举地被抓了来，幽王劈头盖脸地痛斥了一顿后，本想就此废掉他的太子地位，又怕因为这点小事，朝中大臣群起反对，这才放了宜臼一马。但放一马并不等于就此饶过他。幽王立即下诏，把宜臼驱逐到他的外爷、申氏的父亲申侯所在的申国（今河南唐河南），并令申侯对他严加管教。

不久，褒姒生了个儿子，取名伯服。幽王疼爱得无以复加。由于褒姒经常在枕边大吹香艳暖风，幽王越来越想废黜宜臼的太子地位。但苦于一时没有充分的理由，所以难以启口。

恰在这时，后宫里发生了一件事，加速了废掉宜臼太子地位的进程。

二十九　国难人祸在此一笑

申氏被废黜王后、打入冷宫以后，日夜忧愁，经常流泪哭泣。

身边的一位宫人很同情她，就对她说：

“贱婢知道娘娘是想念太子殿下心里难过。娘娘何不写封信给殿下，秘密派人送去，让殿下前去向大王谢罪，也许能感动大王，把娘娘召回东宫。”

申氏叹了口气：

“这一办法好是好，可是没有人肯冒死送出去啊！”

这位宫女想了想说：

“贱婢的家在京城，家中有一老母。老母懂得一些医术，娘娘可以假装有病，召贱婢的老母入宫把脉，趁机可把书信带出。再让奴婢的兄长把书信送给太子殿下。”

申氏很高兴，当即就提笔给太子宜臼修书一封。大意是：

“你的父王无道，宠爱妖婢，使我们母子分离。可恨的妖婢褒姒又生了个儿子，更使妖婢受到你父王的宠幸。你要多长一个心眼儿，学着脑瓜灵活些。你可给你父王写封信，就说你已经悔过自新，恳求父王看在骨肉情分上，宽恕你的罪过。”

申氏写好信，就开始卧在床上，假装有病。那一宫女的母亲被召来给她看病。

宫女的母亲正在把脉，申氏从枕头下取出书信给她，嘱咐她赶快把它送到申国，转给太子，千万不能迟误。为了让宫女的母亲肯为她卖力，她当面把一手绢黄金送给了她。

金钱开路，哪有办不成的事？宫女的母亲装模作样地开了药方，贴身藏好书信，提着黄金，兴高采烈地走了。

褒姒为了稳固自己的地位，早在申氏身边安插了眼线。申氏给宜臼修书的消息，很快就报到褒姒那里。她先稳坐钓鱼台，纹丝不动，单等截获申氏的书信再说。

那一宫女的母亲带着申氏的书信，刚走出宫门，就被守卫的官员堵住，喝问道：

“手里拿的什么？”

“是老妇为申氏看病，申氏赏赐的小钱。”

说着她把手绢打开给守门的官员查验。

守门的官员仔细看了看，并没有什么书信，就又问道：

“你身上还藏着什么东西吗？”

“没有。黄金这么贵重的东西我都没藏，还有什么比黄金更贵重的东西，需要藏着掖着吗？”

守门的官员看了看她的表情，心中有疑问：

“你说没藏什么，可以让我们搜身吗？”

这话一出，老妇顿时紧张起来，守卫的官员更坚信她身上必定藏有东西，就一齐动手，把老妇身上搜了个遍。很快搜出了申氏给宜臼的书信，遂连人带信一起带到琼台褒姒处。

褒姒看了申氏写的书信，气不打一处来，立即命人把那老妇严加看管，不许任何人走漏风声，单等幽王到来再作计较。

幽王来到琼台，一眼看到褒姒在生气和流泪，忙上前把她抱到怀里：

“王后又为何难过，是什么人敢欺负六宫之主啊？”

褒姒并没有回话，只是把申氏给宜臼的书信亮给他看。

幽王看完，立刻龙颜大怒：

“这是怎么得到的？”

褒姒就把申氏假装生病，让一宫女的母亲前去把脉，再让她把书信带出的事，前前后后讲了一遍。

幽王小肚鸡肠，哪能容得了这等人和事？立即命人把那宫女的母亲推出去斩首。

第二天，幽王临朝，又把申氏给宜臼写的信当众宣读了一遍。

接着他问众大臣：

“太子在申国，申氏被废后，还与他来往如此野心勃勃的书信，众爱卿看怎么办？”

虢公被褒姒买通了，又充当起打压申氏和宜臼的急先锋。幽王的话还未落地，他就一步跨出列，高声奏道：

“宜臼已被驱逐到申国，到现在对他的错误还没有悔改之意，这样的人哪还有资格继续坐在太子的显赫位子上？再说，宜臼被陛下驱逐到申国，一定对陛下心中有恨。现在宜臼的母亲申氏又在京城和他互通情况，这样下去，势必对陛下不利。现在小王子伯服出世了，臣看他天庭饱满，眉清目秀，一看就知道是个能成大业之人。自古以来，都是母以子贵，子以母荣。现在伯服的母亲已经被立为王后，自然就要立伯服为太子！”

尹球也不甘落后，即时奏道：

“陛下，臣以为废宜臼、立伯服为太子，应天时，顺民意。陛下不要再犹豫了。”

幽王很是高兴，没等群臣继续议下去，就立即下旨，废宜臼为庶民，并不得入京。立伯服为太子。他还当堂声言，如再有人为宜臼和申氏说情的，立即杀头。

褒姒心中的一块石头落了地，心中感到无比轻松，不由得微微笑了笑。

这一笑竟使幽王如醉如痴，忙抱起褒姒一个劲地夸道：

“王后这一笑，使寡人神魂颠倒。以后王后有什么要求，只要能使王后一笑，寡人一定尽力而为！”

凭自己的一点微笑，幽王就能满足自己的所有要求，这使褒姒更加感到自己笑的威力。这使她认识到，笑对于她来说，是多么珍贵。心中更想到不能随便就笑，不到关键时刻决不喜形于色。

废黜宜臼太子的事引起一些大臣内心的不满和愤怒。由于畏惧幽王的残暴，他们都不敢在朝中为申氏和宜臼说情，只是纷纷辞职回家种地，躲避朝廷这个是非之地。

一些老臣的不满和纷纷离去，褒姒心中有底，那就是因为自己母子既为王后，又为太子。想到自己受到这么多人的嫉妒，很是闷闷不乐，常常见她美眉紧锁。

幽王不解地问：

“爱姬为何又愁眉苦脸？”

褒姒摇了摇头：

“妾生来就不爱笑。”

虽然幽王不相信她生来就不爱笑，但她苦大仇深，决定了她不可能是一个快乐的女子。她既是一个不知道自己的父母是谁的弃婴，又是褒国的奴婢，还是周幽王任意发泄性欲的对象。这三重最卑贱的身份，注定她这一生苦难的历程，也注定了她这一生，内心必定是痛楚的。在这种心情的压抑下，加上她入宫以后的某些情绪变化、对环境的不适应及周围人物的矛盾和对峙，就难得使她高兴起来。而这一点，对于老子天下第一、权倾寰宇又贪色的周幽王来说，无论如何都是无法理解的。

褒姒虽然受到周幽王的宠爱，但是这种她并不需要反而感到厌腻，却又无法摆脱的老男人的宠爱，给她带来的只能是内心的痛苦。用强势力量硬加给她的宠爱，只能是对她的玩弄和侮辱。年轻的褒姒对于这种违背自己的意愿和爱情的强暴力量，在难以摆脱和逃避的情况下而少语寡笑，既是出自她心中苦楚的自然反应，也是她抗争周幽王强势力量最可能和最无措的办法。

幽王听她说生来就不爱笑时，哈哈大笑道：

“哪有生来不爱笑的，一定是爱姬心情不好吧？爱姬喜欢什么说出来，寡人来让爱姬开心！”

褒姒说：

“臣妾没有什么爱好。”

幽王突然想起褒姒刚进宫时，常爱和他一起听音乐。就立即召来乐师，抬来钟、鼓、瑟、丝竹，一阵击打、弹、拉，一番折腾，怎么也不见褒姒脸上出现一丝笑容。

幽王见这一招不行，又命宫女进来唱歌、跳舞，仍然不见褒姒有一点笑色。

幽王彻底黔驴技穷了，为了博得褒姒一笑，他不惜在朝堂上动员群臣资源：

“谁要是能有办法叫王后笑一次，赏黄金千两。”

王后的脾气，那是裤裆里摸虱子——当丈夫的幽王摸得最准，其他人谁有这个条件能够摸清？此时，他号令其他人逗王后笑，确实让别人想挣这个钱，也犯难。所以，一直过了多日，也没见有人来献计。

也真应了“有心栽花花不开，无心插柳柳成荫”这句老话。就在幽王和群臣面对褒姒不笑而无计可施时，这天夜里，京城外的众多烽火台蓦然都燃起了熊熊烽火，城内上下一片惊慌。

褒姒看到城外到处火光冲天，把漆黑的夜照得如同白昼，顿时觉得十分开心，不由得咧开樱桃小嘴开心地笑了起来。

在原始落后，没有电话、电报等现代快速通信工具的古代，烽火实际上是传递战争信息的专用工具。点燃烽火，就预告发现了来犯之敌。幽王只顾看着烽火，想着来犯之敌是何方人士，就没能首先发现褒姒的笑容。然而，褒姒发笑这一微小的细节，却被善于阿谀奉承的虢公捕捉到了。他好像捡到了一个大元宝一样，不禁心中暗喜。

有人来报，说是宜臼发兵前来讨伐父亲幽王。

幽王怎么也没想到，烽火点燃起来，竟然是报告自己的儿子来讨伐。心中的那个恼怒啊，无处发泄。他当即在琼台上下令，火速派十万精兵剿灭宜臼。

宜臼也真自不量力。此次，他只凭借自己身为太子时的威信，说服了一万多军士，瞒着他外爷申侯，偷偷溜出来讨伐父亲幽王。

要说宜臼为什么要瞒过申国的君主，还要多说几句。

在周宣王时，就册立了申国国君的女儿申氏为太子妃。幽王继位后，又立申氏为王后。现太子宜臼对褒姒有不礼之处，幽王把他撵到申国，要申侯严加管教宜臼，申侯也感到无可厚非。毕竟宜臼是他的外孙，看在女儿申氏的分儿上，对外也说不出什么。女儿申氏失宠被废后，宜臼当时还没被废，仍是太子。申侯希望有一天幽王会回心转意，把申氏接入东宫。宜臼在申侯面前发泄对幽王的怨恨，申侯都一次次好言相劝。当幽王又下旨废黜宜臼的太子地位时，申侯也十分气愤，也曾想到和幽王兵戎相见。但想到废立之事，往往是凭着帝王的一时喜怒，朝夕之间都可能发生的事。所以，他认为还有重新恢复宜臼的太子、申氏的王后地位的一线希望，也就压着怒气忍了下来。可是，毛头小伙子宜臼却忍不住了，他要申侯出兵讨伐幽王，发誓一定要亲手把幽王、褒姒和伯服全部杀掉。申侯知道，这样莽撞，只有死路一条，坚决不同意。宜臼看到依靠申侯已经没有希望，就自己私下与军中的好友串通，并许诺杀了幽王，他继承王位后，给这些好友分别委以重任。那些好友正处在血气方刚的年龄，经不起宜臼鼓动，发誓听从宜臼指挥，杀向京城，为宜臼报仇。宜臼认定申侯知道后一定要阻止他们的行动。为了防备他发现，就约定趁着月黑夜，秘密离开申国，向周王朝的都城进发。

哪知，宜臼这次出兵，竟然败在一个人撒尿上。

宜臼对京城和宫廷的地理情况都很熟悉，本想通过偷袭斩首的策略，杀掉父王幽王，造成周王朝无主，混乱中继承王位。没想到一万人的行动，经过哪里都会惊官动府。他带领军队深夜来到离周朝的都城镐京三十里地的地方。离这里不远，驻扎着周王朝的一个兵营。这时，兵营里有一个军士出来小解，隐隐约约听到远处传来众多马蹄声。他大惊，顾不得一级一级传达，就来个急事急处理，迅速跑去点燃了烽火。第一支烽火点燃后，紧接着从近到远，一支又一支烽火接力般地瞬间都点燃起来。

宜臼的一万军队明火执仗当然不是幽王的对手。到了第二天早上，周王朝的军队就把宜臼的军队吃掉了。宜臼惨败后逃了回去。

烽火熄灭了，宜臼被打败了，幽王顿感轻松，止不住开心地一次又一次大笑。

幽王本以为取得这么决定性的一场胜利，褒姒肯定会高兴，哪想到她脸上依然没有一点笑色。

“王后啊，宜臼这个贼子被消灭了，您怎么还不高兴呢？”

褒姒扭脸看了他一眼，笑容却无影无踪。

幽王为难了，愁得五官凑到了一起，这如何让褒姒笑一笑啊！

看到幽王为褒姒不笑而如此发愁，虢公感到时机来了，就上前献计道：

“陛下，臣有一计，能让王后笑。”

幽王一听大喜：

“爱卿真有办法？寡人说话是算话的，爱卿要是让王后笑了，仍然赏黄金千两！”

虢公把嘴送到幽王的耳朵上，小声说：

“陛下，臣以为要是点燃城外的烽火，戏弄一下诸侯，王后必定会笑！”

虢公的话声音虽然很小，但还是被一些大臣听到了。他们一个个吓得愕然，惊吓出一身冷汗。

面对这一严重问题，一位大臣冒死出列向幽王劝谏：

“陛下，烽火台乃是先王所设，是专门用来勤王救急的，历来烽火都是取信于各路诸侯。今天如果在毫无敌情的情况下，就要点燃烽火，那可是对诸侯的戏弄啊。如果有一天真的有了敌情，再点燃烽火，诸侯们还会相信吗？一旦诸侯们不相信，就不会再来为陛下救急，那陛下还凭什么来打退敌人的进攻呢？”

虢公用充满敌意的眼神瞟了那位大臣一眼，怒斥道：

“大人不要忘了，现在不少诸侯都与陛下离心离德。点燃烽火看哪些诸侯积极响应、哪些诸侯不听召唤，不就昭然若揭了吗？点燃烽火，可以考验众多诸侯对陛下的忠诚，不是很合算、很有效的办法吗？”

幽王这才悟出点燃烽火还有这么大的作用，忙说：

“对对，寡人正不知如何考验那些诸侯对寡人的忠诚。这一招，就会使那些不忠的诸侯一个个露馅。到时候，寡人就有理由拿那些不听召唤的诸侯开刀了！”

群臣还是不放过，纷纷出列进谏。但幽王为了让褒姒发笑，就是有天大的事也不管了，遂与褒姒驾临骊山，在遥望台这一最佳观烽火处落了座。

入夜后，遥望台上大摆宴席，灯火辉煌，轻歌曼舞。饭饱酒酣之时，幽王传旨，立即把所有烽火台都点燃起来。接着，他把褒姒抱在腿上，静静地等待着观看艳丽的烽火。

刹那间，一座座烽火台一个接一个地燃起了熊熊大火，像一条火龙，迅速扶摇直上，冲向夜空，好像要吞噬一弯新月和满天星辰。

烽火就是命令。诸侯们迅即调兵遣将，车辚辚，马萧萧，擎着火炬，连夜前来解救京城之急。一路颠簸和劳顿，气喘吁吁地奔到骊山脚下，不见任何敌情，却见幽王正和褒姒在遥望台上饮酒作乐，一派歌舞升平的景象。

诸侯们愕然了，不知幽王葫芦里到底卖的是什么药。正要上去问个明白，虢公伸手拦住：

“没事，没事，诸位将军辛苦了，都回去吧。”

坐在遥望台上的褒姒看到座座烽火台上冒出的冲天大火、滚滚狼烟，接着又望见各路诸侯率领大军擎着无数火炬，如条条巨大的火龙，向着京城滚滚而来。奔到骊山脚下，得知情报不实，一个个不知所措，千万条火龙顿时乱了方阵，变成了漫无边际的狼狈场面。想到为了博得自己一笑，竟然戏弄了这么多人，她无限开心，不由得嫣然笑了。

站在一旁专心注意褒姒脸上表情的虢公在第一时间捕捉到褒姒面部的笑容，急忙手指着褒姒的笑脸，火速禀告，生怕笑容瞬间从她脸上消失：

“陛下，陛下，王后笑了，王后笑了！”

幽王一回头，发现褒姒真的笑了，心中顿时惊喜。他哈哈大笑：

“王后真的笑了啊！笑得好啊，笑得粲！王后这一笑，给了寡人一剂良药，寡人就能吃得饱、睡得香了！”

虢公不忘表白自己的功劳，也为了提醒幽王兑现承诺，急切地对幽王说：

“陛下，臣献的计，使王后笑了吧？”

幽王哈哈笑道：

“寡人做不到的，虢爱卿帮寡人做到了。爱卿为寡人立了大功啊。来人，赏虢爱卿黄金千两！”

幽王掌握了能让褒姒笑的诀窍，以后为了让她笑，他就下令点燃烽火，让诸侯们带兵一次次地匆匆赶来，又一次次地悻悻而去。

幽王的一次次儿戏，使诸侯们一次次地受到戏弄，一次次点燃烽火，诸侯们来得越来越少了。

申侯同样在烽火戏诸侯之列，这样被戏弄了几次，对幽王以点燃烽火这种勤王的方法用来博取褒姒一笑，不由得十分气愤。再加上他对废掉申氏和宜臼、毫无理由地立褒姒和伯服的做法不满，就在回去的路上，向幽王发了一个奏章。

看了申侯的奏章，幽王盛怒如牛，在宫廷上对申侯大骂不止。

虢公上奏道：

“申侯对陛下废黜申氏和宜臼心中怀恨，就在诸侯中间诽谤陛下。照这样下去，他很可能要带头造反！”

申国是诸侯国中势力比较强大的，幽王一听他可能谋反，心中一惊，忙问虢公：

“爱卿说怎么办？”

“路只有一条，那就是以诽谤天子和阴谋推翻大周王朝之名，号令各诸侯国共同举兵讨伐申侯！”虢公咬着牙奏道。

“此事宜早不宜迟，宜快不宜慢。抓紧点燃烽火，让各诸侯立即派兵援助陛下，一举横扫申国！”尹球也趁机上奏。

申侯对幽王早有防备。早在申氏被废黜王后之后，他就意识到幽王很可能拿他为敌。为防不测，他就和一向反对朝廷的犬戎族和邻近的鄫国战略联盟。申侯听说幽王把他上的奏章作为讨伐他的依据，遂迅速打起了讨伐幽王、拯救周朝的旗帜，浩浩荡荡的大军潮水般地向镐京涌来。

面对申侯大军的讨伐，幽王十分恐惧，急令点燃烽火，征召各路诸侯勤王。顷刻间，连绵不断的几十丈高的烽火台上浓烟滚滚，火蛇冲天。

人们突然意识到，一场血腥战争就要开始了。

可是，各路诸侯虽然看到了连天的烽火，但他们仍然认为又是幽王为了博得褒姒一笑在戏弄他们，再没把烽火告急当一回事。其中只有一个人例外，这个人就是在洛水一带的幽王的叔叔公子友。

公子友的力量不大，所率领的前来勤王的将士并不多，无法从根本上扭转幽王的被动局面。御林军与公子友率领的军队虽然拼死抵抗，但是，在申侯带领的讨伐联军面前，还是溃不成军，镐京很快落入联军之手。

幽王和褒姒看到大势已去，顿时肝胆俱焚，浑身发抖。公子友杀出一条血路，护送幽王和褒姒逃到骊山脚下。

申侯的大军紧紧跟踪追来，幽王、虢公和尹球一个个都被乱箭射死。

兵荒马乱中褒姒走失，被西戎国的军队掳走，像一只野兽一样拴在战车后面，被带到西戎国。

申侯得知幽王被杀，就联合其他重要诸侯国，拥立原太子、他的外孙宜臼为王，他就是周平王。

但是，镐京已被犬戎族焚烧和掠夺得一片残垣断壁，无法再作为都城。与群臣共议之后，只好迁都洛邑（今河南洛阳）。由于洛邑在镐京的东面，历史上就把这以前的周朝称为西周，把定都洛邑以后的周朝称为东周。从此，历史又揭开了新的一页。有诗为证：

赫赫西周日当中，高高琼台迷花红。熊熊烽火博一笑，百代祖业转头空。

却说褒姒被带到西戎国君面前，交给西戎国君。这个国君也同样识货，认为她绝艳无双，不由得也动了心。但弱小国家的君主往往头脑更清醒些。他明白周幽王是如何中了褒姒的“美人计”圈套，使国家一步步走向灭亡的。他再喜欢褒姒这个女人，可群臣和西戎的黎民百姓不会答应，而自己是否还会重蹈周幽王的覆辙，他不能不考虑。想到为了褒姒一个女人，自己花费的代价太大，最后还是忍痛割爱打消了纳褒姒为姬的念头。

这个西戎国君把褒姒赶出后宫，赐给了战功卓绝的军营，把褒姒当成了犒赏军人的战利品。于是褒姒就成了西戎将士们泄欲的工具。最后她下身被搞得血流不止，惨死在西戎国军人的身下。

对于历史上的周幽王和褒姒，从来就有各种评价。如果说周幽王是暴君，可史书上既没有记载过他滥杀无辜，也没有重用奸臣虢公等人，更没有废立过王后和太子。也就是说，他是被正统的或乡野的太史公一朝又一朝、一代又一代给抹黑、丑化了，也是历史的受害者。

对于褒姒，历来人们对她有不同的评价。有人认为，她应该为西周的灭亡承担两条责任：一是她被立为王后，伤害了申王后和申国，这才使申国的国君联合犬戎人攻打西周；二是由于她不笑，促成了周幽王点燃烽火戏弄各诸侯，使周幽王及西周王朝丧失了各诸侯的信任。

实际上，这是对褒姒的责难和偏见。历史的事实应该是，不论是立后，还是点燃烽火戏弄诸侯，都不是她一个小女子能够决定的，也不是她要求周幽王那么做的，而是周幽王好色，为了讨好她，自己征集可能使她发笑的鲜招，并由周幽王自作主张的。褒姒作为一个苦大仇深的民间小女子，根本不能掌握自己的命运，只有被周幽王任意摆布的份儿。再说，她在周幽王面前，也从来没有与后宫的嫔妃争过宠，倒是生活糜烂的周幽王绞尽脑汁地对她献媚讨好。后人如果强求一个地位卑贱、受人摆布的女子，让她对猎取她色相的臭男人造成的后果负责，无论是在情上，还是在理上，都是站不住脚的。

褒姒毕竟来自偏僻的乡野，进入后宫以后，她面对的是一个完全陌生的环境和人群，她自己难以看透又无法理解，而且又身陷人际关系之间的互相倾轧，面对与她的青春韶华差距太大，又残酷、暴虐的夫君周幽王，这使她对王宫生活很容易产生逆反和厌恶心理。这种情况下，别说笑了，就是哭的、死的心情都有。而在这种环境下，如果强求褒姒去笑，即使她笑了也是皮笑肉不笑，这种笑真的没有哭好。

而周幽王点燃烽火戏诸侯，既是为了让褒姒笑，更是为了在她面前夸耀自己对四方诸侯的统治和驾驭能力，显示自己在天下的尊贵地位。单从点燃烽火这一点上来说，根本没有什么值得可笑之处，可笑的是周幽王在褒姒这样年轻的女子面前求媚无方，只能做此下策的丑态表演。当褒姒得知周幽王花去千金购买到只能逗她一笑之方，她心中充满无限的酸楚，也发现周幽王这位至尊天子的无能和愚蠢。在这种情况下，她才发出鄙夷和嘲弄的笑容。

如果把西周灭亡这个账算在褒姒的身上，那她真是冤枉的，至少是不公正的。事实上，在男性占据统治地位的社会，作为王后的褒姒，无论她的道德品质如何，都完全不可能成为社会政治生活运作的操纵者，夸大来说，充其量她只是凭自己的姿色，供周幽王摆布和玩弄的人物。周幽王的腐败或者清廉，都不可能由褒姒个人来决定。古往今来，一直泛滥着的“褒姒亡周”的论调，实在是往褒姒身上抹黑，也是往周幽王脸上贴金。

但是，即使如此，褒姒的命运仍然十分惨痛。作为战俘，她惨烈而耻辱地死在泄欲的众多西戎军士的身下。这就是苦大仇深又为自己的祖国报了一箭之仇的褒姒的人生最后的谢幕。

对于褒姒，历史上对她在历史上的作用有不同的评价。有的说是她迷惑了周幽王，才使西周走向了灭亡。也有的说，没有褒姒，周幽王也可能要断送西周的命运，只是褒姒登上历史的舞台，加速了西周的灭亡。还有的说，褒姒的出现，改变了历史的进程。自古以来，众说纷纭，莫衷一是。到底该怎样评价褒姒，只有让后人继续钻故纸堆了。

从远古到西周，被迫或主动地、直接或变相地参与历史进程，或影响部落、民族关系的美人又何止褒姒一个？据史书不完全记载，从黄帝开始，到西周灭亡，就有六十一位美人为此作出了牺牲。现在可以想象，如果没有这六十一位美人的参与，我国的远古史和夏、商、西周三代史都要重写，我国的历史又会是什么走向，就难说了。

三十　机关算尽欲盖弥彰

周幽王被杀，是罪有应得。可是，在这次反叛中，郑桓公公子友也遭杀害，这就为以后的历史发展埋下了伏笔。

郑桓公友是西周厉王的小儿子，也是周宣王的同母弟弟。周宣王在位时，就把郑这个地方封给了他。

被封以后，郑桓公为郑地的黎民百姓办了不少好事，这里的老百姓都很爱戴他。到了周幽王时期，他很敬重公子友这位叔叔，任命他为周朝的司徒。在司徒任上，公子友勤奋工作，使周朝上下和谐、团结，特别是镐京的市民对他很赞赏。公子友的封地郑以及附近黄河之南、洛水之东的人民也都很思念他。在这些地方的民众眼里，公子友大有救世主的形象。

公子友当了一年的司徒，由于周幽王一心宠幸褒姒，使朝政荒废，不少诸侯纷纷起而反对。

平心而论，公子友是位忠臣，但忠臣也是人，也有私心。他在为周天子打拼时，也在考虑自己的未来。

从周幽王烽火戏诸侯等所作所为中，他清楚地看到周王朝早晚要被他毁掉。自己就是对周王朝再拼力，就是一身都是铁，也碾不了几根钉，根本扶不起即将倒塌的周王朝这座大厦。自己赔上就赔上了，可总不能把自己的根也赔上吧？不把自己的根赔上，就要把自己的老婆孩子安顿好。天子给他的封地离镐京很近（镐京就是今西安，他的封地郑就在今天的陕西华县西北一带，直线距离也就是五十多公里）。如果发生王朝内部叛乱或者境外强敌武力攻打镐京，镐京要是保不住，由于自己与周天子关系亲密，自己这块封地必然也同样保不住。自己为周王朝牺牲也就牺牲了，可是自己的妻儿不应该受到牵连，他们不应该成为周王朝的殉葬品。在这种局势下，自己该何去何从，公子友拿不定主意。

迷茫之中，他找到知己太史（掌管任命、册封、俸禄、礼制、占卜、祭祀以及记载历史、时令、天文和历法的长官，为三公之一，地位显赫）伯。

他忧心忡忡地问太史伯：

“眼下社稷不稳，天下纷乱，时局堪忧，朝中每个人都想着自己日后的出路。大人看，有一天无法在朝廷待下去了，我到哪儿去为好？”

太史伯看他十分诚恳，也就推心置腹地说：

“大人可以去洛水以东，黄河、济水以南的地方。”

公子友问原因，太史伯说：

“因为那一带，跟虢、郐两国相邻。而虢、郐两国的君主，都是贪财好利之人，黎民百姓对他们恨之入骨。可是周王朝的黎民百姓都拥戴大人。大人如果去到那里，虢、郐两国的君主知道周幽王很宠信大人，肯定要用土地讨好大人。这样，大人就有了自己的地盘，虢、郐的黎民百姓就会成为大人的忠实子民！”

公子友仍拿不定主意：

“我要是去江南，怎么样呢？”

“不行！”太史伯一口否定，“江南是楚的地盘，楚的祖先是祝融。祝融是喾帝时期的火正。他的功劳很大，可他许多子孙的部落，到现在还没有一个兴旺起来的。要是周朝衰落了，他在楚地的子孙，肯定都会兴盛起来。这种情况，对大人有利吗？”

“那我去西方怎么样？”

太史伯摆了摆手：

“西方的民众贪财好利，大人无法久住！”

“如果周朝衰败了，哪些国家会脱颖而出、强大起来？”

“秦、齐、晋、楚这四国！”

这时，公子友心里亮堂了，就去见周幽王。说为了开发洛水以东这块地方，为国家提供税收，他打算带领他封地的民众迁到洛水以东。

周幽王很欣赏他这位叔叔的开拓精神，遂不加思考高兴地批准了。

但是，洛水以东，黄河、济水以南的地方是虢、郐两国的地盘，虽然得到周天子的恩准，但也必须向虢、郐两国的国君借地。

按理讲，国家的疆土寸土必争，但公子友有他的强项，那就是他是周天子的亲叔父。得罪了天子最亲近的叔父，也就是得罪了周天子。得罪了周天子，那肯定没有好果子吃。正因如此，公子友才大胆设想，毫不犹豫地去借地。

公元前773年，公子友派他的长子掘突代表郑国大模大样地先后到虢、郐两国借地。有公子友上接天、下接地的身份，两位君主谁敢得罪他？得罪公子友就是得罪周天子啊。得罪了周天子，一声令下，普天下群起攻之，哪还有他们两个国家的生存之地？两个国家的君主谁也没有那个胆。结果，两国各献五座城池给郑国。

表面上是割给十座城池，实际上，这十座城管辖的更为广大的农村连带着都成为郑国的地盘，这可就是不小的一块地方。

经过六年的建设，公子友把郑国的都城迁到虢、郐两国借给他的地盘新郑这个地方。

这样，公子友如愿以偿地到了洛水以东。当然，除了他自己一个人去了之外，还带去了他的家属、部族、财产，甚至许多商人。

这就是历史典故“桓公寄孥”的来历。

虢国及郐国的君主听说被天子宠信的司徒来到他们这里定居，为了能使他在周天子面前为他们争取到更多好处，又帮助他治理献出的那十座城邑。

公子友迁到洛水以东两年之后，申侯、犬戎人及鄫国发兵讨伐周幽王。周幽王下令点燃烽火，征召各路诸侯国勤王。由于此前他为了逗褒姒发笑，多次点燃烽火戏弄诸侯，这次真的有了敌情，诸侯们都不愿再次上当、劳师动众。

而公子友不忘周幽王对他的宠信，每次周幽王点燃烽火戏弄诸侯时，他都迅速赶到镐京。

这次，他依然带兵前来勤王。没想到这次倒真的遇到了反叛的强敌。为了护卫周幽王，公子友竟然惨死在申国军队的手下。

事后，申侯为了逃避杀害公子友的责任，竟私下给郑国写信，说公子友被反叛的犬戎人杀死，要郑国发兵报仇。

郑桓公公子友死后，他的长子公子掘突立即继承了他的王位，他就是郑武公。郑武公听说父亲是被犬戎人杀死的，十分悲愤，身穿孝服，率领战车三百辆，星夜赶往镐京报杀父之仇。在秦、晋、卫军队的协助下，郑公子掘突杀退了犬戎人。

公子掘突把反叛平息后，东周平王宜臼论功行赏。申侯晋爵为公，申侯的夫人为太后。秦、晋、卫均得到奖赏。由于公子友以死护卫周幽王，被追封为郑桓公，郑公子掘突，袭爵为公，还把洛阳以东的大片土地都赏赐给了他。这还不算，他又把郑公子掘突留在朝廷工作，任命他为卿士，辅佐周平王处理朝政大事。

郑武公对周天子慷慨封赏十分感激，就在新郑城内建了一座高台，他经常登上这座高台，往西眺望周王朝的都城洛阳的方向，以表达对周天子的谢意。后来，这座高台就叫“武公台”。

此时的郑武公对于周天子的忠诚，有相当一部分是做在表面。实际上，他趁周天子让他在朝廷辅佐之机，假公济私，不断地以周天子的旗号扩展自己的势力。他先是无情地把虢、郐两国献给他父亲公子友的十座城邑公开纳入郑国的版图，又相继灭掉了郐、虢两国。接着，又为了方便把持东周朝廷，也为了方便与东部的各诸侯国抢夺势力，郑武公又往东扩张到洧水（今河南双洎河，故道经鄢陵、扶沟，到西华下游入颍水）和溱水（今河南境内溱水河）之间，还把都城迁到东虢（今河南荥阳）。

荥阳与洛阳相距很近。郑武公到周王朝上朝，或者到他的封国，都十分方便。开始，辅佐周平王的有公子掘突与卫武公两人。由于卫武公很快就死掉了，这样，郑武公就独自把持周王朝的朝政。一时间，郑武公在各诸侯国中崭露头角，引人注目，各诸侯都对他另眼相看。

申侯看到郑武公在周王朝及各诸侯国中不断扩大的势力，又看到郑武公与周天子的近亲关系，才意识到郑国不可小觑。申国要生存、要发展、要强大，郑国都是一个可以借助的重要力量。于是，在申侯这盘棋上，开始把郑国作为一个重要棋子。

可是，怎么利用郑国这颗棋子？是用武力征服它，让郑国服服帖帖地为申国所用？申侯感到，这显然行不通。这一，郑国是周天子的近亲，打了郑国就是打周天子，打狗还得看东家呢；这二，郑国已经有了相当的实力，真的打起来，申国不一定有获胜的把握；这三，眼下不少诸侯都在巴结郑武公，试图通过他在周天子那里捞到更多好处。如果攻打郑国，其他诸侯国可能会拔刀相助。申侯认为，虽然自己的女儿是周天子的太后，但是根本插不进朝政中来，只是一个摆设，成了明日黄花。诸侯们谁的眼都不瞎，没人走太后这条路在朝廷牟利。这么一分析，申侯就看得十分清楚，申国真要用武力让郑国为自己所用，就会处在四处挨打的被动局面，惨败甚至被消灭在所难免。

手下的心腹猜出了他的心思，就献计，用武力难以征服郑武公，为什么不用迷人的“罂粟花”征服他呢？

这一画龙点睛的话，顿时使申侯眼前一亮。是啊，眼下自己膝下不是还有一个年少、可人的公主吗？让这个公主嫁给郑武公，自己就是他的泰山岳丈，他郑武公也就成了自己的女婿。一个女婿半个儿。以后再有了外甥，那郑国跟申国还有什么区别，还不都是我申侯的吗？

申侯心里甜甜的，就派心腹出使郑国，对郑武公掘突说：“我主很敬佩陛下，看到陛下为大周王朝及郑国的黎民百姓日夜操劳，有心想让他的公主侍候陛下的贵体。我主的公主个个花容月貌，嫁给前周天子幽王的是大公主，现在已经为太后，陛下已经看到过她的风貌。我主膝下的这个公主更是在姐姐之上，在我申国上下美名远扬，被誉为‘国花’。如果能让这样的公主侍奉陛下，也算没辜负她的羞花闭月之貌了。不知陛下意下如何？”

掘突也是个色中饿鬼，对于美女，他也是来者不拒。听说申侯要把美貌的女儿嫁给他，又想到申侯在周天子心目中的威望，再想想申侯的大女儿是现在周天子的老娘，要是能攀上这门亲，自己在周王朝朝廷中的地位，也能得到进一步的巩固和强化。再说，和申侯这样在周天子那里有声望的人攀亲，各国诸侯又会对自己敬重几分。日后天下归心，郑国还不就成了天下的中心？要称霸天下还不手到擒来？

申侯打着自己的小算盘，郑武公打着自己的小九九，结果都打到了一块，郑、申两国建立姻亲。很快，申侯的小女就成了郑武公床上的玩物和欢愉的工具。历史上把郑武公的这个夫人称为“武姜”。武姜后来为郑武公生了两个儿子：长子寤生，次子叔段。

申侯虽然算计得好，但是终究还是失算。还没等到他借助郑国的势力使申国强盛起来，楚国就下了手。卧榻旁边，岂容他人酣睡？一心想成为华夏霸主的楚王，怎能允许申国在他身边不断强大起来，将来有一天对楚国构成威胁？在申侯正做着强国梦时，楚国的铁蹄把他的美梦惊破了，申国也在铁蹄下成了历史。

申国的迅速灭亡，使武姜十分悲痛。想到父亲的良苦用心，想到自己没能帮助父亲实现申国强盛的梦想，她的心在滴血。

申国的灭亡，也给郑武公敲了一个响亮的警钟：要使郑国长久生存下去，自己就必须尽量强大起来。不然，就随时有可能被别国宰割。这时的他头脑就膨胀起来，胃口也越来越大。他已经不满足并吞郐、虢两国了，而是把眼睛盯上了东南的一个国家——胡国（辖区在今安徽阜阳西北）。

胡国是春秋时期的一个小国，但是胡国的君主贪婪又固执。为了刮净朝野的全部“油水”，什么事他都一概亲自过问，并且还与大臣们斤斤计较，引起群臣的不满。一些有忧患之心的大臣劝告他，不要与群臣争利，要把目光看远些，不要因为蝇头小利影响君臣关系，耽误了国家大事。

对于这逆耳忠言，胡国君主根本听不进去，仍然变本加厉地对官吏及黎民百姓进行搜刮和剥削，哪里还能想到，此时郑武公在算计他及他的胡国。

郑武公算计胡国，面对着如何下手的问题。他明白，郑国的实力还不雄厚，根本不能像秦、楚、齐等大国那样轻而易举地吞并一些小国。胡国再小，毕竟还是有一定的实力。如果要用武力攻打胡国，郑国就是能够取胜，肯定也要消耗一定的人力、物力。要是有一个国家玩螳螂捕蝉，黄雀在后的游戏，郑国就会成为别人的口中之食。因此，在各诸侯国相互争夺的乱世，作为小国的郑国，要想生存下去，只能保存和发展实力，而绝没有消耗实力的资格。顺着这一思路，他很快就排除了用武力拿下胡国的计划。

排除了武力，余下的只有和平手段。而和平手段又有多种途径，哪一种途径最有效？他苦苦找不到答案。这天，他正在绞尽脑汁思考时，夫人武姜走了进来。看着申侯为了搞好两国关系而嫁给他的武姜，他顿时计上心来。

这天，郑武公派遣他的心腹大臣前往胡国。郑国在周天子那里很有分量，胡国一直对它仰目相看。今天，郑国的使臣前来，让胡国君主受宠若惊。他一刻也没敢耽搁，使臣刚到，他就迫不及待地以高规格接见。

寒暄之后，郑国的使臣对胡国国君说："我主特让我来看望陛下。陛下德高望重，在各诸侯中享有盛誉，我主诚恳希望郑、胡两国精诚合作，共襄盛举。为此，我主有心让他最宠爱的公主侍奉陛下左右。不知陛下意下如何？"

如果胡国君主头脑清醒，是个明白人，他就会想一想比胡国强大得多的郑国君主，为什么主动把他最宠爱的美丽公主嫁给弱小的胡国君主他这么一个入土半截的老头子，也会思考一下这里面是否隐藏着不可告人的阴谋。

悲哀的是，此时的胡国君主被郑国使臣的奉承话给闹昏了头。作为大国的郑国主动要把国君的公主献上，正好迎合了他贪婪的性格。听了郑国使臣的话，他一门心思想的是郑国国君还有求于他，想到的是绝美、幼稚、可心的美女就要纳入自己的怀抱，想到郑国君主肯定要给他最宠爱的公主价值连城的嫁妆，他的心陶醉了。在这一心情支配下，他根本不可能去想什么负面的东西，只可能往好处想。越往好处想，心里就越甜。心里越甜，就越往好处想。这样恶性循环，感到周天子也不如他。

送走了郑国使臣之后，一些大臣提醒胡国君主，郑国这么做，里面是否有什么猫腻？

这位君主正在做着美梦，哪能听进逆耳之言？只见他黑着脸斥责道：

"别用小人之心度君子之腹。哪有人拿自己的女儿开玩笑的？人家好心肠，你倒当成驴肝肺，这样的心态哪能跟各诸侯国共事啊！"

大臣们被骂得个个像秋后的茄子，都耷拉下了头。

当一个良辰吉日，举行了隆重的婚姻大典之后，胡国君主看到娇美、妖艳的郑国公主，看到无法计算的丰厚嫁妆，他更认为自己对这门亲事的判断无比正确，更感到自己的伟大，也觉得自己猛然间成了普天之下最富有的人。想到这一切，也就更进一步证明了郑武公对他的一片真心实意。

这一情景，使群臣再也无法对君主劝告了。这是啥事啊，人家娶娇妻，你却泼冷水，君主会认为你到底安的什么心。对于自保意识很强的大臣们来说，谁愿意光着头往荆棘里冲啊。

再说郑武公成心算计胡国君主，但他也并不立即下手。在可爱的公主嫁到胡国以后的一段时间，他对胡国时时处处表现出亲密、友好的姿态。针对胡国君主贪财好利的秉性，他时不时地给胡国一些好处，让胡国君主经常陶醉在郑、胡两国亲如一家的气氛中。

胡国君主果然中计。郑武公对他的举动，使他感到郑、胡与其说是两国，不如说是一国。就像邻里两家人，拆掉山墙就是一家人了。

这年，胡国发生严重的旱灾，庄稼减收六成。全国人民闹饥荒，军队更是粮草不足。在这种情况下，胡国君主采取了一个大胆的举措，就是大力裁减军人，撤掉驻扎在郑、胡两国边界上的所有军队。他把自己的决定向郑武公进行了通报。郑武公深表称赞，并积极响应，也撤去了郑国驻扎在两国边界上的军队，使两国的边界成为无人防守的和平边界。

得到郑武公的积极响应，胡国君主更是在群臣面前夸耀他的大政方针无比正确，要求大家在处理军国大事时，一定要以郑、胡两国的姻亲和联盟关系为重。

但是，一些老臣并不因此放松对郑国的警惕。他们一直怀疑，长期崇尚武备、奉行对外扩张又阴险狡诈的郑武公，竟然一反常态，把自己最宠爱的公主嫁给一个弱小国家的君主，这简直不可思议。嫁女之后，又对胡国表现出超乎寻常的友善，他们认为这都是黄鼠狼给鸡拜年——没安好心。

一个心腹很担心胡国可能被郑国吞并，就语重心长地劝告胡国君主：

“陛下也知道，当初虢、郐两国只是把十座城邑交给郑桓公替他们管理，哪知郑武公贪心不足，竟然把这十座城邑占为己有，还并吞了虢、郐两国，这跟山中狼有什么区别？再说我们胡国以前跟郑国就没有什么交往，郑国一夜之间要跟我们胡国建立这么亲密的关系，这是为什么？郑武公把他的公主嫁给陛下，其中有没有姻亲以外的动机？臣听说眼下郑国正在加紧练兵。郑国与其他邻国关系都很友好，偏偏在这时练兵，这是为什么？这里面是否存在要出兵并吞我们胡国之心？害人之心不可有，防人之心不可无。臣恳求陛下一定要认清形势，不要被郑国表面上表现出来的友好所迷惑，要提高警惕，抓紧备战，防备不测啊。不然，一旦郑国翻了脸，我们哭都来不及啊！”

这话要是出自别的哪位大臣之口，胡国君主肯定会把他骂得狗血喷头。但这位大臣是把他推上龙椅的功臣，平时两人除了夫人以外，别的都不分彼此。这样的心腹说的话，他不能不放在脑子里琢磨琢磨。琢磨来琢磨去，他感到这些话并非无稽之谈，这才在朝堂上对郑、胡两国的关系进行了深入的探讨。越探讨，越感到郑武公嫁女别有用心；越感到别有用心，就越觉得应该重新定位两国关系。

正在这一节骨眼儿上，从郑国传来的一个消息，又把胡国的这些探讨给搅黄了。

这天，郑武公在朝堂上对群臣说：

“自从寡人并吞了虢、郐两国以后，就没有出过征。现在我们郑国虽然比以前强大了不少，但是与一些大国相比，寡人总感到还不是对手。郑国的社稷是先祖奠基的，寡人虽然把郑国的地盘扩大了一些，但总嫌不够。大丈夫立身于天地之间，要干大事，成大业。目前，郑国国富民强，兵强马壮，正是拓展疆域的绝好机遇。寡人想问问众爱卿，到底哪个国家是我们下一个进攻的目标？”

他的话音刚落，就有不少大臣议论纷纷。他们各抒己见，一时形不成统一意见。

谏臣（负责向国君提出意见、建议的官员）关其思把郑武公的心思摸得透亮，深知君主嫁女到胡国，就是麻痹胡国君主，找准时机，一口把胡国吞掉。再说，关其思也感到自己有责任和义务向君主提出自己的见解，更何况是君主主动向群臣发问呢？

于是，他大步出列，提高语气，直言不讳地说：

“陛下，臣以为我国要进攻的下一个目标，应该是胡国。陛下把爱女嫁给胡国君主，又陪送那么丰厚的嫁妆，使胡国君主相信陛下的诚意，放松了对我郑国的警惕，胡国君主连在我国边界部署的军队都撤走了。陛下只要对胡国出兵，胜利一定是我郑国的！”

郑武公向胡国实施“美人计”的谋略，没有告诉任何人。想到关其思猜中了他的计谋，这要是让胡国知道了，必然要坏了自己的计划，还可能把自己可爱的女儿赔进去，他岂能认同关其思的猜想？为了达到自己的目的，他绝不能在群臣面前承认这一计谋。

关其思的话音刚落，他便勃然大怒，手指着关其思厉声怒斥道：“好你个关其思，没想到你一个谏官，不为国家的强大出好主意，也不想到如何加强与邻国的关系，竟然污蔑寡人把爱女嫁到胡国的意图，要寡人出兵攻打胡国，狂言挑拨郑、胡两国之间的关系，你这不是让我落个不仁不义的骂名吗？寡人养活你这样的人有何用？”他立即下令，把关其思推出去斩首。并警告全体朝臣，如果还有人心术不正，劝告他进攻胡国的，关其思就是他的下场。

在对关其思斩首时，郑武公特意让手下向胡国驻郑国的使节通报了关其思挑拨郑、胡两国关系的罪行，并让他到现场监斩。关其思被处死后，这位使节立即派人向胡国进行了通报。

胡国君臣听说郑武公竟然处死了挑拨两国关系的大臣，都很欣赏郑武公把女儿嫁到胡国的诚心和与胡国建立联盟关系的诚意。从此，再没有人劝告胡国君主要提防郑国了，反而有不少大臣多次提出建议，如何进一步与郑国建立相互信任、相互依存的紧密关系。

这样过了一段时间，两国相安无事。这一年，郑武公派使臣前来求见胡国君主，并把郑武公专门给郑夫人的亲笔信函交给了她。郑夫人看了后，顿时痛哭了起来。胡国君主忙问怎么了，郑夫人就把信函递给他。他看了一遍，才知道原来是郑夫人的母亲武姜得了重病，生命垂危，想在离开人世之前，与郑夫人这个女儿见上一面。

人之常情，又是郑武公亲自来信，胡国君主不好拒绝，只好让郑夫人当天就跟着郑国的使臣上了路。

胡国本来就是弹丸之地，加上郑夫人一行快马加鞭赶路，第二天就到了郑国的地盘。在郑国的边界一侧，郑武公见到自己心爱的小女来到自己身边，心头的一颗石头落了地。他立即下达军令，火速攻占胡国。

郑武公的命令如大洋中发生八级地震，蓦然产生了无法抗拒的海啸，在郑、胡两国的边界一线排山倒海般向胡国的纵深推去。

由于胡国撤掉了两国边界上的兵力，使郑国军队如入无人之地，轻而易举地就进入了胡国。直到郑国军队进入胡国几十里深，才遇到胡军仓促抵抗。但是，由于毫无准备，胡国的军队如秋风扫落叶一样被打得一败涂地。当天夜里，当胡国君主正搂着娇娃尽情地同登巫山时，竟然光着屁股当了郑国的俘虏。

此时，他还不相信自己成了别国的俘虏，还以为是自己国家的将士发动叛乱，遂大声呵斥道：

“是谁大胆背叛寡人？不怕杀头吗？”

郑军的将士们笑了：

“死到临头，还做梦呢！你以为我们是谁？我们是大郑的将士，这次专门来捉拿你去见你的岳丈、我们的君主郑武公！”

胡国君主顿时惊呆了，半天才回过神来：

“这，这，这到底是为什么啊？”

郑军将士们哈哈笑了：

“为什么，为什么，这还用问吗？你以为我们君主的公主就那么好让你睡的？吃炒面还要配口水哪，你今天的下场，就是你得到我们君主公主的代价！”

只听“扑通”一声，胡国君主瘫倒在地上，几个人上前拉也拉不起来。

没过几天，整个胡国都被郑国军队占领了。郑武公宫中的墙壁上挂着的牛皮地图上，原来郑、胡两国的边界消失了，他得意地看着，然后发出快意的大笑。

在周朝时期，要是一个封国无故地攻取其他封国，作为天子的周王朝，就要动员其他许多封国，前去讨伐，这在周朝建立以来就有不少先例。

但是，这次周天子平王却装聋作哑，采取视而不见、听而不闻的态度，不但没有发兵制裁，就连口头批评几句也没有。

究其原因，可能有：一是郑武公是周王朝的功臣；二是郑武公是周王室的宗族；三是郑国当时的实力已经很强大，对其动武即使取胜，其成本肯定很高，不合算；四是郑武公迎娶了申侯的女儿武姜为妻。而申侯的女儿武姜又是周王朝正在当政的周平王的亲生母亲的妹妹。也就是说，郑武公的夫人武姜是周王朝的王太后的妹妹。

正因为有如此复杂又难处理的关系，周平王才睁一只眼闭一只眼，任由郑武公胡作非为。

在这种情况下，作为郑武公，既取得拓展疆域的伟大胜利，又没受到天朝的任何惩罚，他不由得暗自发笑。